한 권으로 읽는

쇄미록

한 권으로 읽는

쇄미록

또 하나의 임진왜란 기록, 오희문의 난중일기

오희문 지음 | 신병주 해설

사회평론아카데미

이제는 임진왜란 3대 기록물
『쇄미록』을 읽어야 할 때

이 책은 16세기 조선 양반 오희문의 일기인 『쇄미록瑣尾錄』을 번역한 것이다. '오희문'이란 이름만 들어서는 일기의 저자가 생소한데, 그도 그럴 것이 그에 대한 기록이 거의 없기 때문이다. 그나마 해주 오씨 집안의 족보에 그가 조선시대 토목과 건축 등에 관한 일을 담당했던 선공감繕工監에서 관리자 역할인 종9품의 감역監役을 지냈다는 기록이 보일 따름이다. 그런데 그의 일기를 굳이 번역해서 출간하다니, 그 까닭은 무엇일까?

쇄미록은 어떤 책인가

먼저 『쇄미록』이 어떤 책인지 이야기를 해야겠다. 책 제목의 '쇄미'는 『시경』의 "쇄혜미혜瑣兮尾兮(초라하고 보잘것없도다) 유리지자遊離之子(여기저기 떠도는 사람들)"에서 따온 것으로, '쇄미록'을 글자 그대로 해석하면 '초라하고 보잘것없는 기록'이겠으나 내용상으로는 '보잘것없이 떠도는 자의 기록'이란 의미를 지닌다. 저자가 자신의 일기에 직접 '쇄미'라고 이름 붙인 까닭은 그가 임진왜란 시기 내내 초라한 행색으로 여러 곳을 떠돌며 일기를 썼기 때문일 것이다. 소박한 작명이라 하겠다.

일기에 따르면, 당시 한양에 살고 있던 오희문은 전쟁이 일어나기 한해 전인 1591년 11월 27일, 전라도 장흥과 성주 등지에 살고 있던 외거 노비들에게 공물을 거두어들이려 여행을 떠난다. 한양을 출발해 용인을 거쳐 충청도 일대를 돌며 친척집을 방문한 뒤 해가 바뀔 무렵 장수에 도착한 오희문은 장수 현감으로 있던 큰처남 이빈과 함께 설을 쇠고 다시 남도 여행을 떠난다.

1592년 임진년 4월 13일에는 다시 장수로 돌아와 머물렀는데, 공교롭게도 이날 임진왜란이 일어난다. 그가 전쟁 발발 소식을 접한 것은 그로부터 3일 지나서였다. 이후 그는 86일간 산에 숨어 있기도 하면서 피란을 다녔으며, 가족과 헤어진 지 9개월 만에 극적으로 상봉한다. 이후 가족을 거느리고 충청도 홍주와 임천, 강원도 평강 등 여러 곳으로 거처를 옮겨 다니며 전란의 시간을 지나온다.

오희문이 일기를 쓴 기간은 1591년(선조 24) 11월 27일부터 1601년(선조 34) 2월 27일까지 9년 3개월간으로, 그의 나이 53세부터 63세까지다. 이 가운데 전란 초기인 1591년 11월 27일부터 1592년 6월 30일까지 209일 동안의 일기는 한꺼번에 몰아서 쓴 것이다. 또한 1593년 1월 14일부터 3월 30일까지 76일 동안 아파서 누워 있느라 일기를 전혀 쓰지 못했을 때를 제외하고 오희문은 매일매일 그날의 일기를 썼다. 왜적을 피해 산속으로 피란 가 있을 때도, 길을 떠날 때도, 굶주림과 추위에 떨면서도, 술을 한잔 마시고도, 손님을 맞이하거나 제사를 지내면서도 그날의 일상을 적었다. 이렇듯 오희문은 하루도 빠짐없이 착실하게 일기를 썼는데, '하루도 빠짐없이'라는 말이 얼마나 대단한지는 일기를 써 본 사람이라면 누구라도 알 것이다. 하지만 그런 이유만으로 이 기록이 대단한 것은 아니다.

임진왜란 당시 후방의 삶을 담은 독특한 개인 기록물

일반적으로 임진왜란에 관한 조선시대의 3대 기록물로 이순신의 『난중일기』와 당시 영의정을 지낸 류성룡의 『징비록』, 그리고 오희문의 『쇄미록』을 뽑는다. 이순신의 『난중일기』가 전투를 지휘하며 난세를 헤쳐 나간 영웅의 일기라면 류성룡의 『징비록』은 관료의 시선으로 국가와 전쟁을 반성적으로 살펴본 국가 차원의 기록물이라 하겠다. 이와 달리 『쇄미록』은 전쟁에 직접 참여하지 않은 평범한 양반이 전란의 시기를 어떻게 살아남아 가문을 일으켰는지를 세밀하게 기록한 일기글로, 개인 차원의 기록물이라는 독특한 위치를 차지한다. '양반 오희문의 난중일기'라 부를 수 있는 이 책은 전투가 벌어지는 실제 현장의 생생함은 없지만, 당시 후방의 삶이 어떻게 이어졌는지를 소상히 기록하고 있다. 임진왜란에 대한 당대인의 생각을 비롯해 16세기 일상사를 들려

준다는 점에서 가치 있는 기록물이라 하겠다. 앞선 두 권의 책에 더해 이제 『쇄미록』을 읽는다면 400년 전 임진왜란 시기, 더 나아가 조선시대를 더욱 풍부하게 이해하게 될 것이다.

사실 『쇄미록』은 역사학계에서, 특히 조선시대 연구자들이 오래전부터 주목해 온 사료이기도 하다. 오희문은 직접 보거나 전해 들은 전쟁에 대한 이야기뿐 아니라 자신의 일상 이야기를 세세하게 기록하고 있는데, 심지어는 부끄러울 법한 자신의 실수나 속마음까지도 아주 솔직하게 밝혀 놓았다. 임진왜란 시기 무엇을 어떻게 먹고 살았는지를 꼼꼼하게 기록해 놓아 16세기 조선의 일상사, 생활사, 풍속사, 사회경제사 연구에 꼭 필요한 사료의 보물 창고라 할 만하다. 여기에는 교과서에서 배운 역사 사실을 구체적으로 확인시켜 주는 대목도 있고, 반대로 고정관념의 틀에 갇혀 있는 우리의 상식을 여지없이 깨뜨리는 내용도 있다. 이처럼 『쇄미록』은 한 개인의 사적인 기록을 넘어 사료로서의 가치를 인정받아 1991년 보물 제1096호로 지정되었다.

한 권으로 만나는 『쇄미록』

『쇄미록』은 10년의 일기 기록인 만큼 그 분량 또한 방대하다. 현존하는 『쇄미록』 필사본은 총 7책, 1,670쪽, 51만 9,973자로 되어 있다. 2018년 국립진주박물관에서 '임진왜란자료 국역사업'의 일환으로 이 책을 첫 작업물로 선정해 새롭게 번역해 출간했는데, 한글 번역본 6권, 한문 표점본 2권으로 구성되어 있다. 한글 번역본은 전주대학교 한국고전학연구소에서 맡아서 번역했는데, 상세한 주석을 달아 사료로서의 가치를 다시금 일깨워 준다.

한글 번역본은 일기체이다 보니 어렵지 않고 또 재미난 이야기가 많아서 읽다 보면 특별한 설명을 덧붙이지 않아도 어느 순간 16세기 조선의 일상 풍경이 눈앞에 그려지는 듯한 인상을 받게 된다. 오희문이란 점잖고 소심한 양반과 그의 수족 같은 사내종 막정과 송노, 그리고 아들딸과 매부, 사위 등 주변 사람들이 한 편의 사극 드라마를 펼쳐 보여 주듯이 일기 속에서 함께 부대끼며 울고 웃고 이야기한다. 역사 소설을 능가하는 세밀하고 생생한 서술에 절로 감탄하며 일기 속 인물들과 함께 하루를 보내고 계절을 지내고 해를 넘기다 보면 전쟁의 고통과 삶의 고단함도 잊고 10년 세월이 훌쩍 지나간다.

이렇게 재미난 역사 기록물이기에 널리 권장하고 싶은데, 분량이 많아 선뜻 권할 수 없어 그동안 많이 아쉬웠다. 그래서 이번에 『한 권으로 읽는 쇄미록』이 출간된다는 소식에 무척 반가웠다. 이 책 덕분에 많은 사람들이 『쇄미록』을 읽었으면 하는 바람을 이룰 수 있게 되었다. 이 책은 원문의 흐름을 따르되 반복되는 이야기는 줄이고 중요한 내용 중심으로 딱 한 권 분량으로 만들어져 부담 없이 읽을 수 있다. 원문의 맛을 살려서 있는 그대로의 오희문의 모습과 그의 시대를 읽을 수 있게 한 클래식 버전이라 하겠다. 사실 이렇게 한 권으로 『쇄미록』을 엮을 수 있게 된 데에는 앞서서 지난한 번역 작업 끝에 『쇄미록』 완역본을 출간한 전주대학교 한국고전학연구소와 국립진주박물관 관계자의 힘이 컸다. 독자를 대신하여 감사 인사를 드린다.

한 권 분량으로 정리한 이 책은 독자들의 이해를 돕기 위해 몇 가지 장치를 마련했다. 먼저 각 장을 연도별로 구성했으며, 이어지는 일기 중간중간 소제목을 추가했다. 10년에 걸친 일기이다 보니 날짜만 보면 그날이 그날 같아 헷갈릴 수 있기 때문에 오희문에게 일어난 이야기의 흐름을 자연스럽게 이해할 수 있도록 배려한 것이다.

또한 일기에서 눈여겨볼 만한 내용과 독자의 이해를 돕기 위해 몇 가지 해설을 덧붙인 '함께 읽는 쇄미록' 코너를 마련했다. 조선시대 사회사, 생활사에 대한 그간의 연구 성과를 다 담아 내는 것은 지면이 한정되어 있어 어렵지만, 오희문 일기에서 빠지지 않고 등장하는 노비 이야기와 양반에게 중요했던 봉제사와 접빈객 같은 그들만의 네트워크, 그리고 외가와 처가 등의 가족 관계, 혼인과 과거 급제, 전란 기간의 생계수단과 먹을거리, 술과 놀이문화, 꿈과 점복, 전염병과 학질, 호환 등등 독자들이 관심을 가지고 살펴보면 좋을 주제를 선정해 각 장 말미에 짤막하게 덧붙였다. 9장까지의 해설은 내가 썼으며, 10장은 국립진주박물관의 서윤희 학예연구사가 작성했다.

특히 마지막 장의 '쇄미록의 여정'은 오희문의 이 일기가 해주 오씨 추탄공파 문중에서 어떻게 이어져 내려와 지금의 우리가 접할 수 있게 되었는지에 관한 책의 역사를 들려준다. 선조의 기록물을 허투루 다루지 않은 후손들에게도 고마운 마음이다.

임진왜란이란 전쟁의 시간을 버텨 내며 삶을 이어온 오희문의 이야기를 따라가다 보면 삶의 일상성, 지속성이 얼마나 위대한지 깨닫게 된다. 독자들 또한 이 책을 통해 조선시대 사람들의 삶을 좀 더 가깝게 이해하는 데서 더 나아가 역사에 대해서도 관심과 애정을 가질 수 있게 되기를 바란다.

2020년 10월
건국대학교 사학과
신병주

『쇄미록』은 전쟁일기의 백미다. 어디를 펼쳐도 죽음에 코가 닿은 군상이 들끓는다. 비겁한 자도 사람이고 용감한 자도 사람이다. 또 하루를 살아 냈다고 안도하는 자 역시 사람이다. 오희문은 특별한 날도 평범한 날도 문장으로 옮기는 데 정성을 다한다. 사람이 무엇으로 사는지 낱낱이 담는다. 그 눈이 깊고 그 손이 따듯하다. — 김탁환(소설가)

피란 중의 생활은 '비일상'이지만 오래 이어지면 '일상'이 된다. 9년 3개월 동안의 전란일기에는 평소라면 기록하지 않았을 먹을거리 이야기와 자잘한 일화들이 한 편의 대하드라마처럼 펼쳐진다. 작고 보잘것없는 소소한 기록이 한 사람의 인생을 넘어 역사가 되는 현장을 마주하게 된다. — 주영하(한국학중앙연구원 교수)

오희문에게 임진왜란은 난리일 뿐이었다. 사랑하는 딸 단아를 잃고 슬퍼하는 장면에서는 나 역시 눈물을 흘리지 않을 수 없었다. 400년 전이나 지금이나 삶의 진실은 크게 다르지 않다. 그렇게 삶은 계속된다. — 서윤희(국립진주박물관 학예연구사)

궁핍한 생활 속에서도 제사를 걱정하고 노비 부리는 일에 늘 노심초사하는 조선 양반 오희문의 고단한 피란살이가 그 어떤 역사책보다 생동감 있게 다가온다. — 이성호(서울 배명중학교 역사교사)

오희문의 가계도

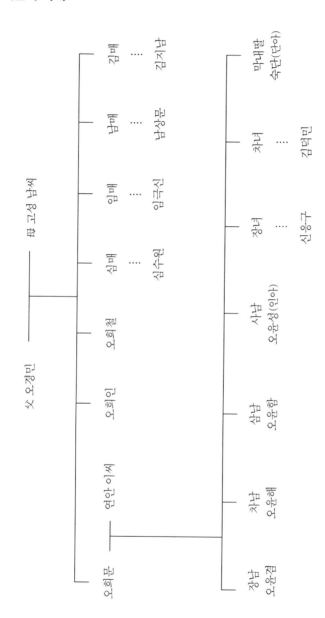

『쇄미록』에 나오는 주요 지역

차례

일러두기

1. 이 책은 국립진주박물관(jinju.museum.go.kr)에서 '임진왜란자료 국역사업'의 일
   환으로 『쇄미록瑣尾錄』(보물 제1096호)을 번역한 『쇄미록』 한글 번역본(총6권)을
   기초로 하였다. 일반 독자들이 쉽고 재미나게 접할 수 있는 '한 권으로 읽는 쇄미록'
   을 만들기 위해 국립진주박물관의 이용 허락 아래 원문을 해치지 않는 선에서 축약
   과 윤문 작업을 일부 거쳤다.

2. 이 책의 장제목과 소제목은 독자의 이해를 돕기 위해 추가한 것이다.

3. 이 책에 언급된 날짜는 모두 음력 날짜이다.

1
임진왜란이 일어나다

임진남행일록 1592

한양을 출발하다

나는 지난 신묘년(1591, 선조 24) 동짓달(11월) 27일 새벽에 한양을 출발해 용인에 있는 둘째 처남 이경여(이지)의 서당에서 묵고, 이튿날 양산 시골집으로 가면서 먹을 양식을 마련했다.

다음 날 일찍 길을 떠나 직산에 있는 작고한 친구 변중진의 농장에 도착했다. 이튿날 아침을 먹고 목천으로 향하는데 비가 내렸다. 간신히 관청에 도착하니, 현감 조영연이 내가 왔다는 말을 듣고 즉시 동헌으로 나와 오랫동안 만나지 못한 회포를 풀었다. 영연은 내리 사흘을 머물면서 풍악을 울리며 취하도록 마시고 후하게 대접했다. 영연은 나의 인척이기도 하지만 어릴 때 함께 살아서 정의情意가 매우 두터웠기 때문이다.

그다음 날 일찍 길을 나섰는데, 전날 내린 큰 눈으로 길이 험해서 저물녘에야 처사촌 여동생의 남편인 임소열이 다스리는 연기현에 당도했다. 이튿날 금강 가에서 아침을 먹고 투숙했다. 밤에 눈비가 섞여 내리는 바람에 늦게 출발했다. 여산군 앞 원院(관원이 공무로 다닐 때 숙식을 제공하던 곳)에 도착하니 밤이 이슥했다. 집집마다 행인들로 만원이라 잘 곳이 없었다. 그러던 차에 빈방이 생긴 집주인이 길손을 맞았다. 술자리가 파할 무렵 내 종놈이 뛰어 들어와 취한 집주인과 다투는데, 싸움이 커지려고 했다. 종놈을 엄하게 제지하고 취한 집주인을 잘 달래서 간신히 말렸다.

12월 10일, 비로소 (전라도) 장수현에 도착했다. 현감은 이빈으로 나의 첫째 처남이다. 관아의 모든 사람이 환영해 주었고, 연일 밤을 새워 가며 답답했던 회포를 풀었다.

12월 18일에 한 해를 마칠 양식을 얻어서 종과 말 편에 집으로 올려 보냈는데, 올해(1592) 정월(1월) 20일이 넘어서 종과 말이 돌아왔다. 말을 쉬게 하느라 2월 10일 이후에 영동 황간으로 향했다. 황간은 나의 외가가 있는 곳이다.

외가를 방문하다

무주를 지나 영동 둘째 외삼촌 댁에 도착했는데, 외삼촌의 부종 증세가 대단히 위중했다. 여러 종형제가 모두 모여서 몹시 기뻤지만, 외삼촌의 병 때문에 서로 즐거워할 수 없었다. 하루를 머물고 황간 남경효의 집으로 향했다. 그는 나의 외사촌 형으로, 어린 시절 외할머니 손에 함께 자라서 형제 같은 사이이다. 15년 남짓 떨어져 있다가 이제야 만나니 희비가 교차했다. 며칠 머물면서 외할아버지 산소에 제물을 올렸다. 나를 기르느라 애쓰신 은혜를 회상하다가 나도 모르게 그만 눈시울을 적셨다. 내가 이 고을에서 태어나 외할머니 손에 자라서 부모와 같은 은혜를 입었기 때문이다. 남은 술잔을 두 외삼촌 산소 앞에 올렸다. 외삼촌 두 분께도 어렸을 때 보호하고 양육해 준 은혜를 많이 입었는데, 그중 첨사僉使(종3품 무관 벼슬)를 지낸 셋째 외삼촌이 더욱 도타우셨다.

2월 24일은 한식이라 황간에 머물렀다. 내가 이곳에 도착한 이튿날, 사내종을 (경상북도) 성주로 보내 신공身貢(노비가 바치던 공물)을 거두어 오게 했다. 영동 둘째 외삼촌 댁에 다시 왔는데, 하루는 외가의 명부에 누락된 노비를 바로잡고 나누었다. 외삼촌은 병환이 더욱 위중해지셨다. 여든넷의 고령에 이처럼 위태로우니 보존하실 수 있겠는가.

다음 날 다시 무주현을 찾았다. 한풍루에 오르자 누대 앞 긴 냇물이 띠를 두른 듯이 흐른다. 이곳 삼청각에서 자는데, 누각이 몹시 맑고 깨끗해서 정신이 날아갈 듯 상쾌하니 선경에 오른 기분이었다. 예전부터 들었던 삼청각의 청아한 정취를 이제 와서 보니 오랜 소원이 풀렸다.

이튿날 일찍 사내종 인수의 집으로 다시 가서 그간 재산을 나눈 경위에 대해 설명하면서, 인수와 그의 오촌 질녀(조카딸)가 우리 집 몫이 되었다고 말해 주었다. 예전에 재산을 분배할 때 그곳 노비들이 죄다 누락되는 바람에 영동 외사촌들에게 오랫동안 빼앗겼지만 지금부터 우리 집 몫이 되었다는 말을 듣고 인수는 무척 기뻐했다. 2월 29일은 외할머니의 기일이다. 이날 장수현으로 돌아왔다.

나의 서투른 일처리

3월 18일 아침, 비로소 남행길에 올랐다. 남원에 이르러 동문 안 여염집에서 자는데, 통판(종5품)이 우리 일행이 먹을 아침저녁 식사를 보내왔다. 이튿날 오작교를 지나면서 광한루에 올라 맑은 경치를 보고픈 생각이 들었지만 단념했다. 곡성 땅에 이르러 선비 신대춘의 정자에서 유숙했다. 다음 날 비가 와서 멀리 가지 못하고 낙수를 건너 조계산 송광사로 들어갔다. 순천에 있는 이곳은 남쪽 지방의 이름난 사찰이다. 익숙히 들어온 터라 오래전부터 한번 가 보고 싶었다. 침계루 아래 임경당에서 묵었다. 이튿날 아침, 밥을 먹은 뒤 보성군에 다다랐다. 그다음 날 일찍 길을 나섰다. 장흥부에 이르러 성 동쪽 천변의 정자에서 잠시 쉬고 성으로 들어가 남문 안 여염집에 머무는데, 부사가 일행의 식사를 넉넉히 제공해 주었다.

사람을 보내 장흥부에 있는 노비를 잡아 왔다. 신공을 바치라고 혼냈지만 어려운 형편이라 마련하지 못했다. 또 계집종을 숨긴 것에 대해 추궁하며 그 어미를 매질했으나 끝끝내 사실대로 자백하지 않았다. 모조리 엄한 형벌로 다스리면 목숨을 잃을까 걱정되어 그 자리에서 놓아주었다. 나의 서투른 일처리가 우습기만 하다. 도망친 사내종 덕수가 제 발로 찾아왔다. 그게 몹시 괴이해서 물었더니, 현재 병영 소속인데 하는 일이 너무 고되어서 내 힘을 빌려 제명되기를 바란다고 한다.

장흥부는 남쪽 지방의 큰 고을이다. 부사와는 본래 한동네 살면서도 데면데면할 뿐 친한 사이는 아니었는데, 이번에 내가 방문하자 친절하게 대접하고 노자까지 주었다. 여기서 나흘간 머물고 느지막이 길을 떠나 장수 현감(처남 이빈)의 본가에서 투숙했는데, 현감이 술과 고기를 가지고 와 대접하며 몹시 후한 뜻을 보였다.

다음 날 아침을 먹은 뒤 영암군에 도착했다. 이 고을은 외삼촌이 예전에 다스리신 고을로, 내가 외사촌 형을 따라와 반년간 머물면서 형과 즐겁게 노닌 추억이 매우 많은 곳이다. 점심을 먹고 구림촌에 있는 둘째 여동생 임매林妹(임극신의 아내)의 집으로 갔다. 여동생은 내가 문밖에 와 있다는 말에 중문 밖까지 맨발로 뛰어나왔다. 기쁨이 지극한 나머지 슬퍼져서 마주하고 크게 울었다. 여기에서 아흐레를 머물었는데, 그동안 죽도로 놀러 가 고기잡이를 구경하고 도갑사에 가서 두부를 만들어 먹기도 하며 즐겁게 놀았다.

떠나기 전날 저녁, 여동생이 소를 잡아 음식을 마련하고 술과 음악으로 흥을 돋우었다. 어떤 이는 노래를 부르고 어떤 이는 춤을 추면서 실컷 즐기다가 자리를 파했다. 여동생이 나를 극진하게 대접하려고 해도 매부인 경흠(임극신)이 그럴 마음이 없었다면 어떻게 혼자서 이를 마련했겠는가. 우리 형제들이 모두 한양에 사는데 이 여동생만 남쪽 끝에 살면서 부모 형제와 멀리 떨어져 지내니, 천 리 먼 길에 다시 만나기를 어찌 기약할 수 있겠는가. 작별하는 날 여동생도 울고 나도 울면서 마주한 채 할 말을 잊었다. 인생살이가 이와 같으니, 어찌 슬프지 않으랴. 여동생이 손수 만든 버선을 주면서 작별했다.

4월 9일에 슬피 이별하고 오다가 남평 땅의 마을 집에서 잤다. 이튿날 능성을 지나 화순현에 이르러 앞 원의 누대 위에서 잠시 쉬면서 말에게 먹이를 주었다. 광산 경양역에 도착해 여장을 풀었다. 다음 날 이른 아침, 창평에 도착했다. 고모부의 외손자인 창평 현령 심사화는 마침 병으로 출근하지 않았다. 어렵게 명함을 내밀자 관아의 동헌에서 누운 상태로 나를 맞았다. 사화 형이 노자를 넉넉히 주었다.

이튿날 일찍 출발해 옥과를 지나 큰 고개를 넘었고, 밤중에 다시 용성부(남원)에 이르렀다. 꼭두새벽에 길을 나섰다. 말을 달려 장수에 다다랐는데 날이 아직 저물지 않았다. 이날은 4월 13일이다. 나는 본래 한양 사람인데 4, 5개월 동안 객지 생활을 하다 보니 이곳 사람들이 친구처럼 느껴진다. 남행을 시작한 뒤 다시 고향 같은 고을로 들어서니 또한 기쁠 따름이다.

임진왜란 발발 소식을 듣다

4월 16일, 왜선 수백 척이 부산에 모습을 나타냈다는 소문이 돌더니, 저녁나절에는 부산과 동래가 함락되었다는 말이 들려와 경악을 금치 못했다. 17일, 한양에 가는 현의 아전 편에 편지와 제수 가운데 가장 필요한 물건 약간을 보냈다. 내가 보낼 사내종이 4월 29일의 아버지 제사에 맞춰 집에 도착하지 못하면 노모께 심려를 끼쳐 드릴까 걱정스러웠기 때문이다.

19일에 사내종 둘에게 말을 주어 한양으로 올려 보냈다. 그 뒤로 영남의 변란 소식이 하루에 세 차례씩 들려왔다. 용맹하다던 장졸들은 왜놈 이야기만 듣고도 지레 무너져, 큰 고을과 견고한 성이 하루도 못 되어 함락되었다. 왜적은 세 길로 군대를 나누어 곧바로 한양을 향해 무인지경에 들어가듯 산을 넘고 물을 건넜다고 한다. 신립과 이일 두 장수는 조정의 신임을 얻어 병권을 받고 내려와 방어를 하였다. 그런데 중도에 패하여 조령의 험지를 잃었으며, 그 바람에 적이 중원(충주)으로 들어갔다. 이로 인해 어가(임금의 수레)가 서쪽으로 몽진하니 도성은 무방비 상태가 되었다. 불쌍한 백성들은 모두 흉적의 칼날에 죽어 가고 노모와 처자식은 이리저리 흩어져 생사를 알지 못하니 밤낮으로 통곡할 뿐이다.

또 들으니, 27일 이후로 도성문을 굳게 닫아서 출입할 수 없다가, 그믐날(4월 30일) 첫새벽에 주상께서 종묘를 버리고 피란길에 오르고부터 왜적이 도성에 들어간 5월 3일까지 2, 3일 동안 도성의 모든 사람이 앞다퉈 성문을 빠져나가다가 쓰러져 짓밟혀 죽고 혹은 뒤처지는 바람에 죽기도 했다고 한다. 길에서 들은 말이라 분명하게 알 수 없지만, 이치가 혹 그럴 것도 같아서 한없이 통곡했다. 만일 주상께서 도성을 굳게 지키고 장수에게 명하여 방어하면서 강을 따라 위아래로 목책을 많이 설치하고 먼저 배를 침몰시켜 길을 끊게 했다면, 적이 아무리 강하고 날래다고 한들 어찌 강을 날아서 건널 수 있겠는가. 이것을 헤아리지 않고 먼저 도망쳤으니 심히 애석하다.

가족의 생사를 알지 못한 채

나의 노모와 처자식은 평생 문밖출입을 하지 않다가 갑자기 도망치게 되었다. 걸어갈 형편도 아니었을 텐데, 어느 길에서 모여 울고 있을지 모르겠다. 생각이 이에 미치니 차라리 아무도 모르게 죽고 싶은 심정이다. 그나마 위안거리라면 두 아들이 틀림없이 피란 장소를 미리 마련해 두었을 성싶다는 것이다. 또 짐작건대 노모와 처자는 내가 어디에 있는지 모르고 분명 내가 죽었다고 생각할 것이며, 셋째 아들 윤함도 황해도 처가에 있으니 부모의 생사를 알지 못한 채 울고 있을 게 뻔하다. 이 때문에 더욱 비통하다.

옛날 역사책에서 난리를 만난 사람들이 이리저리 각자 피란

하여 사느라 부모, 처자, 형제, 친척도 서로 보존하지 못하는 것을 볼 때마다 책을 덮고 가슴 아파했는데, 오늘 내가 그 꼴을 당하게 될 줄 어찌 알았겠는가. 이 고을에는 위급한 일이 없어서 여전히 아침저녁거리가 제공되고 있지만, 밥상을 대할 적마다 노모와 처자식 생각만 골똘하다. 이렇게 비 오는 날에 어느 곳 어느 산에서 입에 풀칠하거나 굶주리면서 서로 울고 있을지. 목이 메어 눈물이 절로 쏟아진다. 무슨 마음으로 차마 수저를 들고 음식을 넘기랴. 하늘이여! 땅이여! 망극하고 망극하도다.

경상도 관찰사가 지난해 초부터 남쪽 백성을 대거 동원해서 지키지도 못할 성을 올봄까지 쌓았지만 완공하지 못했고, 농사철도 놓치는 바람에 백성들의 원망 소리가 길에 가득했다. 심지어 노래를 만들어 부르기를, "곡성曲城을 높이 쌓은들 누가 지키며 싸우랴. 성은 성이 아니고 백성이 바로 성이라네."라고 했다고 한다. 경상좌도(낙동강의 동쪽 지역) 병사가 군대의 위엄을 세우기 위해 큰 몽둥이와 끓는 물로 가는 곳마다 엄한 형벌을 가해서 매를 맞아 죽은 자가 무수히 많았다고 한다. 그러니 사람들이 분통을 터뜨리며 너나없이 적이 쳐들어오기를 기다리게 되었고, 갑자기 전쟁이 터지자 어느 한 사람 의기를 분발해 적을 토벌하여 성상의 수치를 씻어 주기는커녕 숲속으로 도망쳐 목숨을 구걸한다고 한다. 이는 비단 영남만의 문제가 아니다. 전라도의 인심도 마찬가지이다. 군대를 모집하기도 전에 먼저 도망갈 생각을 하고, 유언비어가 퍼져서 굳은 의지를 가진 사람이 없다. 집안 물건을 지레 땅에 묻거나 다른 곳으로 옮기고는 적이 오기를 기다렸다가 도망치고 있다. 이름이 병적에 올라 있는 자도 집에 있다가 먼저 달아나거나 중간에 도망친다. 아, 인심이 이러하니 제갈공명이 다시 세상에 나온들 어떻게 수습하겠는가. 참으로 원통하다.

노모는 성품이 진실하셔서 평소 조금이라도 마음이 편치 않은 일이 있으면 식사를 물리치고 종일토록 들지 않는 분인데, 지금 이 큰 난리를 만났으니 속이 타실 게 분명하다. 아내는 본디 다리가 아파 멀지 않은 곳도 걸어서 가지 못하니, 이 난리에 피란하면서 산을 넘고 물을 건너려면 분명 고생스러울 게다. 부부의 정을 생각하면 어찌 목이 메지 않겠는가.

큰딸과 둘째 딸은 부녀자의 도리에 부족함이 없다. 평소 집이 가난해 죽도 계속 먹지 못하는 형편이라 배불리 먹고 따스하게 입으려고 하지 않았고, 어버이의 뜻에 순종하며 어느 하나 거역하는 일이 없어 항상 사랑스러웠다. 막내딸 숙단은 얼굴이 곱고 깨끗하며 성품이 몹시 단아하여 내 사랑을 독차지했다. 어여쁜 모습이 자나 깨나 눈에 선하니, 『시경』의 "아름다운 막내딸"이라는 말이 내 마음을 표현한 것이리라. 이 두 구절을 쓰자니 서글픈 눈물이 저절로 흐른다.

넷째 아들 인아(오윤성)는 성질이 게을러 작년 초봄에 과하게 매를 들었는데, 이제 와서 후회한들 무슨 소용이랴. 아우 희철은 혼자서 큰 변란을 당했으니, 노모를 모시고 피란하면서 어떻게 화를 벗어날까. 제수씨는 몸도 허약하고 본디 두통을 앓는 데다 젖먹이까지 있으니, 창황한 난리에 어떻게 보전할는지.

셋째 여동생 남매南妹(남상문의 아내)는 틀림없이 적성 중온(남상문의 막내아우인 남상직)의 집으로 달려갔을 테니 보전할 수 있을 것이고, 넷째 여동생 김매金妹(김지남의 아내)는 달리 피할 곳이 없지만 남편이 있으니 피신처가 없음을 걱정할 게 없다. 다만 심히 우려스러운 점은 우리 한집이 몸을 피해 서쪽이나 동쪽으로 달려가도 어디 하나 편안히 머물 곳이 없다는 것이다. 만약 심열(첫째 여동생의 아들)이 노모를 모시고 강릉으로 피란했다면 보전할 수 있겠지만, 이를 어찌 꼭 기대할 수 있겠는가.

내 처자는 장남 윤겸과 둘째가 한양에 있는 이상 반드시 생사를 같이할 것이다. 다만 윤겸이 세조의 영정을 능소에서 지키고 있으니 사사로운 집안일로 버리고 올 수는 없고, 그 처가에도 남자가 없으니 처가 식구를 신경 쓰지 않을 수 없으리라. 둘째 아들 윤해도 양어머니와 처자식이 있으니, 창황한 시기에 이리저리 주선하다 보면 노모와 형제까지 챙기지는 못할 게다. 더군다나 걷지 못하는 젖먹이가 여럿이니, 이를 생각할 때마다 괴롭고 답답하기 그지없다. 선친의 신주를 아우가 어떻게 처리했을까. 깨끗한 곳에 묻었다면 잘한 일이지만, 모시고 갔다면 온전하지 못할까 걱정이다. 종갓집 조상의 신주를 믿고 맡길 만한 사람이 없다. 버리고 피란을 갔다면 분명 불에 탔을 것이니, 이 또한 걱정이다.

천지신명께 밤낮으로 말없이 기도를 드리나니, 높은 곳이든 낮은 곳이든 정성이 지극하면 신께서 감동하기 마련이다. 한 여인이 원망해도 3년간 가뭄이 든다. 그런데 우리 조선 팔도 가운데 적의 칼날에 죽어 모래밭에 뼈가 나뒹굴고 숲속으로 도망쳐 바람과 이슬을 맞으며 한데서 먹고 자는 무고한 백성이 몇 만 명이며, 원망하는 고아, 과부와 원통하게 굶주리며 골짝에 버려진 사람들 또한 얼마인지 모르겠다. 하늘이 느끼는 바가 있다면, 재앙을 내린 일을 뉘우치리라.

난리를 만난 뒤로 눈길이 닿는 것마다 슬퍼서, 곤충과 초목처럼 무지한 것들까지 모두 내 감정을 흔든다. 뜰 앞의 새끼 까치와 어미 새가 서로 따르면서 지저귀는가 하면, 날갯짓하고 찍찍거리면서 먹이를 찾아 이같이 즐거워하니, 『시경』에서 이른바 "지각이 없는 네가 부럽다."고 한 것이다. 담 밑의 해바라기는 난만하게 꽃을 피워 해를 향해 마음을 기울이는데, 선량하지 못한 사람은 도리어 이보다 못하구나. 사물을 보고 감정이 솟구쳐 눈물이 절로 옷깃을 적신다. "시절을 슬퍼하니 꽃을 봐도 눈물이 흐르네."라는 두보의 시구가 이런 상황을 대변하는 말일 게다.

떠도는 말들과 직접 보고 들은 전쟁 소식

들으니, 영남 우수사 원균이 지난달에 적선 10여 척을 불태웠다고 하고, 전라도의 좌수사 이순신이 5월 초에 여러 척의 배를 이끌고서 전라도 수군절도사와 함께 적선 42척을 불태우고 붙잡힌 포로 2명을 살려서 돌려보냄과 동시에 왜적 3명의 수급을 베니, 적들이 너 나 할 것 없이 물속으로 뛰어들어 육지까지 헤엄쳐 간 뒤 숲으로 달아났다고 한다. 여세를 몰아 곧장 부산으로 진격했다면 어땠을까 하는 아쉬움이 남는다. 그런데 주상께서 파천했다는 구실을 내세워 통곡한 뒤 본진으로 돌아왔다고 한다. 경위는 비록 이러하지만, 사실은 겁먹은 것이다.

5월 16일에 장수 현감(이빈)이 의병을 거느리고 진안에 이르렀는데, 7, 8명이 도망쳤다. 이에 도망병의 부모와 처자, 이웃 일가를 가두었더니, 도로 나타난 자가 많았다. 비단 이 고을만 그런 것이 아니라 여러 고을의 군사도 도망쳐 흩어져 버린 자가 몹시 많다. 또 들으니, 왜적이 침입한 후로 영남 사람 가운데 그들에게 빌붙어 길을 안내하는 자가 수두룩하고, 간혹 자기들끼리 패거리를 만들어 왜놈 말을 하며 민가로 난입해서 사람들을 모두 도망가게 한 뒤 재산을 약탈하는 경우도 매우 많다고 한다.

장맛비가 그치지 않는다. 활과 화살 또한 틀림없이 느슨해질 것이다. 우리나라에서 자랑할 만한 것은 활과 화살인데, 활과 화살이 이렇게 된다면 무엇을 믿겠는가?

영동 지역 의사義士들이 동지를 결성해 복수의 기치를 힘껏 내걸고 글을 지어 널리 알리고는, 여러 고을 열사들과 거사하려고 지난 17일에 회의를 열었다고 한다. 고부의 열사들도 여러 고을에 통문을 돌려 같은 도의 의사들과 의병을 일으켜 적을 치기 위해 5월 27일에 완산과 삼례 앞에 모인다고 한다. 성공 여부는 미리 알 수 없지만, 이런 분위기를 접하니 노쇠하고 쓸모없는 몸으로 떠도는 나 같은 사람은 힘을 보태지 못하고 그저 감탄할 뿐이다.

5월 25일 오늘은 노모의 생신이다. 평소 같으면 우리 동복형제끼리 각각 술과 떡을 준비하여 온종일 모시고 이야기를 나누었을 텐데, 지금은 어느 곳을 떠돌며 서로 모여 울고 있을까. 지난 일을 생각하니 눈물이 비 오듯 흐른다. 지난 19일 밤에 아내 꿈을 꾸었는데, 예전과 다름이 없었다. 내가 남쪽으로 온 뒤로 한 번도 꿈에 보이지 않더니 오늘 보인 건 무슨 까닭인가. 살았는지 죽었는지. 슬프고 또 슬프다. 22일은 장인어른의 기일이었다. 나는 종윤 형제(처남 이빈의 아들들)와 제사를 지냈고, 처남은 군사를 거느리고 여산에 가서 돌아오지 않았다.

성주 목사 이덕열의 재취 부인은 김태숙의 막내딸이다. 지난 4월 20일 이후 난리를 피해 산으로 들어갔다 성이 함락되고 적병이 사방에서 사람들을 잡아갈 때 간신히 도망쳐 나와 걷기도 하고 말을 타기도 하면서 산과 계곡을 넘어 이곳에 도착했다. 그 부인과 함께 온 태숙의 작은아들이 적의 대단한 기세를 자세히 말해 주었다. 그의 목에 난 칼자국을 보니 나도 모르게 섬뜩했다.

이 소식을 들은 뒤로 인심이 흉흉해져 관아 사람들도 멀리 피란 갈 계획을 세웠다. 중요하지 않은 물건을 먼저 관아 안에 묻고 나중에 현사縣司(향리의 집무실) 마루 밑에 의복을 묻었는데, 한 달이 지난 그저께 관아 안에 묻어 둔 물건을 다시 파 보니 절반가량은 젖어서 썩거나 망가져서 쓸모없게 되었다. 관아 안은 지대가 낮아 습했기 때문이다.

영취산의 석천사로 들어갔다. 그곳은 관아 사람들의 대피 장소이다. 처남 이빈의 아들 형제도 함께 절로 향했다. 절은 고을에서 15리가량 떨어져 있는데, 중간에 아주 높고 가파른 고개가 있어 그곳을 넘을 때는 말을 탈 수 없고 걸어야 겨우 오를 수 있다. 이 지역에서 피란처로 이만 한 절이 없지만, 고개에 올라 내려다보면 막힘없이 뚫린 게 한 가지 흠이다. 관아의 계집종 가운데 자식이 있는 자도 미리 산으로 보냈다. 형수(이빈의 아내)도 왜적이 가까이 왔다는 말에 피신하려고 했으나, 관아 안주인이 먼저 대피하면 틀림없이 현 전체가 동요할 것 같아 천천히 형세를 관망하면서 대처하기로 했다.

또 들으니, 왜적이 영남 지역 반가의 여인 중 얼굴이 고운 사람을 뽑아 다섯 척의 배에 가득 실어 제 나라로 보내 빗질하고 화장을 시켰는데, 순종하지 않으면 대번에 노하기 때문에 모두들 죽음이 두려워 억지로 따른다고 한다. 이들은 사실 여기서 먼저 겁탈한 뒤 보낸 여자들이다. 그 뒤에도 그들의 뜻을 만족시키지 못하면 여러 적이 돌아가면서 강간한다고 하니, 더욱 비통한 일이다. 이는 이 고을 복병장 김성업이 포로로 잡혀갔다 돌아온 사람에게 직접 들은 이야기라고 하니, 분명 헛말이 아닐 것이다.

지난번 김천 전투에서 어떤 여인이 왜적의 포로가 되어 창고에 갇혀 있다가 전투가 끝난 뒤 밖으로 나와 살려달라고 애걸했다. 그 여인에게 사는 곳을 물었더니, 처음에는 숨기고 말하지 않다가 이실직고했다고 한다. 본래 성주에 사는 선비의 아내로, 흉적이 갑자기 마을로 들이닥쳐서 외숙모와 함께 피하다가 적에게 잡혀 이곳으로 왔는데, 적들이 돌아가며 강간을 하자 고통을 이기지 못하고 자결하려다가 뜻대로 되지 않았고 외숙모의 생사도 모른다고 했다. 허리에 찢긴 치마만 걸쳐 있을 뿐 속옷도 입지 않았는데, 우리 군사들이 치마를 들춰 보니 음문이 모두 부어서 잘 걷지도 못했다고 한다. 아주 참혹한 일이다. 고을 사람 중에 군대를 따라갔던 자가 직접 보고 와서 전한 말이다.

의병이 일어나다

영남 유생 곽재우가 홀로 용맹을 떨치며 용감한 무사 4명을 이끌고 적선 3척을 쫓아냈고, 그 뒤에 또 13명을 거느리고 적선 11척을 공격해서 달아나게 했다고 한다.

또 들으니, 성주에서 성을 점령한 적 역시 1백여 명에 불과한데, 자기들이 목사가 되고 우리나라의 중으로 판관判官(종5품 벼슬)을 삼고는 관곡을 나누어 주며 인심을 수습하자, 백성들이 너 나 할 것 없이 서로 받으면서 엎드려 목숨을 구걸했고, 개중에는 "새로운 상전이 나를 살렸다."라고 했다고 한다. 길거리에 떠도는 말이니 사실인지 알 수는 없다. 하지만 듣고 나서 속이 부글거려 나도 모르게 수저를 놓고 먹는 것도 잊었다.

합천, 초계, 고성, 진주 등지에 육지의 적이 창궐하여 백주에 관아의 창고까지 도둑질해 갔다. 이는 흩어져 도망하던 군사들이 굶주림을 견디지 못해 무리를 지어 도둑질한 것일 뿐이다.

또 신립은 순변사(왕명으로 변경을 순찰하는 특사)의 명령을 받고 충주에 도착한 뒤 적을 가벼이 여기고 방비하지 않다가 적에게 틈을 주어 한 번에 패전하여 군사들이 모두 죽고 자신도 물속에 투신하여 목숨을 끊었으며 김여물도 군중에 있다가 함께 물에 빠져 죽었다고 하니, 원통해서 눈물이 난다.

전 동래 부사 고경명이 전라도에 돌린 격문

만력 20년(1592, 선조 25) 6월 1일에 행 부호군 고경명은 도내 여러 고을의 사민土民(양반과 평민)에게 황급히 고한다. 지난번 본도의 근왕병이 처음에는 금강에서 회군할 때 무너지더니, 다음에는 여러 고을에서 초유招諭(불러서 타이름)할 즈음 무너졌다. 이는 대개 방어하는 방법이 잘못되고 군율이 없는 상태에서 유언비어가 난무해 사람들이 놀라고 의심했기 때문이다.

우리 전라도는 본래 군대가 날래고 강하기로 이름났다. 성조聖祖(이성계)께서는 황산대첩을 이끌어 삼한을 부흥시킨 공이 있으셨고, 바로 앞선 왕조(명종) 때에는 낭주(영암)에서 왜적에게 승리하자 "한 척의 배도 돌아가지 못했다."는 노래가 만들어져 지금까지 찬란하게 사람들에게 회자되고 있다. 당시 용기를 내어 먼저 올라가 장수를 죽이고 깃발을 꺾은 이가 어찌 전라도 사람이 아니었겠는가.

그런데 유독 오늘날 의로운 목소리가 사라지고 겁에 질려 스스로 무너져서, 적과 싸우려는 자는 한 사람도 없다. 이는 전라도 사람이 국가의 은혜를 크게 저버리는 것일 뿐만 아니라, 또한 자신의 아비와 할아비를 더럽히는 짓이다. 지금 적의 세력이 크게 꺾이고 왕조의 위엄이 날로 더해지고 있으니, 이는 대장부가 공명을 세울 기회요 군주에게 보답할 때인 것이다.

나는 글이나 짓고 세상 물정을 모르는 선비로 병법에 어두운데, 지금 단에 올라 장수로 추대되니 동지들에게 누가 될까 두렵다. 다만 의리 있는 신하는 마땅히 국난에 죽어야 하고, 아울러 출정하는 군대는 명분이 바르면 사기가 드높은 법이다. 그 수효의 많고 적음에 달려 있지 않으니, 오직 큰 담력으로 앞장서서 군사들을 이끌고 가는 것만 생각하고 있다. 이달 11일이 군사를 결집하는 날이다. 모든 전라도 사람은 아버지가 아들을 타이르고 형이 아우를 권면해서 의병을 규합해 함께 일어나라. 용감히 결정해서 선을 따르기를 바라니, 나약하여 스스로 일을 그르치지 말라. 이에 충심으로 고하니, 격문대로 시행하라.

만일 이 격문을 순찰사가 회군하여 인심이 격분했을 때 보냈다면 팔뚝을 걷어붙이고 일어서는 자가 분명 많았을 것이요, 순찰사 역시 한편으로 감격하고 한편으로 부끄러워 군사를 이처럼 늦게 징발하지 않았을 것이며, 한양에 들어간 적들도 여러 달 동안 성을 점령하고 경기 지방을 약탈하면서 백성을 이토록 심하게 도탄에 빠뜨리지는 않았을 터인데, 애석하게도 너무 늦은 감이 있다. 그러나 이 글을 보면 의리가 엄정하고 필력이 힘차니, 기필

코 사람들을 분발시켜 의병으로 나오게 할 것이다.

세자를 책봉하는 조서

왕은 말하노라. 조종이 창업해 놓은 기반에 자리하고 위험이 닥쳐올 것을 망각하다가 전쟁의 핍박을 당했다. 원량元良(뛰어난 인물)을 왕세자로 삼는 것은 신하와 백성이 바라는 바이다. 자리가 편치는 못하나 난리 중이라 하여 어찌 경사를 잊겠는가. 이에 파천하는 날을 당하여 이를 알리는 글을 널리 선포한다. (중략)

역적에 연루된 사람을 방면하는 글

왕은 말하노라. 죄가 하늘에 닿으면 용서하기 어렵기에 악한 자를 토벌하는 글을 내걸었으나, 은혜는 땅에 뻗쳐 함께 살게 해 주는 것이므로 죄인을 용서하는 명을 내린다. 과인이 큰 은혜를 베푸니 너희들은 스스로 새로워지도록 하라.

지난번 역적이 흉계를 꾸밀 적에 조그만 꼬투리까지 죄로 엮은 것은 관원이 그렇게 처리한 것이나 과인은 측은하게 여겼다. 역적 가운데 법적으로 연좌에 해당하는 사람 말고는 모두 석방함으로써 너그러이 용서해서 생성해 주는 은택을 내리는 바이다. 이에 교시하니 잘 알았으리라고 생각한다. 만력 25년(1592, 선조 25) 5월 9일.

이 두 조서는 한 달 뒤인 6월 9일에 평양에서 이곳에 도착했다. 용담 현령 서응기가 받들고 오자 주인 형(장수 현감 이빈)이 5리를 나가서 공경히 맞았다. 뜰아래에서 전후로 열두 번 절을 했다.

이날 저녁에 대군이 궤멸되었다는 소식을 처음 접했다. 사람들은 오직 이 전투에 기대를 걸었는데, 이렇게 더 이상 바라볼 곳이 없게 되자 상심하지 않는 이가 없다. 적에게 두려움의 대상이 되었던 전라도가 약한 모습을 보였으니, 적은 반드시 가벼이 여기고 침략해 올 것이다. 어떻게 막아 낸단 말인가?

6월 28일 저녁, 절 서쪽 산허리에 있는 메밀밭 가의 건조한 땅에 신주를 묻고는 메밀 씨를 뿌려 사람들이 모르게 했다. 망극한 난리통에 조상의 신주도 보존할 수 없어 먼저 땅에 묻고 깊은 골짜기로 들어가려니 애통한 심정을 이루 말할 수 없다.

산속으로 들어온 뒤로는 마음이 더욱 안 좋다. 오늘은 입추이다. 초여름에 터진 난리가 석 달간 이어졌지만 여태 안정을 찾지 못하고 흉적의 공격은 오히려 그칠 줄 모른다. 언제쯤 태평세월을 다시 볼 수 있으며, 노모와 처자식은 어디를 떠돌고 있을까. 생각이 이에 미치자 쏟아지는 눈물을 참기 어렵다.

왜적을 피해 산속으로 들어가다

◎ ─ 7월 1일

이날은 인종의 기일이고, 전달 28일은 명종의 기일이었다. 파천한 주상께서 두 기일을 당해 어떻게 마음을 가누실까. 북쪽 하늘을 바라보니 저절로 눈물이 흘렀다. 장수 현감(이빈)이 육십령을 방어하기 위해 어제 고을 경계에 이르렀다. 나를 맞이해 회포를 풀려고 하기에 아침 식사를 한 뒤 그리로 달려갈 생각이다.

◎ ─ 7월 3일

산속에 있었다. 오늘은 할머니의 기일인데, 도성이 함락된 후로 저마다 피란을 가느라 제사 지낼 사람이 없을 것이다. 비통함을 이루 다 말할 수 있겠는가. 새벽꿈에 아내가 관동 집에 있었는데 평소 모습 그대로였고, 분을 바르고 깨끗이 단장한 막내딸 단아가 내 무릎 위에 안겨 있었다. 아이의 볼을 만지며 "너도 내 생각을 했느냐?"라고 묻고는 이내 눈물이 주르르 흘렀다. 아내와 피란 생활에 대해 한창 이야기하던 중 갑자기 잠에서 깼다. 나는 나무 밑에 누워 있었는데 여명이 밝아 왔다. 곰곰이 생각하니 꿈속 일이 눈으로 보듯 또렷하여 나도 모르게 눈물이 흘렀다. 난리가 난 뒤로 세 번이나 꿈에 보였다. 어이하여 이렇게 자주 꿈에 나타나는가? 노모의 꿈을 한 번도 꾸지 못한 것은 어째서인가? 내 정성과 효성이 부족해서인가. 너무나 비통하다.

아침을 먹기 전에 호장戶長 이옥성이 급히 소식을 전해 왔다. 어제 적들이 이 현의 경계에 위치한 호천면으로 곧장 가서 민가를 분탕질하고 금산의 안성창安城倉에도 불을 질렀다는 것이다. 그래서 아침을 먹고 관속(지방 관아의 아전과 하인)들과 짐을 챙겨 다시 깊은 골짜기로 들어갔다. 고개의 남쪽 비탈을 내려오는데 마치 절벽 위에서 내려오는 듯했다. 간신히 서로 부축하며 오던 중에 산 중턱에 못 미쳐 높이가 7, 8장 됨직한 우뚝한 바위가 나타났다. 옛날에 암자가 있던 곳으로, 그 터가 아직도 남아 있었다. 바위 아래에 나무를 얽어 거처를 만들었다. 두꺼운 기름종이와 종이, 옷, 도롱이 등으로 덮고 그 안에 들어가 오랫동안 머물 계획이다.

◎ ― 7월 5일

산속 바위 아래에 있었다. 아침에 사람을 보내 현에서 적의 소식을 알아오게 하고, 또 2명의 사내종을 보내 바위틈에서 옷을 가져오게 하여 추위에 대비했다. 바위틈에 석순이 많이 나서 캐다가 나물을 만들고 산나물을 뜯어다가 삶아서 밥에 싸 먹었다. 철이 지나서 억세긴 했지만 산속에서의 입맛을 돋웠다.

◎ ― 7월 7일

골짜기 안에 있으면서 시냇가에서 잤다. 오늘은 칠월 칠석이다. 이른 아침에 양식을 가져오기 위해 남자들을 모두 석천사로 보냈다. 아침 식사를 막 끝냈을 무렵 고개 위에서 포성이 들려와 모든 사람이 놀라고 당황해서 어찌할 줄을 몰랐다. 이빈의 처남 응일이 먼저 형수(이빈의 아내)를 모시고 가지고 있던 물건을 죄다 버린 뒤 곧바로 서남동으로 내려갔다. 자빠지고 엎어지며 갖은 고생 끝에 골짝 어귀에 거의 다 와서 멈췄다. 거리로 환산하면 15리가 넘었다. 사람을 보내 탐문해 보니 왜적은 없다고 했다. 암석이 바위에 떨어지면서 포성과 비슷한 소리를 냈던 게 틀림없다.

냇가에 임시 거처를 만들고 삼대로 덮고 자는데 밤중에 큰비가 갑자기 내려 즉시 기름종이 1장을 덮었다. 그러나 퍼붓는 비에 물이 계속 새서 옷이 모두 젖었다. 갈모(비 올 때 갓 위에 덮어 쓰던 기름종이로 만든 고깔)를 쓰고 앉은 채로 꼬박 밤을 지새웠다. 이날 밤의 괴로움은 말로 형용하기 어려울 정도였다.

◎ ─ 7월 8일

골짜기 안에 머물면서 시냇가에서 잤다. 오늘은 돌아가신 아버지의 생신이다. 지난 일을 추억하니 슬픔을 견딜 수가 없다. 노모와 처자식, 아우와 여동생은 오늘 어디에 있으면서 아버지의 생신을 생각할까? 슬퍼서 눈물이 그치지 않는다.

◎ ─ 7월 10일

골짜기 안 시냇가에서 잤다. 이른 아침에 관인 동이와 사내종 개손 등을 보내 적의 동정을 탐지하도록 했다. 종일 시냇가 바위 위에 쭈그리고 앉아 있으려니 허리 아래가 쇠처럼 매우 차갑다. 저녁에 동이와 그 일행들이 주인 형(장수 현감 이빈)의 편지와 통문을 가지고 와서 보고했다. 현의 호장이 소의 앞·뒷다리와 벌집 꿀을 보내와서 밥맛을 돋웠다.

◎ ― 7월 25일

오늘은 내 생일이니, 노모께서 나를 낳느라 고생하신 날이다. 노모와 처자식은 지금 어디에서 오늘을 생각하며 서로 울고 있을까? 천 리 밖을 떠도느라 노모, 처자식과 고생을 함께하지 못하고, 이 몸도 편히 거처하지 못하고 바위틈에 은신한 지도 어느덧 한 달이 되어 간다. 사람이라면 이런 상황에서 어찌 비통하지 않으랴. 그저 눈물만 난다.

어젯밤에 주인 형(이빈)이 편지를 보내 만나기를 청했다. 아침을 먹고 수시로 쉬어 가며 다시 뒤의 고개를 넘어 석천암에 이른 뒤 말을 타고 고을에 도착했다. 날이 저물어서 그곳에서 잤다.

◎ ― 7월 30일

산속에 머물며 바위 아래에서 잤다. 오후에 비가 내렸고 음산한 안개가 사방을 덮었다. 산에 들어온 뒤로 비가 오지 않은 날이 드무니 답답하다. 저녁에 주인 형(이빈)의 편지를 보니, 보성 사람이 순찰사가 있는 곳에서 와서 하는 말이, 명나라 군사 6만 명이 평양성을 포위해서 점거하고 있던 적을 모두 죽인 뒤 7명만 적에게 살려 보내 패전 소식을 전하게 하자 그들의 소굴로 연달아 돌아갔다고 한다. 이것이 사실이라면 우리나라를 재건하는 것은 참으로 황제의 은혜라고 할 만하다. 신하와 백성들의 감격이 어떠하겠는가. 며칠 전에 김해의 적이 한양에서 내려온 왜놈 말을 듣고 서로 통곡하다가 한꺼번에 배를 타고 돌아갔다고 했는데, 아무래도 이 소식을 들었는가 보다. 속이 후련하다.

어머니와 처자식을 그리워하다

◎ ─ 8월 1일

산속에 머물며 바위 아래에서 잤다. 내가 산에 들어온 지도 거의 한 달 남짓, 한가을로 접어드니 엄습하는 한기가 보통보다 갑절이나 차다. 너무도 그리운 노모와 처자식은 지금 어디에 있으며 여전히 보존하고 있으려나? 이를 생각하니 어찌 비통하지 않겠는가?

오늘 처음 하혈한 것을 발견했는데 언제부터 시작되었는지는 알 수 없다. 분명 차갑고 습한 곳에 오래 머문 탓이리라. 오후에 비가 오락가락했고 음산한 안개가 여전히 사방을 에워쌌다. 초저녁에 오기 시작한 비가 밤새 그치지 않았다. 종들은 바위에 기대 쭈그리고 앉은 채 밤을 지새우니 참으로 딱하다.

◎ ─ 8월 5일

산속에 머물며 바위 아래에서 잤다. 응일이 주인 형(이빈)을 만나기 위해 이른 아침에 산을 내려갔다. 하혈은 어제부터 멈췄다. 저녁에 주인 형의 글을 보니, 순창의 사수 10여 명이 무주에 있는 적의 상황을 살피러 갔다가 돌아오는 길에 마을 집을 불태우고 약탈하는 적들과 만났단다. 먼저 한 사람을 쏘아 즉사시킨 뒤 수급을 베자 나머지 적들이 모여들어 포위했는데, 그때 우리 군사한 사람이 산으로 올라가 호각을 불며 큰소리로 "여러 고을의 군사는 들어와 공격하라!"라고 외치자 이 말을 듣고 적들이 달아났단다. 만일 입으로 호각을 분 사람이 없었다면 여러 사람이 화를 당했을 것이다.

◎ ─8월 7일

산속에 머물며 바위 아래에서 잤다. 응일이 산으로 돌아왔는데, 관아의 물건을 다시 싸서 오면서 내 옷과 행기行器(여행 중 사용하는 그릇), 요강을 가지고 왔다.

지금 정사政事를 보니, 이산보가 이조판서, 이항복이 병조판서, 이성중이 호조판서, 이덕형이 대사헌에 제수되었고, 나머지 사람들은 생략하여 기록하지 않았다. 초여름 이후로 정초政草(벼슬아치의 면직과 승진에 관한 문서 초안)를 보지 못한 지 넉 달이 되었는데, 뜻밖에 오늘 조정의 제목除目(임금이 제수한 관리의 이름을 적은 목록)을 다시 보게 되니 나도 모르게 눈물이 떨어졌다.

◎ ─8월 12일

산속에 머물며 바위 아래에서 잤다. 주인 형(이빈)이 순찰사의 관문을 받고 활쏘기에 능한 군사 50명과 건장한 군사 20명을 엄선해서 18일 전에 순찰사가 있는 곳으로 간다고 한다.

이달 8일에 선유사가 성상께서 직접 쓰신 유서諭書(임금이 군사권을 가진 관원에게 내린 명령서)를 가지고 왔다. 그 내용에 "지금 국사가 이 지경에 이른 것은 참으로 내 잘못이다. 그러나 근왕하여 난리에 달려가는 것은 또한 신하의 도리이다. 경들은 조종의 덕을 잊지 말고 한 번 무너졌다고 해서 꺾이지 말며, 충성스럽고 의로운 군사를 이끌고 서로 규합하여 적을 토벌해서 종묘사직이 다시 이어지도록 하여 불세출의 공업을 세우도록 하라. 이것이 밤낮으로 바라는 바이니, 다시금 힘을 합치도록 하라."라고 했다.

지금 성상께서 손수 쓰신 글을 받들어 읽으니, 목이 메고 감정을 주체할 수 없어 눈물이 절로 흘렀다. 성상의 말씀이 이러하시니, 한 지방을 맡은 관리가 어찌 통곡하면서 위기에 처한 임금에게 황급히 달려가지 않겠는가.

◎ ─ 8월 13일

8월 5일에 작성된 유서에 "명나라 장수들은 한양까지 진격해서 적을 소탕하려고 한다. 생존한 적들 가운데 몸을 빼 도주하는 자가 있다면 군사를 선발해서 요해처를 차단한 뒤 중간에 하나의 길만 열어 두고 좌우로 매복시켜 요격하기도 하고 후미를 공격하기도 하면서 단 하나의 기병도 바다를 건너지 못하게 하여 큰 공을 세우도록 하라. 군대의 일정에 대해서는 풍원부원군 류성룡 및 도원수 김명원의 처소에 물어보고 가게 했으니, 주의 깊게 듣고 시행하라."라고 했다. 명나라 군대와 근왕병들이 대단한 기세로 내려오고 있고 의병들도 도처에서 봉기하고 있어 숨만 붙은 적들을 토벌하는 데 어찌 오랜 시간이 걸리겠는가. 승전보가 머지않아 이를 것이다.

◎ ─ 8월 15일

산속에 머물며 바위 아래에서 잤다. 오늘은 추석인데 성 남쪽 산소에 차례 지내는 사람이 없으니, 애통함이 끝이 없다. 더구나 노모와 처자식은 지금 어디에서 목숨을 보전하고 있을까? 오늘을 생각하니 더욱 통곡할 지경이다. 현의 사람이 오늘이 명절이라며 이곳 사람들이 먹을 떡과 술, 고기, 과일 등을 많이 가져왔는데, 음식을 먹을 정신이 있겠는가. 가지고 온 사람에게 음식을 대접해서 보냈을 뿐이다. 또 처음으로 햇밤과 햇대추를 보았다. 제철 과일을 보니 노모 생각에 슬픔을 견딜 수 없다.

◎ ─ 8월 16일

산속에 머물며 바위 아래에서 잤다. 지난달 21일에 왕세자가 이천에서 글을 내리기를, "내가 외람되이 임시로 섭정하라는 명을 받고 나라를 회복하는 책무를 돕게 되었다. 그러나 이 몸은 재주와 덕이 부족해 감당치 못할까 두려운데 임금의 수레와 천 리나 떨어졌으니, 서쪽을 바라보고 눈물을 흘릴 뿐이었다. 오늘날 나랏일이 전부 틀어져서 밤낮으로 오직 근왕병이 오기만을 바랐건만 오랫동안 소식이 없더니, 한창 걱정하고 절박해하던 지금 여러 분들이 의병을 일으켜 경성 가까이 왔다는 소식을 접했다.
이는 진실로 천지와 조종께서 묵묵히 도우신 것이다. 종묘사직의
존망은 여러분들이 힘을 어떻게 합치느냐에 달려 있다. 나라를
살리고 백성을 구해서 큰 공을 세우도록 하라."라고 하셨단다. 이
또한 백어룡이 전해 준 말이다.

가짜 의병, 진짜 의병

◎ ─8월 26일

손인의의 집에 머물렀다. 아침에 비가 와서 주인 형(이빈)은 진
영으로 가지 않았다. 조방장 배리陪吏(상관을 모시고 다니는 관리)의
사통私通(사사로이 주고받는 편지)을 보니, 지난번 의병장 고경명이
금산 전투를 앞두고 있을 때 어떤 중이 의병에 자원해서 물을 긷
고 밥을 지었는데, 전투가 벌어지던 날 왜적과 내통해 대장을 살
해하도록 지시했기 때문에 크게 패했다고 한다. 용담과 금산에
숨었던 사람의 말로는, 이 중이 적과 내통해 적을 인도하여 여러
산을 수색해 인민을 살해하고 재물을 노략질했으며, 보성 군수
가 9일 치른 전투에서는 그 고을 공생貢生(향교에 다니던 생도)을 죽
여 차고 있던 인신印信(관아의 도장)을 빼앗으려고 하는 등 흉악함
이 왜놈보다 심했단다. 모든 사람이 분통을 터뜨리며 중의 살점
을 질근질근 씹고 싶어 했는데, 보성 군수가 우연히 그를 사로잡

아 문초한 결과 이런 전말이 모두 드러나서 곧바로 그를 형틀에 채워 방어사가 있는 곳으로 압송했다고 한다. 이 중이 하는 말이, 금산의 왜적은 양식이 부족해 여물지 않은 벼를 베어 먹으며 연명하고 있다고 한다. 중의 이름은 성택이다. 사람들이 왜적 30명을 죽이는 것보다 이 중놈 하나를 죽이는 게 낫다고 말할 정도였으니, 속이 다 후련하다.

◎ ─ 9월 1일

손인의의 집에 머물렀다. 적에 대해 특별히 들은 건 없다. 전라우도(전라도의 서부 지역) 의병장이 이 고을에 들어온 지 오래되었는데, 아직도 적이 있는 경계로 나가 진을 치지 않고 날마다 군관과 활쏘기나 하는 한편 녹각목(사슴뿔 모양으로 만든 나무)을 많이 가져다가 관가 앞뒤로 목책을 설치하고 적이 침입할까 걱정하며 오래 머물 생각만 하고 있으니, 우습다. 금산과 무주는 이 고을에서 이틀 정도면 갈 수 있는 거리이고, 그사이 관군이 매복한 요해처만도 네댓 군데는 된다. 그런데도 먼 지역에 물러나 움츠린 채 양식만 축내고 나아가 싸울 생각을 하지 않으니 더욱 우습다. 이름만 의병일 뿐 사실은 도망쳐서 죄를 얻은 관군들이 죄다 모여 처벌이나 면하려는 수작인 셈이다. 영남 의병장 김면과 곽재우는 용사들을 많이 모아서 대치한 적을 날마다 공격하여 수급을 바친다고 하니, 이들이야말로 의병이라는 이름에 걸맞다고 하겠다.

◎ ― 9월 4일

주인 형(이빈)은 이른 아침에 의병 부장과 함께 복병이 있는 어각치로 갔고, 순창 군수는 이질痢疾(똥에 고름 등이 섞여 나오는 증상을 보이는 전염병) 증상 때문에 함께 가지 못했다. 나는 산사로 돌아오던 중에 주인 형을 만나기 위해 술을 가지고 가던 사람들을 만났다. 즉시 술 한 병과 안주 한 접시를 꺼내 길가 늙은 버드나무 밑에 앉았다. 석 잔을 마시고 얼근히 취해 돌아오는데 해가 아직 기울지 않았다. 보름간 떨어져서 서로 그리워하다가 오늘 절에 오니, 사람들이 모두 환영했고 나도 기쁘게 만났다.

◎ ― 9월 13일

지난번에 어떤 의병이 밤에 무주 적진으로 들어가 진영 밖 망대에서 숙직하던 왜놈을 활로 쏘고 수급을 베어 와 바쳤다고 했는데, 지금 다시 들으니 베어 온 것은 왜놈의 머리가 아니라 목화를 따다가 적에게 살해되어 버려진 무주 백성의 머리였다. 머리털만 제거한 뒤 베어 온 것이다. 의병장이 그런 줄도 모르고 왜놈의 머리라고 여겨 순찰사에게 수급을 바쳤다고 한다. 참으로 우습다. 세상일엔 거짓이 많은데, 게다가 지금처럼 전공을 다투며 상을 받으려고 힘쓰는 때에는 이런 등속의 일이 분명 많을 것이다. 누가 그 진위를 정확히 파악할 수 있겠는가. 머리를 베인 자의 아비는 이 고을에 사는데, 아들이 적을 따랐다고 위협을 받을까 몹시 두려워서 감히 입을 열지 못했다고 한다.

◎ ─ 9월 15일

영남에서 전한 글에 따르면, 1천여 명 혹은 1백여 명의 적들이 위에서 날마다 내려오는데, 적들이 태우고 가던 여자들이 큰소리로 "아무 고을 아무 마을에 사는 아무개가 지금 포로가 되어 영영 타국으로 간다."라고 외치면서 하염없이 울었다고 한다. 불쌍하기 그지없다.

◎ ─ 9월 22일

관속들이 오늘 산에서 내려와 관아로 돌아왔다. 6월 26일에 절에 올라가 7월 2일에 산속으로 들어갔고, 8월 18일에 절에 돌아온 뒤 이제야 관아로 귀환한 것이다. 일수로 계산하면 86일간이다. 그간의 고초에 대해서는 앞에 자세히 적어 두었다.

아내 편지를 다시 보게 될 줄이야

◎ ─ 9월 27일

아침에 두부를 만들어서 함께 먹었다. 주인 형(이빈)이 먼저 떠나서 요해처와 매복한 장소를 살폈다. 나는 뒤따라 15리쯤 갔는데, 시내와 수석이 볼 만했다.

밤에 이야기를 나누고 잠자리에 들었는데, 잠시 후 우리 집 사내종 송이(송노)가 왔다고 했다. 놀라서 벌떡 일어나 불을 밝히고 처자식의 편지를 보았다. 강원도를 떠돌며 굶주리기도 하고 밥을 먹기도 하면서 온갖 고초를 겪는다는 내용에 나도 모르게 눈물이 줄줄 흘렀다. 아내의 편지를 다시 보게 될 줄 어찌 알았으랴. 슬픔과 기쁨이 끝이 없다. 다만 어머니께서 처자식들과 함께 강원도로 가지 않고 서쪽으로 고양에 있는 첫째 누이의 아들 심열의 농막으로 가셔서 현재 어머니의 생사를 모른다고 했다. 한없이 통곡했다.

처자식이 지금 예산 넷째 누이네 농막에 도착하여 목숨을 부지하고 있다는데, 보고 싶지도 않다. 찾아온 사내종의 발에 종기가 났다. 다소 괜찮아지면 예산으로 가서 다시 한양 적의 형세를 살핀 뒤 어머니를 찾아 나서야겠다.

그저께 영암의 둘째 여동생 임매가 보내온 편지를 읽는데, 저절로 눈물이 흘렀다. 임실의 관인이 오는 편에 버선과 감투를 함께 보내왔기에 답장을 써서 보냈다. 둘째 아들 윤해의 편지에, 셋째 누이를 양근에서 보았고 넷째 누이네는 예산의 농촌에 있다고 했다. 다만 동서 임면의 큰딸이 가평에서 병으로 죽었고, 연지동 댁은 여전히 풍양에 머물다가 왜적에게 분탕질을 당했으며, 정종경의 누이가 포로가 되었고, 이탁과 아우 이위 및 그의 두 아들이 모두 적에게 죽임을 당했으며, 김덕장, 우일섭, 신홍해, 이렴의 아내, 신득중 등도 모두 화를 입었다고 했다. 길에서 들은 말이라 곧이곧대로 믿을 수는 없다고 했지만, 애통함을 금할 수 없다.

◎ — 10월 1일

아침에 일어나 보니, 산봉우리가 반쯤 눈으로 덮였고 찬 기운이 엄습했다. 노모와 아우, 조카를 다시 생각하니 애통함이 더욱 지극하다. 쌀 5섬 반을 주고 말을 구입했다. 6일에 길을 떠날 생각인데, 송노의 양쪽 발에 못이 박혀 걸을 수가 없다. 걱정이다.

경기 안성에 사는 서얼 홍계남이 당초 의병을 일으켜 흉적을 쳐서 활을 쏘아 맞히고 벤 수급이 매우 많았고 가는 곳마다 공을 세우니, 적들이 홍장군이라고 부르며 감히 침범하지 못했다. 충청도 내지가 편안할 수 있었던 것은 모두 홍계남의 공이라고 한다. 가상한 일이다. 의병이 곳곳에서 봉기했지만 그 이름에 걸맞은 사람은 오직 영남의 곽재우와 김면, 경기의 홍계남, 충청도의 조헌, 전라도의 김천일과 고경명뿐이다. 그 나머지에 공적이 현저한 인물이 있다는 말은 듣지 못했다. 게다가 고경명과 조헌은 모두 나랏일을 위해 전사하여 죽을 자리에서 죽었으니, 그 이름을 저버리지 않았다고 할 만하다.

◎ — 10월 8일

이른 아침, 주인 형(이빈)과 형수에게 작별인사를 했다. 형수가 하염없이 울었고, 나도 슬퍼졌다. 산속에 숨어서 동고동락했으니, 이별하는 자리에서 대부분의 위아래 사람들이 서운한 마음을 갖는 건 인정상 당연하다.

말을 타고 짐을 싣고서 진안의 좌전리에 있는 정병 김윤보의 집으로 갔다. 해가 저물어서 그곳에서 투숙했다.

◎ — 10월 13일

동틀 무렵에 길을 떠났다. 장수에서 온 사람과 말은 돌려보내고, 걸어서 식전에 홍주의 사곡에 있는 첨사 이언실의 사내종 돌시의 집에 도착했다. 내 처자식이 10여 일 전부터 이곳에 와 있다가 내가 온다는 말을 듣고 나와서 맞았다. 슬픈 감회를 주체할 수 없었다. 오늘 다시 처자식을 만나게 될 줄 생각이나 했겠는가. 둘러앉아 각자 피란의 고통을 이야기하니 나도 모르게 눈물이 흘렸다. 그러나 노모와 아우, 조카의 생사를 모르는 상황에서 지금 처자식을 만나니 더욱 애통했다.

첨사 이언실의 모친과 처자식도 나보다 하루 전에 여기에 왔기 때문에, 위아래 식구들이 너무 많아 한집에 머물 수 없었다. 그래서 선비 이광복의 사랑채를 빌려 일단 거처하기로 했으나 오래 있지는 않을 것이다.

◎ — 10월 18일

이른 아침을 먹고 나는 넷째 누이 김매를 보기 위해 예산으로 가고, 큰아들 윤겸은 체찰사(전시에 군무를 총괄하던 임시 벼슬)를 만나기 위해 정산(지금의 충청남도 청양군 정산면)으로 향했다. 체찰사는 영남 진주의 적들이 하루가 다르게 성을 포위해 온다는 말을 듣고 저들이 운봉의 팔랑치를 넘지나 않을까 걱정하여 공주로 진을 옮긴 뒤 전라도와 호응할 계획이라고 한다.

오늘 서당으로 거처를 옮겼다. 서당은 이 공(이광복)의 집에서 3, 4리가량 떨어져 있는데, 몹시 깨끗하여 떠도는 사람이 살기에는 아까운 곳이다. 다만 물가가 가깝고 큰길이 옆에 있는 데다 인가도 멀어 한기가 갑절이나 될 뿐만 아니라 좀도둑이 들까 매우 걱정이다.

저녁에 김매가 있는 곳에 도착했다. 내가 왔다는 말에 두 조카아이가 달려 나와 맞았다. 누이와 상봉하고 나니 노모 생각에 나도 모르게 눈물이 줄줄 흘렀다.

슬픔 속의 기쁜 소식

◎ ― 11월 1일

계당에 있었다. 밤중부터 눈이 내리기 시작해 늦은 아침까지 개지 않더니 3, 4치가량 쌓였다. 사내종 끗손이 연산에서 돌아왔다. 홍세찬이 벼 1섬을 둘째 아들 윤해의 처소로 보냈다.

참봉(오윤겸)이 공산에서 편지를 보내왔다. 체찰사는 어제 호남으로 향했고 부사는 그대로 공산에 있어서, 참봉이 백성의 고통을 덜어 주는 일을 부사와 의논해서 처리하고 있다고 했다. 또 경기도 관찰사 심대가 마전에 있다가 적에게 함락당해 아병牙兵 130여 명과 함께 도륙을 당했다고 한다. 슬픔을 참을 수 없다. 심

공은 나와 육촌 친척으로 서로 돈독하게 지낸 사이이다. 더욱 애통하다.

◎ ─ 11월 9일

이른 아침에 길을 나섰다. 신창현 앞에서 말을 먹이고 점심을 먹은 뒤 아산 이시열의 집에 도착했다. 처남 이경여 부부가 먼저 이곳에 와 있었다. 구사일생으로 살아서 다시 만나니 만감이 교차했다. 거듭된 전란 속에서 가까스로 화를 면한 이야기를 자세히 들었다. 몹시 참혹하고 애통했다.

◎ ─ 11월 13일

밤에 눈이 내린 뒤 삭풍이 불어 찬 기운이 뼛속까지 파고들었다. 길을 가는 어려움이 이루 말할 수 없는데, 노모와 아우는 이런 눈보라를 어떻게 견디고 있을까? 이를 생각할 때마다 애통하고 또 애통하다.

◎ ─ 11월 17일

날이 저물어 송노가 돌아왔는데, 병마절도사가 준 물건을 병영에서 실어 왔다. 전날 참봉(오윤겸)이 순회하며 직산에 이르렀을 때 병마절도사 이옥이 내가 떠돌며 홍주에 머문다는 말을 듣고 백미 10말, 참깨 2말, 말린 민어 1마리, 갈치젓 20개, 조기 3속, 감장(맛이 단 간장) 3말, 간장 3되, 뱅어 젓갈 3되를 첩帖(현물 지급을

명하는 공문서)으로 써서 지급했기에, 남정지가 가지고 왔다. 양식과 찬거리가 부족하던 터에 이를 얻으니 많은 재물을 받은 기분이다. 당장은 주릴 걱정을 덜게 되었다.

◎ ― 11월 18일

오늘은 동지이다. 팥죽을 쑤는 날인데 팥을 얻지 못해서 아이들이 먹지 못하니 탄식할 노릇이다.

◎ ― 11월 28일

하루 종일 계당에 있었다. 동짓달의 추위가 너무 심해 방 안에 웅크리고 앉아 있었다. 술을 얻고 싶어도 어찌할 도리가 없었는데, 마침 이광복이 잘 빚은 술 한 병을 사람을 시켜 보내왔다. 바로 따뜻하게 데워서 사발에 가득 따라 마시니, 가슴속이 봄바람 속에 있는 것처럼 따뜻해졌다. 한 잔 술이 천금이라고 할 만하다.

◎ ― 11월 29일

아침을 먹고 사포 숙부를 찾아뵈었다. 윤민헌과 김극, 마을 소년들이 모두 모여서 종정도從政圖 놀이(종이에 관직 이름을 써 놓고 주사위를 굴려 나온 숫자에 따라 관직을 이동하는 놀이)를 했다. 꼴찌를 한 자는 먹을 두 눈에 칠해서 웃음거리로 삼기로 했다.

오후에 강안성(강성)의 처소로 왔는데, 조금 있다가 사내종 안손이 달려와 장수 현감(이빈)의 부음을 전했다. 놀랍고 슬펐다. 곧바로 계당으로 돌아와 사연을 물으니, 참봉(오윤겸)이 공주에 있다가 어제 아침에 부음을 듣고 즉시 우졸을 시켜 소식을 전한 것이며 23일에 세상을 떠났다고 했다. 매우 슬프다. 지난번 참봉이 완산에 있을 때 추위로 몸이 상해 위중하다는 말을 들었다고 했지만 대수롭지 않게 여겼다. 약을 먹고 땀을 내면 쉽게 나으리라고 생각했는데, 갑자기 이렇게 될 줄 어찌 알았으랴.

내가 그 집에 장가들고 나서 37년 동안 한양에서 한집에 살았고, 타지에 나가 살 때에도 책상을 붙이고 함께 지내면서 잠시도 떨어진 적이 없었다. 처남이 만년에 벼슬하여 두 고을의 수령이 되어서는 가난하고 자식이 많은 나를 불쌍히 여겨 여러 동기간 중에서 가장 특별히 돌봐 주었다.

이번 난리를 만나서 내가 마침 장수현에 머물 때에도 관속에게 나를 돌보도록 부탁하고 같이 거처하며 동고동락했다. 내 처자식들이 살아서 충청도로 돌아왔다는 말을 들었을 때는 나에게 "남쪽 고을로 데리고 와서 나와 가까운 고을에 거주하면 아침저녁으로 필요한 물자를 나누어 주겠네."라고 간곡히 말했다. 처자식들이 남쪽으로 온 것은 이 말만 전적으로 믿은 것인데, 지금 이렇게 세상을 버렸구나.

처남만 딱한 게 아니다. 우리 일가족에게 다시 의지할 곳이 사라졌으니, 하늘이 분명 우리 처자식을 길에서 굶어 죽게 하려나 보다. 이를 생각하니 더욱 애통하다. 더구나 그의 장남 시윤은 함경도를 떠돌아 생사를 알지 못하고 슬하에 데리고 있는 아들들은 모두 나이가 어려 일처리에 미숙하니, 염습하고 빈소를 차리는 제반 일을 어떻게 할 것인가? 날은 춥고 길은 멀어 몸소 가서 어루만지며 염을 하지도 못하니, 천지에 부끄러울 따름이다.

한 식경이 지나 사내종 막정이 온다는 말을 듣고 문으로 달려가 맞으며 물으니, 어머니는 지난달 22일에 고양에서 강을 건너 강화도로 들어가셨는데 두 사내종이 찾아가 뵈니 기력이 여전히 강녕하셨고, 아우와 조카 심열도 처자식을 이끌고 모두 무사히 같이 왔으며, 아우의 장인 김철도 같이 있다고 한다. 어머니와 김 공의 가족은 곧바로 호남으로 갔는데, 김 공은 고부의 농막에 이르러 배에서 내리고 어머니는 영암 둘째 누이 임매의 집으로 가기 위해 영광의 법성창에 내릴 예정이라고 한다. 기쁨을 감추지 못하겠다. 노비들도 죽은 자 없이 모두 데리고 왔으며, 어린 사내종 한금과 어린 계집종 허농개만 당초 포로로 잡혀갔다고 한다. 당장 달려가고 싶지만 사내종과 말이 장수에 가서 돌아오지 않았으니, 오기를 기다려 열흘 이내로 찾아뵐 생각이다.

낮에 장수 현감의 부음을 접하고 온 가족이 애통해하다가, 저녁때 어머니께서 무사히 남쪽으로 가셨다는 말을 듣고 일가족이 기뻐했다. 이것이 이른바 "슬픔 속에 기쁜 소식을 들으니 더할 나위 없이 얼떨떨하네."라는 것이리라.

꿈에 그리던 어머니를 다시 만나다

◎ — 12월 13일

밥을 먹고 이광복의 집에 갔다. 이광축도 와서 함께 이야기를 나누었다. 잠시 후 어린 사내종이 달려와 아우 언명(오희철)이 왔다고 전했다. 즉시 계당으로 달려가 마주하고는 눈물을 흘렸다. 오늘 다시 만날 줄 어찌 알았으랴. 아우에게 들으니, 어머니께서는 지금 태안에 계신다고 한다. 당초 막정 등이 배에서 내린 뒤 어머니께서 탄 배가 역풍을 만나 도로 인천 앞바다의 섬에 이르렀고, 암초에 걸려 전복되려는 순간 가까스로 섬에 내리긴 했지만 배는 부서졌다고 했다. 다행히 목숨은 건졌지만 외딴 섬에 먹을 것이 없어 굶어 죽거나 얼어 죽을 판이었는데, 때마침 비인 현감 구제현이 탄 관선이 풍파에 떠밀려 이 섬에 정박하여 같이 그 배를 타고 태안 소근포에 도착했단다. 어머니는 말이 없어 그곳에 계시고, 자신이 말을 구하기 위해 먼저 왔다는 것이다. 기쁘고 다행스러움을 말로 표현할 수 없다. 언명의 처자식과 그의 장인 가족은 먼저 결성(지금의 충청남도 홍성군 결성면)에 도착했다고 한다.

◎ — 12월 16일

날이 밝자 아침을 먹고 태안군에 다다랐다. 군수는 지금 군사를 거느리고 수원의 군진에 있다고 한다. 말을 먹이고 점심을 먹은 뒤 어머니가 계신 북면 바닷가 소근포에 있는 수군 최인세의 집으로 달려갔다. 어머니는 내가 오는 것을 보고 소리 내어 슬피 울면서 "오늘 다시 살아서 만날 줄 몰랐구나."라고 하셨다. 나도 슬피 울어 양 소매가 다 젖었다. 난리 통에 모자가 남북으로 떨어져서 8, 9개월이나 생사를 몰랐으니, 오늘 어머니의 얼굴을 다시 봄에 어찌 슬프지 않겠는가. 우리 집 노모와 처자, 형제자매가 각각 목숨을 보존해서 한 사람도 죽지 않고 만났으니, 기쁨이 어떠하겠는가. 다만 셋째 누이 남매가 아직 양근 땅에 있는데, 그곳은 적의 소굴이라 걱정스럽다. 어떤 사람은 진천의 농막으로 나왔다고 말하기도 하는데, 현재로서는 자세히 알 수 없다.

집주인 최인세의 아내는 조광림의 계집종이다. 인세는 천성이 어질고 후해서 나의 노모를 대단히 공손히 섬겼다. 찰떡을 쪄 드리기도 하고 감주를 만들어 드리기도 했으며 때로는 밥을 지어 올리기도 하고 양식이 떨어졌을 때는 즉시 쌀 1말을 꾸어 주었다고 한다. 기쁘고 고마운데 보답할 것이 없어서 내가 차고 있던 칼을 끌러 주어 다소나마 후의에 보답했다. 나중에 은혜를 갚을 길이 있으면 우리 부자와 형제가 마땅히 힘을 다해야 할 것이다. 어머니께서는 6일에 배에서 내린 뒤 이곳에서 11일간 머무셨다. 내일 길을 떠날 예정이다.

◎ ─ 12월 23일

낮에 노모를 모시고 길을 나섰다. 대흥에 도착했는데 일행에게 제공된 음식이 보잘것없고 맛이 없어 먹을 수가 없었다. 오태선이 어머니가 오셨다는 말을 듣고 자신이 머무는 절에서 와서 같이 잤다. 별좌別坐(관아의 정·종5품 벼슬) 신천응이 행재소行在所(왕의 임시 거처)에서 이곳에 왔다는 말을 들었다. 윤해에게 그를 찾아가서 조정의 조치와 명나라 군대의 파병 여부를 묻게 했더니, 그가 말하기를 "적은 현재 평양과 연안 지역 관아에 있으며 명나라 군대는 내가 용강에 와서 듣기로는 이미 압록강을 건넜다고 했는데, 비밀 사안이라 자세히 알 수는 없소."라고 했다.

◎ — 12월 25일

내가 예산에서 돌아오지 않았을 때, 체찰사가 칭념稱念(어떤 일에 대해 잘 생각해 달라고 부탁하는 것)하며 준 백미 5말, 전미田米 5말, 콩 10말, 영계 3마리를 관인이 싣고 왔다. 또 윤겸의 동갑내기 벗인 성환 찰방察訪(역참 일을 맡아 보던 종6품 관리) 김덕겸이 백미 5말을 보내왔다. 홍주 목사가 전날 생원(오윤해)에게 준 벼 5말과 콩 5말도 왔다고 한다. 윤해의 처가 찰떡을 쪄서 어머니께 올렸다.

어제 새벽 횃대에서 닭이 두 번 울었을 무렵 윤겸의 처가 여자아이를 분만했다. 매일매일 아들을 바라다가 딸을 낳으니 온 가족이 서운해했다. 전에 아들 둘을 낳았으나 모두 잃고 연이어 낳은 딸 넷만 있을 뿐이다. 훗날 양육할 일은 말로 다 할 수 없지만, 무사히 출산했으니 또한 다행이다.

◎ ─ 12월 29일

사포 숙부 댁에 갔다. 주부 장응명, 진사 윤민헌, 한박, 김극 등과 모여서 숙부를 모시고 이야기를 나누었다. 생원 이익빈의 집에 있는 김정 형을 사람을 시켜 불렀더니 되레 나보고 오라고 했다. 즉시 그곳으로 가니, 형이 생원 이광축 등과 함께 한창 추로주를 마시는데 술 취한 소리가 떠들썩했다. 내가 나중에 왔다고 연거푸 두 잔을 먹이더니 잠시 후 또 두 잔을 억지로 먹여 그대로 취해서 돌아왔다.

날이 저물어 참봉(오윤겸)이 보령에서 횃불을 밝히고 왔다. 일가족이 방 안에 모두 모여 대화하다가 자정이 지나 참봉이 먼저 집으로 돌아갔고 나도 처소로 돌아왔다. 끗손이 부여에서 돌아왔다. 부여 현감이 쌀 8말, 태 3말, 콩 2말, 밀가루 4말, 메밀 1말 2되, 감장 1말을 보내왔다. 또 결성의 가장 류택이 쌀 3말, 노루 다리와 갈비, 조기 1뭇, 닭 1마리, 황각 2말, 간장 2되를 보내왔다. 류택은 윤겸의 동갑내기 친구이다.

지난 26일에 군사들이 죽산의 종배에 진을 치고 있는 적을 공격했는데, 적은 성문을 걸어 잠근 채 나오지 않았다. 이에 우리 군사가 종일 포위하고서 다양한 방법으로 싸움을 걸었지만 끝내 응하지 않아 하는 수 없이 제각기 진영으로 돌아갔다고 한다. 체찰사가 전령을 내려 순찰사 및 병마절도사, 조방장 등을 잡아다가 처벌한다고 한다.

오희문이 기록한 임진왜란의 참상

1592년(선조 25) 4월에서 1598년(선조 31) 12월까지 한반도에서 일어난 '임진왜란'은 '임진란', '임란', '임진 전쟁', '7년 전쟁' 등 다양한 이름으로 불린다. 조선과 일본 사이의 전쟁이므로 '조일전쟁'이라 하거나, 이 전쟁으로 도자기 문화가 조선에서 일본으로 전파되었기에 '도자기 전쟁'으로도 부른다. 또한 1592년 발발한 임진왜란과 1597년에 발발한 정유재란을 구분해서 부르기도 한다.

조선시대를 전기와 후기로 나눌 때의 기준점이 임진왜란일 만큼 이 전쟁은 조선시대의 가장 큰 사건이었다. 이 7년간의 전쟁에 등장하는 나라는 조선과 일본, 중국(명나라)으로, 임진왜란은 명실공히 동아시아 3국의 국제전이었으며, 이후 세 나라 모두에 커다란 영향을 미쳤다. 각국에서 부르는 역사 용어도 제각각인데, 일본과 중국에서는 자기 나라 왕의 연호를 사용하여 각각 분로쿠 전쟁文禄の役, 만력조선전쟁萬曆朝鮮之役이라 부른다. 특히 중국에서는 조선을 도와 왜에 대항했다는 의미로 항왜원조抗倭援朝라고도 하며, 북한에서는 임진조국전쟁壬辰祖國戰爭으로 부른다.

전쟁의 발발 원인은 무엇일까? 일반적으로 임진왜란은 도요토미 히데요시가 일으킨 것으로 알려져 있다. 당시 전국시대의 혼란을 수습하고 통일한 도요토미 히데요시가 그 과정에서 드러난 무사들의 불만을 다른 곳으로 돌리기 위해 조선을 침략한 것이다. 이때 조선에는 명분상 명을 치러 가니 길을 비켜 달라고 하는데, 조선이 이에 응하지 않을 것을 알았으므로 실제 전쟁의 목표는 '조선 정벌'이었다.

부지불식간에 시작된 전쟁의 기록

오희문은 전쟁이 발발하기 4개월 반 전인 1591년 11월 27일 한양을 출발해 충청도와 전라도 등지를 돌며 여행을 한다. 각 지역에 흩어져 있는 노비들에게 공물을 거두어들이기 위해 떠난 길이었는데, 도중에 장수 현감으로 있던 처남 이빈, 황간의 외가 식구와 영동의 외숙을 비롯해 영암에 있는 둘째 누이와 매부 임극신 등을 만난다. 임진왜란이 일어난 4월 13일은 그가 장수에 온 날이었는데, 전쟁 소식은 그로부터 3일이 지난 16일에 듣게 된다.

4월 16일, 왜선 수백 척이 부산에 모습을 나타냈다는 소문이 돌더니, 저녁나절에는 부산과 동래가 함락되었다는 말이 들려와서 경악을 금치 못한다. 대부분의 사람처럼 오희문 역시 전쟁을 부지불식간에 접한 것이다. 그로부터 또 사흘 뒤인 4월 19일에는 영남의 변란 소식을 하루 세 차례씩 듣고 그에 대해 언급하고 있는데, 임금이 피란을 떠나 도성이 무방비 상태라는 이야기 등 왜적의 침입에 적절히 방어하지 못한 조정의 대응을 원망하는 글을 남긴다.

같은 해 8월 7일 일기에는 조정의 인사 상황이 자세히 기록돼 있는데, 그가 피란을 떠난 상황에서도 왜란의 전황과 조정의 상황을 비교적 신속하고 정확하게 파악하고 있음을 알 수 있다. 그 까닭은 승정원에서 발행한 조보朝報를 오희문이 접할 수 있었기 때문이다. 조보에는 국왕의 모든 명령과 지시를 포함해서 당면 정책에 대한 유생과 관료들의 건의문, 그에 대한 국왕의 답신, 국왕이 관민들에게 보내는 회유문, 조정 관리의 인사 정보 등 광범한 내용이 담겼는데, 지금 시각으로 보면 관에서 발행한 신문이라 하겠다.

조보는 한문으로 작성된 것으로, 인쇄본이 아닌 손으로 직접 옮겨 적은 필사본으로 유통되었다. 따라서 배포 범위가 넓지 않았다. 원칙적으로는 전현직 고급 관리들만 볼 수 있었지만, 오희문의 사례를 통해 알 수 있듯이 일부 사대부들도 비공식적으로 접할 수 있었다. 아마도 처남인 장수 현감 이빈을 비롯해 다른 지역 현감을 통해 조보를 받아 보았을 것이다. 전란의 와중에도 조보가 전달되었다는 것은 당시 국가의 연락망이 무너지지 않고 건

재했다는 것을 알려 준다.

이러한 조보와 주변 관인들을 통해 오희문은 임금의 교서와 당시의 전쟁 상황을 자세히 전달받는다. 그리고 관군인 신립, 원균, 이순신뿐 아니라 의병 곽재우, 고경명, 김천일 등 임진왜란의 영웅들의 이야기를 일기에 상세히 기록하고 있다.

산속의 피란 생활과 전쟁에 대한 생생한 증언들

전황이 위급해지자 오희문은 1592년 6월 처남 이빈의 가족과 함께 영취산의 석천사에 올랐다가 7월에 더 깊은 산속으로 들어간다. 7월의 여름은 오희문에게 무척이나 덥고도 괴로운 나날이었다. 피란의 고통은 한 달 이상을 산속 바위 밑에서 지낸 것에서 잘 드러난다. 7월 4일 "산속에 머물며 바위 아래에서 잤다"는 기록을 시작으로 "골짜기 안에 머물면서 시냇가에서 잤다"거나 "산속에 머물며 바위 아래에서 잤다"는 기록이 이어지면서 피란살이의 고단함을 고스란히 전한다. 오희문의 산속 피란 생활은 9월 22일 장수 관아로 내려오는 날까지 86일간 계속되는데, 고된 생활로 인해 급기야 하혈까지 한다. 거기다 그는 여행 중이었기에 가족과 헤어진 상태여서 연락이 닿지 않는 노모와 가족을 끊임없이 걱정하고 애통해한다.

전쟁의 피해는 오희문에게만 해당된 이야기가 아니었다. 겁탈당한 여성 등 전란 당시 왜적의 만행에 대한 기록은 일기 곳곳에 등장하며, 그에 대한 오희문의 감정도 자세히 기록되어 있다.

전쟁 중 왜적에 투항한 백성이 생기고, 조선 백성의 시체를 왜병의 시체라고 속여 전공을 다투는 등 아비규환이 되어 버린 일, 왜적인 척하며 노략질을 하거나 왜적의 위세에 눌려 헛소문에 놀라 숨는 사람들 등 전해 들은 참상은 전란 내내 계속 이어진다. 구걸해도 먹을 것을 얻지 못한 남편에게 버림받은 여인과 아이, 병들고 굶주리다 죽은 어미의 시체를 묻을 힘도 없고 연장도 구할 수 없던 두 아이를 직접 보고 기록한 오희문의 목격담은 전쟁의 처참함을 있는 그대로 보여 준다.

전쟁이 장기화되면서 굶어죽은 사람이 많아 걸인이 드물며, 영남과 경기에서는 사람들이 서로 잡아먹는 일이 많다는 갑오년(1594)의 전언에 이르러서는 참상이 절정에 달한다. 비록 전하는 말이지만, 전쟁이 인간을 얼마나 나락까지 몰고 갈 수 있는지를 여실히 증명한다.

오희문의 가문, 그리고 가족 관계

『쇄미록』의 저자 오희문은 어떤 사람일까? 먼저 그의 집안과 가족 관계를 살펴보자. 그는 해주 오씨 집안으로, 그의 가문은 고려시대 군기감軍器監(병기, 기치, 융장, 집물 등의 제조와 보관을 담당하던 관청의 관원)을 지낸 오인유를 시조로 한다.

13세손인 오희문은 오경민의 3남 4녀 중 첫째 아들로, 두 명의 남동생과 네 명의 여동생이 있었다. 오희문의 첫째 남동생은 임진왜란 이전에 죽었으며, 둘째 희철은 전란 동안 오희문과 더불어 어머니를 모시고 함께 피란 생활을 하였다. 네 누이는 각각 심수원, 임극신, 남상문, 김지남에게 시집을 갔고, 네 명의 매부는 모두 16세기 사족 사회에서 이름 높은 명문가 출신이었다. 첫째 누이는 아들 심열을 두었는데, 「계사일록」에서 오희문은 심열이 열 살 되었을 때 그의 어미가 일찍 죽고 할머니 집에서 자라면서 자신에게 배우고 자신의 아이들과도 여러 해 같이 살았으며,

스스로 자식과 같이 대우했음을 기록하고 있다. 여기서 할머니는 아마도 심열의 외할머니, 곧 오희문의 어머니를 일컫는 듯하다.

오희문은 연안 이씨인 이정수의 딸과 혼인하여 4남 3녀를 두었다. 4남은 윤겸, 윤해, 윤함, 윤성이며, 장녀는 함열 현감 신응구와, 둘째딸은 김덕민과 혼인했으며, 막내딸은 요절했다. 맏아들 윤겸은 훗날 영의정까지 지내면서 오희문도 영의정에 추증追贈(종2품 이상 벼슬아치의 죽은 아버지에게 벼슬을 주는 일)되었으며, 오윤겸의 호를 딴 해주 오씨 추탄공파楸灘公派가 성립되었다. 오윤겸의 직계 자손에는 숙종 때 병조판서를 지낸 오도일과 영조 때 우의정까지 오른 오명항 등이 있다. 둘째 아들 윤해의 아들인 오달제는 병자호란 때 청나라에 항복하는 것을 반대하다가 끌려간 삼학사 중 한 명이다.

오희문은 자식들뿐 아니라 사위와의 유대 관계도 끈끈했다. 이는 딸에 대한 차별이 심하지 않았던 당시의 시대상을 반영하는 것이기도 하다. 함열 현감이었던 첫째 사위 신응구는 음식 등을 자주 보내는 것은 물론, 오희문의 막내아들 윤성의 혼담을 주도했을 뿐 아니라 혼인 때 입을 옷으로 자신의 검은 관복을 빌려주는 등 처가의 생활 전반에 큰 도움을 주었다. 오희문은 신응구가 현감직에서 스스로 물러날 때 "우리 집의 온 식구들이 오로지 자방(신응구의 자字) 덕택에 먹고 살았는데 이제 그가 벼슬을 그만두고 돌아갔으니, 기댈 곳이 없다. 이 괴로움을 어찌하겠는가."라며 그에 대한 고마움과 더불어 아쉬움을 숨김없이 드러냈다.

오희문은 가문에 대해 큰 자부심을 가지고 있었는데, 이는 족도族圖의 편찬으로까지 이어졌다. 오희문은 사촌의 집에 있던 족보를 가져와 자손들과 내외 세계世系까지 하나도 빠짐없이 기록한 책을 만들어 네 아들로 하여금 각각 한 권씩 후대에 전하게 했다. 이러한 노력은 이후 해주 오씨 가문의 유대감을 지속하는 데에도 중요한 바탕이 되었다.

2
흉적은 아직
섬멸하지 못하고

계사일록 1593

온 가족이 한집에 모여 설을 쇠다

◎ ─ 1월 1일

오늘은 새해 첫날이다. 떠돌아다니며 숱하게 죽을 뻔한 고비를 넘기고 다시 한 살을 더 먹었는데, 흉적은 아직도 섬멸하지 못했고 장수와 정승 가운데 제대로 하는 사람이 없다. 분통이 터지지만 어찌하겠는가. 그러나 어머니를 모시고 아우와 처자를 데리고 모두 한집에 모여서 설을 쇠니, 이것이 한 가지 다행스런 일이다. 큰아들 참봉(오윤겸)은 보령으로 돌아갔다.

◎ ─ 1월 3일

이른 아침에 넷째 매부 자정(김지남)이 예산으로 돌아갔다. 자정에게 들으니, 조정에서 유지有旨(왕명서)가 내려와 체찰사(정철)가 머무는 곳에서 무과 1만 2천 명을 뽑으라고 했는데, 전라도는 5천, 충청도는 3천, 경상도는 2천, 경기는 2천이라고 한다. 호남 유생 정언눌 등이 소를 올려 체찰사가 여러 고을의 가장假將(임시 지휘관)을 뽑아 임명할 때 사사로운 정을 따랐음을 비판했다 한다. 청주와 목천의 유생들도 상소를 올려 체찰사의 과실을 논하면서, 왼손으로는 기생의 손을 잡고 오른손으로는 술잔을 잡았다거나 술과 여색에 빠졌다고까지 했다고 한다. 남의 과실을 말하는 것이 이같이 지나쳐서는 안 된다. 술을 마신 것이 도에 지나쳤다면, 이는 체찰사가 평소 술 마시기를 좋아한 것이니 그 책임을 면할 수 없을 것이다. 또한 기생의 손을 잡았다니, 이같이 나라가 망해 가는 마당에 중책을 맡은 몸으로 어찌 기생을 끼고 멋대로 즐길 겨를이 있겠는가. 다른 사람도 오히려 해서는 안 될 일인데, 하물며 송강(정철)이 차마 스스로 했다는 말인가. 사람들이 분명 믿지 않을 것이다. 하지만 일처리에 어그러진 것이 많다고 한다. 비록 자세하지는 않지만 함께 온 자들 가운데 단정치 못한 사람이 많다고 하니, 이 때문에 틀림없이 구설에 오른 것이리라. 안타까운 일이다. 나중에 들으니 목천 유생의 상소는 결국 올라가지 않았고, 무과는 일이 많아서 뽑지 않았다고 한다.

◎ ― 1월 5일

아우(오희철)가 제 처자와 함께 강화에 있을 때 옴이 온몸에 퍼졌는데 여기에 온 뒤로 더욱 심해져 손을 쓰지 못하고 있다. 거기에 또 붕아(오희철의 외아들 오윤형)와 그 어미의 가슴 통증이 더 심해져서 음식을 넘기지 못한다. 남쪽으로 갈 날이 임박했는데 병세가 이와 같으니, 답답하고 근심스럽다.

계집종 동을비가 길에서 부증에 걸렸는데, 여기에 온 뒤로 온몸이 다 부어서 움직이지 못하고 음식도 넘기지 못한다. 아무래도 죽을 것 같다. 선대부터 내려온 늙은 계집종이 여기 와서 죽다니, 그 불쌍함을 어찌 말로 다 할 수 있겠는가.

어제 참봉(오윤겸)의 편지가 왔고 보령에서 꿩 한 마리를 보내왔는데, 군관이 활을 쏘아 잡은 것이라고 한다. 즉시 어머니께 바쳤다. 매우 기쁘다. 오늘은 아내의 생일이다. 윤해 처가 떡을 쪄서 가지고 왔다. 윤겸의 처자는 그 집에 홍역이 들었기 때문에 오지 못했다.

◎ — 1월 6일

나는 어제부터 감기에 걸려 밤에 온돌방에 누워 땀을 냈더니 나은 것 같다. 다만 기침이 멈추지 않아 걱정이다. 어머니도 감기에 걸려 속머리에 약간의 통증이 있어 음식을 들지 못하신다. 답답하고 걱정스럽다. 밤에 땀을 내서 조금 차도가 있긴 하지만, 내일 갈 때 바람을 쐬면 안 되니 다 나으시기를 기다렸다가 출발할 작정이다. 또 붕아의 복통이 오래되어도 낫지 않아 어머니께서 무당을 데려다가 낫기를 빌었다.

◎ — 1월 13일

지난밤부터 기력이 더 회복되어 자고 눕는 것이 평상시와 같다. 다만 속머리에 이따금 약간의 통증이 있다. 녹두로 쑨 차가운 죽을 많이 마셨더니 이 때문에 다시 두통이 생겼다. 이로부터 3월에 이르기까지 병 때문에 일기를 기록하지 못했다.

석 달 동안 전염병을 앓다

올해 1월 10일에 병에 걸려 2월 24일에 조금 나았고, 27일에 비로소 흰죽을 먹었다. 3월 초에 비로소 된밥을 먹었고, 10일 후에는 나날이 점점 차도가 있어 식사량을 날마다 늘렸다. 보름 후에는 지팡이를 짚고 방 안에서 걸음을 떼기 시작했다. 처음 병에 걸리고 나서 열흘 정도까지는 병세가 몹시 심해서 나날이 더 위태롭고 고통스러워 인사불성이었다. 생원(오윤해)의 양모養母도 이 병에 전염되어 누운 채 17여 일을 앓았다. 생원도 이 병에 걸려 몹시 아프다가 20여 일 만에 조금 차도가 있었다.

어머니께서는 용곡역의 사노寺奴(절에 소속된 사내종) 기매의 집으로 피하셨다가, 내 병세가 몹시 위태로워지자 2월 17일에 아우가 모시고 영암으로 갔다. 이때 막내아들 인아(오윤성)도 같이 갔는데, 갈 때 엉엉 울면서 따라가니 나도 비통함을 금할 수 없었다. 내 병이 이와 같은데 생원(오윤해)마저 몸져누웠고, 참봉(오윤겸)은 온 집안의 병구완을 하느라 모시고 가지 못했다. 그래서 부득이 인아에게 모시고 가게 했다. 또 병이 전염될까 걱정스러웠기 때문이기도 했다.

17일에 어머니께서 남쪽으로 가시고, 그날 저녁에 나도 어머니가 계시던 집으로 옮겼다. 큰딸과 참봉 내외를 데리고 갔는데, 참봉의 처가 내 음식을 이바지했기 때문이다. 아내는 막내딸 단아의 병에 차도가 없어서 같이 오지 못하고, 단아가 조금 낫기를 기다려서 같은 달 25일에 둘째 딸아이와 함께 내가 머물고 있는 곳으로 왔다.

15년여 전에 내가 양지 농촌에 있을 때 죽산에 사는 맹인 김자순을 불러서 내 수명을 점치라고 한 적이 있었다. 그때 김자순이 나이 54세가 되는 임진년에 큰 횡액이 있고 이것을 지나면 70세 넘게 살 것이라고 말했는데, 나는 대수롭지 않게 여기고 믿지 않았다. 올봄에 병에 걸려 다행히 죽음은 면했지만, 병세를 보면 10분의 9는 위중했다. 오직 10분의 1의 요행만 바랐을 뿐이다.

그런데 올봄의 병은 한집안에서 서로 전염되어 드러누운 자가 대여섯 명이나 되고, 거기에 홍역까지 들어와서 단아와 충아(오윤해의 아들)와 몽임(몽아, 오윤해의 딸), 그리고 사내종 명복, 안손, 계집종 춘월, 신덕이 동시에 앓았으니, 그간의 아픈 괴로움과 걱정스러운 마음은 오히려 한 번 죽느니만 못했다. 김자순의 말이 우연히 기억났는데, 과연 헛말이 아니었다. 나는 45일 동안을 앓다가 조금 회복되었으니, 다른 사람이 앓은 것에 비하면 오히려 3배는 더 심했다.

사내종 안손이 계당에 있는 구리 화로 1개와 작두 1개, 낫 3자루를 훔쳐 갔다. 한집안이 두 곳으로 피해 있어서 양식과 찬거리가 모두 바닥나 오직 병영에서 보내 주는 쌀만 믿고 기다려서 먹을 생각이었는데 이놈들이 뜻하지 않게 훔쳐 갔으니, 더욱 통탄스러움과 증오를 이길 수 없었다. 이것뿐만 아니다. 윗전이 오직 말 한 필밖에 없어서 피란할 때 이것을 믿고 타고 다녔는데, 이마저 훔쳐 달아났으니 그 뼈아픔을 어찌 이루 다 말할 수 있겠는가. 훗날 붙잡을 수 있다면, 윗전을 사지에 몰아넣은 죄를 어찌 용서할 수 있겠는가.

기매의 집은 방이 작고 마루도 좁아서 우리 일가족이 들어가 지낼 수가 없었다. 3월 10일에 또다시 이웃의 빈집으로 옮겨 지냈는데, 배를 타는 것으로 인해 일족이 고통스럽게 침해를 당한 집주인이 도망가서 비어 있는 집이었다. 참봉의 처자는 다른 집에서 다시 내가 머무는 집으로 옮겼고, 셋째 아들 윤함은 묵을 만한 곳이 없어서 또 첫째네가 머무는 집으로 들어갔지만 오직 밤에 자고 아침에 나올 뿐이다. 내가 이곳에 온 뒤에 단아를 데려왔다. 생원(오윤해)도 와서 보았고, 충아와 몽아도 이어서 왔다 갔다.

계집종 강춘은 내 처자가 강원도에서부터 충청도로 피란 올 때 용인의 적진 속으로 잘못 들어갔다가 포로로 잡혔다고 한다. 강춘은 아이 때문에 도망쳐 나오지 못하다가 그 아이가 죽은 뒤에 나왔다고 한다. 그러다 진위 땅에 살면서 어느 소경과 혼인해서 살다가 본처와 싸우고 나왔는데, 이때 마침 길에서 생원 최기남의 서조모 일행을 만나 우리 일가가 여기에 와 있다는 말을 들고 그 일행을 따라서 왔다고 한다. 그날이 3월 18일이다. 그 어미가 마침 머물러 있다가 서로 만나서 기뻐하고 또 슬퍼했다. 우리 일가도 이 계집종이 죽었을 것으로 생각했는데, 이제 뜻밖에 들어오니 또한 기쁘다. 유일한 계집종 향춘(향비)이 혼자서 온갖 일을 도맡아 하느라 몹시 괴로워했는데, 강춘이 들어오자 향춘이가 매우 기뻐하니 우스웠다.

또 사내종 막정과 송노 등이 어머니를 모시고 영암으로 갔다가 3월 14일에 돌아왔다. 오는 길에 각 관官과 역驛에서 빠짐없이 음식을 대접받았고 중도에 비바람이 불지 않아 근심 없이 무사히 돌아왔다고 한다. 다만 장성현에 들어갔을 적에 비 때문에 하루를 머물렀다고 한다. 암말을 팔아서 그 값으로 8필을 받아 가지고 왔다.

다만 장흥 노비들의 신공을 거두러 간 일은 잘되지 않았다. 모두 일족의 역役을 칭탁하고 도망하여 나타나지 않았으며 계집종 무승만 집에 있었다고 한다. 그녀의 두 아들은 한 명은 의병으로 나가고 다른 한 명은 수군절도사의 군사로 나갔으며, 또 집이 남김없이 불에 다 타서 신공을 마련할 길이 없었다고 한다. 그리하여 한 필도 받지 못하고 오직 타다 남은 깨 닷 되를 받아 가지고 왔다. 중간에 양식이 떨어져 마목馬木(나무 받침틀)을 팔아서 한 필을 받아 그것으로 양식을 사 먹었다고 한다. 그간의 일을 자세히 알 수는 없지만 괘씸하다. 이 외에도 병중에 있었던 3개월 사이에 기록할 만한 일들이 있지만, 상세하게 알 수 없어 한두 가지 들은 것만 나중에 기록했다.

명나라, 강화협상을 벌이다

◎ ― 4월 2일

비가 내렸다. 2월 이후로 지금까지 한 달 동안 사흘을 연이어 비가 내린 경우가 예닐곱 번이다. 종자를 뿌리기에는 걱정이 없지만 오뉴월에 가뭄이 들까 걱정이다. 이리저리 떠돌며 구걸하는 사람이, 사족이나 상민 할 것 없이 자루를 들고 지팡이를 짚고서 날마다 문간에 서 있는 이가 적어도 열대여섯 명을 밑돌지 않는다. 불쌍해서 차마 어쩌지 못하는 마음이 있지만 나 역시 떠돌며 걸식하는 사람이라 그들을 구제할 수 없는 형편이니, 스스로 개탄할 뿐이다.

◎ ― 4월 7일

사내종 금손이 결성에서 왔다. 환곡을 받아서 생원 한효중의 집에 맡겨 두었다며 건어 3마리만 가져와 바쳤다. 전날 참봉(오윤겸)이 들으니, 결성 땅은 한효중의 선대에 입안立案(관아에서 발급한 인증서)을 받아 둔 곳이란다. 토정 이지함이 차지했다가 그 뒤에 토정이 주인 있는 땅이라는 말을 듣고 즉시 주인에게 돌려주었는데, 한씨 집에서도 그가 공력을 들인 곳이니 뺏을 수 없다고 하며 피차가 서로 미루어 놓고 있는 땅이어서 한씨 집에서 참봉에게 갈아먹도록 했단다. 그래서 참봉이 결성 현감을 알지 못하므로 찰방 김가기를 통하여 종자로 쓸 환곡을 청한 것이다. 그랬더니 결성 현감이 즉시 첩을 써서 벼 3섬, 감장 2말, 건어 3마리를 보냈으므로, 금손을 보내서 받아 온 것이다.

◎ ─ 4월 8일

지난 1월에 내가 병에 걸려 몹시 고생하고 있을 적에 들으니, 명나라 장수 제독 이여송이 평양에 들어가서 점령하고 있는 적을 공격하여 거의 다 도륙했고, 나머지 적들이 한양으로 달려가는 것을 군사를 거느리고 추격하자 개성에 있던 적이 절로 무너져 달아났다고 했다. 병중에 이 소식을 듣고 기쁨을 가누지 못했다. 얼마 되지 않아 한양을 수복할 것이라고 생각했는데, 이 두 고을을 회복하고 난 지금까지도 도성에 들어가서 적을 공격했다는 소식을 듣지 못했다. 적은 사방에 있던 적들을 모두 한양으로 모아 굳게 버티며 가지 않고 있으며, 두 왕자 및 김귀영, 황정욱을 한양으로 데려가 인질로 삼고 스스로 강화講和를 청하고 있다고 한다. 그 간사한 계략을 헤아릴 수가 없다.

만일 명나라 수군이 실제로 대마도를 공격했다면, 적들은 반드시 돌아가 구원하기에도 겨를이 없었을 게다. 그런데 아직도 한양을 점거하고 태연히 돌아가지 않고 있으니, 그 사이의 허실을 알 수가 없다. 다만 우리나라의 여러 장수는 사방을 빙 둘러 지키면서 명나라 군사만 믿고 한 번도 적진에 들어가 공격하지 않은 채 어영부영 시간만 보내다가 이미 농사철이 지났다. 경상도부터 경기에 이르기까지 백성이 제대로 살 수가 없어 각자 모두 도망해 숨어 있고, 전라도와 충청도에는 걸식하는 자가 헤아릴 수 없을 만큼 많고 굶어 죽은 시체가 길에 널브러져 있는 것 또한 헤아릴 수 없을 만큼 많다. 농사가 제때를 잃으면 내년 봄을 기다릴 필요도 없이 두 도道의 백성이 하나도 남지 않을 것이다. 그런데 발분하여 구원하는 자가 한 사람도 없으니, 만일 명나라 군사가 없다면 나라가 장차 망하는 것을 보고도 구원하지 않을 것인가.

전라도와 충청도가 적에게 함락되지 않았으니, 회복할 수 있는 근본은 오직 여기에 달려 있다. 그런데 백성은 요역에 고통받으면서 창을 메고 적의 경계에서 보루를 지키거나 여러 진영에 군량을 져다 날라 주느라 길을 잇고 있다. 거기에 또 조도어사(전란으로 부족한 재원을 마련하기 위해 파견한 관리)는 2년치 공물을 납부하라고 독촉하고 독운어사(세금과 군량미 수송을 감독하는 관리)는 명나라 군사의 양식을 수송하라고 재촉하는데, 여러 고을을 순행하면서 재촉이 성화와 같고 매질이 이어져서 목숨을 잃는 자가 또 많다. 여러 고을의 비축량이 바닥난 데다 또 해마다 주는 환곡을 주지 않으니, 백성이 어찌 곤궁하고 떠돌지 않겠는가.

◎ ─ 4월 19일

이 적들이 우리 팔도의 백성을 죽이고 선왕의 능묘를 파헤치며 종묘와 사직을 불태우고 도성의 백만 인가를 무너뜨려 자신들의 소굴로 만든 지 1년이 되었는데도 조금도 돌아갈 뜻이 없다. 그런데 명나라 장수는 억지로 화친하려고 하니, 천자의 위엄에 크게 손상될 뿐만이 아니다. 우리나라의 불공대천의 원수를 어느 때에나 갚을 것인가. 탄식한들 어찌하겠는가. 저들이 끝내 어찌할지 알 수 없다.

◎ ─ 4월 21일

사내종 막정이 가져온 쌀 10말을 대흥 장시에 보내서 포목을 사 오게 했는데, 받아 온 것이 많이 차이가 나고 사 오라고 시킨 것도 많이 부실하다. 비록 스스로 훔치지는 않았더라도 분명 속은 게다. 매우 괘씸하다.

◎ ─ 4월 28일

참봉(오윤겸)이 생원(오윤해)과 함께 한양으로 출발했다. 왜적이 도망쳐서 돌아갔다고 들었기 때문에 (경기도) 광주廣州 토당리 (지금의 서울 역삼동)에 가서 성묘했다. 그길로 한양으로 들어가서 안팎의 집이 어떤지 보고 파묻었던 신주를 파내서 돌아올 때 묘 아래에서 제사를 지낼 계획이라 한다. 절기가 단오에 가까워졌기 때문이다. 참봉은 그길로 봉선전(세조의 능인 광릉 옆에 세운 세조 어진을 모신 전각)에 나가 보고 또 서쪽으로 돌아가고자 한다. 길이 멀어 행자行資(먼 길을 오가는 데 필요한 물품)를 싣고 갈 수 없기에 중도에 끼니를 이을 수 있을지 걱정이다. 계획대로 돌아갈 수 있을지 알 수가 없다.

◎ ─ 5월 1일

종일 집에 있자니 몹시 무료하다. 단아가 초학草瘧(학질의 초기
단계)에 걸려서 처음에는 오후에 앓더니 그저께부터 밤 이경二更
(21~23시)에 몸을 떨었다. 조금 있다가는 속머리를 몹시 아파하
다가 이튿날 아침까지도 낫지 않고 오후가 되어서야 비로소 가라
앉았다. 오늘 밤에 또 크게 앓으니 곧 4직直(추워서 떨다가 높은 열이
나고 땀을 흘리는 증상이 나타나는 주기)이다. 음식을 전혀 먹지 못하
니 매우 걱정스럽다. 참봉(오윤겸)의 처도 학질에 걸려 지금까지
10여 직을 앓았는데도 아직 떼어 내지 못했다.

◎ ─ 5월 3일

오늘은 왜적이 도성에 들어온 지 1년이 되는 날이다. 우리나
라에 머물러 있는 1년 동안 백만의 죄 없는 백성을 죽이고 자녀
들을 불태워 죽였으며 옥과 비단을 모조리 제 나라로 실어 갔는
데, 끝내는 명나라 장수와 강화를 맺고 제 나라로 잘 돌아갔다. 온
나라의 통분을 어찌 다 말하겠는가. 조령을 넘은 이후로는 돌아
가는 길이 어떠했는지 듣지 못했는데, 명나라 군사가 말하기를 2,
3백 명씩 뒤를 따라 호송했고 우리나라 장수들도 뒤쫓아 갔지만
명나라 장수가 막는 바람에 형세를 보아 공격하지 못했다고 한
다. 아무리 탄식한들 어찌하겠는가. 다만 적이 돌아가는 길에 우
리나라의 악공을 데리고 앞뒤에서 음악을 연주하게 하면서 갔다
고 한다. 분한 마음을 이기지 못하겠다.

왜놈들이 휩쓸고 간 한양 소식

◎ ─ 5월 5일

이른 아침에 역리驛吏(역관의 관리 밑에서 일을 보던 사람) 억룡의 처가 햇보리 약간과 채소 한 소쿠리를 갖다 바쳤다. 감주 한 그릇을 대접하고 누룩 한 덩어리를 주어 보냈다. 오늘은 바로 단오절이다. 옛날 한양이 온전하고 융성했을 때 곳곳에 그네를 매고 거리거리마다 씨름을 하며 화장한 여인들이 무리 지어 다니면서 놀던 모습이 기억난다. 하지만 흉적이 파괴하여 무너진 이후로는 탄식만 있으니, 태평성대를 언제 다시 볼 수 있으려나. 아, 슬프구나.

◎ ─ 5월 6일

단아가 오늘 또 학질을 앓았다. 어제 오전부터 아프기 시작하여 이른 저녁 식전에 조금 덜하더니 며느리고금(날마다 앓는 학질)이 되었다. 그러나 어제 아파하던 것에 비하면 3분에 2는 덜하니, 분명 이제부터 떨어지려나 보다.

◎ ─ 5월 8일

저녁에 생원(오윤해)이 한양에서 돌아왔다. 단옷날에 반갱飯羹(밥과 국)과 현주玄酒(제사 지낼 때 술 대신 쓰는 맑은 찬물)를 토당의 선묘 아래에 진설(법도에 맞추어 상 위에 차려 놓음)해서 제사를 지내고 성묘를 했다고 한다. 여러 묘소는 다 예전 그대로이고, 다만 선릉

宣陵(성종과 계비 정현왕후 윤씨의 능)에서부터 불이 나서 우리 산으로 옮겨 붙었는데 다행히 봉분까지는 타지 않았단다.

성에 들어가 보니, 북쪽 인가는 모두 불에 타서 재만 남았고 행랑이나 사랑채만 우뚝하게 홀로 서 있어서 보기에 몹시 참혹하더란다. 적이 진을 친 집은 완연히 예전 그대로일 뿐 아니라 유기 鍮器(놋그릇)나 잡물 및 헐린 집의 재목이 가득 쌓여 있어서, 만일 적이 빠져나간 뒤에 집주인이 곧장 들어오면 얻는 것이 많을 것이라고 했다.

죽전동(지금의 경기도 용인시 죽전동)의 친가에는 당초에 적이 들어와 진을 쳤지만 적이 빠져나간 뒤에 가까이 있는 장터 사람들이 먼저 들어와 모두 훔쳐 갔다고 한다. 심지어 북쪽, 동쪽, 서쪽 누칸, 몸채, 사랑에 붙어 있던 판자 및 창호와 문짝까지 모두 뜯어서 훔쳐 갔고, 그 나머지 동쪽 누각의 두 칸 마루는 아직 남아 있다고 한다. 안팎 네 벽도 모두 뜯어 갔는데, 이는 모두 우리나라 사람들 중에 먼저 들어간 자의 소행이라고 한다.

이현泥峴(진고개)에 있는 동생의 집은 모두 철거되고 깨진 기와와 허물어진 흙이 남은 터에 가득한데, 성조목(집을 짓는 나무) 3개와 대들보 2개만 버려져 있다고 한다. 관동에 있는 처남의 집은 다 타서 남은 것이 없고 사랑 2칸과 행랑만 남아 있다고 한다. 향나무와 버드나무는 모두 베어졌고 줄기가 남아 있는 것이라고는 서쪽 담 아래에 무성한 풀 속의 작약 두 포기뿐인데, 홀로 꽃이 피어서 만발하니 보기에 슬픈 마음을 이길 수 없더라고 했다.

이곳이 바로 나의 처갓집 종가이다. 30여 년 동안 장수 현감(처남 이빈)과 같이 살았고 여러 자녀들이 모두 그곳에서 자랐기 때문에 그립고 차마 잊지 못하는 마음이 매우 간절하다. 인두와 부젓가락이 마침 문밖에 버려져 있기에 생원(오윤해)이 사내종을 시켜 주워 오게 했는데, 이는 옛적에 여자아이들이 가졌던 물건으로 이것을 보고 모두 기뻐했다가 도리어 슬픈 감회가 들더라고 했다.

성균관 안에 들어가 보니, 대성전, 명륜당, 존경각, 식당, 정록청은 모두 불타 없어지고 대성전의 협문과 전사청만 남아 있으며, 좌우의 재실은 반쯤 탔고 대성전 앞의 성비聖碑는 세 덩어리로 깨졌으며 귀부(거북 모양의 비석 받침돌)도 뽑혀서 거꾸로 내동댕이쳐져 있었다고 한다.

주자동(지금의 서울시 중구 주자동) 종가에 가 보니 모두 불타고 사당만 남았는데, 신주를 후원에 파묻었다고 들었기에 처음에는 들어가 보고 파내서 참배하려고 했더니 계집종 천복의 남편 수이가 집 안에 죽은 시체가 쌓여 있어서 들어갈 수 없다고 했단다. 아직 수습하여 장사를 지내지 않아 악취가 온 동네에 가득해서 들어가지 못했다고 한다.

곳곳의 길거리와 집집마다 문과 마당에 시체가 쌓여 있어 참혹하여 차마 볼 수 없었다고 한다. 이는 모두 1월 24일에 분탕질할 때 피살된 사람들이다. 이들은 처음에는 나오지 않다가 적들의 꾐에 빠져 인가에 묻어 둔 물건을 모두 파 가서 집에 쌓아 두고 술과 밥을 배불리 먹으면서 스스로 좋은 수를 얻었다고 생각했다. 후환을 생각하지 않다가 결국 모두 죽임을 당했으니, 이는 모두 스스로 자초한 일이다. 누구를 탓하고 원망하겠는가.

세 대궐 및 종묘, 문소전, 연은전도 다 타서 남은 곳이 없고, 궁원의 뜰 계단에는 잡초만 무성하다고 한다. 애통한 심정을 견디지 못하겠다. 2백년 선왕의 문물이 모두 적의 손에 없어졌으니, 이 적과는 천지 사이에 함께 살 수가 없다. 이뿐만이 아니다. 선릉과 정릉도 모두 다 파내서 재궁을 부수고 옥체를 꺼내 버려서 중묘中廟(중종)는 간신히 뒤편 골짜기에서 찾았고 성묘成廟(성종)는 아직 찾지 못했는데, 혹자는 불에 태웠다고 하고 혹자는 강에 떠내려 보냈다고 한다. 온 나라 신민의 분함과 애통함을 어찌 다 말하겠는가.

◎ ─ 5월 12일

총각 둘이 피리를 들고 와서 구걸하기에 어디에 사느냐고 물었더니, 집이 한양 신성동에 있다고 했다. 또 뉘 집 종이냐고 물었더니, 판윤 박승원의 종으로 호서로 피란 왔다가 이제 고향으로 돌아가려는데 양식이 없어서 구걸한다고 했다. 이에 한 곡조 불러 보라고 했더니 맑은 소리가 그윽하고 밝아서 처량하고 원통함이 지극했다. 나도 타향을 떠돌고 있는 터라 듣고 나니 슬픈 감회가 더욱 지극히 일었다. 하물며 박판윤은 나와 한 마을에 살아 서로 안 지가 오래인데, 지난해에 갑자기 평안도에서 죽었다. 이제 그 사내종을 보고 생각이 떠오르니 어찌 비통하지 않으랴. 이에 소금과 양식을 주어 보냈다.

◎ — 5월 20일

이른 아침에 참봉(오윤겸)이 막정의 말을 타고 짐을 셋째 아들 윤함의 말에 실어서 사내종 막정과 세만을 데리고 함열로 떠났다. 어제저녁에 찰방이 돌아왔다는 말을 듣고 윤함과 함께 걸어가서 회포를 풀고 돌아왔다. 그에게 들으니, 적들은 밤에 도망쳐서 내려갔고 명나라 장수는 이미 조령을 넘어서 상주에 들어가 진을 쳤으며, 제독 이여송은 비록 뒤따라가기는 했지만 실제로는 후미에서 공격하려고 하지 않았으니 차질이 있을까 염려한 것이라고 한다. 그리고 명나라 군사는 겨우 3만 명인데 전염병에 걸려 누워 앓는 자가 많다고 한다.

오후에 생원(오윤해)이 진위에서 돌아왔다. 물건을 훔쳐서 도망갔던 사내종 안손을 붙잡아 왔고, 명복도 역시 데리고 오려는데 중간에 발병이 났다고 핑계를 대며 뒤에 처져서 오지 않았다고 한다. 만일 오늘내일 중으로 오지 않는다면 또한 그길로 도망친 것이다. 매우 괘씸하다.

◎ — 5월 28일

전에 시장에서 사 두었던 광목을 이때에 보리로 바꾸어 먹으려고 했는데, 지금 들으니 시장 가격이 너무 떨어져서 광목 값이 보리 12, 13말에 지나지 않는다고 한다. 전날의 계획이 헛일이 되어 버렸다. 여름을 지나기가 몹시 어렵게 되었으니, 답답함을 어찌 다 말하겠는가.

◎ ─ 5월 30일

지난밤부터 남풍이 크게 불었는데 오늘 아침까지도 그치지 않고 시꺼먼 구름이 북쪽으로 달려가니, 필시 큰비가 내릴 징조인가 보다. 식량을 얻을 방도가 있어도 큰 내에 막혀서 사람도 말도 통행하지 못하여 굶주릴 걱정이 코앞에 닥쳤으니 답답함을 어찌하겠는가. 아침에는 위아래 사람들이 모두 콩죽을 쑤어 먹었는데, 나는 본래 죽을 좋아하지 않기 때문에 혼자만 밥을 지어 먹었다.

홍천에서 임천으로 거처를 옮기다

◎ ─ 6월 1일

춘이를 청양 장에 보내서 포목 1필을 보리 10말로 바꾸어 왔는데, 다시 되어 보니(헤아려 보니) 9말뿐이다. 또 정목正木(품질이 매우 좋은 무명베) 1필을 모시 35자로 바꾸었는데, 겉보리 1말을 더 주었다고 한다. 보리의 품귀가 이런 극심한 지경에 이르러 달리 양식을 댈 길이 없는데, 내가 머물고 있는 집의 주인이 지금 또 나가 달라고 독촉한다. 사람의 곤궁함이 이 지경에 이르렀으니 사는 게 한탄스럽다.

◎ ─ 6월 2일

처음에는 전에 얻어 놓은 집으로 옮겨 갈 생각이었다. 그런데 참봉(오윤겸)이 직접 가 보니 누추하고 허물어졌을 뿐만 아니라 이웃에 전염병 환자가 앓고 있어서 갈 수가 없더란다. 임천 조한림의 이웃집을 얻었는데, 다만 새로 지은 지 얼마 안 되어 아직 손질이 끝나지 않았고 또 마루가 없다고 한다. 그러나 달리 옮길 곳이 없어 부득이 가야 할 형편이니, 열흘 안에 길을 나설 생각이다.

◎ ─ 6월 14일

아침 식사 후에 김덕민의 말을 빌려 타고 사포 숙부를 찾아뵙고 돌아왔다. 오후에 덕민이 나에게 개장국을 보냈다. 나는 좋아하지 않지만 오래 먹어 보지 못하던 차에 달게 먹었다. 기쁘다. 날이 저물어서 덕민이 와서 보고 갔다. 내일 제 어머니를 모시고 집으로 돌아가기 때문에 와서 작별한 것이다.

◎ ─ 6월 21일

이곳은 내가 옮겨서 우거할 소지의 빈집이다. 집은 탁 트이고 훤한데 다만 좁아서 종들이 거처할 곳이 없고, 또 잡동사니 물건들을 간수해 둘 곳이 없다. 사방 이웃이 모두 멀리 있고 소씨蘇氏의 집만 있으니, 이것이 유감이다.

사내종 막정과 명복이 끌고 온 말 2마리와 이곳에서 얻은 소와 말까지 4마리를 끌고 물가에 가서 처자식이 오기를 기다렸다. 날이 저물어서야 온 식구가 함께 들어왔다. 집주인이 저녁밥을 대접했다. 매우 미안했다. 부여 현감이 쌀 8말과 반찬거리를 보내 주었다. 매우 감사하다. 사내종과 말이 부족해서 짐을 다 실어 오지 못했기 때문에 생원(오윤해)이 배 위에서 잠을 자면서 지키고 있다.

들자니, 경상도에 머물러 있던 적들이 곧장 전라도로 향하다가 지금 함양 땅에 도착해서 전라도 사람들이 술렁이고 있다고 한다. 그러나 사실인지는 알 수 없다. 소지가 사내종을 데리고 물고기 1바리를 잡아와 회를 쳐서 먹으면서 추로주秋露酒(소주) 한 잔을 마셨다.

◎ ─ 6월 26일

계집종 동을비는 여기에 도착한 날부터 이질에 걸렸는데, 지금까지 조금도 차도가 보이지 않고 누운 채로 설사를 하고 있다. 상태가 매우 위중하니 분명 일어나지 못할 게다. 걱정스럽다.

◎ ─ 7월 3일

오늘은 할머니의 제삿날이다. 난리가 난 이후로 온 집안이 각지로 흩어져서 믿고 의지할 데가 없으니 어느 겨를에 선조先祖를 생각하여 잔을 올리겠는가. 슬픔과 안타까움을 이길 수 없다. 저녁에 처남 경여가 익산에서 찾아왔다. 사내종 안손도 함열에서 돌아왔는데, 함열에서 닭 1마리와 소고기 포 5조를 보내왔다.

들으니, 흉적이 진주를 포위한 지 7일째인데 성안의 장수들이 굳게 지키면서 날마다 촉석루에 올라 음악을 연주해서 한가하고 편안한 모습을 보이고, 순변사와 도원수는 밖에 진을 쳐서 성원하고 있으며, 성안에는 군량을 많이 쌓아 놓아서 1년을 지탱할 수 있을 것이라고 한다.

◎ ─ 7월 8일

생원(오윤해)이 돌아왔다. 익산 군수가 쌀 2말, 보리 5말, 소금 1말, 감장 1말, 조기 2뭇을 보내 주었고, 아울러 내게 편지까지 보냈다. 후한 뜻에 감사하다. 들으니, 진주의 여러 장수들 가운데 황진, 김천일, 거제 현령 김준민이 날아오는 화살과 돌을 무릅쓰고 죽기로 혈전을 치르다가 탄환에 맞아 죽었고 온 성이 모두 도륙을 당했다고 한다. 놀랍고 통탄스러움을 이기지 못하겠다. 지금은 적의 선봉이 장차 산음(산청)에 이를 것이라고 하니, 오래지 않아 분명 전라도를 침범할 것이다. 매우 걱정스럽다.

전쟁 통에 만연한 학질과 이질

◎ ─ 7월 11일

참봉(오윤겸)이 홍주에서 왔다. 그편에 들으니, 막내 아이가 이질을 앓다가 요절했다고 한다. 슬프고 불쌍함을 견딜 수 없다. 1년 동안에 그의 두 딸아이가 연이어 죽으니 슬픔이 더욱 크다. 또 들으니, 결성의 전답을 값을 치르고 샀다고 한다. 내년에 그쪽으로 옮겨 가서 농사를 힘써 지으면 굶주림을 면할 수 있을 게다. 그나마 위안이 된다. 다만 양식을 구할 힘도 없으니, 먹을 것 외에 농사에 쓸 것을 마련할 수 있겠는가.

◎ ─ 7월 13일

아침 식사 후에 참봉(오윤겸)과 함께 출발해서 무수포를 건너고 용안을 지나 함열로 들어갔다. 함열 현감 신 공(신응구)이 즉시 동헌으로 맞아들여 다과를 차려 내서 소주 석 잔을 마시고 파했다. 잠시 후 또 물만밥을 내와서 함께 먹었다. 나는 참봉과 함께 낭청방으로 먼저 돌아와 누워서 쉬었다. 저녁에 현감이 내려와서 함께 저녁밥을 먹었다.

현감이 노자로 백미 1말, 중미 1말 5되, 콩 1말, 조기 1뭇, 소고기 1 덩어리, 소고기 포 5조, 새우젓 1되, 추로주 1선, 감장, 간장을 주었다. 쌀 1말, 소고기 포, 조기, 새우젓은 임천 집으로 보냈다.

◎ ─ 7월 14일

어제 올 때 무수포 가에서 마침 전라도 순찰사의 장계를 가지고 가는 사람을 만났기에 적의 소식을 물었더니 대답하기를, "구례를 분탕질한 적은 왜적이 아니었습니다. 곧 우리나라 사람이 왜적의 옷으로 바꿔 입고 왜인의 소리를 내자 목책을 지키던 군사가 모두 흩어지고 그곳에 사는 백성도 이 때문에 놀라고 동요하여 모두 도망쳐 달아나니, 적들이 재물을 노략질하고 집을 불태웠던 것입니다. 이때 마침 곡성 현감이 대여섯 명의 적을 붙잡아서 심문했더니 우리나라 사람이었습니다. 진주가 함락된 뒤에 왜적은 도로 나갔기 때문에 명나라 군사가 들어가 점거했습니다."라고 했다.

그러나 사실인지는 아직 알 수 없다. 우리나라의 여러 장수가 왜적의 위세에 겁을 먹고 헛소문에 놀라 숨으니, 가는 곳마다 모두 그러하다. 비록 정탐하는 사람을 보내도 그 사람 역시 두려워 겁을 먹고 적진은 보지도 않은 채 중간에 돌아와서 떠도는 말로 허위보고를 한다. 그러므로 비록 관가의 공문이 있어도 모두 헛일이니, 참으로 안타깝다.

◎ — 7월 15일

새벽에 출발해서 고부군 앞을 지나 10리쯤 되는 곳에 이르렀다. 어제 오는 길에 7, 8세 되는 아이가 큰소리로 통곡하고 여인 하나는 길가에 앉아서 역시 얼굴을 감싸고 슬피 우는 것을 보았다. 괴이해서 까닭을 물었더니 대답하기를, "지금 제 남편이 우리 모자를 버리고 갔습니다."라고 했다. 내가 무엇 때문에 남편이 버리고 갔느냐고 물었더니 대답하기를, "세 사람이 떠돌면서 밥을 구걸했는데 이제는 구걸해도 얻지 못하여 굶어 죽게 생겼기에,

제 남편이 우리 모자를 버리고 혼자 갔습니다. 우리도 장차 굶어 죽을 것이 분명하니, 이 때문에 우는 것입니다."라고 했다. 이 말을 들으니 애통함과 측은함을 견디지 못하겠다. 걷거나 말을 타고서 늙은이를 부축하고 어린아이를 이끌어 위로 올라가는 사족과 유민의 행렬이 길에 끊이지 않고 있다. 모두들 흐트러진 머리에 얼굴이 꾀죄죄해서 참혹하기가 차마 눈뜨고 볼 수 없었다. 슬프고 안타까움을 어찌하겠는가.

◎ ― 7월 19일

오는 길에 농사 상태를 보니, 고부 이북은 이미 끝났고 남쪽으로 장성, 광주, 나주를 거쳐 영암에 이르기까지는 벼와 곡식이 매우 잘되었다. 올벼(제철보다 일찍 여무는 벼)와 기장이나 조는 절반을 베어 먹었지만 풍년을 기대할 수 있으니, 이곳 백성은 굶어 죽을 걱정을 거의 면할 듯하다. 점심을 먹은 후 구림촌에 도착하니 날이 이미 저물었다. 즉시 어머니를 뵈었더니 안색이 여전하셨다. 아우 희철과 둘째 누이 임매, 막내아들 인아(오윤성), 조카 붕아(오희철의 외아들)도 모두 병이 없으니 매우 위로가 되고 기쁘다.

◎ ― 7월 20일

체찰사 류성룡을 따르는 판관 김탁이 곡식을 모으는 일로 여러 고을을 순시하며 지나다가 이 고을에 이르렀다. 지나다가 찾아와서 집주인과 함께 냇가 정자에 마주하고 앉았다. 주인집에서 떡과 맛있는 안주와 추로주(소주)를 내와서 각각 한 순배를 마시고 파했다. 김 공(김탁)이 술을 마시지 않았기 때문이다.

◎ ─ 7월 22일

저녁 내내 요월당에 있었다. 마을의 젊은이와 어른이 다 모여서 혹은 바둑을 두고 혹은 종정도 놀이를 하고 혹은 장기를 두고 쌍륙(두 개의 주사위를 던져서 나오는 수만큼 말을 써서 먼저 궁에 들여보내는 놀이)을 하면서 즐겁게 놀며 긴 날을 보냈다.

◎ ─ 7월 23일

저녁 내내 요월당에 있으면서 소년들이 장기와 바둑을 두며 노는 것을 보았다. 오후부터 속머리가 약간 아프고 기운이 몹시 편치 않더니, 저녁에는 귀밑머리에 땀이 나서 젖었다가 약간 나아졌다. 학질 기미인 것 같아서 걱정이다. 다음 날 다시 보면 알 것이다. 사내종 막정을 시켜 거친 포목 3필을 미역 45동과 절인 고등어 13마리로 바꾸어 왔다.

◎ ─ 7월 25일

이른 아침에 박 넝쿨을 가져다가 태워서 술에 타서 마셨다. 학질을 고치기 위해서이다. 오늘은 바로 나의 생일이다. 누이가 상화병(밀가루에 막걸리나 누룩을 넣어 반죽해 발효한 다음 팥소를 넣고 빚어 시루에 찐 떡)을 쪄서 먼저 신주 앞에 올리고 나에게 큰 그릇으로 하나를 주었지만 학질을 앓고 있어서 먹지 못했다. 오후부터 학질을 앓다가 저녁때가 되자 조금 나아졌다. 아주 심하지는 않은데 다만 속머리가 조금 아프다.

◎ ─ 7월 28일

아침부터 어머니께서 여름 설사병을 앓아 여러 번 설사를 쏟아 몹시 피곤해 하셨다. 답답하고 걱정스럽다. 아침볕이 방의 창으로 그대로 들어와 마치 푹푹 찌는 솥 안에 있는 것 같으니 분명 더위를 드신 게다. 어깨 위에 조그만 종기가 났는데, 크기가 밤톨만 하고 며칠 전부터 찌르는 듯한 통증이 있다고 하시더니 지금은 조금 나아졌다고 한다. 분명 속에서 곪은 것이니, 뜨겁게 달군 침으로 따면 반드시 고름이 나오고 쉽게 나을 것이다. 다만 어머니께서 두려워하셔서 못하고 있다. 답답하다. 밤 이경에 여향을 시켜서 학질 귀신을 잡게 했다. 여향은 부사 한진의 사내종인데, 떠돌다가 여기에 와 있던 참이다. 오늘도 학질을 크게 앓았다.

◎ ─ 8월 4일

어머니의 증세를 보니, 설사 횟수가 조금 줄었고 색이 자연스러워졌다. 다만 복통이 여전하고 또 식사 생각이 없다. 이 때문에 몹시 답답하다. 오늘은 두 번 물에 밥을 말아서 대여섯 숟가락 드셨고, 저녁에는 흰죽 조금과 생꿩고기 두어 점을 드셨다. 내 학질은 박연운으로 하여금 연 사흘 동안 잡게 했더니 오늘 저녁에는 속머리가 아프던 것이 그쳤다. 통증이 분명 아주 떨어질 것 같다. 기쁘다. 다만 어머니께서 아직 쾌차하지 못하시니, 이 때문에 몹시 걱정이다.

◎ ─ 8월 6일

어머니의 기후는 여전하다. 어젯밤에 대변을 한 번 보았는데 묽지 않고 자연스러웠다. 다만 복통 증세가 낫지 않고 또 밥을 넘기지 못하신다. 이 때문에 몹시 답답하다. 어깨의 종기는 두 손으로 눌러 고름을 짜내서 구멍이 생겼으니 이제 나을 것이다. 다만 종기 주변의 작은 종기 7, 8개는 모양이 큰 콩과 같고 색이 붉으니 더욱 걱정스럽다.

오후에는 어머니의 기후가 조금 낫고 복통도 줄어든 듯하다. 소변도 편하게 보고 아침을 드신 뒤로는 아직 설사를 쏟지 않으신다. 미역죽에 꿩고기를 섞어서 조금 드셨으니 이제부터 거의 회복되실 것이다. 크나큰 기쁨을 어찌 말로 다 할 수 있겠는가.

◎ ─ 8월 15일

누이가 아버지의 신위 앞에 술, 과일, 떡과 구이, 탕을 갖추어 차례를 지냈다. 오늘은 바로 추석이다. 일찍이 생원(오윤해)에게 상경해서 광주 선산에 제사를 지내도록 당부했는데, 지냈는지 모르겠다. 어머니의 기후는 점점 차도가 있어 날로 식사를 더 하신다. 기쁨을 이기지 못하겠다. 그러나 복통 증세가 아직 완전히 낫지 않아서 변을 보려고 할 때마다 찌르는 듯한 통증이 있다고 하시니, 이것이 걱정스럽다.

◎ ─ 8월 21일

어머니의 기후가 여전하다. 다만 어깨 위의 종기가 아직도 완전히 낫지 않아 때때로 쑤시고 아파서 누울 때에 지장이 있다고 하시니, 이것이 걱정스럽다.

◎ ─ 8월 25일

들으니, 경상도의 왜적이 부산에서부터 웅천까지 병영을 이어서 성을 쌓고 집도 많이 지었으며 군량을 많이 쌓아 오래 머물려고 한단다. 고성에 사는 사람이 지난해 9월에 포로로 잡혔다가 이달 초에 도망쳐 돌아왔는데, 그가 말하기를, "적들 속에서 몰래 들으니, 평수길(도요토미 히데요시)이 '조선은 이미 내 물건이니 전라도를 급하게 공격할 필요가 없다. 내년 3월에 바다를 건너서 곧장 쳐들어가면 말 한마디로 평정할 수 있다.'라고 말했습니다."라고 했다. 분함을 이기지 못하겠다. 이는 곧 이순신이 둘째 매부 임경흠(임극신)에게 보낸 편지의 내용이다.

저녁에 사내종 막정이 말을 가지고 왔다. 그편에 들으니, 온 집안의 위아래 처자식과 종들이 모두 학질에 걸려 한 사람도 성한 사람이 없이 날마다 고통스러워한다고 한다. 집을 떠난 지 몇 달 만에 식구들의 병이 이런 지경에 이르렀다. 이곳에서는 어머니께서 이질에 걸려 위태롭다가 가까스로 회복되셨고 나도 학질을 앓다가 반달이 되어서야 겨우 떼어 냈으니, 피차가 모두 이와 같다. 둘째 아들 윤해가 진위에 있으면서 학질에 걸려 아플 적에 제 어머니가 병에 걸렸다는 소식을 듣고 달려오느라 지금까지 학질을 떼어 내지 못했고, 윤해의 처도 예닐곱 번이나 학질을 앓다가 겨우 나았으며, 큰아들 윤겸의 처도 지금 앓고 있다고 한다. 앞으로 무슨 큰일이 생길지 모르겠다. 이리저리 떠돌며 곤궁한 데다 온 집안의 병환이 또 이런 극한 상황에 이르렀으니, 밤중에 가만히 앞으로의 일을 생각해 봐도 대책이 없다. 지난봄에 병에 걸렸을 때 차라리 죽어서 아무것도 모르는 게 나았겠다.

◎ ─ 8월 29일

이른 아침에 출발하려는데, 어머께서 작별할 즈음에 하염없이 눈물을 흘리셨다. 나도 슬픈 눈물을 참을 수 없었으니, 모자간의 정이 여기에서 지극했다. 내가 정처 없이 충청도를 떠돌아 아침저녁 끼니를 잇기 어려운 탓에 연로하신 어머니를 천 리 밖 편치 않은 곳에 머무르시게 하고 우리 모자가 한 곳에 같이 있지도 못하게 되었다. 실로 하늘이 만든 것이니, 슬퍼하고 탄식한들 어찌하겠는가.

◎ ─ 8월 30일

지금 조보朝報(관보)를 보니, 진주성이 함락될 때 여러 군사가 힘껏 싸운 것에 대한 내용이 적혀 있다. 창의사 김천일은 성을 몸소 돌아보며 사졸들을 눈물로 어루만져 주었고, 성이 함락되려고 할 때에는 측근들이 부축해 일으키면서 피하기를 권했다고 한다. 그런데 김천일은 그대로 앉아서 일어나지 않고 말하기를, "나는 마땅히 여기에서 죽을 것이니 너희들이나 피하라."라고 했다고 한다. 어떤 사람은 김천일이 성이 함락되었다는 말을 듣고 최경회와 함께 촉석루 위에서 통곡하다가 스스로 바위 아래로 투신하여 죽었다고도 한다.

충청 병마절도사 황진은 사졸보다 앞장서서 죽음을 무릅쓰며 힘껏 싸웠고, 서쪽 성이 저절로 허물어지자 즉시 의관을 벗어 던지고 직접 돌을 짊어지고서 사졸을 앞에서 이끌었다. 밤새 일을 감독하며 지성으로 격려했는데, 성안의 남녀들이 감격하여 힘을 바쳐 하룻밤 만에 앞다투어 쌓았다고 한다. 다음 날 적이 조금 물러가자 황진이 성 아래를 내려다보면서, "어젯밤 싸움에서 죽은 왜적의 수가 거의 1천여 명에 이르는구나."라고 했는데, 그는 성 아래에 잠복해 있던 적이 쏜 총에 목을 맞아 죽었다고 한다.

산 사람 입에 거미줄 치랴

◎ ─ 9월 9일

일찍 식사를 마치고 출발해서 무수포 가에 이르렀다. 마침 류선각 공을 만나서 함께 같은 배를 타고 건너 임천 집에 도착하니 아직 저녁이 되지 않았다. 온 지 얼마 안 되어 큰딸이 학질을 앓기 시작했다. 안타깝다. 위아래 집안사람이 모두 학질을 앓는데, 아내가 더욱 심해서 뼈만 앙상하게 남았다. 만일 다른 병을 얻기라도 한다면 아무 말로도 형용할 수 없을 것이다. 큰아들 윤겸은 전보다 조금 회복되었다고 하지만, 먹는 것이 예전만 못하고 아직도 행보를 못한다. 몹시 걱정스럽다. 저녁에 비가 내리기 시작하더니 밤이 되어서도 그치지 않았다.

◎ ─ 9월 17일

어제부터 양식과 찬거리가 다 떨어져서, 저녁에는 쌀 2되를 가지고 미역죽을 쑤어서 위아래 10여 명이 나누어 먹었다. 사람 사는 것이 이 지경에 이르렀으니 탄식한들 어찌하겠는가. 병든 처자식도 배불리 먹지 못하니 더욱 개탄스럽다. 오늘 아침밥으로 종자보리 1말을 막 찧어 먹으려던 차에, 마침 류선각이 사람을 통해 말린 벼 3말을 보내 주었다. 오늘의 굶주림을 면하게 되었으니 매우 감사하다. 산 사람 입에 거미줄을 치지 않는다는 속담이 이것인가 보다.

참봉(오윤겸)이 사내종 세만을 보내서 문안하고 돌아갔다. 지금 참봉의 편지를 보니, 저도 돌아와서 전에 걸렸던 학질이 세 번째로 도져 몹시 아프니 와서 뵙지 못한다고 했다. 더욱 답답하고 걱정스럽다.

저녁에 막정이 왔다. 함열에서 백미 5말, 벼 10말, 콩 4말, 소금 1말, 찹쌀 1말, 말린 민어 1마리, 누룩 5덩어리, 보리종자 4말, 소고기 2덩어리를 보내왔다. 며칠간은 연명할 수 있겠다. 고맙기 그지없다. 함열의 은혜가 없으면 가을을 넘기기도 분명 어려울 것이다. 돌아봐도 보답할 길이 없으니 온 집안이 그저 감사할 뿐이다. 아내와 두 딸, 생원(오윤해)과 계집종 넷이 모두 학질에 걸려 누워 있어서 저녁밥을 지을 사람이 없다. 그들이 조금 낫기를 기다렸다가 밥을 짓는다면 분명 밤이 깊을 것이다. 안타깝다.

◎ ─ 9월 20일

아침을 먹은 뒤에 충의 류원 씨에게 가서 보고, 그 참에 학질을 치료하기 위해서 뽕나무 껍질을 벗겨 왔다. 류원이 나를 맞이하여 곁채에 앉아서 한참 이야기를 나누었다. 그의 아들 류선각은 기운이 편치 않아 누워서 땀을 내고 있었기 때문에 나와서 인사하지 못하고 다만 찰떡을 대접했다. 오늘은 아내가 학질을 앓지 않았다. 기쁘다. 다만 셋째 아들 윤함은 학질을 앓으면서 이질 증상을 조금 보인다. 필시 뽕나무 껍질을 마셨기 때문일 것이다. 그러나 학질을 앓은 뒤에 이질이 생긴다면 아무 말로도 형용할 수 없을 것이다. 매우 걱정스럽다.

◎ ─ 9월 28일

어젯밤에 동을비가 죽었다. 선대의 늙은 계집종 가운데 동을

비만 살아 있었는데, 타향에서 객사했으니 애처롭고 불쌍한 마음을 이기지 못하겠다. 곧장 사내종들에게 묻게 했다. 이 때문에 사내종이 없어서 조씨 집의 초상에 가 보지 못했다.

깨진 벼루와 단아의 눈물

◎ — 10월 2일

이른 아침을 먹고 고을 5리 밖 서쪽 변두리에 있는 검암리의 백성 덕림의 집으로 옮겨 왔다. 두 번을 오갔더니 날이 벌써 저물었다. 덕림은 이미 오래전에 죽었다. 그의 외손자인 김화동이 당시 이웃집에 살고 있었는데, 꺼리는 점이 있어서 여러 해 동안 이 집에 들어가지 않았다. 그러므로 집이 비어 있은 지 이미 오래되었고 다른 사람이 빌려 살고 있어서, 군수로 하여금 집주인에게 패자牌字(어떤 사항에 대한 이행을 지시하거나 통보하는 문서)를 보내 살고 있는 사람을 내쫓도록 하고 옮겨 온 것이다.

다만 매우 견딜 수 없는 점이 네 가지가 있다. 방의 온돌이 너무 차가워서 땔감 한두 다발로는 따뜻해지지 않는 것이 첫 번째 견딜 수 없는 점이고, 나무를 할 곳이 너무 먼 것이 두 번째 견딜 수 없는 점이며, 우물에 가는 길이 너무 먼 것이 세 번째 견딜 수 없는 점이고, 아침저녁으로 불을 때서 나오는 연기가 집 안에 자욱해서 눈을 뜰 수 없는 것이 네 번째 견딜 수 없는 점이다. 그러나 안팎이 갖추어지고 기와집이 깨끗하기 때문에 위아래가 모두 좋아하니 다시 옮기지 않을 것이다. 더욱 답답한 점은 근래에 양식과 반찬거리가 모두 떨어져서 저녁밥도 겨우 먹었고 내일은 밥을 차려 먹기가 몹시 어렵다는 사실이다. 사는 게 한스럽다.

◎ ─ 10월 5일

아침에 비가 내렸다. 비가 이렇게 내리는데 양식과 찬거리마저 떨어졌다. 둘러봐도 빌릴 곳이 없어서 겨우 녹두 두어 되로 죽을 쑤어서 나누어 먹었다.

이곳은 군과의 거리가 멀지 않은데 군수는 한 번도 사람을 보내서 문안하지 않고, 곤궁함이 이와 같은데도 생각해 주지 않고 물 한 모금도 보태 주지 않는다. 인정이 어찌 이리도 야박할 수 있는가. 다른 사람도 오히려 불쌍히 여겨 도와주는데 하물며 절친한 사이에 큰 고을의 사또가 되었으면서도 이같이 괄시하니, 야박할 뿐만 아니라 너무도 몰인정한 사람이다. 몹시 서운하다.

◎ ─ 10월 10일

오늘 낮에 함열 현감이 사람을 통해서 쌀 2말, 게젓 20개, 새우젓 4되, 종이 3뭇을 보냈고, 또 요즘은 어찌하여 사람을 보내서 가져가지 않느냐는 편지도 보냈다. 요구하지 않아도 매번 은근한 마음을 전하니 그 후한 뜻을 갚을 길이 없다. 온 집안사람들이 고마워서 어쩔 줄을 모른다.

내가 돌아올 때 부여 현감은 한 가지 물건도 주지 않았다. 지난달에도 사람을 보내 놓고 지금 또 직접 찾아오니, 마음속으로 분명 싫증이 나서 그랬으리라. 몹시 부끄럽다. 처자식은 내가 오기만을 기다려 먹을 수 있기를 날로 간절히 바랄 텐데, 끝내 빈손으로 돌아왔으니 한편으로는 웃음이 나온다. 타향을 떠돌며 사방을 돌아보아도 친척은 없고 굶주림은 날로 코앞에 닥쳐 가는 곳마다 구차하게 매번 얼굴을 붉혀야 하니, 아무리 탄식한들 어찌하겠는가. 만일 함열의 도움이 없었으면 나는 구렁을 뒹구는 귀신이 되었을 것이다.

◎ ― 10월 19일

전에 윤함 처의 편지에 심열이 도사都事(벼슬아치의 감찰 및 규탄을 맡아 보던 종5품직)에 제수되었다고 하기에 의심하고 믿지 않았는데, 이제 지선의 말을 들으니 분명 헛말이 아닌 게다. 몹시 기쁘다. 심열의 어머니는 곧 나의 첫째 누이이다. 심열이 겨우 열 살이 되었을 때 그 어미가 일찍 죽고 할머니의 집에서 자라면서 나에게 배워 우리 아이들과 여러 해를 같이 살았다. 그래서 내가 심 조카를 내 자식처럼 여겼는데, 지금 음사蔭仕(과거 시험을 거치지 않고 큰 공을 세운 신하의 자손을 관리로 채용하는 제도)로 좋은 벼슬에 올랐으니 온 집안사람들이 모두 함께 기뻐했다. 다만 이같이 어지러운 세상에 조정이 어두워서 동분서주하며 어려운 일이 많은 터에 어찌 결과가 좋기를 보장할 수 있겠는가. 이것이 걱정이다.

어제 낮에 막내딸 단아를 시켜 벼루를 가져오게 했더니 실수로 떨어뜨려 깨졌다. 안타까운 일이다. 이 벼루는 30년 전에 아버지께서 장성 현감으로 계실 때 얻은 것으로, 허탄을 시켜 벼루 집을 만들어서 오래도록 행갑에 넣고 행연(여행 중에 가지고 다니는 조그마한 벼루)으로 썼다. 몇 해 전 난리가 발생한 초기에 온 집안 물건이 다 타서 남은 것이 없었는데, 이것은 마침 내가 가지고 장수로 왔기 때문에 홀로 온전할 수 있었다. 그런데 이제 깨지고 말았으니 물건의 성패에도 운수가 있는가 보다. 그러나 집에 쓸 만한 것이 없으니 깨진 것을 고쳐서 써야겠다. 단아가 벼루를 깨뜨린 후에 꾸지람을 들을까 걱정해서 울음을 그치지 않는다. 안쓰럽다.

◎ — 10월 21일

지난밤부터 바람이 불고 눈이 날리더니 아침에도 여전히 그치지 않아 산천이 모두 하얗게 변했다. 둘째 아들 윤해가 하는 수 없이 눈보라를 무릅쓰고 길을 나섰다. 집에 사내종이 없어서 겨우 어린 사내종 안손을 데리고 갔다. 노자도 제대로 갖추지 못하고 갔으니 도중에 걸식하면서 가야 할 것이다. 몹시 안타까워 눈물이 난다. 나는 성격과 계책이 졸렬하고 본디 생계를 도모하지 않아 평상시에도 처자식을 보호하지 못하고 식량도 자주 떨어뜨렸다. 하물며 이 난리 이후로 타향을 떠돌며 사방을 둘러봐도 의뢰할 친구가 없고 또 의지할 만한 농장도 없이 이곳에 의탁하여 굶주림과 추위가 날로 닥치고 심해지니, 앞으로 또 얼마나 고초를 당할지 모르겠다. 그저 안타까울 뿐이다.

전에 빚어 놓은 술 4되는 오늘 계집종 향비에게 장에 가지고 가서 쌀로 바꾸어 오도록 했다. 이것을 내일의 양식으로 쓰려고 한다. 이 같은 눈보라 속에 생계에 급급해서 술을 보고도 한 잔을 마시지 못하니 안타깝다.

◎ ─ 10월 30일

사내종 명복이 돌아왔다. 경여의 처가 찰떡을 쪄서 보냈기에 아이들과 함께 먹었다. 또 베갯모(베개의 양쪽 끝에 수를 놓은 헝겊으로 덮어 끼운 꾸밈새)를 팔아서 벼 8말, 콩 3말 5되를 얻어서 짊어지고 왔다. 다만 다시 되어 보니 1말이 모자란다. 분명 명복이 훔쳐 먹은 게다. 괘씸하고 얄밉다. 콩은 짊어지기에 무거워서 가져올 수 없었다고 한다.

무료한 시간을 보내는 법

◎ ─ 11월 4일

종일 집에 있으려니 몹시 무료했다. 단아와 함께 바둑을 두고 추자놀이(바둑이나 장기처럼 판을 차리고 하는 놀이)를 하면서 적적한 회포를 달랬다.

저녁에 사내종 막정이 영암에서 돌아왔다. 어머니께서 손수 쓰신 편지를 받아 보니 눈물을 주체할 수 없었다. 그편에 들으니, 계집종 서대가 병이 나서 냇가에 움막을 쳐서 내보냈는데 돌봐주는 사람이 없어 목이 말라 물을 마시려고 냇가로 기어가다가 그곳까지 가지도 못하고 엎어져 죽었다고 한다. 더욱 슬프다. 서대는 열 살도 되기 전에 어머니께서 데리고 와서 눈앞에서 부리면서 잠시도 떼어 놓지 않았다. 집안일을 부지런히 했고 없는 것을 있는 것으로 바꿔 오는 데에 자못 능력이 있어 어머니께서 의지하시는 것이 실로 많았다. 지금 난리를 만나 아무리 어려워도 잠시도 떼어 놓지 않았고, 남쪽 물가로 떠돌면서도 항상 데리고 다니셨다. 그런데 뜻밖에 보살피는 사람이 없는 곳에서 병으로 죽었으니 불쌍하기 그지없다. 어머니께서 이로 인해 마음이 상하여 눈물을 그치지 않고 식사량도 갑자기 줄어 기운이 자못 편치 않다고 한다. 매우 답답하고 근심스럽다.

◎ ─ 11월 6일

밤부터 진눈깨비가 내렸다. 최천인이 사내종과 말을 보내서 보광사로 오라고 청했다. 밥을 먹은 뒤에 눈을 무릅쓰고 갔더니 최천인은 나중에 도착했다. 또 절의 중에게 말을 끌게 해서 막내아들 인아(오윤성)가 있는 곳으로 보내 데리고 오게 했다. 저녁때 우리 부자와 최 공 세 사람이 둘러앉았는데, 중이 두부를 만들어 내왔다. 마침 두부가 몹시 부드럽고 맛이 좋아서 나는 30여 곳(꼬치)을 먹고 막내아들 인아와 최 공은 각각 40곳을 먹었다.

보광사는 고려 때의 옛 절로 인근 고을에서 가장 규모가 컸다. 그런데 근래 병란을 겪은 뒤로 중들이 전쟁에 나갔다가 많이 죽고 또 관역에 시달려 확실한 소재가 없는 사람들은 모두 흩어졌다고 한다. 이 때문에 빈방이 몹시 많고 지금 살고 있는 사람들도 제대로 보전할 수 없는 형편이라고 한다. 그러나 거처하고 있는 중들을 보니 모두 부유하고 쌓아 놓은 곡식이 매우 넉넉했다. 이러한 때에도 오히려 이와 같으니 평소에 풍족했음을 또한 알 수 있다.

법당 서쪽에는 큰 우물이 있는데, 작은 돌로 쌓았고 깊이는 한 길이나 되었다. 아무리 엄동설한이라도 물이 얼지 않고 아무리 가물어도 마르지 않아, 온 절의 중들이 이 우물에서 물을 길어도 부족한 때가 없었다고 한다. 우물에서 약간 서쪽에 각이 세워져 있고 그 안에 큰 비석이 있는데, 그 비석에 신라의 학사 고운 최치원의 기문記文이 새겨져 있다. 돌이 몹시 푸른데 큰 눈에 길이 묻혀 가서 보고 쓰다듬어 볼 수 없다.

◎ ― 11월 12일

요새 사내종이 없어서 오랫동안 나무를 베어 오지 못해 아침저녁으로 밥을 짓기에도 부족한데, 하물며 온돌까지 덥힐 수 있겠는가. 집사람이 학질을 앓는데 방이 몹시 차서 몸이 거듭 상하게 될까 걱정하던 차에, 소지가 마른 땔나무 1바리를 사람을 시켜 실어 보내고 감장 1동이도 보내 주었다. 매우 감사하다.

◎ ─ 11월 19일

아침에 집주인이 팥죽 2사발을 가져와서 처자와 함께 나누어 먹었다. 29일이 동지인데 오늘이 동지인 줄 잘못 안 것이다. 우습다.

◎ ─ 11월 22일

방수간과 백몽진이 소매 속에 바둑알을 가지고 왔다. 함께 대국하여 10여 판을 두다가 파하고 돌아갔다. 어제 향비가 장에 나가 술을 팔아서 산 쌀을 자루 가득 넣었다가 잃어버리고 빈손으로 돌아왔다. 우스운 일이다. 한 푼이라도 이문을 남겨서 부족함을 채우려고 했다가 도리어 본전까지 다 잃었으니 더욱 안타깝다.

◎ ─ 11월 23일

임자장(임기)이 시중드는 아이를 보내서 편지로 안부를 묻고, 또 소고기 2짝을 보내왔다. 혼자 먹지 않고 친구에게 주니 후하다고 할 만하다. 오늘은 자미(이빈)의 소상小祥(죽은 지 1년 만에 지내는 제사)이다. 처음에는 이날 가 보려고 했는데 사내종과 말이 없어 가지 못했다. 한탄한들 어찌하겠는가.

◎ ─ 11월 26일

저녁에 송노가 들어와서 하는 말이, 제 아비가 병이 들어 양식을 실어 나를 수 없어서 짊어지고 거창까지 갔다가 돌아왔다고 한다. 지난 9월에 말미를 얻어 돌아갔다가 기일을 여러 달 넘겼으니, 집안일이 틀어지게 된 것은 모두 이 사내종이 때에 맞춰 돌아오지 않았기 때문이다. 처음에는 그 죄를 크게 다스리려고 했다. 그러나 그 말이 비록 사실이 아니더라도 아비를 위하는 정은 또한 자식의 상정이니 지금은 우선 용서하고 따지지 않았다.

◎ — 윤11월 11일

지난밤 꿈이 불길하니, 이게 무슨 징조인가? 속담에 흉한 꿈이 도리어 상서롭다고 하니, 이에 위안이 된다. 그러나 연로하신 어머니가 멀리 남쪽 끝에 계시어 소식을 듣지 못한 지 이제 두어 달이 되었다. 이 때문에 답답하고 걱정스럽기 그지없다.

◎ — 윤11월 12일

날이 몹시 차고 때때로 눈도 날렸다. 백몽진과 방수간이 와서 종일토록 함께 바둑을 두다가 헤어졌다. 어제 장에 술을 팔기 위해 향비와 정사과댁 계집종 묵개가 함께 술 8병을 머리에 이고 갔는데, 중간에 묵개가 발을 헛디뎌 넘어지는 바람에 술이 가득 담긴 병을 떨어뜨려 깨뜨리고 빈손으로 돌아왔다. 우습다. 병은 이웃집 물건이어서 하는 수 없이 사다 갚았다. 저녁에 막정이 홍산에서 돌아왔다. 홍산 현감이 벼 1섬, 백미 3말, 콩 5말, 누룩 3덩어리, 절인 게 10마리를 보내 주었다.

◎ ― 윤11월 28일

저녁에 송노가 보령에서 돌아왔다. 참봉(오윤겸)의 편지를 받아 보니, 지금 모두 무탈하다고 한다. 기쁘다. 다만 결성에 있는 참봉의 주인집이 명화적(무리를 지어 돌아다니는 강도)을 만나서 가산을 탕진했는데, 참봉의 곡식도 그 집에 맡겨 두었다가 절반이나 잃었다고 한다. 더욱 안타깝다.

어머니를 뵈러 영암으로

◎ ― 12월 6일

일찍 식사를 하고 출발해서 남당진(임천과 함열 사이에 있는 나루) 가에 이르렀다. 녹은 얼음이 강에 가득하여 건널 수 없는 형편이었다. 다 흘러 내려가기를 기다려서 오후가 되어서야 간신히 건넜다. 날이 저물어서야 비로소 함열현에 도착했다. 현감이 내가 왔다는 말을 듣고 즉시 사람을 보내 문안하고 이어서 아헌으로 들어오기를 청했다. 정자 조익도 와서 한참 동안 이야기를 나누다가 밤이 깊어서야 파하고 돌아왔다. 주인집이 바로 남궁지평의 사내종 산이의 집이라 따뜻한 방에서 잤다. 강을 건널 때 뱃사공이 장전(긴 화살)을 얻고 싶어서 몹시 간절하게 구하기에 화살 2개를 뽑아서 주었다. 그가 온 힘을 다해 건네주었기 때문이다.

◎ — 12월 7일

이른 아침에 함열 현감이 사람을 보내 나를 아헌(수령의 집무
공간)으로 초대해서 같이 마주하고 아침밥을 먹었다. 노자로 백미
1말, 중미 3말, 콩 2말, 조기 1뭇, 새우젓 2되, 감장 4되, 간장 1되,
소금 2되, 청주 1병, 미역 1동을 주었다. 매우 고마웠다.

올 때 길에서 황간에 사는 외사촌 형 남경효 씨의 사내종 내외
를 만났다. 누덕누덕 기운 옷을 입고 머리는 쑥대머리에 때 묻은
얼굴을 하고 있어 차마 볼 수가 없었다. 그 까닭을 물었더니, "왜
적이 분탕질을 한 뒤로 식량을 구하기가 몹시 어려워 굶주림에
날로 시달리고, 윗전 역시 먹을 것을 얻을 수 없어 노복들을 다
놓아주어 살던 사람들이 사방으로 흩어졌습니다. 그래서 지난달
에 그곳을 나와 이곳저곳을 떠돌며 걸식하다가 전라우도 근처로
향했습니다."라고 했다. 몹시 참담하다. 이어 친척과 친구들의 생
사를 물었더니, 남경효의 아내는 초겨울에 별세했고, 남환장 숙
부도 난리 초에 돌아가셨다고 한다. 슬픔을 이길 수 없다. 남숙부
는 내가 어렸을 때 여러 해 동안 모시고 지내서 정이 매우 두터웠
다. 이제 그 부음을 들으니 애통하기 그지없다. 친가의 계집종 흔
비도 굶어 죽었다고 한다. 흔비는 내가 포대기에 싸인 아기였을
때부터 업어 주고 안아 주던 사람이다. 그녀가 굶어 죽었다는 말
을 들으니 더욱 슬프다. 오직 외사촌 남자순 형 일가만이 영동의
사위 집으로 가서 머물고 있으며 아직 살아 계신다고 한다.

친가의 계집종 옥금은 난리 초에 흩어졌는데 어디로 갔는지

모른다고 한다. 처음에는 사람을 시켜 잡아 오려고 했는데, 이제 떠돌아다닌다는 말을 들었으니 굶어 죽지 않았다고 해도 나중에 찾을 길이 없다. 애석하다.

◎ ─ 12월 9일

식사 후에 출발해서 웅치 아래 유동의 정병 창손의 집에 가서 묵었다. 고개를 넘어갈 생각이었는데 말이 지쳐서 앞으로 나아가지 못했고 비까지 내려 도적이 무서워서 일찍 들어와 묵었다. 유동 위아래의 여염집은 연전에 모두 왜적에게 분탕질을 당했고 오직 창손의 집만 홀로 타지 않았기 때문에 들어가 묵은 것이다. 그 나머지 여덟아홉 집은 모두 임시로 지어서 살고 있고, 또 반은 빈 터로 남아 있다. 창손에게 물었더니 하는 말이, 부윤이 분탕질당한 곳을 따지지 않고 환곡을 독촉해서 징수하고 온갖 요역을 날마다 독촉했기 때문에 그 괴로움을 견디지 못해서 모두 도망갔고 남아 있는 자들도 머지않아 흩어질 것이라고 한다. 참으로 안타깝다.

◎ ─ 12월 11일

날이 밝기 전에 출발해서 10여 리쯤 갔는데, 도중에 진안 현감이 가까이 부리는 급창(수령의 명령을 큰소리로 전달하는 일을 맡아 보던 관아의 사내종)을 시켜서 쌀과 콩을 각각 1말씩 뒤미처 보내왔다. 부득이 길가의 여염집에 들어가서 답장을 써서 돌려보내고 그곳에서 아침밥을 지었다. 진안 현감의 성명은 정식으로, 전에 서로 알던 사이는 아니지만 자미(이빈)를 통해 이름을 들은 지는 오래되었다. 지금 뜻밖에 양식을 보내 주니, 후의에 고맙기 그지 없다.

날이 저물어서 옛 관아로 들어가 자미의 처자와 서로 붙들고 통곡했다. 각각 집안의 근심을 이야기하다가 밤이 반이나 지나서야 잠자리에 들었다. 몇 해 전의 일을 돌이켜 생각해 보면 온통 슬픈 감회가 이니, 사람의 일이 참으로 한스럽다.

◎ ─ 12월 13일

새벽에 사내종 둘을 무주의 사내종 인수에게 보냈다. 신공을 거두기 위해서이다. 또 쌀 1말을 주면서 장계 장에 가서 건시(곶감)를 사 오라고 했다. 어머니께 드리려는 것이다. 다만 아침부터 비가 내려 두 사내종이 도착하지 못할까 걱정했는데, 오후부터 그치기 시작했다.

현감이 제수로 백미 1말, 두부콩 1말, 메밀 2되, 세 가지 과일, 청주 1병을 보내 주었다. 매우 감사하다. 날이 저물어 자미(처남 이빈)의 아들 종윤이 홍양에서 돌아왔다. 그편에 들으니, 그곳의 노비들이 모두 도망쳐 흩어져서 신공을 거두지 못했을 뿐 아니라 오는 동안 먹을 양식을 얻을 곳도 없어서 죽을 쑤어 먹으면서 간신히 돌아왔다고 했다.

◎ ― 12월 21일

내가 장수를 떠난 것은 자미(처남 이빈)의 곤궁함이 나날이 심해졌기 때문이다. 자미는 나에게 사내종과 말을 딸려서 순창에 보냈다. 순창 군수는 지난해 장계의 군진에서 방어할 때 자미와 여러 달 함께 일을 해서 정이 매우 두터웠다. 매번 아는 사이라고 하며 사람을 보내면 적극 도와주겠다고 했다. 오늘 내가 여기 온 것은 오로지 그 때문이었다. 그러나 내가 두 번이나 큰소리로 불렀는데도 못 들은 체하고 끝내 안으로 들이지 않았다. 인정세태는 늘 그런 것이니 이상할 것도 없다. 순창 군수의 사람됨을 보면 무인武人 중에서 그나마 괜찮은 사람인 듯한데도 지금 하는 짓이 이와 같음을 보니, 다른 사람들이야 말해 무엇 하겠는가. 나도 이 때문에 굳이 하루를 묵느라 양식이 모두 떨어졌으니 하는 수 없이 곧장 장성으로 가서 노자를 얻은 뒤에 영암으로 돌아가야겠다. 궁박한 사람의 일이란 게 매양 생각대로 되지 않는 법이다. 헛수고만 하면서 양식을 허비했으니 더욱 안타깝다.

사내종 능찬도 광주로 돌아가지 못했는데, 이 또한 양식이 없기 때문이다. 능찬이 온 이유는 이 고을에서 양식을 얻고 또 광주 목사에게 편지를 올려서 이를 통해 곧장 장흥의 노비들에게 가서 신공을 받아서 오려던 것이었는데, 어쩔 수 없이 도로 돌아왔다. 매사가 틀어졌으니 참으로 안타깝다. 종일 주인집에 있으려니 무료함이 매우 심하다. 능찬은 본래 중이었다가 환속해서 장수 현감 집의 비부婢夫(계집종의 남편)가 되었다.

◎ ─ 12월 22일

사내종 끗손과 능찬을 다시 장수로 보냈다. 나는 날이 밝기 전에 출발해서 담양의 연덕원 오른편 길가의 여염집에 도착했다. 아침밥을 먹고 난 후에 10여 리도 못 가서 샛길로 잘못 들었다. 조그만 다리가 있었는데 내가 탄 말이 발을 잘못 디뎌 자빠졌다. 먼저 짐을 매단 끈을 자른 뒤에 꺼내 보니 이불보가 다 젖었다. 부득이 여염집을 찾아 들어가서 옷과 이불 등을 말리느라 멀리 가지 못하고 그 집에서 그대로 묵었다. 저녁 식사 때 집주인이 무김치와 미역자반을 내다 주고 나를 따뜻한 방에서 재워 주니 후하다고 할 만하다.

◎ ─ 12월 23일

저녁에 비로소 장성 아헌에 도착하니, 숙훈(이자)과 여경(이천)이 마침 와서 함께 만났다. 기쁘고 위로가 되었다. 숙훈이 하인을 시켜서 우리 일행의 식사를 대접해 주었다.

저녁에 들으니, 고창 현감 강수곤이 현에 들어왔다고 했다. 숙훈과 같이 가서 한참 이야기를 나누다가 문을 열고 들어오는 사람을 자세히 보았더니 바로 아우 희철이었다. 너무나 뜻밖이라 기쁨을 감추지 못했다. 온 까닭을 물었더니, 태인의 처가에서 와서 이제 영암으로 가려고 여기서 묵었는데, 형이 아헌에 있다는 말을 들어서 왔다고 했다. 어머니께서는 근래 편안하시다고 한다. 더욱 기뻤다. 천 리 밖에서 서로 그리워하다가 운 좋게 객지에서 만났고 게다가 어머니의 소식까지 들었으니, 기쁘고 위로가 되는 마음을 이루 말할 수 있겠는가. 밤이 깊어서 파하고 아헌으로 돌아와 한방에서 잤다. 숙훈은 장성 현감 옥여(오희문의 처사촌 이귀)의 형이고, 여경은 옥여의 사촌 아우이며, 고창 현감 강수곤은 정랑 이전로의 사위이다.

◎ ─ 12월 24일

숙훈과 여경 등이 나를 초대하여 냇가에서 쑥국을 끓여서 취하게 마시고 배불리 먹고 돌아왔다. 같이 참석한 사람은 옥여의 장인인 장민 공과 나, 그리고 주탕(관청 소속의 미색이 뛰어난 계집종) 대여섯 명이다. 주탕들이 술과 안주를 차려 와서 바치고 서로 노래를 불렀다. 나와 장 공은 해가 떨어지기 전에 먼저 돌아왔다. 난리 이후로 노랫소리를 듣지 못하다가 지금 오랜만에 들으니, 또한 서글픈 마음이 한껏 밀려왔다.

외가, 처가와도 깊은 관계를 맺다

오희문은 여행길에 처남 이빈의 집, 영암의 둘째 누이네를 비롯해 황간의 외가와 영동의 외숙 등을 방문하고 만난다. 오희문이 피란지로 선택한 곳 또한 처가나 외가와 연고가 있는 지역이 많다. 지금으로 치면 친가보다는 외가, 그리고 처가 쪽과 더 가까운 모습인데, 이는 16세기 조선의 풍경을 그대로 보여 준다. 조선은 16세기까지 처가살이의 관행이 이어져서 처가 및 외가와 각별한 관계를 유지하고 있었다.

16세기까지 지속된 처가살이

오희문이 살던 시대에는 혼례에서 남귀여가혼男歸女家婚의 관행이 이루어졌다. 이 말은 '시집을 가는' 것이 아니고, '장가를 가는' 것을 의미한다. 『성종실록』을 보면 "우리나라의 풍속은 처가에서 처가살이를 하게 되면 아내의 부모 보기를 자기의 부모처럼 하고 아내의 부모도 역시 그 사위를 자기의 자식과 같이 봅니다."라는 기록이 남아 있어 당시 처가살이가 보편적으로 이루어졌던 시대 상황을 읽을 수 있다. 연산군대 관료 이극돈은 종2품 벼슬에 이르러서도 오히려 처가살이를 하였는데, 이는 당시 고위 관료들도 처가살이가 관행적으로 행해졌음을 보여 준다.

1476년(성종 7)에 작성된 안동 권씨 족보 『성화보』는 현재 전하는 족보 중 가장 오래된 것이다. 여기에는 조선 후기에 나온 족보들과는 달리 딸아들 구별 없이 출생 순서대로 적고 외손도 친손과 같이 기재하고 있다. 조선 중기까지는 외가의 비중이 컸으며, 딸이라고 해서 상속에서 불이익을 받지도 않았다. 딸은 경제적으로 엄연히 아들과 같은 지위를 누렸기 때문에 처가살이 혹은 외가에서의 생활이 자연스러운 분위기였다.

오희문의 외가와 처가

오희문의 외가이자 부친 오경민의 처가는 고성固城 남씨 집안으로, 조선 초기에 병조참판을 지낸 남금의 후손이다. 오희문의 외할아버지이자 오경민의 장인인 남인은 지금의 충청북도 영동 지역으로 낙향하였다. 오경민은 처가의 기반이 든든하였기 때문에 혼인 이후 상당한 기간을 영동에서 거주하였다. 오희문이 어린 시절 영동에서 살았던 것은 아버지 오경민이 처가살이를 했기 때문이다. 오희문은 임진왜란이 일어나기 몇 개월 전 외가가 있는 영동을 찾아간다. 영동에 사는 둘째 외삼촌 댁에 들러 그의 부종 증세를 걱정하고, 며칠 머물며 외할아버지의 산소에 제물을 올리고 외할머니에 대한 그리움으로 눈물짓는다. 오희문은 전란 중에도 어머니를 위해 외할아버지의 제삿날을 챙긴다.

오희문 역시 처가인 연안 이씨 집안에서 상당한 경제적 지원을 받았다. 그의 용인 오산리의 토지는 처가의 경제력을 기반으로 하여 조성된 재산이었다. 처가와의 긴밀한 인연은『쇄미록』에서 오희문이 장모나 장인(이정수)의 제사를 빠짐없이 챙긴 상황에서도 알 수가 있다. 장모의 기일에 처남이 제사를 지낼 수 없게 되자 그의 아들들과 같이 제사를 지내고, 장인의 제사를 챙기지 못해 안타까워하는 모습에서도 처가와 깊은 교분을 맺고 있던 오희문의 생활상을 살필 수 있다.

전란의 또 다른 공포, 전염병

문명과 과학, 정보가 발달한 21세기에도 전염병에 대한 두려움은 심각하다. 이보다 모든 수준이 열악했던 전통시대에 전염병은 그야말로 죽음을 떠올리게 하는 공포 그 자체였을 것이다. 임진왜란 당시 이질과 학질 등의 질병은 더욱 기승을 부렸다. 먹을거리가 부족하고 위생 상태가 열악한 상황에서 면역력이 떨어지면 병에 걸리기 더 쉽기 때문이다.

조선시대의 주된 전염병

조선시대에는 전염병을 역병이라 불렀는데, 『조선왕조실록』에는 역병 또는 역질에 관한 기록이 1,400건 이상 나온다. 평균한 해에 세 차례 정도 역병이 발생한 것이다.

조선시대 주된 전염병은 오늘날의 이름으로 하면 콜레라, 두창(천연두), 성홍열, 장티푸스, 이질, 홍역 등이었다. 이질은 변에 고름이나 피가 섞여 나오는 증상을 보이는 전염병인데, 『쇄미록』에도 오희문 자신과 어머니가 이질로 고생을 했으며, 또 계집종 동을비와 첫째 아들 윤겸의 아이가 이질에 걸려 죽은 이야기가 나온다.

백성들을 가장 공포에 떨게 한 것은 콜레라와 마마라고도 불렸던 두창이었다. 콜레라는 특히 조선 후기에 꽤 많은 인명을 앗아간 전염병으로 호열자虎烈刺라고 불렸는데, 이 병에 걸리면 호랑이가 사지를 찢는 듯한 아픔을 느꼈기 때문이다. 두창은 인공적인 인두人痘, 우두牛痘가 생긴 후 천연적으로 생기는 병이라 해서 천연두라 불렸다. 이 병이 무서웠던 것은 사망률이 높았을 뿐 아니라 겨우 살아나도 후유증으로 얼굴이 얽어서 곰보 자국이 생겼기 때문이다. 두창은 워낙 공포의 대상이었기에 '마마신'이라 불리며 제발 무사히 떠나가기를 부탁하는 신이 되어 버렸다.

『동의보감』을 집필한 허준은 광해군의 두창을 치료해 명의의 반열에 들었으며, 숙종 때의 어의 유상은 왕의 두창을 치료한 공으로 종2품직까지 올랐다. 숙종은 본인도 두창을 앓았을 뿐만 아니라 두 명의 왕비(인경왕후, 인원왕후), 2명의 왕자(경종, 영조)까지 두창을 앓았다. 그야말로 두창과 깊은 악연을 지닌 왕이다.

학을 떼게 했던 질병, 학질

마마와 더불어 조선시대에 가장 흔하면서도 공포의 대상이 되었던 질병은 학질이다. 학질은 사람이 견디지 못할 정도로 포악스러운 질병이라 해서 붙은 이름이다. 학질은 말라리아에 감염된 모기가 사람을 물면 모기의 침샘에 있던 말라리아 원충이 사람의 혈액 속으로 들어가 감염되는 질병인데, 학질에 걸리면 설사, 구토, 발작 같은 증상이 나타나며, 특히 열이 심하게 나면서 땀을 많이 흘렸다.

허준의 『동의보감』에는 학질에 대해서 "처음 발작할 때에는 먼저 솜털이 일어나고 하품이 나고 춥고 떨리면서 턱이 마주치고 허리와 등이 다 아프다. 춥던 것이 멎으면 겉과 속이 다 열이 나면서 머리가 터지는 것같이 아프고 갈증이 나서 찬물만 마시려고 한다."고 기록하고 있다. 병원충이 몸 안에 잠복하고 있다가 수시로 재발하여 치료하기가 매우 어려운데, 오희문 본인을 비롯한 가족이 전란 시기 내내 학질로 고생한다. 특히 막내딸 단아는 1593년 5월부터 학질로 고생하기 시작했는데, 1596년 9월 악화되더니 결국 1597년 2월 1일 죽고 만다.

학질은 시간 간격을 두고 증상이 주기적으로 일어나는데, 이를 '직直'이라고 표현한다. 『쇄미록』에도 학질에 걸린 것을 두고 "직直을 앓았다."고 표현하고 있다. 학질의 초기 단계는 '초학'이라 했으며, 하루씩 걸러서 앓는 학질을 '하루거리', 이틀을 걸러서 사흘에 한 번씩 앓는 학질을 '이틀거리', 날마다 앓는 학질을 '며느리고금'이라 불렀다. 학질은 병에 걸렸을 때 고생이 심할뿐 아니라 그 병이 낫는 것도 여간 힘든 게 아니었다. 따라서 지금도 괴롭거나 힘든 일에서 벗어나느라 진땀을 뺄 때 "학을 떼다."라는 말을 사용한다.

조선시대의 학질 치료법으로는 의학적 처방과 함께 주술, 제사 같은 방법이 시도되었다. 『동의보감』에서는 학질은 음과 양이 뒤섞이고 오한과 열이 번갈아 나는 것이기 때문에 이를 치료하기 위해서는 일단 음과 양을 갈라지게 하는 처방법을 썼다. 학질 치료를 위해 기도나 푸닥거리가 행해지기도 했다. 약이 효과가 없으니 주술에 의지하는 경향이 커진 것이다. 이러한 방식은 민간에서뿐만 아니라 왕실에서도 행해졌다.

『쇄미록』에도 학질을 고치기 위해 이른 아침에 박 넝쿨을 가져다가 태워서 술에 타서 마셨다거나 밤에 종을 시켜서 학질 귀신을 잡게 했다거나 하는 기록이 종종 보이는데, 얼마나 답답했으면 주술이나 귀신의 힘을 빌려 학질을 물리치려 했을까 싶다.

3
그저 하늘의 뜻을 따를 뿐

갑오일록 1594

무명을 팔아 양식을 준비하다

◎ ─ 1월 4일

느지막이 밥을 먹고 출발했다. 말에게 두 번 꼴을 먹이고 말을 달려 영암 서문 밖에 이르니 날이 벌써 저물었다. 임진사네 계집종의 남편 임명수의 집에서 잤다. 명수의 처는 돌장(온돌 만드는 일을 하는 사람)인데, 젊었을 때 임진사가 데리고 왔다. 한양 집에 있을 때 잔심부름을 시킨 적이 있기 때문에 지금 내가 오자 나를 상전처럼 섬겨 곧바로 저녁밥을 지어 주었고, 또 이웃집에서 술을 구해다가 대접해 주었다. 말먹이 콩 4되를 삶았는데, 다 삶아서 건지기도 전에 마침 굶주린 사람이 들어와 아무도 없는 틈을 타서 반이나 훔쳐 먹었다. 너무 심하지만, 추위와 배고픔을 견디다 못해 그런 것이니 한편으로는 불쌍하다. 사내종들이 때리려는 것을 엄하게 금지했다.

◎ ─ 1월 5일

새벽에 출발하여 영암의 구림촌에 이르렀다. 월출산에 해가 겨우 한 장대 높이쯤 올라왔다. 둘째 여동생 임매의 집으로 들어와 어머니를 뵈니 몹시 기쁘고 위로가 된다. 어머니의 안색이 여전하고 식사도 더 하며 별다른 병환이 없으시니 더욱 기쁘기 그지없다. 다만 적의 기병이 전라도로 가려 한다고 하고 또 상황이 여의치 않고 편치 않은 일이 많아서 이달 안에 어머니를 모시고 충청도로 돌아가려고 한다. 봉양할 방법이 없으면 어쩌나 걱정스러울 뿐이다. 그러나 어머니께서도 돌아가고 싶어 하시니 그만둘 수가 없다.

◎ ─ 1월 11일

어제 암행어사가 영암군에 들어왔다고 한다. 분명 들은 말이 있어서일 게다. 군수가 사 둔 집으로 친히 가서 부정을 적발한 뒤에 나주로 옮겨 가두었다고 한다. 군수의 성명은 김성헌인데, 민심을 잃은 지 오래이고 탐욕이 심해 군내 가까운 곳에 큰 집을 샀다. 또 관아 곳간의 물건을 빼돌려 배 2척에 가득 실어 먼저 영광의 일가 집으로 보내고 곡식을 빼내어 성안의 인가 10여 곳에 두었다. 이는 파면한다는 소식을 미리 듣고 조치를 취한 것이라고 한다. 나라의 재정이 고갈된 이런 때에 조정에서 임무를 맡겨 파견한 뜻을 생각하지 않고 백성을 들들 볶아 끝도 없이 탐욕스럽게 수탈한 것이 이처럼 심하니, 죽인다고 한들 무엇이 아깝겠는가.

◎ ─ 1월 18일

고개를 두 개나 넘었다. 길이 질어서 간신히 화순의 능성현에 도착하니 날이 이미 저물었다. 현감이 관아에 들어간 바람에 이름을 알리지 못하여 관아의 사내종 낙수의 집에서 잤다. 집주인이 마초馬草(말 먹이 풀)와 김치를 주었다. 객방이 없어서 차디찬 대청에서 잤다. 새벽에 찬 기운이 뼛속까지 파고들어 잠을 못 잤다. 걱정이 이만저만이 아니다. 문을 단속함이 몹시 엄하다고 한다. 이름을 알리지 못하면 내일은 음식을 얻을 방법이 없어 오도 가도 못할 테니 더욱 걱정이다. 집주인에게 이름을 알릴 수 있게 힘써 달라고 했다. 집주인이 이름을 써 오면 형편을 보아 데리고 들어가겠다고 했다. 집주인은 관청의 창고지기이다.

◎ ─ 1월 19일

한밤중부터 비가 오더니 이내 큰 눈으로 이어졌다. 아침에 일어나서 보니 거의 4, 5치나 쌓였다. 홀로 차디찬 행랑에 앉아 있으려니 추워서 견딜 수가 없다.

현감이 요사이 기운이 편치 않아 오랫동안 출근하지 못하고 있다고 한다. 백방으로 들어가려고 해 보지만 문을 단속함이 매우 엄해서 이름을 알릴 방법이 없다. 동네 사내종에게 모욕을 당했다고 거짓 핑계를 대며 소장을 올려 이름을 알리려고도 했건만, 으레 잡아 오라고 써서 내보내기만 했지 도무지 불러서 보려는 뜻이 없다. 먹을거리가 이미 떨어져서 하는 수 없이 주인집에서 빌려다 먹었다. 내일 장에 가서 무명을 팔아 양식을 준비해서 돌아가야겠다.

오늘은 바람이 갑절이나 더 차다. 냉방에서 잘 수 없어서 이웃집 노인의 방을 빌려서 잤다. 사방 벽에 구멍이 뚫려 거침없이 바람이 들어왔다. 냉기가 얼굴에 엄습하여 밤새 한잠도 못 잤다. 그래도 냉방보다는 백번 나았다. 이 방이 아니었다면 분명 큰 병이 났을 게다. 이곳에서 고생한 사연은 말로 다 할 수 없다.

◎ ─ 1월 23일

새벽에 출발했다. 몇 리 못 가서 울타리 밑에서 어린아이의 울음소리를 들었는데, 어미를 부르며 슬퍼했다. 이웃 사람에게 물었더니, 어제저녁에 그 어미가 버리고 갔다고 한다. 오래지 않아 죽을 것이니 불쌍하기 그지없다. 자애로운 하늘은 지각없는 짐승조차 쓸어 없애지 않건만, 가장 지혜롭다는 인간을 이처럼 극단으로 내모는가. 극단에 내몰리지 않았다면 어찌 이러한 지경까지 이르렀겠는가. 크게 탄식한들 무엇하겠는가.

전날 양좌랑(양사형)에게 들으니, 육지의 왜적들이 충청도에서 크게 날뛰고 보내온 문서에도 불손한 말이 많아 이 때문에 동궁께서 한양으로 돌아가지 못하고 그대로 완산에 머물러 계신다고 한다. 임천에 있는 내 가솔의 최근 안부를 알 수 없다. 걱정스러움을 어떻게 말로 표현하겠는가. 어머니를 모시고 북쪽으로 돌아가려고 하는데 이런 소식을 들으니 더욱 몹시 근심스럽다. 왜적은 아직도 변방의 성을 점령하고 있고, 토적들도 창궐하고 있다. 굶주림이 점점 심해져 백성이 날로 굶어 죽는다. 나도 머지않아 구렁을 메우겠지. 저 푸른 하늘이여, 어찌 차마 이러실 수 있단 말입니까?

◎ ─ 1월 24일

사내종 막정을 군의 서문 밖에 들어가 묵게 하고, 나는 막정의 말을 타고 사내종 둘을 데리고 저물 무렵 구림촌에 도착했다. 어머니를 뵈니 여전히 강녕하시다. 둘째 매부 경흠(임극신)이 나를 자기 방으로 맞아 멧돼지고기를 삶아서 대접하고 술을 두 잔 권했다. 밤이 깊어서 거처에 돌아가지 못하고 요월당에 가서 진사 임현과 같이 잤다.

◎ ─ 1월 26일

오늘 아침부터 우리 사내종들을 누이 집에서 먹여 주지 않았다. 그래서 얻어 온 쌀로 자기들끼리 지어 먹게 했다. 먹을거리가 부족하여 떠나기 전까지 분명 대 주지 못하리라. 걱정스럽다.

어머니를 태인으로 모시다

◎ — 2월 2일

날이 흐려 비가 올 조짐이 있고 바람까지 불어 근심스럽다. 완산에서 무인에 대한 정시庭試(임시로 시행하던 특별 과거 시험)가 열렸다. 철전(무쇠로 만든 화살)을 다섯 발씩 두 번 쏴서 두 발을 맞춘 자와 말을 타고 활을 쏘아 한 차례에 두 발 이상 맞춘 자로 1,782명을 뽑았다고 한다. 이 군에서 뽑힌 사람도 37명 내지 38명이라고 한다. 상중으로 아직 장사를 안 지낸 사람도 많이 입격했다고 하니, 안타까운 일이다.

요새 양식이 없어서 우리 사내종들을 누이 집에서 다시 먹여주고 있다. 매우 미안하다.

◎ — 2월 7일

어머니를 모시고 느지막이 출발했다. 어머니께서 누이와 작별할 때 서로 붙들고 통곡했다. 사람의 마음이 어찌 그렇지 않겠는가. 영암군 앞에 도착했는데, 내가 탄 말의 발이 진흙 구덩이에 빠져서 논 속으로 벌러덩 자빠졌다. 내 왼발도 물에 빠져 겨우 밖으로 나왔지만 버선이 모두 더러워졌다. 우스운 일이다.

이후로는 걷다가 말을 타다가 하면서 간신히 나주 땅 모산촌 선비 류숙의 집에 도착했다. 류 공이 온돌방을 내주고 땔감도 넉넉히 주었다. 또 술과 안주와 콩죽도 주니 매우 감사하다. 오늘 북풍이 거세게 불어 냉기가 살을 에는 듯했다. 어머니께서 이로 인해 기운이 편치 않아 저녁 진지를 들지 못하고 콩죽만 드셨다. 팔다리도 저리고 불편한 듯하다고 하시니 걱정스럽기 그지없다.

◎ — 2월 10일

한밤중부터 비가 내렸다. 많이 내리지는 않았지만 온종일 그치지 않아 하는 수 없이 그대로 머물렀다. 가는 동안 먹을거리가 부족해서 사내종들에게 아침에는 7홉을 주고 저녁에는 죽을 쑤어 나누어 먹였다. 내일까지도 비가 그치지 않아 또 머물게 된다면 곤란함을 이루 말할 수 없을 것이다. 앞길에 건너야 할 큰 냇물이 많은데, 늙고 둔한 말로 험난한 길을 가면서 어머니까지 모시고 가야 한다. 어찌 걱정스럽지 않겠는가.

◎ — 2월 13일

느지막이 출발하여 태인 땅 동촌면 칠전리에 있는, 언명의 처남 김담수가 사는 동네에 도착했다. 좌수座首(지방 수령을 보좌하던 향청의 우두머리) 권서의 집 뒤에 있는 두어 칸 초가집이 겨우 비바람을 피할 만하여 어머니를 모시고 그곳에 머물렀다. 고향을 떠나 천 리 밖에서 사방을 돌아보아도 의지할 친척 하나가 없다. 자식 된 마음에 어떻겠는가. 슬프고 안타까움을 금치 못하겠다.

가지고 있는 쌀은 겨우 6, 7말인데, 앞으로 더 구할 길이 없다. 더욱 답답하고 걱정스럽다. 나는 내일 출발하여 임천으로 돌아가야 한다. 며칠 동안 머물며 모시고 싶은데 양식은 없고 얻을 길도 없으니, 더욱 안타깝다.

◎ ― 2월 14일

아침밥을 먹은 뒤에 어머니를 뵙고 작별했다. 어머니께서 하염없이 슬피 우신다. 나도 눈물이 소매를 적셔 견디지 못하겠다. 타향을 떠도는 데다 모자가 한 곳에 같이 있지도 못한다. 아무리 형편 때문이라지만 어찌 마음이 아프지 않겠는가.

길에서 거적에 덮인, 굶어 죽은 시체를 보았다. 그 곁에 두 아이가 앉아서 울고 있어 물었더니 제 어미라고 한다. 병들고 굶주리다 어제 죽었는데, 그 시신을 묻으려고 해도 제힘으로 옮길 수 없을 뿐 아니라 땅을 팔 연장을 구할 수 없다고 한다. 잠시 후 나물 캐는 여인이 광주리에 호미를 가지고 지나갔는데, 두 아이가 하는 말이 저 호미를 빌린다면 땅을 파서 묻을 수 있겠다고 한다. 그 말을 들으니 슬프고 안타깝기 그지없었다.

이뿐만이 아니다. 굶어 죽은 시체가 길에 이어져 하루에 본 것만도 몇인지 모르겠다. 애처로운 우리나라 백성이 온통 왜적의 칼날에 죽고, 또 기근의 재난을 만났다. 쑥대머리에 때 묻은 얼굴로 짐을 등에 진 남자와 머리에 인 여자, 늙은이를 부축하고 아이를 이끌고 정처 없이 옮겨 다니며 고통을 겪는 사람들이 길에 죽이어졌다. 백성이 씨도 남지 않게 생겼으니, 저 푸른 하늘은 어찌차마 이 지경에 이르게 하시는가.

◎ — 2월 16일

남당진에 이르러 배를 타고 북쪽 언덕으로 건넜다. 잠시 쉬면서 말을 먹이고 달려서 거처에 도착하니 처자식이 기뻐하며 맞았다. 집사람이 학질을 앓은 지 지금 벌써 여러 직이다. 걱정스럽다. 즉시 사람을 시켜 의녀를 데려오게 해서 보았다. 윤해의 큰아들 충아가 잘 걷고 달리니 위로가 된다. 다만 나에게 가까이 오려 하지 않으니, 분명 오랫동안 보지 못했기 때문이리라.

함열 현감의 큰 은혜

◎ — 2월 18일

아침을 먹기 전에 사내종들을 시켜 집 옆의 서북쪽에 뒷간을 만들게 했다. 밥을 먹고 또 사내종 넷을 시켜 소나무 속껍질을 벗겨다가 사내종들의 먹을거리에 보태게 했다. 사내종들이 힘을 다하지 않고 각자 두어 움큼씩만 가지고 왔다. 매우 괘씸하다.

◎ — 2월 23일

양식을 구하는 일로 함열 현감에게 사내종 막정을 보냈다. 함열 현감은 비록 큰아들 윤겸의 친한 친구라지만, 나에게는 본래 친속도 아니고 일찍이 알던 사이도 아니다. 그런데도 우리 집을 대접함이 남들에게 하는 것보다 지극히 후하여, 한 달 안에 두세 번 사람을 보내서 부탁해도 전혀 난색을 표하지 않았다. 한집 열 식구의 목숨이 오로지 여기에 힘입고 있으니, 이 큰 은혜를 어찌 갚는단 말인가. 그저 깊이 감사할 뿐이다.

◎ ─ 2월 24일

생원(오윤해)의 사내종 안손이 지난밤에 제 어미를 데리고 도 망쳤다고 한다. 마음이 몹시 아프다. 저녁에 막정이 왔다. 함열 현 감이 벼 1섬, 밀가루 1말, 메주 2말, 소금 5되를 보내왔다. 근래 계 속 소나무 속껍질을 섞은 흰죽을 쑤어 위아래 사람들이 같이 먹 다 보니 소금도 다 떨어졌다. 지금 5되를 얻기는 했지만 아침저녁 으로 죽에 간하고 남은 것을 또 아랫집(오윤해의 집)에 나누어 주 었더니, 먹을 때 소금이 없다고 탄식하는 일이 근래 더욱 심하다. 사는 게 어찌 이리 가여운가.

◎ ─ 2월 26일

오후에 군수를 만나러 군에 들어갔다. 군수는 이미 관청에 출 근해 있었다. 곧바로 이름을 알리자 나를 맞아 주었다. 마침 군 수의 아들 진사 송이창이 회덕에서 와서 같이 이야기를 나누었 다. 나에게 화전을 대접하고 저녁밥도 주었다. 그 참에 환곡을 받고 싶다고 청했고, 또 둔답(군량이나 관청의 경비를 충당하기 위해 국가가 지급한 논)을 경작하고 싶다고 말했다. 모두 가볍게 그러겠 다고는 했지만 확답을 주지는 않았다. 안타깝다.

◎ — 2월 28일

함열 현감이 특별히 사람을 보내 뱅어 1동이를 보내왔다. 고마움을 금치 못하겠다. 다만 양식이 없어서 밥을 지어 먹지 못하고 뱅어만 지져 먹으려니 안타깝다. 내일은 외할머니의 제삿날인데, 잘못하면 뱅어탕만 먹게 생겼다. 우습다.

◎ — 3월 1일

요새 양식이 떨어졌는데도 어찌할 방법이 없어서 위아래 사람들이 소나무 속껍질만으로 같이 끼니를 때우면서 긴긴날을 보내고 있다. 한탄한들 어찌하겠는가. 나와 두 아들은 아침에 함께 콩죽 반 그릇씩이라도 먹었지만, 집사람과 세 딸은 아무것도 못 먹고 긴 하루를 마쳤다. 둘째 딸은 낮인데도 지쳐서 누워 못 일어나다가 나물국을 끓여 마신 뒤에야 비로소 안정되었다.

저녁에 쌀 1되를 얻어서 나물과 섞어 죽을 쑤어 나누어 먹었다. 어른들이야 그렇다고 쳐도 아이들은 배고픔을 이기지 못하니 차마 볼 수가 없다. 집사람은 병을 앓고 난 지 얼마 안 되어 재발할까 심히 걱정스럽다. 예전에는 어렵고 군색하다고 해도 이렇게 심하지는 않았다. 그런데 지금은 관아건 사가건 양식이 모두 고갈되어 구걸할 길도 없으니, 머지않아 모두 굶어 죽은 넋이 될 것이다.

◎ ─ 3월 4일

오후에 막정이 돌아왔다. 함열 현감이 백미 2말, 정미 3말, 콩 5말, 소금 1말, 뱅어젓 5되를 보내왔다. 매우 고맙다. 아침밥도 짓지 못해서 아이들의 배고픔이 극심하던 차에 막정이 쌀을 가지고 와서, 곧장 밥을 짓고 둘째 아들 윤해도 불러와 함께 먹으니 위아래 사람들이 기뻐했다. 쌀 3되, 콩 2되, 소금 1되는 아랫집에 보냈다. 아랫집도 아침밥을 먹지 못하고 있던 참이었다.

함열 현감이 지금 부인의 초상을 당했다고 한다. 놀랍고 슬프기 그지없다. 한집의 명줄을 오로지 함열 현감에게 힘입고 있는데 뜻하지 않게 초상을 당했으니, 분명 힘을 써 주지 못할 것이다. 이것이 걱정이다.

◎ ─ 3월 5일

환곡으로 거친 벼 2섬을 받아 왔다. 넉넉히 주기를 바랐건만 겨우 2섬을 주었다. 아전에게 뇌물을 주고 청탁한 사람들은 모두 많이 얻어 갔는데, 나는 관원에게 청했기 때문에 이렇게 적다. 관원의 힘이 도리어 아전이 손을 쓸만도 못하니 우스운 일이다. 윤해의 집은 1섬을 얻었을 뿐이니 더욱 안타깝다.

◎ ─ 3월 8일

송노를 함열에 보내서 아내를 잃은 현감을 조문하게 했다.

꿈에서 주상을 뵙다

◎ ─ 3월 12일

날이 활짝 개었다. 꿈속에서 주상께서 거둥하시는 것을 보았다. 앞뒤로 늘어선 사대射隊(임금을 호위하는 사수 부대)와 악대樂隊(음악을 연주하는 무리)가 완연히 옛 모습과 같았다. 나는 용안을 훔쳐보며 속으로 귀가 이렇게 크니 반드시 중흥할 수 있는 임금이라고 생각했다.

잠시 후 잘못해서 궁문으로 들어갔는데, 주상께서 바라보고 즉시 불러들이셨다. 당 뒤로 가자 나에게 재배하라고 했다. 열 살 남짓 된 남자아이 3, 4명이 당 안에서 놀고 있었다. 나는 속으로 왕자라고 생각했다. 또 인도하여 어떤 방으로 들어갔다. 주상께서 관을 벗고 사복 차림으로 침구 위에 앉아 계시는데, 비단 이불이 다 해어져 있었다.

내가 방 안으로 들어가 절하고 알현하자, 주상께서 "너는 글을 배웠느냐?"라고 물으셨다. 나는 "소신은 어려서부터 글을 배웠지만 성취하지 못하여 과거 공부를 일찌감치 버렸습니다."라고 했다. 주상께서 또 "너의 집은 어디냐?"라고 물으셨다. 나는 "소신의 집은 성균관동 벽송정 서쪽 가에 있사옵고, 신의 장인은 작고한 문천 군수입니다."라고 했다. 주상께서 "이곳과 멀지 않구나."라고 하셨다. 내가 다시 말하려고 하자 주상께서 일어나 방 밖으로 나가시어 소변을 본 뒤에 돌아오셨는데, 잠시 후 기지개를 켜고 잠에서 깨었다.

꿈속에서 보고 말한 일이 선명하게 모두 기억나서 곧장 집사람을 불러 이야기했다. 무슨 상서인지 모르겠다. 꿈속의 징조가 하도 이상하여 아침에 일어나서 대략 써 두었다. 훗날에 징조와 맞는지 보고 싶어서이다.

◎ ― 3월 17일

이웃 사람을 얻어 사내종 셋과 함께 둔답을 고르게 했다. 끼니를 떼우고 나서 지팡이를 짚고 걸어서 논에 갔다. 논을 살펴본 뒤에 그길로 윤해가 우거하는 집에 가서 그 처자식을 보고 윤해와 함께 집으로 돌아왔다. 함열에서 특별히 사람을 시켜 편지를 보내왔고, 아울러 소금과 조기 2뭇도 보내왔다. 후의에 그저 고마울 뿐이다. 오랫동안 못 먹었던 터라 바로 처자들과 함께 구워 먹었다. 다만 양식이 없어서 밥을 지어 맛을 더할 수가 없었다. 안타깝지만 어찌하겠는가.

둔답의 일은 마치지 못했다. 마침 날이 춥고 바람도 찬 데다 사내종들도 힘써 일하지 않았다. 닷 마지기 논을 네 사람이서 사흘이 되도록 끝내지 못했다. 괘씸하고 얄밉다.

◎ ― 3월 23일

송노가 제 일가를 만나려고 휴가를 얻어 청양 땅으로 갔다. 셋째 아들 윤함이 돌아간 여정을 계산해 보니, 아무리 도중에 비 때문에 지체되었더라도 어제나 오늘쯤엔 그 집에 도착했어야 한다. 먼 길을 가는 여정이 어떠한지 알지 못하니, 밤낮으로 걱정스러운 마음이 그치지 않는다. 큰아들 윤겸도 오랫동안 찾지 않으니 이유를 모르겠다. 날마다 오기를 바라건만, 오지 않을 뿐만 아니라 소식마저도 끊겼다. 예전에 그 집안이 편치 않다는 말을 들었는데, 이 때문에 더욱 답답하고 걱정스럽다.

설을 쉰 뒤로 한집의 위아래 사람들이 계속 죽만 먹고 밥을 지어 먹은 적이 없는데, 근래에는 더욱 심하다. 게다가 장과 소금물도 없이 산나물을 삶아 쌀과 섞어서 죽을 쑤어 모두 반 그릇씩만 먹었다. 아이들이 배고픔을 참지 못하니 차마 눈 뜨고 볼 수가 없다. 나만 7홉의 밥을 먹는데, 밥상을 대할 때마다 목구멍으로 잘 넘어가지 않는다. 아이들에게 두루 나누어 줄 수 없는 형편이라 막내딸에게만 조금 나눠 주었다.

◎ ― 3월 29일

세 딸과 함께 뒷산 봉우리에 올랐다. 한껏 멀리 바라보고 산나물을 뜯기도 하면서 거닐다가 돌아왔다. 어부가 생도미와 민어를 지고 와서 파는데, 큰 놈 3마리에 쌀 2되라고 한다. 집에 마침 양식이 떨어져서 사 먹지 못했다. 아이들이 몹시 아쉬워했지만 어찌하겠는가.

역병으로 막내 누이를 잃다

◎ ─ 4월 3일

최근에는 걸인이 매우 드물다. 모두들 두어 달 사이에 이미 다 굶어 죽었기 때문에 마을에 걸식하는 사람이 보기 드물다고 한다. 멀리 볼 것도 없이 이 고을 근처에도 굶어 죽은 사람이 길가에 즐비하니, 사람들의 말이 거짓은 아니리라.

영남과 경기에서는 사람들이 서로 잡아먹는 일이 많은데, 심지어 육촌의 친척을 죽여서 먹기까지 했단다. 항상 불쌍하다고 여겼는데 지금 다시 듣자니, 전에는 한양 근처에서 쌀이라도 한두 되 가진 사람이라야 죽이고 빼앗더니 최근에는 혼자 가는 사람이 있으면 마치 산짐승처럼 거리낌 없이 쫓아가서 죽여 잡아먹는다고 한다. 이러다가는 사람의 씨가 말라 버리겠다. 이뿐만이 아니다. 역병이 막 성행하여 곳곳이 전염되어 이 마을의 앞뒤 이웃집에도 앓아누운 자가 계속 나오고 죽은 사람 소식이 날마다 들린다. 이 어지러운 세상에 태어나서 이처럼 참혹하고 슬픈 변고를 내 눈으로 보게 되었다. 크게 탄식한들 어찌하겠는가. 앞으로 또 무슨 사변이 벌어질지 모르겠다.

◎ ─ 4월 6일

이른 아침에 한생원(한헌)의 사내종이 태인에 있는 아우의 편지를 가져다주었다. 바로 펼쳐 보니, 넷째 누이 김매가 한양에 가서 역병에 걸려 죽었다고 한다. 매우 애통하다. 예산에 있을 때 딸 신완이 병으로 죽어서 마음 아파했는데, 한양에 간 지 오래지 않아 또 병에 전염된 것이다. 굶주림 뒤에 어떻게 살아남을 수 있었겠는가.

임진년(1592, 선조 25) 겨울에 어머니를 모시고 그 집에 가서 머물다가 수일 뒤에 갑작스럽게 돌아온 적이 있다. 이별할 때 서로 붙잡고 통곡했는데, 그때의 이별로 영영 유명을 달리하게 될 줄 어찌 알았으랴.

임진년 가을에 처자식들이 강원도에서 정처 없이 떠돌다가 겨우 살아서 아산에 도착했을 때도, 우리가 온다는 말을 듣고 바로 사내종과 말을 보내서 예산의 자기 집에 데려다가 굳이 스무 날 남짓을 머물게 했다. 맞아서 대접해 준 그 후한 마음을 처자식들이 항상 말하곤 했다. 살아서는 자주 만나지 못했고, 죽어서는 직접 염하고 시신을 붙잡고서 통곡 한 번 하지 못했다. 이런 점을 생각하니, 가슴과 창자가 찢어질 듯하여 애통한 눈물이 하염없이 흐른다.

◎ ─ 4월 9일

이른 아침에 신위를 설치하여 향을 피우고 상복을 입는 예를 행했다. 막내 누이의 부음을 들은 지 나흘째 되는 날이다. 둘째 아들 윤해가 마침 없어서 넷째 아들 인아(오윤성)가 예를 행하고 한 번 곡했다.

노비들의 농사일을 감시하다

◎ — 4월 14일

계집종 어둔 모자를 시켜 비로소 둔답을 매게 했다. 모가 너무 성글어 모를 길러 때우지 않으면 힘만 허비하고 소득은 없을 것이라고 한다. 이는 분명 당초에 씨를 뿌릴 때 물이 없는 논에 뿌리면서 흙으로 다 덮지 않았기 때문에 새 떼가 쪼아 먹은 것이리라. 일하는 사내종들이 신경을 쓰지 않은 것에 매우 분통이 터진다.

◎ — 4월 16일

덕노가 김매던 곳에서 제 어미와 다투었는데, 그 어미가 분노를 참지 못하여 버리고 집으로 돌아왔기에 그대로 꾸짖어 돌려보냈다. 덕노는 평소에도 조금만 여의치 않으면 제 어미에게 바로 성질을 내며 거리낌없이 대들었다. 내가 매번 엄하게 금하며 꾸짖었고, 매를 들려고 한 적도 여러 번이었다. 그런데도 끝내 고치지 않고 심지어 여럿이 모여 있는 들에서도 제 어미에게 욕하고 대들기까지 했다. 무지한 짐승이라도 이렇게 심하게는 안 한다. 저녁에 잡아다 묶어 놓고 큰 몽둥이로 쳐서 그 마음을 경계시켰다. 하지만 타고난 성질이 이와 같으니 어찌 고치겠는가.

◎ — 4월 18일

어둔에게 김을 매게 했다. 덕노가 매를 맞은 뒤로 아프다는 핑계로 김을 매지 않는다. 그래서 매번 계집종 혼자서 김을 매게 했더니 계집종 또한 일을 하려고 하지 않아 여러 날이 되도록 아직도 다 매지 못했다. 괘씸하고 얄밉다.

◎ — 4월 22일

내일은 어머니를 찾아뵈려는데, 송노가 지금까지도 오지 않는다. 어쩔 수 없이 윤해의 사내종 춘이를 빌려서 데리고 가야겠는데, 이곳에 부릴 사내종이 없어 걱정이다. 송노가 오지 않는 이유를 모르겠다. 도망가지 않았다면 분명 중도에 도적을 만나 죽은 게다. 그것도 아니라면 분명 병이 나서 못 오는 것이리라. 요사이 양식이 떨어져서 어쩔 수 없이 함열에 사람을 보내려고 한다. 전에 얻어 온 지 얼마 안 되어 지금 또 보내려니 몹시 미안하고 머뭇거려진다. 오후에 걸어서 화산에 올라 김매는 것을 보고 돌아왔다. 참새 떼가 씨 뿌린 곳에 모여든다. 분명 다 쪼아 먹어 다시 싹이 나지 않을 것이다. 하지만 쫓는 놈이 없다. 몹시 괘씸하지만 어찌하겠는가.

◎ — 4월 27일

새벽에 출발했다. 15리의 거리에 이르러 길가의 민가에 들어갔다. 아침밥을 먹고 출발하여 10리도 못 가서 비를 만났다. 도롱이를 입고 태인 칠전리의 어머니 댁에 도착했다. 날은 아직 저물지 않았다. 어머니와 아우 일가가 모두 무탈했다. 다만 곤궁하고 배고픔이 날로 심해져 몸을 보존할 수가 없다고 한다. 매우 개탄스럽다.

모레가 곧 선친의 기일이라, 제수를 구하는 일로 사내종과 말을 영암의 둘째 누이 임매 집에 보냈다. 그저께까지 돌아오라고 했는데 아직까지 오지 않았다. 분명 도중에 도적을 만난 게다. 그 사내종이 아까울 뿐만 아니라 오로지 이 제사 물품만 믿고 있었다. 집에는 1되의 쌀도 쌓아 놓은 것이 없어 어찌할 방법이 없으니, 제사를 못 지내게 생겼다. 온 집안이 몹시 근심하고 답답해한다. 내가 가진 남은 양식은 겨우 백미 5되와 콩 5되뿐이다. 이것을 내놓아 저녁을 짓게 했다. 어머니께서는 내가 온 것을 보고 몹시 기뻐하셨는데, 넷째 누이 김매의 죽음을 말씀드리고 나서는 서로 통곡할 뿐이었다.

금년의 전세田稅(토지 사용료로 국가에 납부해야 하는 세금)는 아직 반도 거두지 못했다. 이제 바치라고 독촉하면서 처자식까지 얽어매어 옥이란 옥은 모두 들어찼다. 백성들이 모아 두었던 것도 바닥나 집은 경쇠를 매단 것처럼 텅 비었다. 죽인다고 한들 어디서 구해 바친단 말인가. 이렇게 일이 많은 때에는 경비가 전보다 많이 드는데, 나라고 백성이고 모두 고갈되었다. 나라에서는 결국 이것을 어떻게 처리하려는가?

◎ ― 5월 3일

날이 밝기 전에 출발하여 신창 나룻가의 인가에 이르러 아침밥을 먹었다. 나룻배가 어젯밤에 거센 조류에 부딪혀서 밧줄이 끊어져 석탄 쪽으로 쓸려 올라갔다. 그래서 개인 배로 돈을 받고 건네주는데, 배가 작아서 겨우 6, 7명이 탈 수 있고 소나 말은 헤엄쳐서 건너야 한다고 한다. 나도 그 배로 건넜는데, 양반이라고 돈을 받지 않았다.

함열에 이르러 주인집에 들어가 앉았다. 들자니 윤겸 형제가 여기에 왔었는데, 윤겸은 어제 이미 돌아갔고 윤해는 지금 머물러 있다고 한다. 곧바로 현감에게 이름을 알리니, 사람을 보내서 맞아 주었다.

◎ ─ 5월 19일

노비 넷을 시켜 논을 매게 했는데, 오후에 비가 내려서 그만두고 돌아왔다.

저녁에 사내종 춘이가 돌아왔다. 보리 13말, 콩 1말을 사 가지고 왔다. 소금 4되를 보리 1말로 바꾸었다고 한다. 처음에 소금 값이 뛰었으므로 소금 2되 반이나 3되를 보리 1말로 바꾸면 모두 25, 26말은 되겠구나 생각했는데 팔아 온 보리가 이것뿐이라니, 분명 나를 속이는 것이다. 한탄한들 어찌하겠는가. 윤해와 둘째 딸이 학질을 조금 앓고, 충아도 앓는다. 불쌍하다.

◎ ─ 5월 20일

정랑 조경유에게 들으니, 적장 소서행장(고니시 유키나가)이 다섯 가지 조건으로 명나라 조정과 강화하려 한다고 했다.

첫째, 조선의 네 도를 떼어 줄 것.
둘째, 명나라의 공주를 내려 보낼 것.
셋째, 조선 길을 통해서 조공하도록 열어 줄 것.
넷째, 조선의 왕자와 대신을 일본에 인질로 보낼 것.
다섯째, 일본 관백(풍신수길)을 봉해서 왕으로 삼을 것.

이것은 모두 따를 수 없는 일들이다. 이를 명나라 조정에 요구해서 어떻게 응하는지 보고, 만일 응하지 않으면 군사 12부를 출동시켜 곧바로 중원으로 가려 한다고 한다. 그 분함을 다 말할 수 있겠는가. 명나라 사신 5명이 나와서 강화를 맺거나 적의 형세와 우리나라의 군사 훈련과 군량 사정 등의 일을 살필 것이라고 하는데, 확실한지 모르겠다.

또 들으니, 승병 대장 유정이 스스로 금강산 대선사 송은이라고 하면서 지난달 중에 적장 가등청정(가토 기요마사)의 진중으로 곧장 들어갔는데, 가등청정이 후한 뜻으로 우대하여 열흘 남짓 머물고 돌아왔다고 한다. 그의 말에 따르면, 가등청정이 소서행장과 공을 겨루어 서로 화합하지 않았는데, 풍신수길(도요토미 히데요시)이 소서행장의 모함을 듣고 가등청정의 처자식을 모두 죽였기 때문에 가등청정이 크게 분노해서 우리와 합세하여 거꾸로 관백을 치려 한다고 한다.

만일 이 일이 이루어진다면 우리나라에는 복이 될 것이다. 그러나 교활하고 간사한 말을 꼭 믿을 수는 없다. 하물며 풍신수길이 가등청정의 손에 대군을 맡겨 먼 타국에서 적과 대치하고 있는데, 먼저 그의 처자식을 죽이는 일은 결코 있을 리 없다. 나는 이 말을 믿지 않는다. 자기들끼리 서로 싸워 주지 않는다면 우리나라의 병력으로는 절대로 대적하지 못할 것이다. 하늘이 만일 순리에 맞게 사는 사람을 돕는다면 반드시 이 일을 이루어 주실 것이다. 어찌 겨우 살아남은 불쌍한 백성을 다시 적의 칼날 아래 두겠는가. 또 어찌 예의의 나라를 몰아서 오랑캐의 풍속 속으로 밀어 넣을 수 있겠는가. 하늘의 도는 돌아오기를 좋아하여 재앙을 내린 일을 반드시 후회하는 때가 있을 것이니, 오직 이 한 가지 일만은 믿을 수 있다.

구걸하는 아이들

◎ ─ 5월 21일

나이가 열두세 살쯤 된 여자아이 하나가 문밖에서 먹을 것을 구걸한다. 사는 곳과 부모를 물었더니, 집은 죽산 땅에 있고 그 부모는 전란 초기에 왜적의 손에 죽었다고 한다. 고모부와 함께 전라도 지방을 떠돌면서 걸식하다가 북쪽으로 돌아가는 중에 이 읍 안에 임시로 살면서 걸식했는데, 고모부가 이번 달 초에 저를 버리고 자기 처자식만 데리고 도망갔다고 한다. 그 모양새와 말하는 것을 보니 어리석지는 않다. 서둘러 구원하지 않으면 분명 굶어 죽을 것이다. 불쌍함을 금치 못하겠다. 집안사람들에게 거두어 기르게 하여 며칠 동안 하는 것을 보고 계속 잔심부름을 시키려고 우선 머물게 했더니, 저도 그렇게 하겠단다.

◎ — 5월 25일

큰아들 윤겸이 돌아간 뒤로 소식을 듣지 못하고 우리 집에 사내종이 없어 보내서 묻지도 못하니, 그 집의 병이 어떠한지 알 수가 없다. 전에 윤겸의 처가 병 때문에 유산했는데, 아들이었다고 한다. 안타깝다. 두 아들을 잃어서 날마다 아들 낳기를 바랐는데, 이제 또 임신한 지 6개월 만에 유산되었으니 더욱 몹시 애석하다.

오늘은 어머니 생신이다. 비록 가서 뵙지는 못해도 마음으로는 사람을 보내서 안부를 여쭙고 싶었지만, 1말은커녕 1되의 곡식도 마련하지 못했을 뿐 아니라 집에 사내종이 없어서 보낼 사람도 없다. 하루 종일 한탄스럽고 마치 큰 죄를 지은 것 같다.

◎ — 5월 29일

새벽에 죽전 숙부의 제사를 지냈다. 제수를 박하게 차리니 제사를 지내지 않은 것 같다. 형편이 그러하니 어찌하겠는가. 두 아이는 매일 학질을 앓고, 의아(오윤해의 딸)와 충아(오윤해의 아들)도 지금 앓고 있다. 의아는 전날 떨어졌는데 오늘 또 앓는다. 모두 굶주려서 그런 것이다. 답답함을 어찌 다 말하겠는가. 전날에 기르던 걸식하던 아이도 도망가서 돌아오지 않는다. 괘씸하고 얄밉다.

◎ ― 6월 1일

저녁에 사내종 막정이 황해도에서 돌아왔다. 허겁지겁 물었더니, 셋째 아들 윤함의 온 집안이 무탈하고 돌아갈 때도 잘 갔다고 한다. 몹시 기쁘다. 윤함의 편지에도 그렇다고 했다. 함열 현감이 우계에게 보낸 무명 2필을 덕노가 속여서 훔쳐다가 팔아먹고 전하지 않았다고 한다. 매우 분통이 터진다. 그런데 전염병에 걸려서 제 처는 먼저 죽고 저는 비록 살아 있지만 굶은 지 오래라 전혀 살 길이 없다면서, 전날 피차간에 보낸 물건을 명나라 병사에게 빼앗겼다고 둘러대고 심지어 강참봉 집의 목화 30여 근을 지고 가서 전하지 않고 모두 자기가 훔쳐 먹기까지 했다. 그 외람되고 패악함이 전에 비해 더욱 심하니, 비록 죽은들 무엇이 아깝겠는가.

큰아들 윤겸의 처할머니는 당시 보령에 있었는데, 병으로 지난달에 별세했다고 한다. 놀랍고 슬프기 그지없다. 평소에 아들의 봉양을 받지 못하여 팔순 가까운 나이에도 배불리 먹지 못하고 항상 굶주리는 것을 탄식했는데, 마침 그 아들이 지난겨울에 먼저 죽고 지금 이어서 별세했다. 염습하고 장사 지내는 일을 집안에서 부탁할 데가 없으니, 분명 윤겸이 담당했겠구나. 더구나 평소에 윤겸의 처를 가장 사랑하여 윤겸에게도 후하게 대해 주었으니 사양할 수 없었을 것이다.

사내종 세만의 처는 가장 부지런해서 세만이 그 덕분에 홀로 추위와 배고픔을 면했는데, 이제 또 병으로 죽었다. 세만도 윤겸 집의 믿을 만한 사내종으로 한집안의 일을 도맡아 힘써 왔는데, 지금 병들어 죽는다면 분명 집안일에 낭패를 볼 것이다. 아주 걱정스럽다. 대체로 우리 집안의 모든 일이 늘 계획대로 되지 않아 거의 이루어졌다가도 도로 틀어진다. 이 또한 집안의 운수이니 어찌하겠는가. 하늘의 명에 맡길 뿐이다. 윤겸은 분명 이 때문에 와 보지 못하는 것이리라. 지금 못 본 지 이미 반년이 지나 몹시 그립고, 또 병에 걸리지는 않았을까 걱정스럽다.

◎ ─ 6월 3일

초복이다. 지난밤에 큰비가 내리고 한바탕 천둥이 쳤다. 새벽에는 세 차례 지진으로 집이 흔들려 서까래에 붙은 흙이 떨어지면서 우레와 같은 소리가 나다가 그쳤다. 지진이 북쪽에서부터 남쪽으로 나니 변괴가 예사롭지 않다. 앞으로 무슨 사변이 날지 모르겠다. 전에도 지진이 난 때가 있었지만 오늘처럼 크게 난 적은 없었다. 깊이 잠든 아이들도 모두 놀라서 깼다. 죄 없는 백성이 나라의 운수를 따라 날마다 죽어 가는데, 하늘은 재앙을 내린 일을 후회하지 않고 또 이변을 일으켜 경계한다. 다스리는 사람도 두려워하고 반성하면서 진실하게 대응하여 죽어 가는 백성이 남은 목숨을 보전하여 제명을 다할 수 있게 해야 할 것이다. 이른 아침에 지진이 또 한 차례 있었지만 소리만 나고 미약했다.

자리에 누운 지 얼마 안 되어 지진이 또 한 차례 일어났는데, 집이 조금 흔들리고 그쳤다. 하루 사이에 새벽과 아침과 저녁, 세 때에 지진이 난 것은 옛날에도 듣지 못한 일이니, 이처럼 큰 이변은 없었다.

◎ ― 6월 4일

낮에 명나라 병사 4명이 저자에 나와 소금 파는 사람의 말을 약탈했다가 도로 말 주인에게 빼앗기자, 노기를 띠고 소지한 은자銀子 20냥을 빼앗아 갔다는 핑계로 아무 상관도 없는 사람을 잡아다가 결박하고 수없이 때린 뒤 관아의 뜰에 데리고 와서 벌을 주라고 했다. 현감이 어쩔 수 없이 가두고 좋은 말로 해명했지만 끝내 듣지 않고 기어코 벌을 주게 하려고 했다. 이뿐만이 아니다. 명나라 병사들이 끊임없이 오가며 소주와 꿀, 병아리 등의 물건을 찾는 일이 많고, 조금만 거슬려도 큰 몽둥이로 마구 매질하며 고을 수령까지 모욕했다. 그들이 가는 곳의 관원은 맞이하고 보내는 일을 근심할 뿐 아니라 이처럼 난리가 벌어지지 않는 날이 없으니, 그 괴로움을 견딜 수가 없다. 상서롭지 못한 일이다.

◎ ― 6월 6일

저녁에 남자아이와 여자아이가 손에 표주박을 들고 먹을 것을 구걸했다. 등에는 보따리를 졌는데, 주인집 문밖에서 어미를 부르며 통곡하고 있었다. 내가 앞으로 불러서 까닭을 물었더니 하는 말이, 집은 상주에 있고 그 아비는 글을 알아서 일찍이 감영의 아전으로 있었는데, 전란 초기에 피란하여 남쪽으로 와서 여러 곳에서 걸식하다가 지난봄에 그 아비가 회덕 땅에서 병들어 죽어 겨우 매장했고 그 어미와 전라도 땅을 돌며 걸식하다가 지금 여기에 온 지 사나흘이 되었다고 한다. 그 어미가 입만 열면 너희들 때문에 마음대로 걸식도 못 한다고 하더니, 오늘 낮에 몰래 도망가서 간 곳을 모른다고 한다. 마을을 돌며 불러 봐도 대답이 없고, 어제 한 숟갈을 구걸하여 먹은 뒤로 오늘은 아무것도 못 먹었다고 한다. 어머니가 버리고 갔으니 우리는 머지않아 굶어 죽을 것이라고 하면서 남매가 애통한 울음을 그치지 않았다. 듣고 나니 너무나 불쌍하고 눈물도 났다. 가까운 부모 자식 간에도 이처럼 심한 지경에 이르렀으니, 사람의 도리가 사라졌구나. 애통해한들 어찌하겠는가. 여자아이는 열세 살이고 남자아이는 열 살이라고 한다.

큰딸의 혼사를 의논하다

◎ ─ 6월 15일

저물녘에 윤겸이 왔다. 얼굴을 못 본 지 이제 8개월이 되었는데, 뜻밖에 보고 온 집안이 기뻐했다. 윤겸의 집은 아직 편안하지는 않고 누워 있는 종들도 있지만, 매우 심하지는 않아서 이틀이

나 사흘 만에 다시 일어났다고 한다. 그의 처는 큰 병을 앓고 난 뒤로 원기가 크게 손상되었고 학질까지 얻어서 날마다 앓는다고 한다. 몹시 걱정스럽다. 인아는 오늘도 학질을 앓는데 전에 비해 곱절이나 심해서 먹고 마시지를 못한다. 더욱 걱정스럽다.

◎ ― 6월 26일

근래에 굶주리고 지친 나머지 무료하고 근심스러우며 괴로운 마음을 풀 수가 없어 혼자 바둑판을 마주하여 추자놀이를 했다. 이는 즐기기 위해서가 아니라 굶주림을 잊고 긴긴날을 보내기 위한 것이다.

충아는 요새 여기에 머문다. 노는 것을 보니 이미 재롱을 부릴 줄 알아 대나무를 타면서 말이라고 하고 나뭇가지를 꺾어 채찍이라고 하여 꾸짖고 소리치면서 뜰을 도는 놀이를 한다. 혹은 기회를 엿보고 웅크린 채 걸으며 잠자리를 쫓아가 잡기도 한다. 이것도 외롭고 적막한 마음을 해소하고 배고픈 걱정을 잊게 해 줄 만하다. 다만 말이 어눌하여 할아비, 할미를 부르는 것 말고는 쉽게 알 수 있는 음식 이름도 말하지 못한다. 안타깝다.

◎ ― 6월 27일

함열 현감은 부인이 별세한 뒤에 일찍이 우리 집과 혼사를 의논했고 이미 얼굴을 보며 약조를 했다. 만약 기일이 지난 뒤에 혼사를 치른다면 피차 모두 연로한 부모가 있고 사람의 일은 기약할 수 없으니, 바야흐로 걱정스럽다. 참봉(오윤겸)이 함열에 있을 때, 지금처럼 어지러운 세상에 혼례를 올린다면 훗날에 근심이 없다고 장담할 수 없으니 늦가을이나 초겨울에 의논해서 정하는 것이 어떻겠느냐고 했더니, 함열 현감도 생각을 바꾸었다고 한다. 사람을 통해 함열 현감의 아버지 온양 군수(신벌)에게 이 뜻을 전했더니, 온양 군수가 참봉에게 편지를 보내 자신의 생각과 꼭 맞으니 다시 자세히 의논해서 알려 주겠다고 했단다. 몹시 기쁜 일이다. 응당 날을 택해 사람을 보내서 때를 결정할 생각이다.

◎ ― 7월 1일

윤해에게 이복령의 집에 가서 길한 날을 받아 오게 했더니, 오는 8월 열사흘과 9월 초나흘, 납채納采(신부 집으로 청혼서와 신랑의 사주를 보내는 일)는 열여드레가 적기라고 한다. 8월이 제일 좋다고 하지만 사세가 촉박해서 기한을 맞출 수 없다. 하는 수 없이 9월에 치르려고 하는데, 저쪽 집의 뜻이 어떠할지 모르겠다. 이복령은 곧 관상감 명과관으로, 떠돌다가 이곳에 우거하고 있다.

◎ ― 7월 3일

새벽에 할머니의 제사를 지냈다. 제수를 마련할 길이 없어 밥과 국만 올렸다. 종가의 맏며느리는 죽었고 종손 정일이 제사를 받들어 술잔을 올려야 하는데 정처 없이 떠돌고 빈곤하니, 분명 지낼 수 없을 것이다. 그래서 내가 비록 지파支派의 자손이지만 이

날을 차마 그냥 지날 수 없어서 잠깐 제수를 진설하여 잔을 올리니, 추모하는 감회가 지극히 일어 견디지 못하겠다.

이른 아침에 윤해에게 온양 군수 신 공에게 보내는 나의 편지를 가지고 가서 친히 올려, 길한 날을 택해 보니 오는 8월 열사흘과 9월 초나흘이고 납채는 열여드레가 적기라고 하는데 다만 8월에는 일이 미처 준비가 안 될 테니 9월에 예식을 치르고자 한다고 전하게 했다. 만약 함열 현감의 어머니의 병환이 오래도록 차도가 없으면, 저쪽 집에서는 분명 빨리 치르려고 할 것이다. 그렇다면 8월로 앞당겨 정해도 거절할 수 없다. 저쪽 집의 의사가 어떠한지 다시 봐야겠다.

조민의 집을 빌려 이사하다

◎ ― 7월 7일

사내종 명복은 본래 성질이 게으르고 미련하다. 평소 집에 있을 때도 소소한 일도 명령을 따르지 않고 억지로 시킨 뒤에야 따르며, 그나마도 힘껏 일하지 않아서 생원(오윤해)이 항상 몹시 미워하면서 매번 그 미련함을 벌주려고 했다. 하지만 정처 없이 떠도는 중에 궁해서 배부르게 먹이지도 못하고 계속 죽만 먹인 것이 불쌍해서 꾸짖어 경계하기만 했다. 지난달에 자기가 흥정하여 팔겠다며 말미를 얻어 나갔다가 이번 달 초에 돌아왔는데, 하나의 물건도 가지고 오지 않았으므로 마음속으로 의심했다. 전날 환곡을 도둑질한 일 때문에 스스로 불안한 마음이 있었는지, 그저께 함열에 보냈더니 현감이 편지를 주는데도 돌아오지 않았다. 오히려 어제 선 장에 나타났는데, 계집종 꿋복이를 보고서 달아났다고 한다. 분명 이번 기회에 아주 도망친 것이리라. 매우 안타깝다.

◎ — 7월 14일

종일 날이 흐리고 비가 내렸다. 생원(오윤해)은 오늘도 역시 학질을 앓는다. 분명 며느리고금인 게다. 걱정스럽다. 주인집에서 날마다 나가라고 독촉하는데, 아직 살 만한 집을 얻지 못했다. 더욱 답답하다.

◎ — 7월 17일

아침을 먹기 전에 사내종을 보내서 조민에게 집을 빌렸는데, 들어와 살라고 한다. 밥을 먹고 내가 직접 가서 보니, 이곳과 멀지 않고 안채와 바깥채가 갖추어져 있으며 온돌방이 3개이다. 집 안에는 우물과 다듬잇돌이 있고 사방 이웃에 인가가 있어서 살기에 적당하다. 다만 오랫동안 사람이 살지 않아서 허물어지고 누추한 곳이 자못 있고, 지대가 낮고 습하며, 지붕에는 비가 새는 곳이 많다. 반드시 수리한 뒤에야 들어가 살 수 있겠다. 하지만 20일 뒤에는 옮기려고 한다. 막정을 함열에 보냈다. 양식을 구하기 위해서이다.

◎ ─ 7월 24일

이사할 집을 수리하고 여러 물건을 옮겼다. 저녁에 거처를 옮길 것이기 때문이다. 저녁에 함열 현감이 사내종을 보내 햅쌀 2말, 소주 6병, 송아지 뒷다리 고기 1짝을 부쳐 왔다. 내일이 나의 생일이라는 말을 들어서란다. 고맙기 그지없다. 참봉(오윤겸)의 사내종 세만도 왔는데, 참봉의 온 집안이 무탈하다고 한다. 몹시 기쁘다. 햅쌀 5되, 좁쌀 1말, 차좁쌀 2되를 보내왔다.

저물녘에 온 집안 식구들이 서쪽 가 제단 밑에 있는 조민의 집으로 이사했다. 두 차례 오갔더니 밤이 이미 깊었다.

무릇 혼인이란 하늘이 정해 주는 법

◎ ─ 7월 28일

아침을 먹고 출발하여 배를 타고 남당진을 건너서 날이 저물 무렵 함열에 도착했다. 현감이 곧장 사람을 보내 맞아 주었다.

나는 이정시 공과 함께 상방에서 잤다. 이 공이 나에게 하는 말이, 현감의 모친께서 혼삿날이 아직도 멀었는데 그전에 만일 왜적이 들이닥친다면 일을 이룰 수 없을 것이니 혼사 때에 갖출 물품을 억지로 마련할 필요 없이 초례(신랑 신부가 혼례복을 입고 서로 절하고 합환주를 마시는 혼례 의식)만 올리는 식으로 해서 날을 앞당겨 정했으면 한다고 하셨단다. 나도 그렇게 생각하여 혼삿날을

내달 열사흗날로 정하고, 곧바로 임천에 편지를 보내서 침구만
준비하게 했다.

◎ ─ 8월 2일

새벽에 출발하여 금구 땅 종정원에 이르렀다. 아침을 먹고 길
을 떠나 태인 땅에 이르러 지름길로 들어섰다. 그런데 길을 잘못
들어 밭두둑 사이로 걷다가 말이 자빠져 짐이 엎어졌다. 하지만
다 젖지는 않았다. 어머니께서 우거하시는 곳에 도착하여 어머니
를 뵈었다. 어머니께서 지난달 초열흘께 며느리고금에 걸렸다가
열이틀 만에 비로소 떨어졌고, 그사이에 또 이질에 걸려서 몹시
괴로워하셨다고 한다. 온 집안이 매우 슬퍼하던 즈음에 겨우 나
으시어 이제 열흘 남짓 되었고, 어제부터 진지를 예전처럼 드신
다고 한다. 하지만 원기가 다 소진되고 얼굴이 수척해져서 멀리
가실 수 없는 형편이라 지금 모시고 갈 수 없다. 이뿐만이 아니다.
아우 언명의 사내종과 말이 나갔다가 돌아오지 않았고, 가는 길
이 빗물에 무너지고 진흙 구덩이도 많아서 어머니를 모시고 길을
나설 수가 없다. 내가 먼저 돌아가서 초례를 치른 뒤인 모레 곧바
로 와서 모시고 돌아갈 생각이다.

◎ ─ 8월 6일

집에 도착해서 들으니, 신부의 치장을 아직 빌리지 못했고 혼
례복도 준비하지 못했다고 한다. 답답하다. 이는 모두 사내종과

말이 없어서 생원(오윤해)이 드나들지 못했기 때문이다. 생원과 충아, 인아와 둘째 딸이 모두 학질을 떼지 못했고 집사람도 아프다. 집에 들어와서 보니 모두 누워서 끙끙 앓고 있다. 대사가 목전인데 이와 같이 아프니 몹시 답답하다.

◎ ─ 8월 12일

사내종 막정을 함열에 보내서 혼례를 늦춰서 치를 것을 알렸다. 또 양산이 소를 잡아서 판다고 하므로, 무명 2필을 가지고 가서 사 오도록 했다. 그러나 사 올 수 있을지 장담할 수 없다. 몹시 걱정스럽다. 함열에서 침석寢席(잠자리에 까는 돗자리) 2닢을 마련해 보내왔다. 저녁에 소지가 함열에서 와서 함열 현감의 뜻을 전했는데, 예식을 늦추고 싶지 않다고 하여 도로 내일로 정했다.

저녁에 참봉(오윤겸)이 혼자 말을 타고 왔다. 마침 학질이 떨어져 기일에 맞추어 달려온 것이다. 함열에서 또 동뢰연同牢宴(신랑 신부가 첫날밤에 서로 마주하여 술과 반찬을 나누고 재배한 뒤 신방에 들던 의식)에 쓸 방석 2개와 깔개와 제반 도구를 보내왔다. 분명 어사가 군에 들어와서 빌려 쓰지 못한다는 말을 들었기 때문일 게다. 쇠기름으로 만든 초 한 쌍도 만들어 보내왔다.

◎ ─ 8월 13일

날씨가 맑고 화창하여 기분이 좋다. 오후에 함열 현감이 의막依幕(임시로 머무는 막사)에 도착하여 참봉(오윤겸)이 가서 보았다.

신부는 예를 미리 익히고 머리 장식도 했다. 마침 명종의 후궁 순빈이 난리 초기에 이 군에 와 있다가 별세하여 궁인이 그대로 시묘살이를 하고 있었으므로, 계집종을 보내서 장식을 구해 왔다. 소지가 신부의 모든 장식품을 익산에서 구해 왔는데, 쓸 만한 것을 제외하고 나머지는 돌려보냈다. 큰 횃불은 관에서 공방의 서리를 보내 마련해 왔다. 저녁에 모든 일이 준비되어 사람을 보내서 맞기를 청했다.

새 사내종은 양쪽이 모두 쓰지 않았다. 일전에 약속을 했기 때문이다. 사위가 들어올 때 내가 나가서 맞아 데리고 들어와야 하지만, 마침 흑단령黑團領(벼슬아치가 입던 검은 빛깔의 옷)을 구하지 못했기 때문에 소지에게 기러기를 받들어 올리게 하고 잠시 피했다. 신랑과 신부가 맞절하는 예와 동뢰연이 모두 예법에 맞았다.

저녁에는 데리고 온 관인들에게 술 세 항아리와 과일, 국수, 돼지머리를 대접했다. 정처 없이 떠돈 뒤라 준비할 길이 없어 소략하니 우습다. 그러나 이마저도 모두 함열에서 보낸 것이다. 그러지 않았다면 모양새를 갖추지 못했을 게다.

◎ ─ 8월 15일

아침을 먹고 함열 현감이 돌아갔다. 그의 얼굴을 보니, 그 처를 보고 기뻐하며 흡족해했다. 매우 기쁘다. 오는 열아흐렛날에 사람과 말을 보내서 데려간다고 한다. 술 1동이를 내어 함열로 돌아가는 사람들을 대접했다. 오늘은 추석이다. 술과 밥을 준비하여 조부모와 죽전 숙부의 제사를 지냈다. 나머지 먼 조상님들까지는 제사를 지내지 못하는 형편이니, 추모하며 슬퍼하는 마음은 있지만 어찌하겠는가.

◎ —8월 17일

계집종 강춘의 한쪽 발이 종기로 퉁퉁 부어 거의 허리통만 해져서 몸을 움직이지 못한다. 밥을 지을 사람이 없어서 어둔에게 맡겼더니, 훔쳐 먹을 뿐만 아니라 몹시 불결하다. 아무리 여러 번 가르쳐도 끝내 고치지 않는다. 몹시 괘씸하고 얄밉다.

◎ —8월 21일

한노를 함열에 보내서 여정이 어떠했는지 물었다. 새벽에 아침도 먹이지 않고 보내서 오늘 돌아오게 했다. 저녁에 막정이 계집종 분개와 함열에서 문안 온 사람을 데리고 왔다. 그를 통해 들으니, 대부인께서 신부를 보고 매우 기뻐했고 온 집안 식구들이 모두 아름다운 신부를 얻었다고 한다니 위로가 되었다. 다만 그 끝이 어떠할지 모르겠다. 무릇 혼인이란 모두 하늘이 정해 주는 법이니, 이번 혼사로 더욱 잘 알 수 있었다.

◎ —8월 24일

야심하기 전에 서쪽 이웃 전문의 집 사내종이 쌀을 도둑맞았는데, 흔적을 찾아보니 쌀알이 우리 집으로 가는 길에 흩어져 떨어져 있다고 한다. 즉시 불을 밝혀 계집종 어둔의 방을 수색하게 했는데 쌀이 없었다. 분명 다른 놈이 훔쳐 가고 일부러 여기에 뿌려 둔 것이리라. 그게 아니라면 계집종 어둔이 몰래 훔쳐다가 숲속에 감춰 둔 것인가. 저쪽 집에서 어둔을 깊이 의심하기에 내가 엄히 다스리려고 했지만, 지금은 누구의 짓인지 모르겠다. 그래서 우선 내버려 두었다가 다시 훗날에 발각되기를 기다려 크게 징계할 생각이다. 이 계집종은 평소에 하는 짓이 수상했기 때문에 사람들이 모두 의심했다. 괘씸하고 얄밉다.

어머니를 모셔 오다

◎ ― 9월 2일

『언해소학諺解小學』 네 권을 구해서 보내왔다. 딸들이 간절히 보고 싶어 해서 별좌(오윤겸)가 돌아갈 때 구해 달라고 했더니, 별좌가 홍양의 생원 이익빈에게서 얻어 보냈다. 들깨 1말, 찹쌀 4되, 차조 5되, 닭 1마리도 보내왔다. 전에 전문에게 빌려 쓴 닭을 이것으로 갚아야겠다. 막정 등이 밤에 오는 바람에 풀을 베지 않아서 두 말이 굶고 서 있다. 몹시 괘씸하다. 단아는 오늘도 앓는다. 분명 이틀거리인 게다.

◎ ― 9월 6일

이른 아침에 집을 빌리는 일로 최인복에게 갔는데, 출타했다는 핑계로 피하고 나오지 않았다. 욕이 나왔다. 밥을 먹은 뒤에 최인복이 와서 하는 말이, 아침에 일이 있어 나갔다가 뵙지 못했기에 지금 와서 뵙는다고 했다. 아침에 만나지 못한 것은 정말 그가 출타했기 때문인가 보다. 큰 잔으로 추로주 두 잔을 대접했다. 그 집을 빌려주기로 하니 기쁘다.

◎ ― 9월 13일

신몽겸을 만나 학질 떼는 방법을 가르쳐 달라고 했다. 예전에 신몽겸의 부적술에 신통한 효험이 있다고 들었기 때문에, 두 아이의 병을 고치기 위하여 직접 구하는 것이다.

◎ ― 9월 14일

신 공의 부적술법을 두 아이에게 시험해 보았지만 효험이 없고 전보다 배나 더 아프다고 한다. 안타깝다.

◎ ― 9월 16일

어제 방의 굴뚝을 파지 않고 고쳐서 아궁이의 불이 들여지지 않는다. 그래서 오늘 아침에 막정을 시켜 굴뚝을 헐고 막힌 흙을 파내서 다시 고치게 했다. 어제 한 일이 도로 헛일이 되었다. 우습다. 하지만 종일 불을 때도 여전히 불이 잘 들여지지 않아 방 안이 아직도 따뜻하지 않고 고친 곳도 마르지 않는다. 어머니를 모셔 와서 이 방을 쓰시게 하려고 했는데 이 모양이다. 매우 답답하다.

◎ ─ 9월 17일

아침을 먹고 두 사내종과 말을 데리고 출발하여 남쪽 길로 향했다. 배를 타고 남당진을 건넜다. 마침 나룻가에서 이정시 공을 만나 한배를 타고 건넜다. 서둘러 함열에 도착하니 날이 이미 저물었다. 현감이 관아에 있다가 나를 맞아 관아로 들였다. 딸을 만나 차를 마시고 저녁도 같이 먹었다.

◎ ─ 9월 22일

날이 밝기 전에 밥을 먹고 관아에 들어가 현감과 딸을 만났다. 마침 현감 선조의 제삿날이었다. 관아 안에서 제사를 지냈기 때문에 술과 안주를 내어 나를 대접했고, 또 관인 한 사람을 데리고 떠나게 했다. 신창진에 이르러 배를 타고 건너는데, 건너편 인가가 모두 헐려 온전한 집이 하나도 남아 있지 않았다. 까닭을 물으니 지난달에 임피에 갇혀 있던 적들이 이곳에 사는 사람들에게 죄목을 끌어다 댔기 때문에 군사들이 수색하고 잡아가기에 도망쳐 흩어지고 한 사람도 돌아와 사는 사람이 없다고 한다. 헐린 집한 채에 들어가 말을 먹이고 점심을 먹었다.

잠시 후 비바람이 크게 일어 바로 떠나지 못하고 조금 잦아들기를 기다려 우의를 입고 출발했다. 발길을 재촉하여 김제군에 이르러 홍살문 밖 인가에 들어갔다.

◎ ─ 9월 27일

일찍 밥을 먹고 어머니를 모시고 출발했다. 아우 언명이 걸어서 마을 어귀까지 따라왔다가 돌아갔다. 어머니께서도 함께 가지 못해서 마음이 아파 눈물을 흘리시니, 더욱 지극히 슬프다. 가다가 종정원 앞에 이르러 말을 먹이고 점심을 먹었다. 날이 저물어 금구현에 이르러 어사의 사통과 함열 현감의 편지를 주었더니 우리 일행에게 밥을 대접했다. 밥을 먹고 들어가서 현감 김복억 공을 만났다. 전에 서로 일면식은 없었지만 명망을 들은 지 오래라며 후하게 대우해 주었고, 노자로 백미 1말, 중미 1말, 콩 1말, 조기 1뭇, 절인 게 10마리, 감장 3되, 간장 반 되, 소금 1되를 주었다. 고마움을 금치 못하겠다.

계집종 둘을 사다

◎ ─ 10월 1일

이른 아침에 관아로 들어가서 딸을 보고 함께 아침을 먹었다. 한참 뒤 함열 현감이 임시 파견 관원으로서 전라우도의 여러 고을을 차례로 순회하기 위해 출발하려는 때에, 신대흥(신응구의 막내 숙부 신괄), 김봉사(김경), 이봉사(이신성), 민주부(민우경), 신응규와 내가 함께 관청에 앉아 작은 술자리를 마련하여 조용히 이야기를 나누었다. 그러다 보니 이미 정오가 지났다. 이로 인해 현감이 출발을 멈추었다. 신대흥과 김봉사는 주량이 차지 않아서 더 마시기로 했다. 이 고을에 사는 생원 안극인의 집에 술이 있다는 말을 듣고 곧장 달려가서 크게 취하고 돌아왔다.

저물녘에 딸이 와서 어머니를 뵙고 밤이 깊어 돌아갔다. 현감이 어머니께 그대로 여기 머무시다가 자신이 돌아온 뒤에 떠나라고 했다. 요 며칠은 이곳에 머물러야겠다.

◎ ─ 10월 5일
할아버지의 제삿날이다. 떡과 밥, 과일, 포, 식해(생선에 소금과 밥을 섞어 숙성시킨 식품) 등을 차려 잔을 올렸다. 종손이 모두 죽어서 제사를 지낼 사람이 없고, 또 다음 항렬에도 지낼 사람이 없다. 그래서 아득한 끝자락 지손支孫이지만 차마 그냥 지나갈 수가 없어서 차린 대로 정성을 올린 것이다. 지극한 슬픔을 견딜 수가 없다.

◎ ─ 10월 7일
아침에 집주인 최인복이 와서, "홍주서가 먼저 들어가고자 하여 이미 계집종을 보내서 그 집을 지키고 있으며 저에게 묻지도 않고 먼저 짐을 옮겨 오늘 들어간다고 하니, 무슨 까닭인지 모르겠습니다."라고 했다. 나는 "분명 빈집이라서 내가 이미 빌린 줄 모르기 때문에 들어가려는 것일 게요."라고 하고 큰 잔으로 술 두 잔을 대접하여 보냈다.

밥을 먹고 또 홍주서에게 막정을 보내서, 내가 이미 집주인에게 집을 빌려 내일 거처를 옮길 것이라고 말해 주었다. 홍주서가, "나는 그런 줄도 모르고 이부장(이홍제)의 말만 듣고 들어가려고 했네. 이제 어르신께서 이미 빌려서 들어간다고 하시니 다툴 수가 없네. 나는 다시 다른 집을 구해서 들어가겠네."라고 하더란다. 내일 먼저 침구 등 여러 물건을 옮기고 저녁때 온 가족이 이사할 작정이다.

홍주서의 이름은 준으로, 한양에 있을 때 한마을에 살아서 전부터 알던 사이이다. 큰아들 윤겸의 어릴 적 친구이기도 하다. 지금은 어머니 상중이다.

◎ ─ 10월 10일

사내종 둘에게 뒷간을 만들게 했다. 천린이 한산에서 찾아왔다. 지난달에 이미 수원으로 돌아갔으려니 했는데, 도망간 사내종의 전답을 찾아내어 가져오는 일로 오랫동안 이곳에 머물고 있기 때문에 찾아왔다고 한다. 어머니께서 쓰실 방을 수리하고 비질한 뒤에 종이가 찢어진 창과 벽을 발랐다.

◎ ─ 10월 14일

송노가 지난 3월에 말미를 얻어 갔다가 지금까지 돌아오지 않아 병에 걸려 죽었나 의심했는데 뜻밖에 돌아왔다. 밉기는 하지만 집안에 부릴 사내종이 없던 터라 한편으로는 기쁘다. 오지 않은 이유를 묻자 송노가 하는 말이, 자기 아비가 병들어 죽고 자신도 전염병에 걸려서 바로 오지 못했으며 가을에 그 아비를 매장한 뒤에 와서 뵙는 것이라고 한다. 분명 거짓말일 텐데 그럴듯하게 속이니 그렇게 여길 수밖에 없다. 애당초 달아난 것도 아니었으니, 그 게으름을 징계하지 않고 좋게 봐주었다.

◎ ─ 10월 17일

작고한 구례 현감 조사겸의 첩이 계집종 둘을 샀다가 도로 내놓았으므로 내가 무명 13필을 주기로 약속했다. 본래는 큰 짐 싣는 말 1필을 주면 되는데, 값이 무명 11필로 정해져서 2필이 부족하니 전섬(곡식 따위를 재는 부피 단위)으로 벼 1섬을 더 주었다. 그 집의 사내종 쇠똥이와 그의 숙부 끗산이 일이 성사되도록 양쪽에 말을 전해 주었기 때문에, 또 벼 13말을 주어 두 사람이 나누어 먹게 했다. 이광춘을 불러 권리를 증명하는 문서를 쓰게 하고, 증인은 그 외숙의 노비인 끗산과 소지가 섰다.

◎ ─ 10월 22일

어제저녁에 한노에게 두부콩 7되를 들려서 대조사大朝寺에 보내 두부를 만들게 했는데, 오늘 아침에 왔다. 오늘은 외할아버지의 제삿날이므로 어머니를 위하여 반찬을 마련한 것이다.

저녁에 송노가 돌아왔다. 별좌(오윤겸)가 정산에 이르러 말을 빌려 타고 가고 송노는 돌려보낸 것이다. 또 거친 벼 10말, 쌀 1말, 콩 1말, 감장 5되, 간장 1되, 홍시 30개, 소금 두 가지 조금을 보내왔다. 또 한양의 방목(과거 합격자 명부)을 보니, 윤해도 낙방이다. 탄식한들 어찌하겠는가.

◎ ― 10월 23일

새로 산 계집종 삼작질개를 함열에 보내면서 한노도 말을 끌고 함께 가게 했다.

박부여(박동도)의 사위 이양이 노비를 찾아내는 일로 이 군에 왔다가 출입을 금해서 이름을 전하지 못하고 나의 거처로 찾아왔다. 저녁을 대접하고 군수에게 편지를 보내서 접견할 수 있게 했다. 이양이 이를 통해 군으로 들어갔다. 삼작질개는 덕개로, 아작개는 눌은개로 이름을 고쳤다.

앓는 소리가 끊이지 않다

◎ ― 11월 11일

새벽에 인아와 함께 제사를 지내고 아울러 죽전 숙부 내외의 신위에도 잔을 올렸다. 다만 소고기가 빠졌는데, 시골에서는 마련할 방법이 없다. 매우 안타깝다.

◎ — 11월 23일

오후에 생원(오윤해)의 처갓집 사내종이 함열에서 왔다. 딸이 양 1조각과 찰떡 1보자기를 얻어 보냈다. 이 군에 사는 품관 조광필이 와서 보고 배와 밤 1상자를 주었다. 아무 이유도 없이 주는 것이 몹시 이상하여 천천히 그 이유를 물었더니, 도망친 사내종을 찾아달라고 함열 현감에게 말해 주기를 부탁한다.

전에 정목을 보니, 박여룡이 청양 현감에 제수되었다. 셋째 아들 윤함이 분명 이로 인해 와서 볼 것이니 몹시 기쁘다. 박 공은 윤함의 처의 외할아버지의 아우이다. 집이 해주이고 윤함의 처갓집과 이웃이니, 분명 왕래했을 것이다.

◎ — 11월 28일

집사람의 증세가 조금도 변함이 없고 앓는 소리가 끊이지 않는다. 매우 걱정스럽다. 밤에 녹두죽에 월경수(여인의 생리혈)를 섞어 세 번 먹였다. 아침에는 땀 기운이 있는 듯해서 두꺼운 이불을 덮고 뜨거운 물을 항아리에 담아 껴안고 있게 했는데도 여전히 땀을 쭉 빼지 못했다. 안타깝다.

◎ — 11월 29일

이시열이 이른 아침에 그의 집으로 돌아가기에 아침과 저녁에 먹을 밥을 주어 보냈다. 집사람의 증세가 변함이 없다. 한밤중에 향소산 약재를 끓여 복용하게 했지만, 별로 땀이 나지도 않고 구토만 곱절이나 심하며 곡기를 더욱 싫어하여 원기가 날로 점점 쇠약해진다. 매우 걱정스럽다. 어머니가 거처하시는 곳에 가서 뵙고, 아우 언명을 보내 도중에 딸을 마중하게 했다. 오늘 출발했다고 하는데, 잘 보호해서 데려올 만한 가까운 사람이 없기 때문이다.

오후에 딸이 왔다. 먼저 어머니가 계신 곳으로 가서 휴식한 뒤에 날이 밝기를 기다려 병든 어미를 보게 했다. 데리고 온 여러 사람을 곧바로 돌려보냈는데, 집에 쌓아 둔 것이 마침 떨어져서 밥을 내주지 못하고 술 2병만 먹여 보냈다. 한탄한들 어찌하겠는가.

◎ ─ 12월 1일

아침에는 집사람의 증세가 크게 좋아져서 눈을 뜨고 말을 하며 웃기도 한다. 집사람이 하는 말이, 밤에 와서 구원해 주지 않았다면 거의 죽었을 것이라고 한다. 다만 원기가 몹시 약하고 식음을 전폐했던 터라 아침에도 미음만 두 차례 조금 넘겼을 뿐 곡기를 더욱 싫어한다. 반드시 병을 낫게 할 수 있으리라고 어떻게 보장하겠는가. 그저 하늘의 뜻만 기다릴 뿐이다. 발열 증세는 그저께부터 대체로 꺾인 듯하고 때때로 입이 말라 물로 헹굴 뿐이다.

집사람이 오후부터 증세가 크게 좋아져서 저녁내 딸과 이야기를 나누었다. 웃으며 말하는 것이 평소와 같고 때때로 죽을 먹기도 한다. 밤이 깊어진 뒤에 딸은 어머니께서 계신 곳에 가서 잤다. 새벽에 돌아올 것이다.

◎ — 12월 12일

어두워질 무렵에 계집종 열금이 태인에서 왔다. 전에 부종에
걸렸는데, 이곳에 온 뒤에 병세가 매우 심해져서 온몸이 다 부었
다. 흙집에 들어가 살면서도 먹고 마시는 것만은 평소와 다름없
어 늘 술과 고기를 찾고 조금만 여의치 않으면 번번이 성난 말을
내뱉으니, 하는 짓이 이루 말할 수 없을 지경이다. 아침저녁으로
죽을 끓여 끼니를 잇기도 어려운 마당에, 하물며 감히 술과 고기
를 마련하여 다 죽어 가는 늙은 계집종에게 날마다 먹여 줄 수 있
겠는가. 병이 비록 위중하지만 빨리 안 죽으면 우리 집에 곤욕을
끼치는 일이 많을 것이니, 한편으로는 괘씸하고 얄밉다.

◎ — 12월 15일

집사람의 증세가 여전하다. 별달리 나아지지 않고 혼미하고
피곤함이 이와 같으니 걱정스럽다. 지난밤에 늙은 계집종 열금이
죽었다. 병세가 너무 심해서 구원할 수 없는 형편이었다. 차디찬
곳에서 오래 거처했고, 배불리 먹고 마시지도 못했으며, 먹고 싶
은 음식이 있어도 구할 길이 없어 하나도 먹지 못하고 죽었다. 불
쌍하다. 성질이 본래 험악하여 조금만 여의치 않으면 번번이 성
내며 욕을 해 대고 심지어 상전 앞에서도 공손치 않은 말을 많이
하여 사람들이 모두 싫어하고 미워했다. 비록 죽어도 아까울 것
이 없지만, 어렸을 때 잡혀 와서 심부름을 하면서 칠순이 넘도록
한 번도 도망치지 않았고, 또 길쌈을 잘하며 집안일에 부지런하

고 단속을 잘했으며 조금도 속이는 일이 없었으니, 이 점은 취할 만했다. 타향으로 정처 없이 떠돌다가 죽어서는 관에 들어가지도 못했으니, 더욱 슬프고 안타깝다.

◎ ─ 12월 16일

두 사내종과 이웃집의 피란민 한복을 시켜 새벽에 열금의 시체를 지고 가서 5리 떨어진 한산의 길가 양지바른 곳에 묻어 주게 했다. 불쌍하다. 작년 가을에 막내 계집종 동을비가 소지의 집에서 죽었고 지금 열금이 또 여기에서 죽어 모두 이곳에 묻혔다. 평소 한양에 있었을 때에는 임천에서 죽어 묻힐 줄을 어찌 알았으랴. 사람의 일이 참으로 한탄스럽다.

◎ ─ 12월 21일

아침을 일찍 먹은 뒤에 함열 현감이 떠났고 둘째 아들 윤해도 함께 갔다. 윤해에게 설날에 광주의 선산에 가서 성묘하라고 했다. 윤해가 부득이한 일로 올라가서 집에 장성한 사내가 없으니, 만약 병이나 다급한 일이 생기면 의지하고 힘입을 곳이 없다. 탄식한들 어찌하겠는가.

송노도 말미를 얻어 따라갔다. 오는 정월 초열흘 전에 돌아오라고 일러 보냈다. 전에도 두 번이나 말미를 얻어 갔다가 모두 기한이 지나도록 돌아오지 않아서 항상 괘씸하게 여기던 터라 처음에는 보내 주지 않으려고 했다. 하지만 제 아비의 무덤에 제사를 지내고자 한다며 끝없이 간청하는 걸 보면 꼭 그렇지는 않은가 보다. 사람의 자식 된 심정은 위아래가 모두 똑같으니, 우선 보내 주고 다시 빨리 돌아오라고 일렀다.

◎ ― 12월 27일

아침에 이웃에 사는 숙돌의 처소에서 나무 40뭇을 실어 왔다. 눈발이 날리고 바람이 세차서 날이 몹시 추운데 이 나무를 얻었으니, 며칠 동안은 불을 땔 수 있겠다. 내일 새벽에는 어머니를 모시고 집으로 들어갈 작정이다. 오늘은 입춘이다.

노비의 나라 조선

노비는 조선에서 가장 높은 인구 비율을 차지한 신분이었다. 조선시대에 노비가 많았던 까닭은 무엇일까? 이는 한국의 뿌리 깊은 노비의 역사에서 그 해답을 찾을 수 있다.

뿌리 깊은 노비의 역사

한국의 역사에서 노비제는 기원전 20년 이전인 청동기시대로 거슬러 올라간다. 고조선의 8조 법금法禁 중에 "남의 물건을 훔친 자는 노비로 삼는다."는 규정이 있는데, 이는 이때 이미 사유재산 제도와 아울러 노비제도가 있었음을 보여 준다. 국가 간의 전쟁이 치열했던 고대사회에서는 전쟁 포로들이 주로 노비가 되었다. 고대에 전쟁이 빈번했던 이유 중 하나는 노비를 확보하는 데 있었고, 또 전쟁은 다수의 노비를 한꺼번에 확보할 수 있는 좋은 기회였다.

전쟁 노비 이외에도 채무자나 범죄자가 노비가 되었다. 신라가

삼국통일을 한 이후 정복 전쟁이 사라지면서 전쟁 노비가 소멸되자 왕실과 귀족 등 지배층은 노비 충원 제도를 달리 고안했다. 노비 신분을 대대로 세습시키는 법, 이른바 노비세전법奴婢世傳法을 만든 것이다. 한 번 노비가 되면 죽을 때까지 노비로 살아야 했으며, 후대까지도 이어져 노비 신분에서 벗어날 길이 막혔다.

고려시대에는 법제적으로 자유로운 공민公民인 양인良人과 재산처럼 매매, 상속, 증여가 되는 천인賤人으로 신분이 나뉘었다. 천인의 대다수는 노비가 차지했다. 노비는 노비끼리만 혼인할 수 있었고, 부모 중 한 사람이 노비라면 자식도 노비가 되었다. 남자 노비는 머리를 깎고 여자는 짧은 치마를 입어 복장에서도 양인과 구분 지었다. 머리를 깎은 남자의 머리가 파랗게 보인다 하여 남자 종인 노奴는 '창두蒼頭', 짧은 치마 때문에 다리가 붉게 보인다 하여 여자 종인 비婢는 '적각赤脚'이라 불렸다.

노비제는 조선 왕조에서도 이어졌다. 15세기 조선 사회의 기본적인 신분 구조는 양천제였다. 권리와 의무가 있는 양인과 권리가 없는 천인으로 구분되었다. 그러다가 16세기 이후 양인의 최상부인 양반과 중인, 평민과 천민의 신분 구분이 이루어졌다. 조선시대 천민의 대다수는 노비였으며, 이 외에도 백정·광대·사당·무격·기녀·악공 등이 있었다.

노비는 그를 소유한 주인의 재산과도 같아서 매매, 양도, 상속의 대상이었다. 조선시대 재산 상속에 관한 고문서를 보면 아들과 딸에게 상속할 노비 수가 기록되어 있다. 노비는 젊고 건장할 수록 비싸게 매매되었다. 늙은 노비는 말 한 필 값에도 못 미쳤다. 양반 입장에서는 온갖 잡일을 모두 할 수 있는 젊고 건장한 노비 일수록 부가가치가 높았다.

노비는 조선의 어떤 신분보다 인권의 사각지대에 있었지만 주 인이 노비를 함부로 죽이는 것은 법으로 금지되었으며, 『경국대 전』에는 계집종이 출산하는 경우 출산 전 30일, 출산 후 50일의 휴가를 규정하고 있다. 그 남편의 경우에도 산후 15일의 휴가를 주기도 했다. 조선시대 양반 사회를 지탱해 온 노비제도는 1894년 갑오개혁으로 폐지됨으로써 역사 속으로 사라졌다.

가사 노동부터 편지 전달까지, 열악했던 노비의 삶

양반가의 온갖 집안일을 대신하며 마치 양반의 분신과도 같 았던 존재인 노비에 대해 오희문은 어떻게 기록했을까? 갑오년 (1594)의 기록을 중심으로 살펴보면, 먼저 1월 17일 오희문은 전 라도 화순의 능성현으로 이동할 때 사내종과 말을 거느리고 출발 하여 다음 날인 1월 18일에 도착한다. 도착한 당일 현감이 관아 에 일찍 들어가자 관아의 사내종인 낙수의 집에서 숙박한다. 낙 수는 관청의 창고지기로 그를 통해 관아에 이름을 알리고자 한 다. 같은 해 6월 3일 기록에서도, 이산현으로 들어갔을 때 사내종 을 통해 이름을 알리게 한다. 이를 통해 노비가 양반들 사이에서 메신저 역할을 담당했음을 알 수 있다.

4월 22일에 오희문은 함께 움직일 노비가 없어 아들의 사내종을 빌려서 데리고 갔으며, 7월 27일에는 지인이 별세하여 조문하려 하지만 사내종과 말에 여유가 없어 가지 못한다.

오희문은 직접 방문하지 못하는 경우 편지를 통해 소식을 주고받았는데, 편지 전달도 노비들의 몫이었다. 노비들은 집안에서는 주로 농사를 지었다. 『쇄미록』에도 농사일에 게으름 피우는 노비들을 양반 오희문이 괘씸해하고 얄미워하는 기록이 나오는데, 이는 당시 노비들의 소극적인 저항으로 해석할 수 있다. 한집에 같이 사는 솔거노비와 달리 외거노비는 외부에 거주하며 농사를 짓고 주인에게 공물을 바쳤다. 이렇듯 외거노비가 공물을 바치는 일을 신공이라고 한다. 외거노비의 신공을 거두는 일 또한 집안에 소속된 솔거노비가 담당했다.

양반은 기본적으로 상하 식솔, 즉 가족과 노비의 생계를 책임졌다. 그러나 전란 시기 먹을거리가 풍부하지 않은 당시에는 양반들도 하층민과 별반 다르지 않은 식사를 이어 갔다. 충청도 임천에서의 피란 시절 오희문 또한 죽으로 연명했는데, 이렇게 양반이 죽을 먹을 때 노비들은 대체로 굶을 수밖에 없었다. 그 와중에 오희문은 죽을 싫어 한다며 본인만 따로 밥을 해서 먹었다.

한편 이러한 열악한 환경 속에서 도망을 치는 노비가 많았다. 2월 24일에는 오윤해의 사내종 안손이 지난밤에 제 어미를 데리고 도망쳤으며, 심부름 보낸 명복이가 돌아와야 할 때가 지났는데도 오지 않자 도망친 것이라 단정하기도 한다. 도망친 사내종을 찾아달라고 함열 현감에게 말해 주기를 부탁하는 이웃 사람이 나오는데, 이는 모두 도망 노비가 잦았던 상황과 이들을 잡아 오기 위한 노력이 함께 전개되었음을 보여 준다.

노비 매매에 대한 내용도 보인다. 노비를 매매할 때는 중개인이 있고, 노비의 권리를 증명하는 문서와 주변 사람들을 증인으로 세워 그 소유권을 확실히 하였음을 알 수 있다. 양반가에는 상전을 대신해 노비와 토지 매매 등의 특정 일을 맡아 하는 사내종이 있었는데, 이를 호노戶奴라 불렀다.

당시 양반들이 그러했듯이 오희문 또한 노비 없는 삶을 살 수 없었는데, 간혹 노비들을 사람대접하는 인간적인 모습을 보이기도 한다. 그의 사내종 막정은 전쟁 시기 내내 쉼 없이 여러 곳을 오가며 편지 전달과 일용할 양식를 얻어 오는 심부름을 한다. 그의 아내 분개가 사내종 송노와 눈이 맞아 도망을 친 후 막정은 실의에 빠져 종종 병을 핑계로 일을 하지 않자, 처음에는 학질 등 병을 걱정하던 오희문 또한 일하지 않는 막정을 괘씸해하고 밉살스럽게 바라본다. 그러나 1595년 12월 15일 막정이 죽자 3일 후 다음과 같은 일기를 쓴다. "근래 막정이 한 짓을 보면 죽어도 아까울 것은 없지만, 이전에 애쓴 일이 매우 많고 타향에서 객사했으니 애통함을 금치 못하겠다. 관을 준비해서 묻어 주고 술과 과일을 차려 제사 지내 주었다." 노비를 인간 취급하지 않는 16세기 평범한 양반의 모습과 더불어 죽은 노비를 위해 제사를 지내 주는 인간적인 면모를 지닌 오희문을 새삼 확인할 수 있다.

양반들의 호칭법

조선시대 양반들은 가족과 친구들의 이름을 직접 언급하는 일이 많지 않았다. 자字와 호號, 또는 직함과 관계에 의해 호칭되는 경우가 많았다. 그렇다면 『쇄미록』에서 오희문은 가족에 대한 호칭을 어떻게 사용했을까?

먼저 형제자매를 살펴보면, 오희문은 동생 희철을 주로 언명이라는 자로 부른다. 누이들에 대해서는 심매, 김매, 임매, 남매라는 호칭을 주로 사용한다. 이는 누이가 시집간 가문의 성씨를 붙여서 부르는 것이다. 예를 들어 남매는 남상문의 아내인 누이의 호칭이다. 오희문이 일기에서 매부를 칭할 때는 자를 써서 언급하고 있는데, 가령 김매의 남편 김지남은 자정子定, 임매의 남편 임극신은 경흠景欽으로 부른다. 연안 이씨 집안의 처남 이빈을 부를 때는 자미子美 또는 장수 현감으로 칭했으며, 둘째 처남 이지를 부를 때는 경여敬與라 칭했다.

자식에 대한 호칭도 각기 다른 것이 흥미롭다. 먼저 혼인한 딸을 부를 때는 결혼해서 살고 있는 지역의 명칭을 붙여 불렀다. 예를 들어 함열 현감에게 시집간 딸은 '함열 딸'이라 하고, 이천에 사는 둘째 딸은 '이천 딸'이라 칭했으며, 아직 미혼인 막내 숙단의 경우에는 끝자만 취해서 '단아'라고 불렀다. 큰딸과 결혼한 사위 신응구는 함열 현감 또는 자방子方이라는 자로 호칭하고 있다.

아들의 경우 관직에 진출한 장남 윤겸을 부를 때는 그의 관직 명칭을 따서 부르고 있다. 10년 일기 동안 윤겸은 참봉, 별좌, 시직, 평강, 문학, 수찬으로 계속 호칭이 바뀌었다. 참고로 처남 이빈을 칭할 때도 장수 현감으로 불렀는데, 임진왜란 발발 초기 기거하는 곳의 주인으로 언급할 때는 '주인 형'이라고 불렀다. 나중에 이빈이 죽은 다음에는 자인 '자미'로 호칭하고 있다.

둘째 아들 윤해는 주로 이름을 부르거나 '생원'이라고 부르고 있다. 과거 시험 1차 합격자인 '생원'에 대한 자부심을 엿볼 수 있는 부분이다. 관직이 없던 셋째는 윤함으로 불렀으며, 막내 윤성은 주로 '인아'라는 아명을 호칭으로 사용한다. 아명은 손자들을 부를 때도 사용하고 있다. 친근함을 나타내는 호칭으로, 요즈음의 '우리 아기', '내 새끼'와 비슷한 표현이라 하겠다.

4
이루 말할 수 없는
농사의 기쁨

을미일록 1595

괘씸하고 얄미운 노비들

◎ — 1월 1일

새벽에 일어나서 어머니를 뵙고, 누각에 올라 아버지의 신주 앞에 절하고 이어서 차례를 지냈다. 만두를 넣은 떡국과 적 1그 릇, 탕 1그릇, 술 한 잔을 올렸을 뿐이다. 가난해서 음식을 준비할 수 없으니, 탄식한들 어찌하겠는가.

이 고을에 임시로 머문 지 이미 3년이 지났는데 달리 갈 곳이 없고 궁박함도 날로 심하니, 앞으로 무슨 일이 있을지 모르겠다. 지금 새해를 맞았는데, 아우와 두 아들과 한집에서 지내지 못하 고 보내려니 더욱 슬프다. 알고 지내는 이웃의 아랫사람들 중에 새해 인사를 하러 오는 자가 많은데, 대접할 것이 없어서 볶은 콩 1움큼에 신 술 한 잔을 내주었을 뿐이다. 간혹 마시지 않고 돌아 가는 자도 있으니 안타깝다.

저녁에 함열 사람이 한양에 가는 길에 이곳에 들러 묵었다. 딸의 편지와 날전복 24개를 주었다. 내일 구워서 천신薦新(제철 음식을 먼저 신주에 올리는 일)하고 어머니께 드리려고 한다.

◎ ─ 1월 5일

좌수 조희윤(조군빙)과 가까운 이웃 조응개가 찾아왔는데, 집에 술과 안주가 없어서 대접도 못하고 보냈다. 한탄한들 어찌하겠는가. 예산의 김한림(넷째 매부 김지남, 1594년에 한림에 임명되었다)에게 어머니께서 지은 옷을 보내려고 한다. 그래서 별좌(오윤겸)의 사내종 세만을 머물게 하고 편지를 써서 전했다. 결성에서 하루면 가는 거리라기에 별좌에게 전해서 보내도록 한 것이다. 이곳에는 사내종이 하나라 여유가 없어서 어쩔 수 없이 그렇게 했다.

◎ ─ 1월 11일

지난밤 진눈깨비가 내리더니 종일 날이 흐리고 바람이 불었다. 사내종 막정이 세목(올이 가늘고 고운 무명) 1필을 토담집 안에 두었는데, 어제 마침 함열 현감이 와서 종들이 모두 나간 사이에 도둑맞았다고 한다. 분명 향춘의 남편 문경례가 한 짓일 것이다. 문경례가 종일 그 안에 들어가 있었고 달리 의심할 만한 사람이 없어서 위아래 사람들이 모두 그를 지목했다. 괘씸하고 얄밉다. 하지만 아직 잡히지 않아서 또한 누가 한 짓인지 모르겠다.

양식을 구해 오는 일로 송노를 함열에 보냈다. 또 함열 관아의 사내종이 신공을 징수하는 일로 영암으로 내려간다는 말을 들었기 때문에 임매에게 편지를 써서 부쳤다.

◎ — 1월 17일

저녁에 안악에 사는 계집종 복시가 자기 조카뻘 되는 중 성호를 시켜 내게 편지를 전하며 말하기를, "우봉댁(우봉 신홍점의 아내)의 침해 때문에 살 수가 없으니 직접 와서 구해 주세요."라고 했다고 한다. 그러나 길이 멀어서 갈 수가 없다. 형편이 그런 걸 어찌하겠는가. 그가 올 때 해주에 있는 셋째 아들 윤함에게서 편지를 받아 가지고 왔다. 펼쳐 보니, 지난 12월 12일에 써서 보낸 편지였다.

내일 사내종 막정을 양덕으로 보내면서 지나는 길에 마전에 들러 내 편지와 어머니의 편지를 전해서 다시는 복시에게 침해하지 못하게 하려고 한다. 그러나 우봉댁의 성질이 사나워서 평소 동복지간이라도 반목하는 일이 많았으니, 필시 들어주지 않을 것이다. 또 신홍점을 설득하고 달랜들 이룰 수 있겠는가. 안타깝지만 어찌하겠는가.

◎ — 1월 18일

지금 안악에 사는 계집종 복시의 편지를 보니, 작년 신공인 무명 2필을 막정 편에 마련해 보냈다고 했다. 막정에게 물었더니 모르는 일이라고 한다. 분명 제가 쓰고서 숨기는 것이리라. 매우 괘씸하고 얄밉다. 그러나 다른 날 대질한 뒤에 징계할 생각이다.

덕노가 장사하면서 옮겨 다닐 때 도처에서 상전의 물건을 훔치고 황해도에 사는 사내종들의 신공을 받아서 사사로이 제멋대로 쓰고는 이로 인해 도망가서 모습을 보이지 않은 뒤로, 다른 사내종들도 훔치기를 즐기는 마음을 품어 윗사람의 명령을 듣지 않는 지경에 이르렀다. 막정이 또한 그 짓을 많이 본받았다. 더욱 몹시 밉다.

◎ ― 1월 22일

오늘 조보를 보니, 왜적이 명나라와 강화했기 때문에 가까운 시일에 마땅히 제 나라로 돌아갈 것이라고 한다. 또 명나라 사신이 3월쯤에 올 터인데, 하나는 왜국을 봉해 주기 위해서이고 다른 하나는 왕세자를 책봉하기 위해서라고 한다. 정승 이산해를 풀어 주고 직함을 도로 주라는 유지가 있었다.

◎ ― 1월 27일

막내아들 인아가 함열에서 말을 빌려 타고 왔다. 다만 요새 날이 추워 한겨울보다 갑절이나 매섭고 오늘은 또 어제보다도 더 추운데, 인아가 귀덮개도 없이 추위를 참고 간신히 도착했다. 얼굴이 언 배와 같으니 감기에 걸릴까 심히 걱정스럽다.

함열에서 으레 보내오는 중미 4말을 송노가 짊어지고 왔다. 또 뱅어젓 3되, 밀가루 5되를 얻었다. 다만 쌀이 4되 반이나 부족하니, 필시 뒷박을 줄여서 보낸 것일 게다. 오늘은 인아가 데리고 왔으니 중간에서 훔치지는 못했을 것이다. 그게 아니라면 어찌 이런 지경에까지 이르렀는가. 매우 괴이하다.

일기책을 엮다

◎ ─ 2월 6일

송노가 말미를 얻어 홍산의 장에 가서 봄보리를 사서 완산 근처에서 무명으로 바꿔 오겠다고 했다.

들자니, 새 군수가 부임한 지 오래되지 않았는데 명령을 내리고 시행하는 모든 것이 자못 볼 만하여 간사한 아전들이 두려워서 속이고 감추지 못한다고 한다. 이전에는 한 고을에 감관이 매우 많고 또 순찰사가 군관 3명을 정해 보내서 염초(화약을 만드는 재료)를 관리하거나 작미(세금으로 징수한 곡식을 쌀로 환산하여 정하는 일)를 감독하다 보니 허비하는 비용이 너무 많아서, 이로 인해 관아에 쌓아 놓은 곡물이 탕진되었다.

지금 군수가 부임하자마자 명령하여 군관을 돌려보내고 또 감관을 폐지하여 모두 직접 처리하며 향임을 바꾸어 정하니, 온 고을 사람들이 우러러본다. 번거로운 비용을 모두 없애니 백성들이 무거운 짐을 덜 수 있어 모두 삶을 즐겁게 여기는 마음을 지니게 되었다.

사람의 현명하고 어리석음이 어찌 이다지도 현격한가. 수령을 가려서 쓰지 않으면 안 된다는 것을 여기에서도 알 수가 있다. 나 또한 이곳에 와서 우거한 지 이제 3년이다. 그동안 군수가 다섯 번 바뀌었는데, 이곳에 사는 백성이 역대 군수를 품평한 말을 익히 들었다. 신임 군수는 정말 오랜 가뭄 끝에 내리는 단비 같은데, 다만 끝맺음이 어떠할지 모르겠다고 한다.

◎ ─ 2월 9일

아침에 암탉을 둥지에서 내렸다. 알을 까고 나온 병아리가 7마리이고, 그 나머지는 모두 썩었다. 매우 꺼림칙하다. 영동에 사는 외사촌 남경중이 관아 일로 이 고을에 왔다가 찾아와서 어머니를 뵈었다. 생각지 못한 일이라 그 기쁨을 가누지 못하겠다. 그의 형 일가가 적의 손에 죽임을 당한 일을 이야기해 주었는데, 너무 참혹해서 차마 들을 수가 없었다. 외사촌 남경신이 내게 편지를 부치고 말린 밤 2되를 보내왔다. 한식 제사에 쓰려고 한다.

저녁에 북쪽에서 남쪽까지 지진이 났다. 소리가 천둥 같았고 집이 흔들리다가 잠시 후에 그쳤다. 하늘의 변고가 이와 같으니 앞으로 어떤 재앙이 있을는지 모르겠다. 흉적이 우리나라의 경계에 들어온 뒤로 수많은 백성을 죽인 지 이제 4년이 되었는데, 아직도 남쪽 지방을 점령하여 그 사나운 마음을 거두지 않고 있다. 그런데 하늘이 재앙을 내린 것을 후회하지 않아 온갖 이상한 재변이 발생하니, 겨우 살아남은 백성까지도 반드시 다 죽이고 나서야 그치려는 것인가.

◎ ─ 2월 11일

이른 아침에 남경중이 제집으로 돌아갔다. 가는 동안 먹을 양식이 이미 떨어졌다고 들었는데, 우리 집도 군색하여 넉넉히 줄 수 없었다. 그러나 그가 이틀 동안 묵으면서 그 사내종과 함께 7되 남짓을 먹은 탓에 빌려 온 양식이 벌써 떨어져서 겨우 내일 아침까지만 먹을 수 있을 것 같다. 어쩔 수 없이 나도 사내종과 말을 거느리고 함열에 가려고 했는데, 느지막이 해가 나오고서야 비로소 출발해서 남당진에 도착했다. 진사 이중영이 따라와서 같이 배를 타고 건너 함열에 도착했다. 마침 현감이 전주에 가서 함열에 없었다. 이진사는 사내종의 집으로 돌아가고 나는 관아에 가서 딸을 만나 이야기를 나누었다. 장인匠人을 불러 일기책을 엮었다.

◎ ─ 2월 14일

허찬이 어제 와서 묵으면서 내가 오기를 기다렸기에 만났다. 생각지 못한 일이라 매우 기쁘고 위로가 되었다. 그러나 어머니와 형제들이 몇 해 전에 모두 광주의 묘산 아래 옛터에서 병들어 죽었고, 아버지도 진주성이 함락될 때 죽었으며, 둘째 아우 영필은 우수영 막하에 있었는데 죽었는지 살았는지 모른다는 말을 들으니, 슬픔을 가눌 수 없다. 부모와 형제들이 모두 죽어 혈혈단

신 의지할 곳 없이 여기저기에서 밥을 빌어먹는 데다 그의 아내는 몇 해 전 홍주 성 밖에 있는 자신의 친척 집에서 지내더니 호장 이풍행과 몰래 간통하여 허찬을 몹시 야박하게 대우해서 오래 머물지 못하게 했는데, 일이 탄로 나서 사람들이 모두 그 일을 말한다고 했다. 매우 분통이 터진다. 살해당할까 두려워 그곳에 있을 수가 없어서 여러 곳을 떠돌며 구걸하여 살았고, 이제는 또 여기에서 연산 땅의 친척 집에 갔다가 그대로 고부군에 있는 딸에게 가려고 한다고 한다. 듣고 보니 애처롭고 가련함을 더욱 가눌 수가 없다. 저번에 그의 적사촌(이복사촌) 허현 씨가 고부 군수가 되었을 적에 그도 따라갔다가 관아의 계집종과 혼인하여 딸아이를 낳았는데 나이가 벌써 열여덟 살이라고 한다. 허찬의 어머니는 나의 서얼 사촌 누이인데, 평소 서로 우애가 매우 돈독했다. 지금 그 집안 식구가 모두 죽었다는 말을 들으니, 애통한 마음을 더욱 참을 수가 없다.

◎ ─ 2월 15일

허찬에게 들으니, 광주의 묘산은 이전과 같다고 한다. 다만 참나무를 모두 베어 숯을 구워 팔았다고 한다. 탄식한들 어찌하겠는가. 묘지기들이 모두 도로 마을에 들어가 살고 계집종 자근개 모자만 아직 들어가 살지 않는데, 이번 봄에는 꼭 돌아가려고 한단다. 우리 집 계집종 옥지가 죽었다고 한다. 노비 수도 적은데 모두 죽어서 남은 자가 없으니 매우 안타깝다.

종이를 구해 편지를 쓰다

◎ — 2월 19일

지금 정목을 보니 별좌(오윤겸)가 시직侍直(세자를 보필하는 정8품직)에 제수되었다고 한다. 기쁘지만, 사내종이나 말이 갖추어지지 않았고 옷차림도 변변치 않으며 또 한양에 갈 여비를 마련하기도 어려워서 갈 수 없는 형편이다. 게다가 부모와 처자식이 모두 시골에 있어서 만약 버리고 나아가 벼슬한다면 잠시도 사는 걸 보장할 수 없을 것이니, 이 또한 염려하지 않을 수 없다. 그렇지만 윤겸의 생각이 어떠한지 알 수 없다.

◎ — 2월 20일

아침을 먹은 뒤 별좌 이덕후(이문중)를 찾아가서 조용히 이야기를 나누었다. 그 집에서 우리에게 저녁 식사를 대접했다. 또 생뱅어 1사발과 노루고기 1조각을 주기에 늙으신 어머니께 드렸다. 매우 고맙다.

◎ — 2월 24일

송노가 돌아왔다. 함열에서 으레 보내 주는 쌀 2말, 제사에 쓸 백미 1말, 찹쌀 5되, 메밀 3되, 조기 1뭇, 뱅어젓 2되, 생뱅어 1사발을 짊어지고 왔다.

저녁에 들으니, 군수가 전임의 일 때문에 논척論斥(옳고 그름을 따져 물리침)당해 파직되었다고 한다. 안타깝기 그지없다. 비록 그의 인물됨이 어진지 아닌지는 알 수 없지만, 부임한 지 얼마 안 되어 정사를 잘 처리한다는 명성이 자못 있었고 재물이 고갈되어 가는 고을을 거의 살려 냈다. 뜻하지 않게 공주 목사로 승진하자 백성이 모두 아쉬워했는데 지금 또 다른 일로 거듭 사헌부의 논박을 당했으니, 더욱 탄식할 만하다.

◎ ― 2월 29일

오늘은 외할머니의 제삿날이다. 새벽에 잠깐 밥과 떡을 차리고 잔을 올렸다. 제수거리가 없어서 어적 두 가지와 어탕 두 가지로 제사를 지냈다. 외가의 종손인 경효 형이 지난 12월에 세상을 떠났고 난리 뒤에 집안이 망해서 그 자손들이 모두 끼니를 잇기 어려워 살아갈 수가 없다고 하니, 필시 제사를 지내지 못할 것이다. 어머니께서 제사를 지내지 못할까 몹시 걱정하셨기 때문에 간단하게라도 갖추어 지낸 것이다.

◎ ― 2월 30일

조카 심열의 집 계집종 만화가 난리가 나기 전에 낙안에 있는 제 어미의 집에 갔는데, 부모가 모두 죽어서 살아갈 방도가 없었단다. 상전이 한양에서 벼슬한다는 말을 듣고 남편과 함께 찾아가기 위해 한양에 가다가 도중에 우리 집이 여기에 있다는 말을 듣고 들어왔다. 뜻밖에 만나게 되니 매우 기쁘다. 이 계집종은 바로 심매가 젊었을 적에 아주 가까이 두고 부렸다. 우리 집에서 자랐는데, 누이가 자기가 낳은 자식처럼 사랑했다. 누이가 세상을 떠난 뒤에 심수원이 첩으로 삼아 데리고 살면서 두 아이까지 낳았다. 심수원도 죽자, 그 뒤에 낙안으로 내려가 다시 다른 남편을 얻어 살았다.

집에 종이가 한 조각도 없어서 시직(오윤겸)을 시켜 홍주서(홍준)에게서 구해 오게 했다. 다섯 장을 얻어다가 세 곳에 편지를 썼다.

◎ ─ 3월 3일
시직(오윤겸)이 날이 밝기 전에 밥을 먹고 도로 결성에 갔다. 부임할 날이 임박하여 늦어져서는 안 되기 때문에 하루 더 머물지 못하고 돌아간 것이다. 어지러운 나라에 살지 말라는 것은 옛사람이 경계한 바이니, 벼슬살이하기가 몹시 어려운 상황이다. 하지만 집이 가난하고 부모가 늙어서 녹봉을 받기 위한 벼슬살이를 하도록 억지로 권해서 보내는 것이다. 다만 슬하에 시중들 아이가 하나도 없으니, 만약 우환이 생겨도 멀어서 형편상 쉽게 가지 못할 것이다. 한편으로는 몹시 걱정스럽지만 어찌하겠는가. 의복이 보잘것없어서 걱정했는데, 함열에서 옷 2벌을 보내 주고 우리 집에서도 명주 바지와 무명 중치막을 지어서 보냈다. 이것으로 3년은 입을 수 있을 것이다.

◎ — 3월 4일

소지가 왔기에 술 한 잔을 대접하고 또 아침밥을 대접해서 돌려보냈다. 왜적이 진영을 합쳐 육지에 내려서 백기를 세우고 장차 북쪽으로 향하려 한다고 들었다. 우리 집처럼 식구가 많은데 양식은 없고 말도 없는 집은 형세상 분명 구렁에 나뒹굴게 될 것이다. 탄식한들 어찌하겠는가. 충청도와 전라도의 인심이 동요되어 모두 피란할 생각을 하고 있다. 하지만 진실인지 거짓인지 알 수가 없다.

◎ — 3월 12일

자미(이빈)의 사내종 한손이 장수로 돌아가기에 편지를 써서 부쳤다. 송노를 함열에 보내서 양식을 구해 오게 했다. 내일은 죽은 넷째 누이의 소상이다. 처음에는 직접 가서 제사를 지내려고 했다. 그런데 말이 없을 뿐만 아니라 노자 또한 마련하기 어려워서 사내종만 보내고 가지 못했다. 평생 한으로 남겠지만 어찌하겠는가. 그저 슬피 울 뿐이다.

들으니, 적장 가등청정에게 좋은 말 1마리가 있어서 애지중지 길렀는데 뜻밖에 호랑이에게 물려 죽자 이에 대노하여 군사를 일으켜 호랑이 2마리를 사냥하여 진중으로 돌아갔다고 한다.

◎ — 3월 15일

이른 아침에 송노를 함열에 보내 양식과 종자, 말먹이 콩을 구해 오게 했다. 또 한복을 시켜 어제 끝내지 못한 논을 다듬어 못자리에 벼 1말 8되를 뿌리게 했는데, 이것도 중올벼이다. 어제 뿌린 씨까지 모두 3말 7되이다. 병아리 7마리를 길러 크기가 거의 메추라기만 해졌는데, 오후에 이웃집 고양이가 병아리 1마리를 물어 갔다. 매우 마음이 아프다.

◎ ─ 3월 23일

송노가 돌아왔다. 함열의 관인과 함께 빈 가마니 1백 개를 싣고 왔다. 또 이번에 양산의 집에 맡겨 둔 벼 2말을 미역 43동으로 바꿔 오게 했다. 그런데 1동이 겨우 한 움큼 정도라 많지가 않다. 집에 반찬거리가 없어서 이것으로 아침저녁 반찬을 만들려고 한다.

저녁에 생도미를 지고 팔러 다니는 자가 마을을 돌면서 외치고 지나갔다. 아이들이 도미를 먹고 싶은 마음을 참지 못하고 사달라고 간청했다. 이에 거친 벼 2말을 주고 2마리를 사서 탕을 끓여 함께 먹었다. 계집아이들도 싫어하지 않으니, 웃음이 나왔다. 한참 먹고살기 어려운데 또 하루 먹을 양식을 소비했으니, 사람의 욕심을 억제하기가 이와 같이 어렵구나.

◎ ─ 3월 26일

내일 환곡을 나누어 준다고 들었다. 그래서 아침에 집사람에게 편지를 쓰게 해서 계집종 분개를 시켜 관아의 군수 부인에게 보내게 했는데, 답장에 내일 단자單子(필요한 사항을 간단하게 적은 문서)를 올리면 어느 정도는 응당 나누어 주겠다고 했단다.

저녁에 이웃에 사는 사노私奴 만수의 처가 와서 집사람을 보고 날꿩 1마리를 바쳤다. 늙으신 어머니께 올리려고 한다. 몹시 기쁘다. 다만 군수에게 간청할 일이 있어서 그리했으니, 이것이 안타깝다. 하지만 이미 받아서 물릴 수도 없기에 일단 받아 두었다. 들어주거나 그렇지 않거나 간에 내일 응당 집사람에게 편지를 쓰게 해서 군수 부인에게 뜻을 전하려고 한다. 누에가 비로소 한 잠을 잤다.

계집종 향비가 머리가 깨져 들어오다

◎ — 4월 5일

허찬이 하루를 머물고 한양으로 출발한다고 하기에, 편지를 써서 생원(오윤해)과 시직(오윤겸)에게 전하게 했다. 예산 김한림(넷째 매부 김지남)의 사내종도 돌아가려고 하기에 편지를 써서 보냈다. 안악의 사내종 중이는 내일 장에 가서 양식을 사서 모레 돌아간다고 하니, 편지를 써서 윤함에게도 보내야겠다.

나는 지금 끼니를 잇기 어려워 함열에 가서 그 참에 아는 곳에서 양식을 빌려 돌아올 계획이다. 밥을 먹은 뒤에 떠나서 배로 남당진을 건넜다. 중간에 비를 만나 옷이 젖어서 숭림사로 들어가 비옷을 얻으려고 했다. 마침 남궁 씨 등이 그 문중의 어른인 남궁첨정僉正(관아의 종4품 벼슬)을 모시고 각자 점심을 지닌 채 절 누각에 모여 있었다. 정도를 던지거나 바둑을 두거나 활쏘기를 하면서 젊은이와 늙은이가 다 모였다. 내가 우연히 들어가니 나를 맞이해서 자리에 앉혔다. 모두 평소 알던 사람들이라 내게 음식을 나누어 주었다.

◎ ― 4월 16일

송노와 눌은비에게 어제 다 매지 못한 곳을 김매게 했다. 오전부터 비가 내리더니 느지막이 많이 내렸다. 오랜 가뭄 뒤에 이처럼 큰비가 내렸으니, 밀과 보리가 살아날 뿐만 아니라 지대가 높고 마른 논에도 거의 물을 댈 수 있겠다. 농사의 기쁨을 어찌 이루 다 말할 수 있겠는가. 비가 밤새 그치지 않았다.

◎ ― 4월 20일

들자니, 왜를 봉해 주는 명나라 사신이 이미 강을 건너 가까운 시일에 한양에 도착한다고 한다. 지금 같은 농사철에 지나가는 고을마다 반드시 소란스러움이 많고 요역이 매우 번거로울 것이니, 백성이 생업을 잃는 것은 반드시 이 때문이다. 참으로 안타깝다. 그러나 왜적이 이로 인해 바다를 건너간다면, 온 나라의 기쁨과 경사를 어찌 말로 다 할 수 있겠는가.

◎ ― 4월 24일

환곡을 나누어 준다고 하기에 군수에게 편지를 보내 넉넉히 달라고 간청했더니, 창고에 쌓아 둔 곡식이 풍부하지 않아서 넉넉히 줄 수 없지만 어느 정도는 주겠다는 답장이 왔다. 그래서 즉시 송노를 시켜 단자를 올렸더니 단지 10말뿐이었고, 다시 되어 보니 7말 5되였다. 아침저녁 끼니로 먹기에도 어려울 뿐만 아니라 제삿날이 가까워 오는데 제삿술도 아직 빚지 못했다. 아주 민망하고 걱정스럽기 그지없다. 그러나 집사람이 군수 부인에게 제수를 구하니, 찹쌀 3되와 꿀 5홉을 구해 보내왔다.

◎ ─ 4월 27일

향비가 일이 있어 군에 들어오기에 앞서 그 남편의 본처에게 시기를 받아 옷이 다 찢기고 머리카락이 모두 뽑혔으며 뒤통수가 깨져 옷이 흥건할 정도로 피가 흘러 집에 누워 있다고 한다. 즉시 노복들에게 가서 보게 했다. 마침 군수가 없었기 때문에 향소에 고해서 그 본처를 잡아 가두게 했는데, 도망쳐서 잡지 못하고 그 어미를 가둔 뒤 군수가 관아로 돌아오기만 기다렸다.

◎ ─ 4월 29일

송노와 눌은비 및 품팔이꾼 등 모두 7명을 시켜 먼저 언답(바닷가에 제방을 쌓거나 저수지의 물을 빼고 개간한 논)을 매게 하고 그다음에 길가 둔답을 매게 했는데 끝내지 못했다. 어제 함열에서 으레 보내 주는 쌀이 왔기 때문에 양식이 생겨서 김을 맨 것이다.

새벽에 아우와 함께 아버지 제사를 지냈다. 다만 꿀을 많이 얻지 못해 유과를 만들지 못하여 면과 떡, 포와 젓갈, 여섯 가지 탕을 올렸을 뿐이다. 과일 또한 구하지 못해서 겉잣 1그릇뿐이었다. 타향을 떠돈 지 4년이 되도록 여러 아우와 누이, 여러 자손과 한 집에서 제사를 지내지 못하고 있다. 예전의 일을 추억하면 몹시 비통한 마음을 가눌 수 없다.

덕노에게 향비를 군수 앞에 업고 들어가게 해서 그 상처를 살피게 했다. 군수가 즉시 전덕인과 그 본처를 잡아다가 전덕인에게는 장형 20대를 치고 그 본처는 머리채를 잡아끌고 몇 번 조리를 돌린 뒤에 항쇄(목에 씌우던 형틀)를 채워 가두었다. 조금이나마 분한 마음이 풀렸다.

◎ ─ 5월 2일

양식이 없었기 때문에 송노 홀로 김을 매게 했다. 어제 고치를 땄는데 합해서 되어 보니 17말이었다. 지난해에는 22말이었는데, 올해는 5말이 부족하다.

저녁에 사내종 막정이 함열에서 돌아왔다. 으레 보내 주는 벼 2섬과 쌀 3말을 실어 왔다. 다만 벼는 3말 5되, 쌀은 2되가 줄었다. 젓갈 작은 1항아리, 생준치 5마리, 소주 3선을 따로 보내왔다. 바로 아우 언명과 함께 각각 한 잔씩 마시고 저녁에 또 한 잔을 마셨다. 일전에 함열에 수탉을 보내면서 거기서 지내고 있는 인아에게 다른 수탉으로 바꾸어 보내라고 했는데, 마침 잘 우는 수탉이 없어서 암탉을 보내왔다. 이제 막 알을 낳았으니 씨닭으로 삼으려고 한다. 다만 집에 새벽을 알리는 수탉이 없어 안타깝다.

◎ ― 5월 4일

들건대, 동궁께서 인후병과 이질을 같이 앓으신 지 스무날이 되었는데 아직 차도가 없어 모두 걱정하고 안타까워한다고 한다. 왜를 봉해 주는 명나라 사신이 지난 28일에 한양에 들어왔는데, 오래 머물 생각으로 막료와 군졸을 많이 데려왔고 자질구레한 물건을 실은 수레가 몹시 무겁고 커서 운반하기 어려우니 나라의 물력으로는 유지할 수 없을 것이라고 한다. 겨우 살아남은 힘없고 가난한 백성이 어떻게 감당하겠는가. 남쪽으로 내려올 때 충청도와 전라도가 또 분명 소란스러울 것이다. 더욱 근심스럽다.

◎ ― 5월 5일

동생과 함께 일찍 제사를 지냈다. 시직(오윤겸)이 한양에 있어서 직접 묘소에 가서 제사를 지내겠다고 했다. 그래서 조부모와 죽전 숙부의 제사는 지내지 않았다.

◎ ― 5월 9일

오후에 함열에 사는 백성 양윤근의 처가 제 아들을 데리고 청주 2병, 찰떡 1상자, 세 가지 어육 안주 1상자, 중간 크기의 생민어 1마리를 가지고 와서 보았다. 양윤근이 여러 번 물건을 바쳤는데 달리 보답한 적이 없으니, 한편으로는 미안하다. 그는 분명 내가 함열 현감의 장인이므로 훗날 긴급한 역을 면하고자 하려는 생각일 게다. 이는 내 힘으로 어찌할 수 있는 일이 아니지만 거절할 수도 없으니, 몹시 걱정스럽다.

마의를 불러 침을 놓다

◎ ― 5월 13일

오늘 결성에 가려고 했는데 말이 다리를 절 뿐만 아니라 비가 그치지 않아서 그만두었다. 근처에 마의馬醫가 없어서 다리를 절고 있는 말에게 지금까지도 침을 놓지 못하고 있으니 답답하다.

◎ ― 5월 22일

오늘은 바로 장인의 제삿날인데, 시윤(처남 이빈의 장남)이 제사를 지냈는지 모르겠다. 아내가 제사를 지내기를 간절히 바랐는데, 집에 물품이 한 가지도 없어 지내지 못했다. 한탄한들 어찌하겠는가.

노비 셋에게 김매기를 마치지 못한 둔답을 매서 끝내게 했다. 막정을 소지에게 보내 준치를 보리 6말로 바꾸어 오게 했다. 내일 김매는 사람들에게 쓰기 위해서이다.

◎ ― 5월 24일

저녁에 막정이 돌아왔다. 다음 달에 보내 줄 쌀 4말을 먼저 얻어 가지고 왔으니, 10말의 쌀이 이제 다 왔다. 내일이 어머니 생신이니, 관아에서 술과 반찬 및 떡을 준비해서 일찍 보내겠다고 한다. 딸이 요새 기운이 편치 않아 음식을 매우 싫어하고 먹지 않던 음식을 먹고 싶어 한다고 한다. 그 증세를 들으니 분명 태기인 듯싶다. 몹시 기쁜 일이다. 다만 자방(신응구) 또한 편치 않은 지 오래되었는데 차도가 없다고 하니 염려스럽다.

다리 저는 말이 아직도 낫지 않아서 다시 마의를 불러다가 침을 놓게 하니 하얀 고름이 나왔다고 한다. 이달 안에는 낫지 못할 것이니, 답답한 일이다.

◎ ― 5월 25일

흰 모시적삼을 만들어 어머니께 드렸다. 오늘은 바로 어머니 생신인데 궁핍해서 어찌할 방도가 없으니, 그저 함열에서 보내 주는 것만 기다릴 뿐이다. 오후에 함열 관아의 사내종과 관인이 왔는데, 두 가지 떡 2상자, 여러 가지 과일 1상자, 여러 가지 생선과 고기구이 1상자, 각각의 절육(얄팍하게 썰어 양념장에 절여 익힌 고기) 1상자, 백미 2말, 새우젓 1항아리, 뱅어젓 1항아리를 싣고 왔다. 곧바로 신주 앞에 올리고 어머니께 드렸다. 몹시 기쁘고 고맙기 그지없다. 함열에서 물품이 오지 않았다면 어머니 생신을 그냥 보낼 뻔했다. 온 사람들에게 술과 음식을 내주었고, 관아의 사내종에게는 버선 1켤레를 주어 보냈다.

◎ ─ 5월 26일

서쪽 창밖 처마 옆에 있는 살구나무에 열매가 누렇게 익었는데 바람 때문에 떨어져 있었다. 즉시 주워 오라고 했더니 광주리에 가득 담아 왔다. 아이들이 먹고 싶은 만큼 실컷 먹었다.

송노에게 논을 매게 했다. 눌은비가 병을 핑계로 누워서 일어나지 않고 있으니, 몹시 괘씸하다. 잡아 오게 하여 종아리를 쳐서 미련함을 꾸짖었는데도 여전히 고치지 않으니, 더욱 통탄스럽다.

학질을 없애는 세 가지 방법

◎ ─ 6월 2일

지금 어머니께서 학질을 앓으시어 학질을 빨리 없애는 세 가지 방법을 써 보았다. 하나는 복숭아 열매를 주문을 외며 먹는 것이고, 다른 하나는 오래된 신발 밑창을 불에 태워 가루로 만들어서 물에 타서 먹는 것이며, 또 다른 하나는 제비 똥을 가루로 만들어 술에 담가 코 밑에 대고 냄새를 맡게 하는 것이다. 이는 모두 옛날부터 썼던 방법으로, 효력이 가장 잘 나타나고 하기에도 어렵지 않다. 그러나 어머니께서 아침 식사를 마치자마자 기운이 편치 않았다. 잠시 뒤 잠깐 동안 몸을 조금 떨더니 도로 열이 올라 종일 뒤척이며 머리가 몹시 아파 말씀도 잘 못하고 죽도 드시지 못했다. 저녁에 발제(머리털이 자라는 경계)에서 땀이 났는데도 오히려 나아지지 않았다. 이곳저곳 떠돌아다닌 4년 동안 가을과 여름이 되면 매번 이 병을 앓으신다. 몹시 한탄스럽다.

◎ ― 6월 6일

송노와 눌은비가 모두 병을 핑계로 김을 매지 않는다. 괘씸하고 얄밉다. 어머니의 학질 증세가 오늘로 다섯 번째인데, 조금 나아진 듯하고 몸도 떨지 않는다. 다만 열이 조금 나고 속머리가 조금 아플 뿐이다. 오늘도 세 번이나 학질 떼는 방법을 썼다. 빨리 낫고 잠깐씩 아프시니 이제 아주 떨어질 듯하다. 그 기쁨을 어찌 말로 다 할 수 있겠는가.

◎ ― 6월 9일

초복이다. 밤이 길어지기 시작했다. 날이 흐리고 비가 내렸다. 꼭두새벽에 송노가 달아났다. 요새 힘써 김을 매지 않고 오랫동안 병을 핑계로 일어나지 않아서 매번 분통한 마음을 품고 한번 그 게으름을 꾸짖을까 하면서도 참아온 지 오래였다. 그런데 이와 같은 농사철에 김도 다 매지 않은 채 내버리고 도망쳤으니, 더욱 분통이 터진다. 훗날 붙잡으면 응당 그 고약함을 징계할 것이다. 세벌매기(벼를 심은 논에 마지막으로 하는 김매기)를 아직 끝내지 못했는데 눌은비도 가슴 통증이 낫지 않아 집안에 호미를 들 자가 없다. 필시 사람을 얻어 품삯을 주고 김을 매야 하는데 양식도 떨어져서 그럴 수 없는 형편이니, 파종한 논밭이 장차 황폐해질 것이다. 더욱 지극히 괘씸한 마음이 든다.

이른 아침에 암탉을 둥지에서 내렸는데, 병아리 17마리를 깠고 알 2개는 썩어서 부화되지 못했다.

◎ ─ 6월 11일

지난밤에 이웃집 고양이가 와서 병아리를 해치려고 하여 어미 닭이 울기에 놀라 깨서 쫓아냈다. 다행히 닭장이 매우 견고해서 물어 가지는 못했다. 밤마다 해를 끼치기에 함정을 만들어 잡으려는데 틀을 설치할 수 없으니, 매우 분통이 터진다.

◎ ─ 6월 20일

이른 아침에 큰비가 내리고 천둥이 치다가 비로소 느지막이 그쳤다. 3명에게 김을 매게 했는데 끝내지 못했다.

저녁에 병마절도사가 이 고을을 순시했다. 한산에서 별좌 이덕후의 집에 들렀다가 술에 취해 부축을 받으며 이곳을 지나갔는데, 앞뒤로 호위를 받으며 갔다. 병마절도사의 성명은 원균으로, 난리 초기에 경상 우수사가 되어 많은 공로를 세워서 순서를 뛰어넘어 2품으로 승진했다. 그런데 전라 좌수사 이순신과 사이가 벌어져 서로 저촉되는 일이 많다 보니 형세상 서로 용납하지 못하여 충청도의 병마절도사로 관직을 옮긴 것이다.

◎ ─ 6월 25일

소이질지가 결성에서 일찍 돌아오면서 시직(오윤겸)의 편지를 가져와 바쳤다. 편지를 보니 22일에 한양으로 올라갔다고 한다. 그 처가 지난 15일에 해산할 때 별 탈이 없었는데, 다만 또 딸을 낳았다고 한다. 날마다 아들 낳기를 바랐는데 결국 헛된 바람이 되었으니, 몹시 불행한 일이다.

◎ ─ 7월 3일

할머니의 제삿날이다. 면과 떡, 밥과 국을 장만하여 제사를 지냈다. 종가 자손이 모두 죽어서 달리 제사 지낼 사람이 없다. 다만 오정일의 막내아우가 있어 지금 해주 고향 마을에 있지만, 필시 기억해서 제사를 지내지는 못했을 게다. 게다가 어머니가 여기에 계시니 그냥 지나갈 수가 없어서, 힘닿는 대로 준비해서 겨우 제사를 지냈다. 다만 제수를 갖추지 못했다. 성대한 시절을 회상해 보면 각 집에서 돌아가면서 힘써 극진히 준비했는데, 지금은 그럴 수가 없다. 슬픈 마음을 견디지 못하겠다.

◎ ─ 7월 7일

오늘은 또 명절이라 잠깐 술과 떡, 어적을 차려 놓고 신주 앞에 제사를 올렸다. 이어 어머니께 음식을 드리고, 나머지는 처자식과 같이 먹었다.

◎ ─ 7월 9일

말복이다. 김매는 일이 시급해서 며칠 전 함열에서 얻은 양식을 일꾼들에게 다 써 버렸다. 그 때문에 어제부터 양식과 찬거리가 모두 떨어졌다. 오늘 저녁에는 죽을 쑤어 반 그릇을 어머니께 드리고 처자식에게는 밀가루 조금으로 국을 만들어 나누어 먹었다. 매우 답답하다.

◎ ─ 7월 12일

저녁에 한양에 갔던 함열의 관인이 내려오는 길에 시직(오윤겸)의 편지를 가지고 와서 전해 주었다. 펼쳐 보니, 무탈하고 지난 5일에 부솔副率(세자를 보필하는 정7품직)로 승진했다고 한다. 기쁘다. 다만 벼슬길에 어려운 일이 많아서 서늘한 가을이 되면 시골로 돌아오겠다고 한다.

◎ ─ 7월 16일

도망간 사내종 송노와 그 아우 가응이금이 와서 뵈었다. 얼마전에 시직(오윤겸)이 올라갈 때 칭념하라고 했는데, 지금 들으니 명나라 사신의 종사관이 내려올 적에 칭념했다고 한다. 필시 시직이 종사관인 첨정 이수준에게 칭념했기 때문일 것이다. 송노의 어미와 삼촌 박수련과 그 사촌형 수은 등이 갇혔기 때문에 와서 모습을 드러냈으니, 마음이 통쾌하다. 즉시 송노에게 70대를 때려서 경계했고, 가응이금은 답을 받고 돌려보내면서 내달 안으로 그 아우 정림과 함께 신공을 바치러 오도록 엄하게 타일렀다. 소고기를 조금 얻었기에 막정을 시켜 임천으로 보내려고 했는데, 마침 송노가 왔기 때문에 막정을 보내지 않고 송노 형제만 보냈다.

◎ ─ 7월 21일

꼭두새벽에 사내종 송노에게 함열에서 빌려 온 말을 가지고 결성에 가게 했다. 그런데 5리도 못 가서 그 말도 다리를 절어 돌아왔기에 어쩔 수 없이 도로 함열로 보냈다.

이웃에 사는 조응개가 군수에게 미움을 받아 체포되었는데, 매를 맞을까 심히 두려워했다. 내게 군수를 만나 대신 용서를 청해 달라고 부탁했다. 그래서 오후에 관청으로 들어가 군수를 만나 조응개의 일을 간곡히 부탁했더니 용서해 주겠다고 했다. 돌아오는 길에 한산에 사는 마의를 만났다. 그를 불러서 다리를 저는 말에 침을 놓게 하고 소주 한 잔을 먹여 보냈다. 또 뒷날에 와서 봐 달라고 했다.

윤겸이 평강 현감에 임명되다

◎ ─ 8월 2일

해주 윤함의 편지를 청양에 전하자, 청양에서 또 운곡의 주지

승 법련에게 전해 보냈다. 그러므로 법련이 상좌승인 지인을 통해 보내왔다. 즉시 펴 보니 바로 지난 6월 1일에 보낸 것인데, 이제야 도착했다. 그러나 온 집안이 모두 무사하고 윤함의 처가 지난 5월 7일에 무사히 아들을 낳았다고 하니, 매우 기쁘다.

◎ ─ 8월 4일

윤겸의 편지를 보니, 지난달 26일 평강 현감에 임명되었다고 한다. 평강현은 당초 적의 소굴로 분탕질이 특히 심해서 백성은 백 명도 안 되고 곡식도 백 섬도 되지 않으며 현감은 초가를 빌려 지내면서 음식을 빌어먹으며 목숨을 이어 간다고 했다. 또 전 현감 때에 쇠잔한 백성을 생각하지 않고 포수를 많이 뽑아 170여명에 이르렀는데, 이로 인해 겨우 살아남은 백성도 모두 다 흩어져 다른 곳으로 가 버려 손을 쓸 계책이 없다고 했다. 듣고 나니 놀랍고 한탄스러움을 이기지 못하겠다.

◎ ─ 8월 7일

아침에 사내종 송노를 함열로 보냈다. 저녁에 가만히 들으니, 돌아오지 않고 옥춘의 집에 숨어 있다고 한다. 내가 직접 가서 찾으니, 울타리 밑에 숨어 있다가 나를 보고는 횃불을 들고 급히 도망쳤다. 분한 마음을 참을 수가 없다. 지난봄부터 계집종 분개와 몰래 간통하고 있었다는데, 비록 듣기는 했어도 그럴 거라고 여기지 않았다. 이번에 막정이 나가기를 기다렸다가 같이 도망가기

로 하고 오늘 밤을 기약했는데, 먼저 실정을 알아차리고 집사람
이 분개의 방에 들어가 조사해 보니 의복 등의 물건을 이미 보따
리에 싸서 몰래 송노에게 주어 다른 곳에 옮겨 놓았다. 아주 몹시
가증스럽다. 분개를 붙잡아서 규방에 가두고 밖의 문을 모두 잠
근 뒤에 강비에게 분개와 같이 자게 했다. 우리가 깊이 잠들기를
기다렸다가 도망갈까 해서이다.

◎ ─ 8월 8일

지난밤에 송노가 몰래 분개가 있는 규방 밖에 와서 구들장을
파내고 분개를 데려가려고 했는데 그렇게 하지 못했다. 또 마구
간 밑의 땅을 몰래 파서 흙을 쌓아 끌어내고 분개의 의복을 그곳
에 도로 버렸다. 매우 분통이 터진다. 오늘 밤에 반드시 단단히 가
둔 뒤에야 몰래 끌고 갈 근심이 없을 것이다. 또 한복을 함열로
보내 양식을 구해 오게 했다. 아울러 딸에게 사내종을 보내 분개
를 데려가서 관아에 가두어 도망가지 못하게 하도록 했다.

◎ ─ 8월 9일

처사촌 여실(이분)이 함열에 갔다. 소 1마리를 찾기 위해서이
다. 오후에 한복이 돌아왔다. 관아의 사내종이 말을 가지고 왔는
데, 벼 1섬을 싣고 왔다. 그 참에 관아의 사내종에게 분개를 데리
고 가게 했다. 만약 여기 있으면 송노가 불러서 데려갈까 염려되
었기 때문이다.

저녁에 막정이 결성에서 돌아왔다. 임아 어미(큰아들 오윤겸의 아내)가 조 12말과 올벼 12말을 실어 보냈다. 막정이 와서 분개의 일을 듣고 그 분함을 이기지 못해 저녁도 먹지 않고 굶은 채 잤다.

◎ ─ 8월 11일

막정이 분개가 딴마음을 품은 뒤로 항상 마음을 쓰고 한밤중에 번번이 울며 음식도 먹지 않는다. 오늘 저녁에는 식음을 전폐하고 소리 내어 통곡하니, 마음의 병이 있는 듯하다. 하는 수 없이 분개를 도로 불러온 뒤에야 그 마음을 위로할 수 있을 듯하니, 한편으로는 우습다. 내일 함열에 보내 분개를 불러오게 할 생각이다.

◎ ─ 8월 15일

닭 2마리를 잡고 탕과 구이 및 술과 과일, 떡, 안주 등의 물품을 차려 신위에 제사를 지냈다. 밤새 비가 그치지 않았는데, 아침에도 날이 개지 않았다. 이웃 마을 사람들이 술과 안주와 과일, 밥과 탕 등을 준비해 와서 바쳤다. 저녁에 막정이 분개를 데리고 돌아왔다. 함열에서 백미 1말, 찹쌀 5되, 닭 1마리, 수박 2개를 보냈다. 어제 받아 왔으나 비 때문에 올 수 없어서 오늘 저녁에야 돌아온 것이다. 막정이 분개를 본 뒤부터 몹시 기뻐한다. 매우 우습다.

단아가 이달 초부터 도로 학질에 걸렸는데, 그다지 심하게 앓지는 않았다. 그러나 오늘은 심하게 앓으니, 매우 걱정스럽다.

◎ — 8월 18일

집사람이 지난달 보름부터 피풍皮風(피부에 일어나는 풍병)이 몸에 가득하여 계속 긁어 대면서 간절히 초수椒水에서 목욕하고 싶어 했다. 오늘 낮에 성 북쪽 10리 밖에 있는 초정椒井으로 데리고 가서 두 번 목욕하고 돌아왔다. 전에 들으니, 군수와 그 부인이 사흘을 내리 가서 목욕하여 제법 효험을 보았다고 한다. 그래서 사람들이 모두 앞다투어 목욕하고, 효험을 본 사람도 많았다. 피풍, 배한背寒(등에 추위를 느끼는 증상), 슬한膝寒(무릎이 시리고 아픈 증상), 습증濕證(습기로 인해 생기는 병) 같은 질병에도 매우 효험이 있다고 한다. 집사람이 목욕할 수 있게 하려고 이른 아침에 군수에게 편지를 보내서 하인으로 하여금 먼저 볕을 가리는 장막을 가져다가 치게 하고 다른 사람을 금지시키게 한 뒤에 갔다. 계집종들도 목욕을 하고 싶어 했기에 옥춘, 분개, 강춘, 복이가 따라갔다.

◎ — 8월 20일

집사람이 초정에서 목욕한 뒤로 피풍이 3분의 2나 줄었다. 다만 땔나무가 없어서 구들을 따뜻하게 하지 못하여 땀을 내지 못한 지 이미 오래라 기운이 매우 편치 않고 다리의 힘이 연약해졌다고 한다. 도리어 화기가 상할까 몹시 걱정스럽다.

◎ — 8월 25일

아침에 세동의 좌수 조욱륜이 편지를 보내 이야기나 나누자고 나를 불렀는데, 마침 벼 수확을 살피는 일 때문에 사양했다. 다시 사내종에게 편지를 들려 간절히 부르기에, 하는 수 없이 벼 수확을 다 끝낸 뒤에 말을 타고 갔다. 오늘이 바로 좌수의 생일이어서 그 자제들이 환갑연을 베풀었기 때문에 부른 것이었다. 저녁이 되어 배불리 먹고 취해서 돌아왔다.

좌수가 내게 조홍시 10여 개, 삶은 밤, 생대추, 침시(우린감, 소금물에 담가서 떫은 맛을 없앤 감), 찐 게 7마리 등을 주면서 어머니께 드리라고 했다. 한 상자에 가득 담아 와서 즉시 어머니께 드렸다. 조홍시 4개를 드시니, 몹시 기뻤다.

◎ ─ 8월 27일
전날 벤 중벼를 오늘 비로소 다 거두어 바로 되어 보니, 모두 3섬 10말이다.

송노와 분개, 마침내 도망가다

◎ ─ 9월 3일
분개가 어젯밤에 도망갔다는 말을 들었다. 바로 송노가 몰래 와서 틈을 엿보아 데리고 간 것이다. 분함을 참을 수 없지만 어쩔 수 없다. 훗날 붙잡는다면 죽이고 용서치 않으리라. 막정은 길에서 학질을 얻어 앓고 있었는데, 제 처가 도망갔다는 말을 듣고 밥도 안 먹고 굶은 채 자니 우습다. 그러나 마음으로는 제 처가 한 짓을 비난하지 않으면서 같이 자리한 이웃 사람에게는 낌새를 눈치채고 있었던 한통속이었다고 탓하며 시끄럽게 시비를 걸어 대니, 한편으로는 매우 괘씸하고 얄밉다.

◎ ― 9월 6일

막정이 제 처가 도망간 뒤로 먹지 않기로 마음을 먹고 머리를 싸맨 채 방으로 들어가 병을 핑계로 나오지 않은 지 벌써 나흘째이다. 더욱이 학질까지 앓고 있으니, 큰 병이 날까 걱정스럽다. 중벼를 거두어 되어 보니, 모두 2섬 18말이다. 전날 수확한 것과 합하면 모두 6섬 8말이다.

◎ ― 9월 9일

중양절이다. 술과 떡, 과일 세 가지를 준비하고 닭 2마리를 잡아서 탕과 구이를 장만하여 신주 앞에 제사를 지냈다. 아우 언명이 어제 왔어야 했는데 오지 않았다. 무슨 일인지 모르겠다. 오늘 함께 앉아서 취하려고 했는데 뜻을 이루지 못했다. 몹시 안타깝다.

◎ ― 9월 10일

백광염이 술과 안주를 가지고 찾아왔기에 동생과 함께 마셨다. 평강에서 온 사람을 함열로 보냈다. 막정이 오늘도 일어나지 않았다. 집안의 소소한 일도 병을 핑계로 하지 않은 채 오랫동안 상전을 원망하는 마음을 품고서는 제 처가 버리고 도망간 것은 탓하지 않으니, 한편으로는 매우 밉살스럽다.

◎ ─ 9월 11일

이 군의 군수가 명나라 사신을 접대하는 일 때문에 공산(공주)에 갔다. 또 한산의 겸관으로서 한산의 일 때문에 순찰사에게 5대의 장을 맞았다고 하니, 매우 애석한 일이다. 명나라 사신이 오늘 이미 은진을 지나갔기 때문에 군수가 돌아왔다. 임천에서의 명나라 사신 접대에는 아무 일도 없었다고 한다. 다만 사신 일행이 지금 여산에 도착해 있는데, 여산에서의 사신 접대는 함열에서 담당하니 경과가 어떠한지 모르겠다. 몹시 걱정스럽다. 또 들으니, 이번 상사의 행렬은 이전 부사 때 같지 않아서 거느리고 온 자들이 몹시 많다고 한다. 또 아랫사람들을 단속하지 않아서 여러 가지로 폐단이 많고 사신을 대접하는 데 쓸 물품을 약탈하니, 여러 고을 수령 중에 욕을 보지 않은 이가 없다고 한다.

게으른 노비에게 매를 들다

◎ ─ 9월 19일

함열 현감 자방(신응구)이 어제 편지를 보내, 이별좌(이덕후)와

남궁영광(남궁견)과 강에서 모이기로 약속했다며 나에게 이별좌의 집으로 일찍 와서 그와 함께 배를 타고 내려오라고 했다. 그런데 마침 말이 노쇠하고 사내종이 병들어서 좋은 모임에 참석할 수 없었다. 몹시 안타깝다.

덕노, 눌은비, 강비 등을 시켜 모를 옮겨 심은 논의 벼를 베어 펴서 말리도록 했는데, 끝내지 못했다. 눌은비가 게으름을 피우고 힘을 다하지 않았기 때문에 매를 때려 경계했다.

◎ — 9월 27일

요새 사내종들이 병을 핑계로 추수하는 일에 힘쓰지 않아서 수확할 때마다 사람을 사서 값을 주고 일을 맡기다 보니 위아래로 든 비용이 더욱 많았다. 추수하는 일이 이제 막 끝났는데 수확한 곡식을 이미 절반이나 써 버렸으니, 겨울이 되기 전에 분명 이전처럼 매우 궁핍한 근심이 있게 될 것이다. 탄식한들 어찌하겠는가.

◎ — 9월 29일

말 1필과 사내종 하나를 데리고 용안으로 향했다. 배로 무수포를 건너 용안성 밖에 이르러 먼저 사내종 덕노에게 이름을 전하게 했으나, 막아서 전할 수 없었다.

날이 저문 뒤에 용안 현감이 낭청방에서 손님을 접대하기에, 또 문지기를 시켜 어렵게 이름을 전했다. 현감이 나를 들어오라고 부르기에, 즉시 들어가 보고 서로 묵은 회포를 풀었다. 매우 기쁘고 위로가 되었다. 셋째 아들 윤함이 집에 도착했다는 말을 들었다. 그런데 날이 저물어 곧장 돌아가지 못했다.

◎ —9월 30일

용안 현감이 내게 가을보리 4말 5되와 말린 민어 1마리를 주고 또 술 한 잔을 마시게 했다. 덕노를 시켜 얻은 보리를 짊어지게 하고 현감과 훗날 만나기로 기약한 뒤에 작별하고 왔다.

나루에 도착하니 마침 배가 작은 언덕에 정박하고 있었다. 그 배가 돌아오기를 기다리니 날이 이미 저물었다. 덕노가 학질을 앓아서 어렵게 나루를 건너 집에 도착했다.

집에 도착하여 윤함을 보니 몹시 기쁘다. 지난해 3월에 해주로 갔다가 오늘 돌아왔으니, 19개월 만에 비로소 돌아온 셈이다. 집에 와서 들으니, 함열에서 또 보리 종자 5말을 보내왔다.

◎ — 10월 9일

좌수 조응립이 훈도 조의와 함께 대조사에서 두부를 만들었다. 아침 일찍 사내종과 말을 보내서 우리 형제를 부르기에 즉시 언명과 함께 절에 올라가 배불리 먹고 걸어서 돌아왔다. 소지와 이광춘도 참석했다. 이전에 약속했기 때문이다.

상판관(상시손)의 집에서 소를 잡아 판다기에 콩 2말 5되를 보내 고기 2조각을 얻어 왔는데, 겨우 어린애 손바닥만 하니 우

습다. 그러나 노모께 드리기 위해 어쩔 수 없이 사 왔다. 소지가
집으로 돌아갈 때에 들렀다. 큰 잔으로 술 두 잔을 대접해서 보
냈다.

◎ — 10월 16일

소지가 왔기에 떡을 대접해서 보냈다. 단아가 그제부터 머리
가 아프다고 하는데, 아직도 차도가 없어 전혀 음식을 먹지 못하
고 있다. 매우 걱정스럽다.

◎ — 10월 17일

지난밤 삼경(23~1시) 뒤에 함열에서 사람과 말이 와서 딸이
이른 아침에 돌아가게 되었다. 딸이 어머니와 두 동생과 작별할
적에 서로 붙들고 슬피 울었다. 여자가 시집가면 부모 형제와 멀
어지게 되니, 어찌 슬프지 않겠는가. 몹시 가련하다.

함열에 사는 양윤근의 아들이 술과 떡, 안주를 갖추어 3상자
를 가져와 바쳤다. 이전에도 두 번이나 술과 떡을 바쳤는데, 지금
또 이와 같이 바쳤다. 그 뜻이 후하지만 달리 갚을 방도가 없으니,
한편으로는 매우 미안하다. 그러나 간청하는 일이 있어 들어주지
않을 수 없으니, 탄식할 일이다. 편지를 써서 함열 현감에게 보내
기는 했는데, 부탁을 들어주고 안 들어주고는 함열 현감에게 달
려 있어 알 수가 없다.

환곡에 얽힌 소동

◎ — 10월 26일

저녁에 소지가 왔다. 소지가 환곡을 사창社倉(환곡을 저장하는 곳
간)에 바치는 일로 관아에 들어갔는데, 우리 집에서 받은 환곡을
바치지 못한 일 때문에 곤장 20대를 맞았다고 한다. 매우 불쌍하
다. 지난 봄에 소지의 이름으로 환곡을 받아먹었기 때문이다.

◎ — 11월 10일

이른 아침 좌수 조군빙(조희윤)이 편지를 보내 나를 부르기에
즉시 달려갔다. 시제를 지낸 뒤에 그 집안 친척들을 모아 놓고 술
자리를 베풀었는데, 내가 가까운 곳에 머물기 때문에 부른 것이
다. 생원 홍사고가 마침 지나가다가 들어와서 참석했다. 저녁 무
렵에 몹시 술에 취하고 배가 불러서 홍 공과 함께 나란히 말을 타
고 집으로 돌아왔다.

환곡으로 거친 벼 2섬 7말 5되와 벼 7말 5되를 사창에 바쳤다.
이제 모수耗數(축이 나서 줄어든 수량) 외에는 다 바쳤다. 류선각이
거친 벼 15말과 벼 2말을 보내 공채公債(나라에 진 빚)를 바치는 데
도움을 주었다. 매우 감사하다.

◎ — 11월 11일

전에 조윤공 아들의 장인이 매를 구하는 일로 평강에 간 적이

있었다. 그 참에 이웃에 사는 조응개의 청으로 편지를 써서 보냈더니, 그 사람이 평강(오윤겸)에게 편지를 전하여 좋은 매 1련을 얻었다. 평강이 그 사람 팔에 얹어 내게 매를 보냈고, 또 날꿩 2마리와 곰고기 포 10조도 보냈다.

평강의 편지를 펴 보니, 잘 지내고 있는데 다만 명나라 장수가 근래 고을에 온다는 선문先文(지방에 출장오는 벼슬아치의 도착 날짜를 미리 알리던 공문)이 왔기 때문에 뵐 기약이 점점 멀어진다고 했다. 또 이 매는 아주 좋은 것이니 다른 사람에게 쉽게 주지 말라고 했다. 그런데 이 사람이 편지를 가져와서 즉시 통보하지 않았을 뿐만 아니라 그 매를 자기가 갖기 위해 와서 이유를 고하지도 않고 회피하면서 나타나지 않는다. 몹시 괘씸하다. 그러나 평강의 일 처리도 허술하다고 할 만하다. 이처럼 다른 사람에게 전하게 하면서 어찌 경솔하게 곧장 매를 내주어 보낸다는 말인가. 몹시 이상한 일이다. 만약 저 사람이 끝내 돌려주지 않는다면, 응당 관아의 힘을 빌려 찾아올 작정이다.

◎ — 11월 22일

동지이다. 절일이기에 잠시 시제時祭(음력 2월, 5월, 8월, 11월에 지내는 제사)를 지내고 죽전 숙부께도 제사를 지냈다. 훈도 조의를 불러 술과 팥죽을 대접해서 보냈다. 제수를 얻기 위해 덕노를 함열로 보냈는데 오지 않았다. 그래서 제수를 갖추지 못하고 어육탕 두 가지와 구이, 면, 떡, 포, 젓갈만으로 제사를 지냈다.

◎ — 11월 25일

꼭두새벽에 집사람과 아무 상관도 없는 일을 말하다가 서로 따져 가며 한참 말싸움을 했다. 매우 우스운 일이다.

◎ — 11월 27일

군수가 둘째 매부 임경흠(임극신)이 여기에 왔다는 말을 듣고 사람을 시켜 안부를 물었다. 한림 조백익(조희보)이 와서 임경흠을 보았다. 조백익, 임경흠과 함께 관아로 들어가 군수를 만나려고 했는데, 군수가 병이 나 나오지 않았기 때문에 만나지 못하고 그냥 돌아왔다. 안타깝다. 올 때 생원 홍사고의 첩 집에 들어갔다. 억지로 그 첩을 나오게 해서 보고 이야기를 나눈 뒤 돌아왔다. 홍생원의 첩은 바로 공주의 기녀인데, 마침 홍생원이 집에 없었다. 저물녘에 집사람이 만두를 만들어 임경흠을 대접했다. 집에 찬거리가 없어서 닭을 잡아 썼다.

덕노가 함열에서 왔다. 들으니, 내 매를 가져다가 이튿날 날리자 공중에서 꿩 1마리를 잡기에 또 날렸더니 공중에서 꿩을 잡다가 땅에 떨어져 꺾여서 즉사했다고 한다. 안타까운 마음을 가눌 수 없다. 이같이 재주 있는 매는 앞으로 또 얻기 어려울 것이다. 일찍이 좌수 조응립과 약속하고 매를 무명 2필과 쌀 40말로 바꾸었는데, 함열에서 매를 잃었다는 말을 듣고 사람을 시켜 가져가려고 했다. 그래서 어쩔 수 없이 물려 보냈다. 하루도 안 되어 매가 죽었으니 더욱 안타깝다. 든건대, 함열이 매를 잃고 다시 얻었다고 하니 기쁜 일이다. 정어리 6두름을 또 얻어 왔다.

◎ ― 12월 1일

소지가 와서 보았다. 그에게 들으니, 내가 지난해에 받은 환곡을 다른 사람 이름으로 잘못 바쳤기 때문에 지금 바치라는 독촉을 받았다고 한다. 어쩔 수 없이 소지와 함께 들어가서 감관과 색리를 만나 본래 장부를 살펴본 뒤에 돌아왔다. 소지에게 술 두 잔을 대접해서 보냈다.

◎ ― 12월 6일

평강(오윤겸)이 오늘 돌아가려고 했는데 갑자기 떠나지 못했다. 내일은 반드시 떠날 것이다. 별좌 이문중(이덕후)이 술과 과일을 가지고 평강을 찾아왔다. 류선각도 와서 종일 이야기를 나누었다. 오후에 봉사 김백온(김경)이 와서 평강을 보았다. 저녁밥을 대접했고, 또 술을 마시며 꿩고기를 먹었다.

소지가 와서 보기에 그에게 아이들의 명지名紙(과거 시험에 쓰는 종이)를 자르게 했다. 명지 10폭은 함열에서 얻었고 2장은 여기 군수에게 구했으니, 모두 평강의 노력이다. 이문중이 평강에게 새로 담은 새우젓 1항아리를 주었다. 함열에 사는 딸이 사람을 시켜 오라비들의 안부를 물었는데, 와서 보지는 못하니 안타깝다. 하지만 형편이 그런 걸 어찌하겠는가.

사내종 막정의 죽음

◎ — 12월 12일

막정이 며칠 전부터 병세가 몹시 위중해서 음식을 먹지 않는 다고 하니, 분명 오래지 않아 죽을 것이다. 매우 불쌍하다. 덕노가 말미를 얻어 멀리 갔으니, 만약 가까운 날에 죽는다면 집에 일꾼 이 하나도 없어서 염하고 묻는 일을 시킬 만한 사람이 없다. 몹시 걱정스럽다.

◎ — 12월 16일

오후에 임천 집에서 대순을 시켜 편지를 보내왔는데, 어젯밤 초경(19~21시)에 막정이 죽었다고 한다. 애통하기 그지없다. 즉 시 출발해서 말을 타고 달려 남당진에 이르렀다. 마침 만조였기 때문에 쉽게 건널 수 있어서 집에 도착하니, 날이 아직 저물지 않 았다. 어머니도 요새 감기에 걸려 기침이 몹시 심한데, 식사량이 크게 줄어 낯빛이 수척해졌다. 몹시 답답하다.

◎ — 12월 18일

지난밤에 큰 눈이 내렸는데, 거의 반 자 정도 쌓여 산천이 모 두 하얗다. 꼭두새벽에 비로소 날이 개기 시작했고 아침에는 완 전히 개었다. 덕노와 한복, 그리고 또 이웃에서 품을 빌린 사람 등 3명에게 집 앞 수산도 남쪽 가 양지 바른 곳에 막정의 시신을 매장하게 했다. 또 허찬에게 가서 보게 했다.

막정은 본래 평양에서 살았는데, 14세에 붙잡아 와서 심부름을 시킨 지 이제 37년이 되었다. 여러 곳의 노비들에게 해마다 목화 번동(다른 물건끼리 값을 쳐서 셈을 따지는 일)을 하고 자식들의 혼인 때 남에게 요청하거나 빌리는 일 등을 도맡아 했다. 그런데 조금도 지체하거나 기만하여 제때 미치지 못하는 걱정이 없었으니, 나와 처자식이 난리 속에 피란하면서도 의지하여 일을 맡겼다. 그러나 지난해 이후로 명령을 따르지 않고 조금이라도 흡족하지 않으면 번번이 도망갈 생각을 하더니, 올해 들어 더욱 심했다.

마침 그의 처 분개가 도망간 뒤로는 상전을 원망하며 더욱 집안일을 살피지 않고 명을 따르지 않았다. 말에게 꼴을 먹이는 일도 전혀 살피지 않은 채 양식을 보자기에 싸서 자리 옆에 두고 달아날 생각을 한 것이 하루 이틀이 아니었는데, 병에 걸려 걸을 수 없었기 때문에 일단 여기에 머물렀던 것이다. 집안 식구들도 오래 있지 않으리라 생각하고 내버려 두었는데, 열흘 전부터 병세가 몹시 위중해져서 마침내 죽기에 이르렀으니 매우 불쌍하다. 근래 막정이 한 짓을 보면 죽어도 아까울 것은 없지만, 이전에 애쓴 일이 매우 많고 타향에서 객사했으니 애통함을 금치 못하겠다. 관을 준비해서 묻어 주고 술과 과일을 차려 제사 지내 주었다.

지난 계사년(1593, 선조 26) 가을에 계집종 동을비가 여기에서 죽었고 갑오년(1594) 겨울에 계집종 열금도 여기에서 죽었는데, 올해 막정이 또 여기에서 죽었다. 3년 사이에 몇 년 동안 집안에서 심부름하던 늙은 노비들이 모두 여기에서 죽어 묻혔으니, 더욱 슬프고 한탄스럽다. 그런데 열금의 죽음이 지난해 12월 15일 꼭두새벽이었는데 막정의 죽음 또한 올해 12월 15일 초경이니, 매우 괴이한 일이다.

분개가 근본을 어지럽히고 몰래 송노를 꾀어 데리고 도망을 갔으니, 막정이 이 때문에 마음을 쓰다가 병이 나서 죽은 것이다. 한 계집종이 집안을 어지럽혀 의지하던 두 사내종 중에 하나는 도망가고 하나는 죽어서 집안에 부릴 놈이 없으니, 뼈에 사무치도록 분개가 더욱 괘씸하다.

길흉을 점치다

◎ ─ 12월 21일

오늘 밤 추위가 몹시 심한데 구들장도 몹시 차가워 편안히 잘 수가 없다. 어머니께서도 이 때문에 기침이 전보다 더 심하다. 몹시 답답하다. 저녁에 아우 언명이 왔다. 그제 눈이 내려서 출발하지 않으려다가 어머니께서 편치 않으시다는 말을 듣고 눈길을 뚫고 말을 타고 달려왔다고 한다. 서로 만나니 기쁘고 위로가 됨을 어찌 말로 다 하겠는가. 어머니가 주무시는 방에 모두 모여 밤이 깊도록 이야기를 나누었다.

향비를 관아에 보내 군수에게 편지를 전하게 해서 새우젓과 술을 구했는데, 새로 담근 새우젓 3되와 누룩 2덩어리를 보내 주어 설에 쓸 술을 담갔다. 매우 감사하다. 군수 부인이 또 연어알 1종지를 보냈기에 즉시 익혀서 어머니께 드렸다. 새로운 물품이기 때문이다. 어머니께서 또 이것으로 밥을 드셨으니, 그 기쁨을 이루 말할 수 있겠는가. 함열에 사는 딸이 또 날꿩 1마리와 벽어 5마리를 보냈다. 벽어 1마리를 즉시 구워서 어머니께 드렸다. 오늘은 바로 납일臘日(조상에게 제사를 지내던 날)이다.

◎ ─ 12월 23일

별시別試(임시로 시행된 과거 시험) 방목을 살펴보니, 윤겸은 3등 제13위, 윤함은 제21위, 윤해는 제71위이다. 윤함의 친구인 조정호와 홍명원도 모두 높은 등수인데, 홍명원은 2등 제4위이다. 양응락만 홀로 낙방했으니, 애석하고 안타깝다. 만약 아이들이 급제한다면 반드시 먼저 기쁜 조짐이 있었을 텐데, 요새 길한 꿈을 꾸지 않아서 모두 낙방했으리라고 생각했다.

◎ ─ 12월 25일

날이 밝기 전에 지진이 나서 집이 흔들렸다. 하늘이 재앙을 내린 것을 후회하지 않아 이변이 계속되니, 앞으로 무슨 일이 있을지 모르겠다.

들자니, 흉적에게 아직 바다를 건널 마음이 없고 2명의 명나라 사신이 적의 진영에 머물면서 마치 갇혀 있는 듯 자유롭지 못하다고 하니 그들의 간사한 꾀가 여러 가지이다. 그런데 또 들으니, 하동 사람 강사준이 포로로 붙잡혀 일본에 머물러 있으면서 보낸 편지에 "내년 봄에 군사를 크게 일으켜 명나라로 가기 위해 지금 한창 군기軍器를 두드려 만드는데, 그 수를 헤아릴 수가 없습니다."라고 했단다. 이 때문에 인심이 놀라 동요해서 모두 피란 갈 생각만 한다. 우리 집안처럼 사내종도 말도 없고 또 피해서 갈 곳도 없는 사람들은 만약 하루아침에 변란이 일어나면 반드시 죽어 구렁을 메울 것이다. 좋지 않은 시대에 사는 걸 한탄할 뿐이다.

◎ ─ 12월 27일

아침에 함열 현감이 이복령을 불러 부인이 해산하는 일에 대해 길흉을 점치게 했다. 이복령이 "매우 길하니 귀한 아들을 얻을 것입니다."라고 했다. 또 내가 세 아이가 급제한 일에 대해 길흉을 점치게 하자, "평강(오윤겸)이 매우 길하고, 윤함이 그다음으로 길합니다."라고 했다.

전란 중에 더욱 빛을 발한 양반들의 네트워크

전쟁 중에도 오희문은 양반의 지위를 유지하면서 주변 사람들과 긴밀한 교유 관계를 유지하였다. 교통이나 통신 기술이 발달하지 않았던 조선시대에는 원거리에 있는 상대와 의사소통을 하는 가장 좋은 수단이 편지였다. 직접 방문하여 이야기를 나누는 것은 거리와 시간에 제한이 있었기 때문에 편지는 인적 관계를 유지하는 데 중요한 수단이었다. 오늘날에는 편지 대신 전화 또는 문자, 이메일, 메신저 등이 소통 도구로 활용되고 있지만 불과 20~30년 전만 해도 편지는 사람과의 관계를 유지하는 데 가장 보편적인 수단이었다.

조선시대 학자들의 개인 문집을 보면, 그 목차 구성에서 시와 더불어 빠지지 않는 것이 바로 '서書', 즉 편지 항목이다. '여○○서與○○書'나 '답○○서答○○書' 등의 형식으로 시작하는 편지에는 상대에 대한 안부, 학문적 토론, 정치적 입장 등 다양한 내용이 기록되어 있다. 퇴계 이황의 경우 현재 남아 있는 편지만 약 3,000통이 넘는데, 이를 통해 우리는 이황의 가족 관계뿐 아니라 어떤 지인들과 어떻게 교유했는지, 어떤 학문 성향을 보였는지 등 퇴계의 다양한 면모를 구체적으로 파악할 수 있다.

편지의 전달은 집안의 노비가 주로 담당했으며, 간혹 관아나 지인들의 인편을 활용하는 경우가 많았다. 예를 들어 1595년 1월 1일의 일기에는 오희문이 인편으로 함열로 시집간 딸의 편지와 전복을 받았으며, 2월 9일에는 외사촌 남경신이 편지와 말린 밤 2되를 보내온 사소한 것까지 자세히 기록하고 있다. 당시 양반들은 편지만 보내는 것이 아니라 물품도 함께 주고받았다.

궁핍할 수밖에 없는 전란 시기였기에 오희문의 일기에는 사내종을 통해 편지를 보내 양식을 구해 오게 하고, 또 편지와 함께 먹을거리를 주고받는 이야기가 주를 이룬다. 누군가 한양을 간다면 그 편으로 편지를 써서 안부를 전하게 하고, 또 여행하는 도중에도 지나가는 인편으로 편지를 보내고, 그러다가 우여곡절 끝에 시일이 한참 지나서 편지를 받는 경우도 많았다. 오희문은 안부와 더불어 먹을거리를 얻기 위해 끊임없이 주고받은 편지 덕분에 전란의 힘든 시기를 견뎌 낼 수 있었다.

편지를 쓰기 위해서는 종이가 필요했는데, 1595년 2월 30일에는 집에 종이가 한 조각도 없어서 큰아들을 시켜 종이를 구해 오게 하여 세 곳으로 편지를 보낸 기록이 보인다. 조선시대에는 종이가 귀하여 책장의 여백에다 빽빽하게 기록하거나 이미 사용한

종이를 재활용해 그 뒷면에다 편지를 쓰기도 했다. 심지어 실록 편찬 과정에서도 사초史草(실록의 초고 기록)를 물에 깨끗이 씻어서 종이 원료로 재활용하였다. 귀한 종이를 힘들게 구해 편지 쓰기를 이어가면서, 오희문은 가족의 생계를 계속 챙겨 나갔다.

손님 맞이하기, 접빈객

'접빈객接賓客'은 손님을 대접하는 일을 이르는 말로, 제사를 받드는 '봉제사奉祭祀'와 함께 조선시대 양반들의 위상을 보여 주는 대표적인 행위였다. 매년 1월 1일 설날에는 많은 사람이 찾아오는데, 대접할 것이 없어 전전긍긍하면서도 볶은 콩 한 움큼에 술을 한 잔 내주거나, 그렇게도 못할 때는 한탄스런 마음을 내비친다. 끼니때 방문한 손님에게 물만밥을 접대하는 등 피란 생활의 없는 살림에도 오희문은 손님을 맞이할 때마다 정성을 다했다.

소소한 일상까지 모두 기록해 온 오희문은 자신이 손님이 되어 어떤 대접 또는 무슨 선물을 받았는지도 자세히 기록하였다. 예를 들어 1595년 2월 20일에는 이덕후의 집에서 저녁을 먹고 생뱅어 1사발과 노루고기 1조각을 받아 와서 어머니를 봉양했으며, 8월 25일에는 좌수의 환갑연에 초대받아 큰 주안상을 대접받았으며 돌아올 때는 어머니 선물로 조홍시, 삶은 밤, 생대추, 침시, 찐 게 등을 한 상자 가득 받아 왔다. 이 이야기들만 모아도 당시의 먹을거리에 대한 당대인의 생활상을 재구성할 수 있다.

특히 접빈객을 할 때 늘 마련되는 것 중 하나가 바로 술자리였다. 생일이나 이러저러한 이유로 양반들은 손님을 초대하고 술을 대접했는데, 오희문은 좌수나 군수, 현감 등 지역 유지들이 초대한 술자리와 더불어 자신이 베푼 내용도 하나하나 꼼꼼하게 기록하면서 인연이 있는 사람에게는 작은 술자리라도 베풀어 서운함을 달래 주려고 했다. 접빈객 문화는 인간관계와 친목을 유지하는 동시에, 팍팍한 현실을 잠시나마 잊게 하는 탈출구 역할을 했다.

5

떠돌다가 임천에 와서 산 지
벌써 4년

병신일록 1596

함열 딸의 득남 소식

◎ — 1월 1일

이른 아침 아우와 함께 신주 앞에 손수 차례를 지냈다. 이웃 사람들이 찾아왔기에 술과 안주를 대접한 후 보냈다. 이 땅에 머문 지 4년 동안 한 번도 선친의 산소에 성묘를 하지 못했다. 네 아들이 모두 슬하를 떠나 있어, 비록 아우와 함께 어머니를 모시고 설을 쉰다지만 집안에 세찬歲饌(설에 차리는 음식)이랄 게 없다. 겨우 제사를 지내고 남은 음식으로 온 식구가 함께 나눌 뿐이다. 그러나 지난해 설날 아침보다는 좀 나은 셈이다.

광주의 성묘는 윤해에게 하도록 했다. 평강(오윤겸)이 제수를 마련해 보낸다고 했는데, 어찌했는지 알 수가 없다. 걱정이 끊이지 않는다.

◎ — 1월 5일

밤낮없이 비가 내리고 간혹 눈도 내렸다. 오늘은 집사람의 생일이다. 소지의 아내가 떡 한 상자와 두붓국 한 그릇을 어린 계집종을 시켜 보내왔기에 함께 먹었다.

◎ — 1월 6일

들으니, 전시의 방榜(합격자 명부)이 이미 나왔는데 아이들이 모두 떨어졌다고 한다. 운명이니 어찌하겠는가. 다만 들으니, 임금께서 승정원에 교서를 내리기를, "붓을 잡고 권세를 부리는 것이 글이니, 이런 무리들은 모름지기 많이 뽑지 말고 전례에 따라 조금만 뽑으라."라고 해서 이번 전시에서는 단지 15명만 뽑았다고 한다. 그러나 멀리 있으니 상세한 것은 알 수 없다.

◎ — 1월 13일

찬 기운이 몹시 사납다. 집에 땔나무와 숯이 없어 방구들이 쇳덩이처럼 차다. 민망하다. 한복과 빌린 말을 향림사 주지인 경순의 처소로 보냈더니, 즉시 땔감 1바리를 실어 돌려보냈다. 기쁘다.

◎ — 1월 18일

밤 이경(21~23시) 전후에 이시증(처남 이빈의 둘째 아들)이 들어왔다. 나와 처자식들이 한창 깊이 잠들어 있었는데, 문 두드리는 소리를 듣고 즉시 문을 열도록 했더니 이시증이었다. 말이 없어서 단지 종 둘만 거느리고 걸어왔다고 한다. 몹시 가련하다. 즉시 맞아들여 밥을 지어 대접하니 밤이 반쯤 지났다. 그래서 한방에서 함께 잤다. 어제 자미(이빈)가 꿈속에 들어 바야흐로 괴상히 여겼는데, 그의 아들이 갑자기 왔으니 꿈이 먼저 알린 것이다. 더욱 슬프고 안타깝다.

◎ ─ 1월 26일

딸이 어젯밤부터 몸이 불편하고 산기가 있어서 즉시 고모와 방을 바꾸어 들어가게 했다. 종일 지지부진하다가 오늘 밤 이경 해시(21~23시)에 몸을 풀어 남자아이를 얻으니, 온 집안 모두가 몹시 기뻐했다.

자방(신응구)은 한질寒疾(감기)을 앓아 오랫동안 누워서 일어나지 못하다가 득남했다는 말을 듣고 기뻐해 마지않았다. 더욱 위로가 된다. 즉시 감초를 달여 아기에게 먹였다. 딸 또한 별다른 탈이 없는데, 국을 먹어도 달지가 않다고 한다.

◎ ─ 1월 27일

편지를 써서 대순을 시켜 임천 집에 보내 딸이 무사히 해산했다는 소식을 전했다. 함열 현감(신응구) 또한 별도로 한 사람을 한양으로 보내 득남했다는 사실을 그의 아버지에게 전달하도록 했다. 그래서 나도 편지 2통을 써서 하나는 평강으로 보내고 하나는 광주의 윤해가 거처하는 집에 전하게 했다.

◎ — 1월 29일

요새 딸의 젖이 나오지 않아 매양 젖이 분 관아의 계집종에게 젖을 짜게 하여 이를 그릇에 담아 데워다가 새로 태어난 아기에게 숟가락으로 먹이게 했는데 이내 토한다고 한다. 그래서 현감에게 이 말을 했더니, 현감이 즉시 젖이 분 관비에게 관아의 안채로 들어가 직접 젖을 먹이도록 했다. 그런 뒤에 아기가 토하지 않았다.

시제를 지내다

◎ — 2월 4일

당초에 오늘은 집에 돌아가려고 했으나, 함열 현감이 만류하면서 "오늘 고을 전체에서 인부를 내어 꿩과 노루를 잡게 했으니 고기를 드시고 가시지요."라고 하기에 우선 머물기로 했다. 그러나 현감이 여전히 회복되지 않는다. 걱정이다. 식사한 뒤에 들어가 딸을 보니, 건강상 별다른 병은 없다. 그러나 종기가 난 곳이 아직 아물지 않았고 음식도 여전히 달지 않다고 한다.

명나라 장수가 고을에 들어와 물건을 요구하는 것이 몹시 가혹하다. 심지어 정목 10필, 모시 1필, 두꺼운 기름종이 7폭, 장지

狀紙(관공서용 종이) 2권, 흰 부채 2자루를 받은 뒤에야 나가는데, 곳곳마다 이와 같아 모든 고을이 그 괴로움을 이겨낼 수 없다고 한다. 한탄스럽다.

◎ ― 2월 11일

꼭두새벽에 아우와 인아와 함께 시제를 지냈다. 집에 비축해 둔 제수가 없고 면과 떡, 삼색 고기구이 및 포와 식해뿐이었는데, 아우 희철이 마침 와서 꿩 2마리와 노루다리 1짝을 얻었기에 제사상을 차렸다. 식사한 뒤에 집주인 최인복이 왔기에 술을 큰 잔으로 일곱 잔 대접했다. 어제 청했기에 온 것이다.

저녁 무렵에 집에 돌아오니 함열에서 사람을 시켜 편지를 보내고 또 조기 1뭇, 말린 민어 1마리, 청어 1두름을 보냈다. 처음에는 1위位(제사 때 모시는 위패를 세는 단위)인 줄 알았다가 3위라는 말을 듣고서, 어제 보낸 제수가 필시 부족하리라는 것을 알았기 때문에 지금 또 보낸 것이다. 정목을 얻어 보았는데, 셋째 매부 남고성(남상문)이 익위翊衛(세자를 보필하는 정5품직)에 임명되었다고 한다. 이제 식사는 이어 갈 수 있으리라. 몹시 기쁘다.

◎ ― 2월 14일

가까운 이웃에 고양이가 없어 쥐들이 날뛰니, 그 괴로움을 견딜 수 없다. 방에 덫을 설치했는데, 지난달부터 날마다 20여 마리씩 잡혔다. 지금은 조금 드물어졌으니 유쾌하다.

◎ — 2월 21일

낮과 밤의 길이가 같은 날이다. 새벽부터 비가 내리더니 아침에도 그치지 않는다. 그래서 떠나지 못하고 일마다 모두 지연되니 걱정스럽다. 종일 비가 내렸다. 군수가 향교에 가서 공자를 뵈었다.

◎ — 2월 29일

이른 아침을 먹고 떠났다. 금정역을 지나 부여 땅 도천사 아래 시냇가에 이르러 말에게 꼴을 먹이고 점심을 먹었다. 임천 집에 도착하니 해가 아직 떨어지지 않았다. 온 집안 식구가 모두 편안하고, 집사람과 단아의 학질은 모두 떨어졌다. 오늘은 외조모의 제삿날이다. 밥을 지어 제사를 지냈다고 한다.

◎ — 2월 30일

평강에서 물건을 보냈다. 날꿩 10마리, 말린 꿩 10마리, 대구 10마리, 건포도 2되, 도라지 정과 1항아리, 백지 1뭇, 상지 2뭇이다. 그런데 이를 가져오던 사람이 중도에 명나라 군사를 만나 매를 맞고 몸을 다쳐 겨우겨우 버티며 왔는데, 꿩 1마리를 뺏겼다고 한다.

평강(오윤겸)이 그 고을의 큰 폐단 세 가지를 써서 올리고 그 상소문의 초고를 보내왔다. 이를 보니, 시의에 깊이 합당하다. 만일 이것이 채택되어 실시된다면 온 고을의 백성이 은혜를 입을 수 있으리라. 윤겸도 한갓 녹봉만 축내지 않으니, 몹시 기뻐할 만하다.

공이 있는 노비의 제사를 지내 주다

◎ ─ 3월 8일

한식날이다. 생원 윤해가 광주의 산소에 가서 제사나 지내는
지 모르겠다. 또한 평강에서 제수를 마련해 보냈는지도 모르겠
다. 이곳에서는 쑥떡을 만들어 뱅어, 숭어탕, 웅어, 숭어, 날꿩구
이와 함께 차려 놓고 신위 앞에 차례를 지냈다. 남은 제수로 일찍
죽거나 자식이 없지만 공이 있는 노비들의 제사를 지내 주었다.

◎ ─ 3월 12일

고조부의 제삿날이다. 종손들은 모두 죽고 오직 끗남이 남았
을 뿐인데 멀리 황해도에 있으니, 필시 제삿날을 몰라 제사를 지
내지 못하리라. 그런 까닭에 떡과 면만 마련해서 새벽에 인아와
함께 제사를 지냈다. 차마 그대로 넘길 수 없어 정성을 바쳤을 뿐
이다.

오늘 소를 빌려다가 둔답을 갈려고 했다. 그런데 조윤공이 어
제는 소를 준다고 허락해 놓고는 오늘 연고가 있다고 빌려 주지
않는다. 품팔이꾼이 이미 아침밥까지 먹었는데 일을 시키지 못하
니, 매우 안타깝다. 이에 두 사내종에게 소와 말을 가지고 마른 나

무 2바리를 베어 오도록 했다.

◎ ― 3월 13일

조윤공과 신경유 두 집의 소를 빌려다가 한복과 덕노, 품팔이꾼을 시켜 둔답을 갈았다. 느지막이 비가 내려 정오에도 그치지 않는다. 신경유가 소를 도로 빼앗아 가서 종일 갈 수 없어서 겨우 5마지기만 갈았다. 어제는 품팔이꾼 셋을 얻어 아침밥만 먹이고 소를 빌리지 못해서 갈지 못했는데, 오늘은 소를 빌려 놓고도 비가 내려 또 갈지 못해 한갓 양식만 허비했다. 일이 모두 뒤틀리고 하늘도 돕지 않는다. 탄식한들 어찌하겠는가.

오늘은 넷째 누이 김매의 대상大祥(죽은 지 2년 만에 지내는 제사)이다. 넷째 누이가 죽은 지 2년이 되었는데, 겨우 이틀 거리에서 떠돌며 종과 말이 하나도 갖추어지지 않아 한 번도 영전에 가서 곡을 하지 못한 채 3년이나 보냈다. 형편 때문이라고는 하지만 애통한 마음이 더욱 지극하다. 또 덕노를 보내려고 했으나, 학질을 앓고 난 뒤 또 이질을 앓아 여러 날 누워서 일어나지 못해서 역시 보내지 못했다. 더욱 안타깝다.

◎ ― 3월 24일

일전에 좌수 조응립, 훈도 조의와 산성 동루에 모여 이야기하기로 약속했는데, 오늘이 마침 모임날이다. 그래서 판관 상시손과 함께 말고삐를 나란히 하고 산에 올랐더니, 두 조씨 형제가 누에 올라가 기다리고 있었다. 아우 언명도 뒤따라 올라왔는데, 각각 술과 안주를 가지고 와서 서로 권하며 마셨다. 서로 몹시 취하여 누군가는 노래를 하고 누군가는 춤을 추었다. 마침 김강이란 사람도 왔는데, 한양에서 온 나그네이다. 그가 데리고 온 사내종이 피리를 불 줄 알아서 또한 흥을 돋우었다. 해가 기울어 취한사람을 부축하고 함께 걸어내려 오는데, 혹은 앞서고 혹은 뒤처졌다. 성문 밖에 이르러 돌 하나가 있었는데, 평평하고 넓어 앉을만했다. 이에 여러 사람이 둘러앉아 또 남은 술을 마시고 몹시 취해 각자 흩어졌다. 나는 집에 이르러 인사불성이 되었으므로, 모두 토한 뒤에 잤다. 이 역시 객지의 무료함을 풀어 본 일이니, 다행이다. 또 여러 사람과 후일 이곳에서 모이기로 약속했다. 함께고사리를 볶아 먹기로 했다. 그렇지만 사람의 일에는 마가 많으니, 기약할 수가 없다.

막내아들 인아의 혼사를 의논하다

◎ ― 3월 27일

함열에서 심부름꾼이 왔다. 자방(신응구)의 편지를 보니, 막내아들 인아의 혼사를 의논해 정하자고 한다. 천천히 의논해 처리하자는 뜻으로 답장을 써서 보냈다.

요사이 어머니께서 코끝에 종기가 나고 기침도 그치지 않는데, 지금까지 차도가 없다. 집사람과 두 딸 또한 여러 날 병을 앓아 음식을 전혀 먹지 못한다. 집사람은 또 학질까지 얻어 함께 앓으니, 더욱 걱정이다. 이광춘을 시켜 통문을 쓰도록 해서 쌀을 거두어 조응립의 집에서 함께 술을 빚도록 했다.

◎ ─ 3월 29일

암탉이 병아리 4마리를 깠는데, 2마리는 강아지가 물어 가고 1마리는 솔개가 채 갔다. 겨우 1마리가 자랐는데, 크기가 메추리만 했다. 그런데 어제 또 솔개가 채 가서 끝내 1마리도 기르지 못하게 되었다. 우습다.

◎ ─ 4월 1일

새벽부터 비가 내리기 시작해서 저녁 내내 이어졌다. 요새 비가 지나쳐서 연일 그치지 않는다. 농부들이 일을 그만두어서 아직도 씨뿌리기를 마치지 못했다. 안타깝다.

◎ ─ 4월 13일

함열 현감 자방이 전주성을 지키는 일을 상의하기 위해 갔다. 어제 순찰사의 관문이 비로소 왔는데, 근처의 10군데 관청들에 완산으로 들어와 성을 지키라고 명했다고 한다. 그래서 완산 부사가 사람을 시켜 편지를 보내 자방을 오라고 해서 성 지키는 일을 함께 논의한다고 한다.

◎ ─ 4월 20일

요새 집사람이 몸이 몹시 불편하다고 하더니 어제부터 좀 덜하다. 무당을 불러서 기도했는데, 오후에 도로 불편해한다. 걱정스럽다. 무당이 헛것임을 역시 알 만하다.

◎ ─ 4월 25일

언황(변중신)을 통해 들으니, 친가의 노비 수두지가 생존해서 지금 직산의 모곳리에 소재한 그의 아버지 종해가 사는 집에 있는데, 양처 소생으로 종이 된 단춘은 나이가 11, 12세쯤 되었다고 한다. 수두지는 비록 소경이지만 세 번이나 아내를 바꾸다가 지금은 무당의 딸을 얻어서 살고 있는데, 자라면 무당으로 만들려고 한단다. 그의 딸 단춘은 첫 아내가 낳은 아이라고 한다. 언황의 집이 이웃인 까닭에 자세히 아는 것이다. 예전에 송노가 와서 하는 말이, 수두지는 그 어미와 함께 일시에 병으로 죽었으며 또한 자식도 없다고 했는데, 이제 들으니 그 어미도 역시 살아 있다고 한다. 송노가 더욱더 괘씸하다.

◎ ─ 4월 26일

봉사 김백온(김경)이 편지에 "혼인을 이미 정했으니 어길 수 없다."라고 하면서 새달 초엿새와 12월 열엿새로 택일을 했다고 한다. 집사람의 증세가 그 안에는 필시 다 낫지 못할 터이니 모든 일을 제대로 준비하지 못해서 맞출 수 없다는 내용으로 답장을 써서 보냈다. 제사를 지낸 뒤에 내가 몸소 가서 얼굴을 마주하고 의논해 결정하고 허락할 생각이다.

◎ ― 4월 28일

저녁에 장수에 사는 자미(이빈)의 부인이 네 아들을 데리고 한양으로 올라가다가 여기에 들렀다. 집사람이 병중에 뜻하지 않게 만났으니, 슬프고 기쁜 마음을 어찌 말로 다 할 수 있겠는가. 수원의 경여(이빈의 동생) 부인이 거처하는 농촌으로 가 있다가 가을을 기다려서 자미를 이장한다고 한다. 이시윤(이빈의 장남)의 처자식들은 먼저 그의 아버지가 살고 있는 서촌으로 가서 내일 올라갈 때 와서 본다고 한다.

◎ ― 4월 30일

이른 아침에 아우 언명이 들어가서 순찰사를 만나 보았다. 순찰사는 첩을 써주어 홍산 감영에 보관된 쌀 5말을 내주었고, 서산의 어살을 친 바다 한 구역과 일행에게 소금 1섬을 내주도록 관문을 써 주었다. 또 송노를 잡아다 족치는 일로 직산 관아에 공문을 쓰고, 허찬을 보내는 일도 의논했다. 만나서 부탁하니 법에 따라 죄를 다스릴 일이니 홍산 관아에서 몰래 잡아다 가두고 보고하도록 했다. 바라던 일이 모두 이루어졌다. 기쁘다.

◎ — 5월 1일

장수 식구들이 그대로 머물고 있다. 계집종 둘에게 논을 매도록 시켰다. 아우 언명이 허찬을 데리고 홍산에 가다가 중도에서 들으니, 군수가 신임 관찰사에게 연명延命(고을 수령이 관찰사를 처음 찾아가 보는 의식)하는 일로 진작 한산에 가서 아직 돌아오지 않았다고 해서 즉시 되돌아왔다고 한다.

오후에 함열에서 사람과 말을 보내서 나를 청하기에 곧바로 말을 타고 달려 남당진을 건너 함열에 다다랐다. 먼저 자방(신응구)을 보고 안채에 들어가 딸을 만났다. 저녁에 김백온(김경)이 내려와서 함께 혼사를 직접 상의했다. 기일이 촉박하다면 29일로 미루어 행하는 것이 무방하겠다고 한다. 자세히 들어 보니 처녀가 어질고 사리에 밝다고 해서 꼭 혼사를 맺으리라고 결정했다. 혼수는 비록 극진하게 갖추지 못한다고 하더라도, 궁핍해서 소소한 일조차 처리할 방도가 없으니 답답하다.

◎ — 5월 4일

자방이 또 내게 미선(둥그스름한 모양의 부채) 2자루와 흰 가죽신 1켤레를 주었다. 인아의 혼사에 쓸 현훈玄纁(폐백으로 사용하는 검은색과 붉은색 비단)은 구하기가 아주 어려운데, 자방이 청단靑緞 3새 1필을 먼저 주면서 홍단紅緞은 추후에 보내겠다고 했다. 참으로 기쁘다. 납채는 오는 16일로 정했다. 집에 돌아와 들으니, 아우 언명이 제 처남과 함께 그저께 태인에 갔다 왔다고 한다.

술과 안주를 권하며 크게 취하다

◎ ─ 5월 5일

단오절이다. 신주 앞에 차례를 지냈다. 아침 식사 뒤에 이복령이 왔기에 함께 바둑을 두면서 송편을 대접했다. 오후에는 성민복이 사람을 시켜 나를 청하기에, 이복령과 함께 곧장 송정 아래로 걸어갔다. 전날 여러 사람들과 모이기로 약속했기 때문이다. 그런데 여러 사람이 일이 생겨 다 오지 못하고 다만 판관 조대림 부자와 성민복, 이광춘, 조응개, 성민복의 사촌 동생과 나를 합쳐 예닐곱 사람이 모였는데, 생원 권학이 뒤이어 들어왔다. 서로 술과 안주를 권해 크게 취해서 먼저 돌아왔다. 여러 사람은 밤늦게서야 끝났다. 활을 쏘았기 때문이다.

◎ ─ 5월 14일

오후에 생원(오윤해)이 제 어미가 편찮다는 소식을 듣고 또 제 아우의 혼삿날에 맞추어 달려왔다. 만나 보지 못한 지 반년이 되었는데, 오늘의 갑작스런 상면에 온 집안이 기뻐하니 이루 말로 다 할 수가 없다. 들으니, 충아(오윤해의 아들)가 『시경』의 3장을 암송하고 또 〈사미인곡思美人曲〉을 노래하며 육갑六甲을 모두 기억하는데 모든 문자를 한 번 들으면 잊어버리지 않아 남달리 총명한 재능이 있다고 한다. 그의 외조부 최경유(최형록, 오윤해의 장인)도 내게 편지를 보내면서 이 아이의 남달리 뛰어난 재주를 깊이

축하했기에 더욱 보고 싶은 마음이다. 그러나 만날 수가 없으니, 다만 스스로 기뻐하며 위안할 뿐이다.

◎ —5월 15일

오늘은 증조부의 제삿날이다. 면과 떡, 밥, 국만 갖추어 올렸다. 나는 마침 작은 종기가 두어 군데 생겨 고름이 흘러나오기에, 아우 언명과 인아를 시켜 제사를 올리게 했다. 생원 방수간이 와서 오래도록 이야기하다가 저녁 무렵에 돌아갔다.

◎ —5월 22일

식전에 진사 이중영의 처소에 편지를 보내 납채에 쓸 함과 금띠를 빌려 왔다. 인아가 혼인할 때 입을 옷을 빌려 가지고 해가 기울어 집으로 돌아왔다. 그런데 빌려 온 옷이 모두 짧고 좁아 입을 수가 없다. 참으로 답답한 노릇이다. 집으로 돌아올 때 별좌 이덕후가 콩 3말을 주었다. 후의에 감사하다. 그런데 오늘은 장인의 기일인데 깜빡하고 고기반찬을 잘못 먹었다. 우습다.

저녁때 생원 윤해의 사내종 안손이 함열에서 돌아왔다. 윤해가 편지로 왜적의 동태를 알렸는데, 이달 초이레에 일본 배 1척이 일본에서 나와 곧장 부산으로 왔다고 한다. 그 연유를 물어보니, 관백(풍신수길)이 소서행장의 처소로 서신을 보내 말하기를, "명나라가 우리를 매우 의심하고 있으니, 가등청정을 우선 철군시킨다."라고 했다는 것이다. 그러므로 초열흘에 가등청정의 철군하는 병력이 배를 띄우면 부장 세 사람이 결국 성을 맡아서 가옥을 파괴하고 불을 지른 뒤에 돌아갈 것이며, 소서행장은 명나라 부사 일행을 모시고 일본으로 돌아가리라는 것이다.

◎ ― 5월 23일

사내종 안손이 꼭두새벽에 광주 집으로 올라갔다. 생원(오윤해)은 인아의 혼사 때문에 올라가지 못했다. 사내종을 먼저 보낸 것은 밀 수확과 보리타작 때문이다. 두 계집종을 시켜 먼저 보리를 베게 했다. 내일 타작해서 수확할 계획인데, 반밖에 베지 못했다.

느지막이 허찬을 함열로 보내 인아의 혼인 때 입힐 검은 관복을 자방(신응구)에게 빌려 오게 했다. 저녁에 영암으로 출가한 임매 집안의 사내종이 들어왔다. 들으니, 누이가 날마다 학질을 앓느라고 식음을 전폐했단다. 걱정을 금할 수 없다.

둘째 매부 경흠(임극신)이 미선 1자루, 그리고 누이가 말린 민어 1마리, 숭어알 1손을 보냈다. 어머니께도 똑같이 보낸 데다 백미 3말을 더 보냈으니, 내일이 어머니 생신이라 떡을 만들어 올리도록 한 것이다.

◎ ― 5월 28일

아침 식사 뒤에 비를 무릅쓰고 길을 떠났는데, 퍼붓는 비로 가는 길에 물이 넘쳤다. 간신히 남당진에 도착했으나 배가 없어 건널 수가 없었다. 별좌(이덕후)의 집에 다다르니, 형제가 모두 집에 있다가 나를 정자 위로 맞아 조용히 이야기를 나누었다. 먼저 벽향주碧香酒를 마시고 난 다음에 낮잠을 잤으나, 비바람이 크게 일어 조금도 쉴 수가 없었다.

문중(이덕후)이 내게 말하기를, "이 같은 비바람에 강을 건널 수가 없으니 이곳에서 자고 내일 새벽에 출발하는 것이 어떻겠는가."라고 한다. 그러나 내일이 혼삿날이라서 가지 않으면 안 되고 혼서婚書(신랑 집에서 예단과 함께 신부 집으로 보내는 서간)도 아직 쓰지 않았기 때문에 부득이 배를 빌려 타고 강을 건넜다. 강을 건널 때 물결이 조금 가라앉았으나 빗줄기가 여전해서 옷이 모두 젖어 버렸다. 배가 여전히 흔들거리고 정신은 두렵고 산란하여 간신히 강을 건너 말을 타고 달려 함열현에 당도했다.

자방(신응구)과 김백온(김경)이 신방에 모여앉아 내가 오기를 기다리고 있었다. 오래도록 이야기하다가 백온이 먼저 일어나기에 나도 관아에 들어가 딸을 만났다. 저녁 식사를 마치고 새로 꾸민 방으로 도로 나와 생원(오윤해)에게 혼서지를 맞게 잘라 쓰도록 했다. 저물어서 인아와 함께 상동헌으로 나와 잠을 잤다.

난리 중에 무사히 치른 혼례

◎ ─ 5월 29일

꼭두새벽에 채단采緞(신랑 집에서 신부 집으로 미리 보내는 홍단과 청단)을 보냈다. 양산에게 함을 지고 가도록 했다. 아침에도 바람이 불고 비가 내리니, 오늘도 비가 그치지는 않으리라. 답답하다. 검은 비단은 자방이 준비해 주었으나, 붉은색이 비 때문에 물들지 않는다. 겨우 색깔만 보일 뿐이다. 이러저러한 모든 일을 모두 자방이 조치하고 준비했다.

어젯밤에 생원(오윤해)이 자방과 함께 자다가 오른쪽 손을 지네에게 물렸다. 중상은 아니고 좀 붓다가 그쳤다.

느지막이 큰비가 쏟아졌다. 오후에 비로소 그치기는 했으나, 자욱한 안개가 걷히지 않는다. 점심 식사 뒤에 자방과 함께 위요圍繞(혼인 때 신랑이나 신부를 데리고 가는 사람)가 되어 인아를 데리고 김봉사(김경)의 집에 장가를 보내러 갔다. 일행과 신랑이 모두 우비를 갖추었다. 유감이다. 새 종은 피차 딸리지 않기로 했다. 저쪽 집의 위요는 신대흥(신응구의 막내 숙부 신괄)과 민주부(민우경)이다. 관아에서 제공한 과일을 중간에 돌리고 술잔을 돌림으로써 혼례를 마쳤다. 생원도 뒤따라와서 참석했다.

집사람이 먼저 옥춘 모녀에게 신부를 보러 가게 했으나, 봉사가 거절해서 들어가지 못했다. 창틈으로 바라보니 멀어서 자세히 분별할 수가 없었다고 한다. 오늘은 죽전 숙부의 기일이라서 위요를 하지 않으려고 했으나, 김봉사가 강요하기에 마지못해 참석했다. 밤에 생원과 함께 상동헌으로 나와 잤다.

◎ ─ 5월 30일

느지막이 김봉사(김경) 집에서 찬을 갖추어 먼저 소주 1항아리, 수단 1동이, 절편 1상자, 약과 1상자, 건어 1소반, 앵두 1소반, 영계 3마리를 보내왔는데, 관아에서도 술과 국수를 마련해 보내왔다. 이고 온 사람들에게 쌀 3말을 주고 나누어 쓰도록 했다.

오후에 신부가 들어왔다. 나는 자방(신응구)과 생원(오윤해)과 함께 들어가서 보고 나온 뒤에 잔칫상을 벌였다. 참석한 사람은 집사람과 안채 식구들, 김서방댁, 자방의 두 첩뿐이었다. 김봉사의 부인은 간절히 청했으나 오지 않았다. 자방이 김봉사를 청해서 새로 꾸민 방에다 다시 작은 술상을 차려 각각 술잔을 돌리고 파했다.

저녁에 신부가 돌아갔다. 모든 일이 잘 준비되어 난리 중의 사람들 같지 않으니, 김봉사의 힘이다. 신부의 행동거지를 보니, 결코 어리석고 용렬하지 않을 것 같다. 기쁘다. 마침 비가 잠시 그쳐 신부가 왕래했는데, 우비를 갖추지 않았다. 집사람이 또 거느리고 온 계집종들에게 쌀 3말을 주고 나누어 쓰도록 했다.

초가지붕 밑으로 몰려든 독사

◎ ─ 6월 7일

요즘 집사람이 부재중이라 집안에 주관하는 사람이 없으니,

모든 일에 어긋나는 경우가 많다. 안타깝다. 오후에 함열의 관리가 종자로 쓸 콩 5말을 짊어지고 들어왔다. 자방이 보낸 것이다. 저녁에 덕노가 당도했다. 이달에도 으레 보내 주는 벼 2섬과 소주 4선에다 생원(오윤해)이 상경할 때 쓸 양식과 찬, 말먹이 콩을 실어 왔다. 들으니, 집사람이 요즘 몸이 도로 불편해서 내일 올 수 없기 때문에 먼저 보냈다고 한다.

들으니, 생원이 하루거리에 걸려 고통을 받고 있다고 한다. 걱정이다. 자방이 집사람에게 더 머물라고 권했다고 한다. 자방도 이달 20일경에 처자식을 먼저 남포로 보내고 뒤따라 벼슬을 내놓은 뒤에 돌아갈 계획이라고 한다. 그런데 그의 아버지 신벌이 이 같은 더위와 비에 젖먹이를 데리고 길을 떠나는 것은 안 된다고 말해서 아직까지 머물고 있다고 한다. 그러나 어찌 오래 머물 수 있겠는가. 언짢은 마음이 그지없다.

◎ ― 6월 10일

뒤 처마에서 참새들이 시끄럽게 울기에 창문을 열고 올려다보니, 뱀이 처마 끝에 걸려 있었다. 덕노를 시켜 때려죽이게 했다. 길이가 겨우 몇 자이지만, 검붉은 반점 무늬가 있는 것으로 보아 독사가 분명하다. 새 둥지를 찾아 새끼들을 잡아먹기 위해 지붕에 올라간 것이다. 만약에 잡아 죽이지 않았다면, 반드시 사람을 상하게 했으리라. 다행스럽다.

◎ — 6월 12일

느지막이 덕노에게 말을 빌려 타고 남당진에 가서 집사람이 오는 것을 기다리게 했다. 집사람은 두 아들을 데리고 웅포에서 배를 타고 조수를 따라 올라와서 남당진에 도착해 육지에 내려 말을 타고 들어왔다. 건강 상태가 편안한데, 다만 그끄저께부터 오른쪽 팔뚝이 때로 거북하다고 한다. 걱정스럽다.

인아가 타고 왔던 말을 곧 돌려보냈다. 자방(신응구)의 처자식은 오는 15일에 남포로 먼저 보내고, 그도 뒤따라 벼슬을 그만두는 대로 돌아갈 계획이라고 한다.

◎ — 6월 15일

오늘은 속절(유두절)이다. 간신히 얼음덩어리를 구해서 수단 (경단을 띄워 만든 화채)을 만들어 신주 앞에 차례를 지냈다.

◎ — 6월 19일

저녁에 송인수가 따로 사람을 시켜 문안 편지를 보내면서 참외 25개도 보내왔다. 전에 빌려 왔던 『삼국사三國史』는 아직 다 보지 못했다는 내용의 답장을 써서 보냈다.

◎ — 6월 26일

생원(오윤해)이 아침에 일어나 보니 또 중간 크기의 뱀이 새 새끼를 물고 땅에 떨어져 있으므로 허찬을 시켜 때려죽이도록 했다고 한다. 먼저 죽인 것까지 도합 4마리인데, 모두 얼룩무늬 독사이다. 뒤편 처마의 두터운 지붕에서 참새 떼가 새끼를 기르기 때문에 뱀들이 모여들어 죽여도 그치지 않는다. 필시 초가지붕 밑에서 뱀이 새끼를 기르고 있을 것이니, 참으로 두려운 일이다.

이몽학의 난에 연루된 사람들

◎ — 7월 8일

어머니께서 학질을 앓는다는 소식을 듣고 점심 뒤에 말을 타고 달려 남당진을 건너 집으로 돌아오니, 날이 이미 저물었다. 와서 들으니, 적의 괴수 이몽학이 난을 피해 홍산에 와서 살다가 지난 6일 밤에 무뢰배들을 불러 모아 갑자기 홍산 관아로 들어가 에워싼 뒤에 곧바로 현감을 붙잡은 다음 고을 안의 군사를 동원하여 관인官印(관의 도장)을 빼앗아 스스로 허리에 차고 현감을 결박해 버렸다고 한다.

그리고 다음 날 저녁에 병력을 일으켜 용의 깃발을 내세우고 임천으로 달려와 역시 군수를 붙잡아 또 관인을 탈취하고 영을 내려 군사를 모집하니, 군민 가운데 이에 응하는 사람이 많아서 끼지 못할까 걱정하는 사람도 있었다고 한다. 동네에서 말을 가진 사람인 이덕후, 한겸, 홍사고, 권학, 성민복, 이덕의 등이 모두 말을 빼앗겼고, 우리 집에도 칼을 찬 사람이 찾아와 말을 찾았으나 마침 내가 타고 나가 그냥 돌아갔다고 한다.

역적 괴수는 대문에 우뚝한 자리를 만들어 놓고 거기에 높다랗게 앉아서 군수를 뜰 아래에 꿇리고 얼굴에 재를 발라 두 번씩이나 목을 베려고 했으며, 또 관청의 쌀을 꺼내 군량미로 나누어 주고 다시 창고를 봉했다고 한다. 그리고 홍산 사람을 임시 대장으로 정한 다음에 관아를 지키게 하고 군사를 내어 정산을 향해서 떠났는데, 두 고을의 군수를 기병들의 길라잡이로 부리며 갔다고 한다.

이처럼 놀라운 일이 이 고을에서 일어났으니, 그 종결이 어떻게 되는지 알 수 없다. 매우 걱정스럽다. 이 동네에서 따라간 자는 이광춘, 조응개, 전상좌, 정복남, 만억, 담이 등이고, 집주인 최인복 형제도 모두 따라갔다고 한다. 안타깝기 그지없으나 어찌하겠는가.

◎ ─ 7월 13일

이광춘의 사내종 대난이 어젯밤 적중에서 도망쳐 왔기에 잡아서 왔다. 대난은 본래 어리석고 못나서 동서도 구분하지 못하는데, 이광춘이 꾀고 겁을 주는 바람에 떠나서 마침내 사지로 들어간 것이다. 불쌍하다. 순찰사가 적당에 가담한 근본 이유를 물었는데, 대답의 앞뒤가 맞지 않아 발바닥을 15대 남짓 때린 뒤에 원수元帥가 있는 곳으로 보냈다. 순찰사가 들은 바로는, 이광춘은 자청해서 적군에 들어가 많은 임천 군민을 꾀어 적을 따르게 하고 적의 군관이 되어 많은 일을 도모했다고 한다. 그런 까닭에 꼭 잡아들여야 하겠다고 한다.

◎ ─ 7월 14일

선봉장 등이 군사를 거느리고 와서 적에게 가담했던 자들을 사로잡고 기를 앞세워 병사를 지휘하면서 동네를 수색하니, 아이와 여자들은 숲 덤불로 달아나 숨었다. 남자를 만나면 잘잘못을 묻지 않고 결박해서 데려가니, 마을은 비고 살림살이는 모두 없어졌다. 이 마을에도 들어와 수색하려고 했으나 마침 내가 집에 있어 겨우 이를 막아서 화를 면할 수 있었다.

저녁 무렵에 집으로 돌아왔더니 마을의 모든 남녀가 우리 집으로 몸을 숨기러 와서 벌벌 떨었다. 정복남의 어머니와 처가 잡혀갈 것이 두려워서 침실로 뛰어 들어왔다. 내보내고 싶지만 궁지에 몰린 절박한 사정이 불쌍하다. 측은한 마음을 참을 수 없다.

◎ ─ 7월 20일

당초 원수는 완산에서 역도의 반란 소식을 듣고 석성으로 달려와 적의 괴수를 처치했는데, 잔당들이 무너져 흐트러지자 완산으로 돌아갔다. 그런데 조정에서 원수에게 두루 돌아다니면서 각 고을의 적당을 잡아 가두고 죄상을 물어 경중을 가린 다음에 죄가 무거운 자는 죽이고 가벼운 자는 방면하도록 명했다. 원수의 성명은 권율이고 종사관은 사인 신흠이다.

◎ ― 7월 25일

오늘은 내 생일이다. 상화병을 만들고 닭 3마리를 잡아 탕과 적을 만들어 신주 앞에 차려 올렸다. 느지막이 진사 이중영이 찾아왔기에 술과 떡을 대접하고 조용히 이야기를 나누었다. 그는 저녁 무렵에 돌아갔다. 함열에 사는 딸이 상화병 1상자, 소주 1병, 수박 3통, 참외 6개, 생민어 1마리를 준비해 보냈다. 인아의 처도 흰떡 1상자, 소주 1병, 닭 1마리를 보내왔으나, 한편으로 편치가 않다. 어두워질 무렵에 한산 군수가 창고 조사 일로 군에 도착해서 사람을 시켜 안부를 묻고 나를 청했다. 곧바로 군에 들어가서 이야기를 나누다가 함께 잠을 잤다.

◎ ― 7월 30일

이웃에 사는 전상좌가 홍성에 갇혔다가 오늘 비로소 풀려나서 나를 만나러 왔다. 연유를 물었더니, "어제 원수가 고을로 들어와 저희들 45명을 신문한 뒤 모두 방면했으나, 나머지 조응개와 최인복 형제는 관련된 일 때문에 진작부터 더욱 굳게 가두어 두었습니다. 그래서 오늘 엄한 형벌로 국문하고자 형틀을 마당 아래 삼엄하게 설치했습니다."라고 한다. 만약 그렇다면 엄중한 형벌 아래 어떻게 다시 살아날 도리가 있겠는가. 다행히 죽음을 면한다고 하더라도 필연코 온전한 모습은 아닐 것이다. 불쌍하고 측은하다. 전상좌가 또 이야기하기를, "애초 이광춘의 꾐과 협박 때문에 적당에 들어갔으니, 그 뒤로도 모든 사람이 광춘에게 죄를 뒤집어씌웁니다."라고 하니, 이광춘은 비록 죽는다고 하더라도 아까울 게 없다.

토당 산소를 거쳐 한양에 다녀오다

◎ — 8월 7일

소문에 충용장 김덕령의 이름이 적의 입에서 나와 오늘 잡혀갔다고 한다. 병조판서 이덕형의 이름 또한 역적들의 우두머리 입에서 나왔는데, 적과 내통했다고 하여 대죄하고 있는 형편이라고 한다. 이덕형은 바야흐로 사헌부에서 왕명을 기다렸는데, 임금께서 그 거짓됨을 알고 매우 마음 아파하면서 너그러운 조칙을 내리셨다고 한다.

그러나 신하된 사람의 마음이 어찌 스스로 편안할 수 있겠는가. 조금이라도 이름 있는 사람들이 모두 적과 내통했다고 그를 지목한다는 것이다. 만약 윗사람이 그 간사함을 단호히 근절하지 않으면, 사실 무근한 허물이 지난날보다 더 많이 일어날 것이다. 안타까운 일이나 어찌하겠는가. 또한 소문에 이광춘이 살아났다고 한다. 죄가 있는데도 요행히 벗어났다니, 우스운 일이다.

저녁때 함열에 사는 딸이 관리를 시켜 편지를 보내왔다. 또 소고기 1덩어리와 염통 1조각을 보냈다. 오랫동안 먹어 보지 못했던 이런 뜻밖의 물건을 얻었기에 곧바로 어머니께 드렸다. 참으로 기쁘다. 모레는 한양에 가야겠기에 길 떠날 준비를 했다.

◎ ─ 8월 13일

일찍 아침을 먹고 길을 떠났다. 말을 달려 생원(오윤해)의 집에 도착하니, 온 집안 식구가 며칠씩 기다리다가 내가 오는 것을 멀리서 보고 위아래 사람 모두가 기쁘게 맞았다. 충아를 보니 크고 씩씩하게 생겼다. 글을 잘하고 또 〈사미인곡〉을 노래하니, 참으로 사랑스럽다. 그러나 나를 보면 부끄러워하며 숨어서 나오지 않는 꼴이 우습다. 의아(오윤해의 딸) 또한 자라서 예쁘고 총명하게 생긴 것이 더욱 사랑스럽다. 생원의 처자식과 그의 양모와 함께 이야기를 나누다가 밤이 깊어서야 잠자리에 들었다.

◎ ─ 8월 14일

새벽부터 비가 내려서 아침을 일찍 먹고 출발했다. 내가 타고 온 말의 등에 부스럼이 생겨 그냥 놔두고 생원(오윤해)에게 잘 먹이라고 했다. 생원의 말을 타고 달려와 진흙길을 지나 인덕원의 냇물을 간신히 건너 말에게 꼴을 주고 점심을 먹었다. 말을 타고 달려 토당의 산소에 도착하니, 아직 해가 기울지 않았다. 풀이 무성하고 빗물에 젖어 산소까지 곧장 나아갈 수 없어서 멀리 바라보고 절만 올렸을 따름이다.

사내종 광진의 집에서 잤는데, 저녁밥은 산지기 사내종 억룡이 차려서 올렸다. 난리 뒤에 이제 처음으로 옛날에 살던 곳으로 돌아와 보니, 마을은 모두 없어졌다. 전에 살던 터로 돌아온 사람은 겨우 10분의 1이다. 아랫마을과 윗마을에 있는 그 좋던 논들은 모두 황폐해졌으니, 경작할 만한 곳이라곤 거의 없다.

산소를 모신 산은 당초 산불로 타 버려 소나무는 말라죽었고 참나무도 사람들이 베어다가 숯 굽는 데 써 버려서 묘 앞에는 나무가 한 그루도 없다. 한심한 일이지만 어찌하겠는가. 선영에 대한 감회가 실로 가슴에 요동친다. 이제 와 보니 묘지기 계집종 마금은 올해 나이가 78세이다. 백발에 깡말랐지만 기력은 강건해서 옛 모습 그대로이다. 선대부터 내려온 옛 노비들은 모두 죽고 오직 이 계집종 하나만 살아 있으니, 어머니와 동갑이다. 오늘 만나 보니 저 역시 눈물을 그치지 못한다. 내 마음도 지극히 슬퍼졌다.

◎ ─ 8월 15일

새벽부터 비가 내렸다. 날이 개기를 기다려 묘사墓祀(무덤 앞에서 지내는 제사)를 지내려고 했으나 늦도록 비가 그치지 않는다. 또 날이 갤 조짐이 없어 부득이 산에 올라가서 돗자리로 상석을 덮고 제수를 차렸다. 먼저 조부모에게 올리고 그다음은 아버지께 올린 뒤 죽전 숙부에게 올리는 순서로 상하 3위의 진설을 끝내고 절을 올렸다. 삿갓을 쓰고 제례 행사를 혼자서 맡았는데, 옷이 모두 젖었다. 또한 기력이 다해 고달프다.

죽은 아우의 묘소는 석린에게 진설하게 했다. 또 묘지기를 시켜 증조부의 전어머니 권씨와 이씨 두 분께, 또 세만을 시켜 죽은 손자 막아의 묘에, 그리고 덕노를 시켜 죽은 누이동생과 임경흠의 아들 지생의 묘에 진설하게 해서 망전望奠(보름에 지내는 제사)을 지냈다.

물린 제수로 계집종 마금과 덕노의 아비 덕수의 묘에 망제를 지내게 했다. 모두 끝난 뒤 묘 아래에서 하직하는 절을 올리고 묘지기 사내종 억룡의 집으로 돌아와 먹고 남은 음식을 묘지기 노비와 이웃 사람들에게 나누어 주었다. 석린, 허찬 등과 더불어 음복을 했다.

◎─8월 16일

한강에 이르니, 강물이 아직 넘쳐흐르지 않고 백사장만 잠겼을 뿐이다. 곧 강을 건너 한양으로 달려 들어와 보니 눈에 보이는 것마다 모두 처량하다. 셋째 누이 남매의 집에 당도하니, 내가 왔다는 말을 듣고 누이가 곧 매부 남상문과 함께 마중을 나왔다. 누이는 슬픔과 기쁨이 교차하는지 눈물만 흘렸다. 서로 못 본 지 이제 7년인데, 오늘 비로소 만나 보니 기쁘고 행복한 심정을 다 말할 수 없다. 저녁을 먹고 밤에 사내종 광노의 집으로 와서 잤다.

◎─8월 18일

오늘 왕래하는 길에 종가宗家와 죽전동 본가本家를 바라보니, 담장은 모두 허물어지고 풀만 가득 자랐다. 집터의 주변을 알아볼 수 없어 한동안 말을 세운 채 비탄에 잠겼다가 돌아왔다. 남산 기늙에는 대체로 인가가 많았는데, 지금까지 완전하게 보전된 집에 들어와 사는 사람들이 많았다.

◎ —8월 22일

들으니, 충용장 김덕령이 전날 역적의 말에 연루되어 잡혀가 갇힌 뒤 계속해서 엄한 형벌을 여섯 차례나 받고도 끝내 불복하다가 어제 죽었다고 한다. 별다른 의혹의 실마리도 없는데 다만 적의 입에서 그의 이름이 나왔다는 이유만으로 마침내 곤장 아래 목숨을 잃었으니 사람들이 모두 원통해한다는 것이다. 김덕령은 이 같은 난세에 스스로 나와서 이름이 실상보다 지나치고 용기를 유용하게 베풀지 못한 채 다만 역적들의 입에 올랐을 뿐이다. 이는 스스로가 거둔 바이니 누구를 탓하고 원망하겠는가.

◎ —8월 24일

어제 강 건너에 사는 사내종 광진과 계집종 자근개 등이 양식 쌀 1말씩을 각각 가지고 왔다. 우리 집의 밭과 논을 경작해서 먹고 살기에 가져오도록 했는데, 내려갈 때 노자로 쓸 요량이다. 오늘 소를 사려고 했으나 베 값이 가을 들어 매우 낮아져 소를 살 수가 없으니 매우 유감이다. 찢어진 갓을 고치고 칠하느라 밖에 나갈 수 없어 종일 집에 있었다.

◎ ─ 8월 25일

아침 일찍 셋째 누이 남매에게 가서 보고 아침밥을 대접받았다. 작별하는데 누이가 슬픔을 이기지 못하고 내 감회도 매우 좋지 않았다. 사내종 광노의 집으로 돌아와 행장을 꾸렸으나, 덕노의 발병이 낫지 않아 부득이 내일 사내종 춘이가 올 때 데리고 내려오도록 했다.

느지막이 갯지와 묘소 아래에 사는 사내종 환이만을 거느리고 떠나왔다. 동작 나루터까지 와서 배를 타고 강을 건너 여우고개를 넘었다. 과천현 앞에 있는 돌다리 밑에 당도하여 말에게 꼴을 주고 점심을 먹은 뒤 말을 타고 달려 율전에 도착하니 이미 저녁이었다.

◎ ─ 8월 29일

아침을 일찍 먹고 길을 떠나 난쟁이 고개에 이르러 한 사람을 보았다. 머리는 산발을 하고 때가 낀 얼굴로 떨어진 옷을 입고 맨발로 힘들게 걸어오기에 물어보니, 홍산에 사는 향교의 유생 손승조였다. 뜻밖에 역도의 재앙을 만나 잡혀가서 나라의 감옥에 갇혔다가 이번에 사면을 받아 내려오는 길이라고 한다. 불쌍하기 이를 데 없다. 아침을 못 먹었다고 하기에 곧 냇가에서 말에서 내려 점심을 나누어 주었다.

◎ — 윤8월 2일

식사한 뒤에 사내종 감동을 거느리고 길을 떠났다. 부여의 백마강 나루터에 당도하자 손승조가 땅에 엎드려 절을 하고 감사해하며 작별 인사를 하고는 홍산의 자기 집을 향해 갔다. 꼭 후일 찾아와서 뵙겠다고 한다. 곧장 말을 타고 달려 임천 10리 밖 냇가에 당도하여 말에게 꼴을 먹인 뒤 집에 도착해 어머니를 뵈었다. 온 식구가 모두 여전한데, 단아가 어제저녁부터 아프다고 한다. 학질이 아닌가 싶다.

함열 현감이 벼슬을 그만두다

◎ — 윤8월 3일

최인복은 평상시에 나를 지극히 후하게 대했으나, 다른 사람의 꾐과 위협에 넘어가 적중으로 들어갔다. 그런데 같은 부류의 사람들은 모두 사면되었는데, 저만 혼자 죽고 말았다. 비록 자신이 취한 죽음이라고는 하지만, 한편으로 불쌍할 뿐이다. 또 부여 땅에서 상경하는 영광 남궁견을 만나 말 위에서 이야기를 나누다가 자방(신응구)이 초하룻날 관직을 그만두고 익산으로 돌아갔다는 말을 들었다.

◎ — 윤8월 4일

날이 어두워져서 자방이 익산에서 왔다. 함열 관리들이 무수포 나루터로 술과 과일을 준비해 와서 대접하는 통에 날이 저물었다고 한다. 과일과 구운 고기, 편육 등 각각 4상자씩을 가지고 안으로 들어왔다. 관원들이 이 성찬을 가져다주기에 올리고자 가져왔다는 것이다. 그래서 온 집안 식구들이 함께 먹었다. 우리 집의 온 식구들이 오로지 자방(신응구) 덕택에 먹고 살았는데 이제 그가 벼슬을 그만두고 돌아갔으니, 기댈 곳이 없다. 이 괴로움을 어찌하겠는가.

◎ — 9월 1일

새벽닭이 울 때부터 퍼붓기 시작한 비가 시간이 지나면서 그쳤다. 어제 펼쳐 놓은 벼가 다 젖었으니, 한동안 단으로 묶지 못할 것 같다. 한심스럽다. 그러나 아침에 비가 그치기에, 다시 계집종들에게 어제 다 베지 못한 벼를 베다가 펼쳐서 널도록 했다. 평강(오윤겸)이 뜻밖에 들어왔으니, 온 집안이 기뻐서 이루 다 말할 수가 없다. 한방에 모여 앉아 이야기하느라 자정을 넘겼다.

◎ — 9월 17일

이른 아침에 신주 앞에 차례를 지내고 상자 속에 신주를 싸서 넣었다. 덕노에게 짊어지게 하고 내가 배행하여 정산(지금의 충청남도 청양군 정산면)의 사내종 갯지의 집에 도착한 뒤 돌아왔다. 인아는 성민복의 말을 빌려 타고 중간까지 따라왔다가 돌아갔다.

아침 식사 전에 성민복이 와서 보고 아우 언명과 작별인사를 하고 돌아갔다. 식사 후 어머니를 모시고 길을 떠났다. 어머니는 지난 갑오년(1594) 9월에 태인에서 모셔 온 이래 이곳에서 3년을 머무셨다. 아우 언명 일가도 금년 3월에 이곳에 왔다가 올 9월에 상경하게 된 것이다.

처음에는 온 집안 식구와 함께 일단 결성의 농막으로 모시고 가려고 했으나, 많은 식구의 호구지책이 지극히 어려웠다. 또한 어머니께서 한양의 옛집으로 돌아가시기를 간절히 바라는 데다 가 평강(오윤겸)이 매달 양식과 찬을 준비해서 보내 드린다고 해서, 하인과 말을 얻은 기회에 부득이 아우에게 먼저 처자식을 거느리고 어머니를 모시고 돌아가도록 한 것이다.

우리 일가는 이 고을에서 얻어 쓴 채무를 상환한 뒤 다음 달 중으로 우선 결성으로 돌아가 평강이 장만해 놓은 양식으로 그곳에서 머물다가 내년에 상경할 것이다. 그렇게 되면 온 식구가 한양으로 돌아가게 될 것이다.

막내딸 단아가 병을 앓다

◎ ─ 9월 20일
날이 어두워지면서 단아가 갑자기 머리가 아프다고 매우 고통스러워하며 구토를 그치지 않는다. 집사람이 귀신에게 씐 것 같다고 걱정하면서 늙은 계집종을 시켜 밥을 지어 물리치게 했지만 끝내 효험을 보지 못했다. 밤새 고통으로 신음하니, 매우 걱정스럽다.

◎ ─ 9월 25일

단아의 증세가 비록 약간 나은 듯하지만, 말을 하려고 해도 하지 못하고 밤새 괴로워서 뒤척거린다. 우리 부부가 붙들고 밤을 새웠다. 아침이 되어서도 어제처럼 또 인사불성이다. 또 청심환과 소합원(위장을 맑게 하고 정신을 상쾌하게 하는 환약)을 어린아이 오줌에 개어 먹이니 한참 동안 괜찮아졌으니, 다행이다. 곧 향비를 보내 관아에서 청심환과 소합원을 구해 오게 했더니, 군수가 새로 조제한 청심환 1알을 보냈다. 조수헌도 청심환과 소합원 1알씩과 녹두 2되를 보내 주었다. 깊이 감사하다.

막내아들 인아에게 이복령의 집으로 달려가 길흉을 점치게 했다. 그가 글을 써서 보내기를, "괘효가 순수하고 길하여 흉한 징조가 조금도 없다. 오는 7, 8일 사이에 차도가 있을 터이니, 염려할 것이 없다."라고 했다. 그러나 병세가 이와 같으니, 답답하고 걱정스럽다.

◎ ─ 9월 26일

첫닭이 울자 단아가 측간에 가다가 한기가 찌르는 듯하다고 하더니 인사불성이 되었다. 또 청심환을 먹이자 한참 뒤에 깨어났다. 아침에도 이와 같았기에 매우 걱정스럽다. 정신을 차린 뒤에 하는 말이 정신을 잃을 때 눈앞에서 번갯불이 번쩍이더라는데, 말하기가 매우 힘들어서 하고 싶은 말을 다 하지 못한다. 양쪽 옆머리가 찌르듯이 아파 심신이 피곤해져서 사람을 보아도 분별하지 못한다. 혹 잠깐 동안 증상이 멎어 깨어날 때에도 할 말이 길면 다 말하지 못한다. 더욱 걱정스럽다.

저녁 무렵에 단아가 또 발작하여 밥을 세 번 지을 시각이 지나 밤이 되어서야 비로소 깨어났다. 새벽닭이 우는 시각에 또 발작하다가 잠시 뒤에 멎었다. 식음을 전폐하는 지경은 아니라서 메밀가루로 국수를 만들어 간간이 먹였다. 입이 쓸 때마다 으레 석류를 먹었는데, 이를 구할 길이 없다. 안타깝다. 아침에 성민복이 석류 1개를 구해 보냈다. 지금은 거의 다 먹었는데, 차후로 다시 구할 길이 없다.

◎ ─ 9월 30일
저녁에 평강(오윤겸)의 사내종 정이가 결성에서 편지를 가지고 들어왔다. 평강의 편지를 보니, 지난 22일에 그곳을 떠나 한양으로 돌아갔는데 올 가을비 때문에 그곳 농사에 해를 입어 거개가 결실을 맺지 못해 수확한 양이 수십 섬이 되지 못하고 전에 저장했던 곡식도 대부분 잃어버려서 모든 일을 그르쳤으니 눈 뜨고 볼 수 없는 형세라서 마음이 아프다고 했다. 그러나 양곡을 저장하기 위한 집을 이미 지었고 모든 시설을 변통해서 마련했으니, 온 집안이 모두 와서 살라고 한다. 비록 초가에다 극히 누추하지만, 임천은 오래 살 곳이 아니므로 오는 10월 20일 뒤에 모두 결성으로 돌아가기로 결정했다.

◎ ─ 10월 5일

날이 밝아 인아와 함께 제사를 지냈다. 과일 세 가지, 소탕 네 가지, 소적만 진설했을 따름이다. 제사를 마치고 떡을 나누어 가까운 이웃에 보냈다. 단아가 아침에 차도를 보이는 듯하다. 기쁘다. 그러나 집사람은 어제 침을 맞지 않은 탓에 밤새 아파했다. 아침에 보니 종기가 난 곳이 더 부었다. 걱정스럽다. 오후에 관아의 계집종 복지가 와서 침을 놓았다.

◎ ─ 10월 24일

지난밤에는 쥐덫을 놓아 쥐 2마리를 잡았다. 가을 이후에 잡은 쥐가 20마리이고, 지난봄과 여름 사이에 잡은 것이 31마리이다. 도합 51마리이니, 쥐가 끝없이 생겨난다는 사실을 알 수 있다.

이련이 청양에서 뜻밖에 찾아왔기에 연유를 물었더니 혼사 때문이라고 한다. 해운판관 조존성의 처남이 몇 해 전 아내를 잃었기에 우리 집에서 재취를 구하고자 조판관이 이련을 보내 편지로 가부를 물었다. 조판관의 처남은 고인이 된 정랑 이신충의 아들인데, 이름은 이영인이다. 나이가 31세인데, 청양 땅에 와서 임시로 살고 있다고 한다. 혼인을 할 만하기는 하나 자식들이 모두 먼 곳에 살고 있으니 상의한 뒤에 통보할 일이라고 곧 답장을 써서 보냈다. 그런데 그 집에서는 올해 안에 혼사를 치렀으면 하는데, 형세가 대체로 미치지 않아 도저히 응할 수가 없겠다. 그러나 형세를 보아 다시 의논해서 결정할 생각인데, 집사람은 전실 자식이 둘이나 있다는 말을 듣고 절대 부당하다는 의견을 보였다.

단아의 증세가 여전하다

◎ ─ 11월 15일

단아는 여전히 차도가 없다. 평강에서 온 사람이 돌아갈 때, 어머니가 달여서 드시던 모과차를 만들게 하려고 모과 20덩어리와 죽력, 생강 1되 반을 찾아서 보냈다. 평강(오윤겸)에게 달여서 보내도록 했는데, 그 까닭은 이곳에는 꿀이 없기 때문이다. 어머니께 새우젓 1항아리도 보냈다.

평강에서 온 사람은 함께 온 사람이 매를 파는 일로 윤응상의 집에 머물고 있어서 그와 함께 3일을 머물다가 어제저녁에 비로소 우리 집으로 돌아왔다. 윤응상은 이별좌(이덕후)의 생질이고, 매를 팔려고 온 사람은 윤응상의 사내종으로 평강에 사는 자이다. 전날의 부탁이 있었기 때문에, 매를 가지고 오는 길에 따로 1마리를 더 가져와서 판다고 한다. 처음에는 비가 그치지 않아서 떠나

려고 하지 않다가, 느지막해진 뒤에 비가 비로소 그쳤기에 돌아
갔다.

◎ ─ 11월 16일

단아의 증세는 조금 나아졌으나 아직도 쾌차하지 않았다. 음식
을 비록 조금 더 먹기는 하지만 역시 달지가 않다고 한다. 그러나
먹고 싶어 하는 음식은 제 어미가 백방으로 구해다 먹이면서 다
만 음식 하나라도 먹고 싶어 하기를 바라면서 밤낮으로 옷을 벗지
않는다. 앉으나 누우나 부축하고 안아 주면서 조금도 게으른 빛이
없이 오로지 딸의 뜻에 맞지 않을까 염려하니, 자애로운 어미의
끝없는 은혜라고 할 만하다. 자식 된 자가 부모의 마음처럼만 마
음을 쓴다면 효자 아닌 사람이 없다는 말은 이를 두고 한 것이다.

◎ ─ 11월 17일

소지가 사람을 시켜 편지를 보냈기에 펴 보니, "그저께 도사
조백익이 집에 왔다가 즉시 공주로 돌아가면서 이르기를, '명나
라 사신이 강화에 성공하지 못하고 그냥 돌아갔으니 흉적이 오래
지 않아 군사를 움직일 것이라고 했다.'고 하니, 그런 까닭에 그
마을 사람들은 모두 피란 갈 계획을 세운다."고 한다. 진위는 확
실히 모르겠지만, 만일 그렇다면 우리 일가가 단지 말 1필에 종
하나로 피란을 간다면 장차 어디로 간단 말인가? 차마 말을 할 수
가 없다.

◎ — 11월 18일

눌은비가 들어와서 말하기를, 오는 길에 들으니 이별좌(이덕후)가 새벽에 별세했다고 한다. 이 말을 듣자 비통함을 이길 수 없다. 평일에 나를 대하기를 몹시 후하게 해서, 만일 구하는 것이 있으면 어려워하는 빛이 없이 응해 주었다. 비단 나뿐만이 아니라 남에게 은혜 베풀기를 몹시 후하게 했기에 사람들이 모두 감사하게 여겼는데, 이제 그 부음을 들으니 비통하기 이를 데 없다. 지난달에 내 집을 찾은 이후로 일이 생겨 서로 다시 만나지 못하고 영원히 헤어졌으니, 사람의 일이 어찌 이럴 수가 있단 말인가. 더욱 비통한 일이다.

◎ — 11월 22일

단아가 아침에 만두를 먹자마자 갑자기 전날에 아프던 두통이 다시 일어나 몹시 아파하고 괴롭게 신음을 하며 먹었던 것을 다 토해 냈다. 말도 분명하게 하지 못하니, 몹시 걱정스럽다.

◎ — 11월 25일

단아의 증세는 여전하다. 머리카락을 여러 달 빗지 않은 데다가 묶은 채 풀지 않았기 때문에 이가 득실거려 자신의 손으로 이를 잡아 그릇에 던지는데, 그 마릿수를 헤아리지 못하겠다. 이 때문에 머리카락 주변이 헐어 그 괴로움을 이기지 못한다. 가련하다.

◎ ― 12월 3일

단아의 증세는 비록 조금 덜한 것 같으나, 머리 가득 종기가 나서 터져 고름이 흐르며 이가 머리에 그득해서 괴로움을 견디지 못한다. 이에 종기 난 자리의 머리털을 자르니 머리털이 거의 없는 형편이다. 끓인 물로 머리를 감기고 더러운 때를 씻기다가 말았다. 원기가 몹시 약한 터에 이제 큰 병을 만나고 보니 파리함이 더욱 심해졌다. 비록 지금부터 아주 낫는다고 하더라도 몇 달 안에는 제 모습을 찾지 못하겠다. 슬프고 불쌍함을 이겨 낼 수 없다.

◎ ― 12월 7일

사내종 갯지가 평강에서 사람과 말을 데리고 왔다. 윤겸의 편지를 펴 보니, 잘 있다고 한다. 들으니, 강화가 이루어지지 않아 풍진이 조만간 다시 일어날 터인데 만일 변란이 생긴다면 길이 막혀 소통하지 못할 터이니 이 때문에 사람과 말을 보냈다는 것이다. 그러나 날이 이렇게 차고 단아의 병도 아직 완쾌되지 않았으니, 이것이 걱정이다. 하지만 지금 올라가지 않으면 사람과 말을 다시 얻어 보내기 어려울 터이니, 대엿새만 서서히 살펴보다가 보름께 떠날 작정이다.

임천 생활을 정리하다

◎ — 12월 20일

이른 아침에 진사 이중영과 관아의 계집종 복지가 술과 과일을 가져와서 전별했는데, 소지도 왔다. 위아래 이웃사람들도 모두 와서 보았다. 단아는 조그만 교자에 휘장을 치고 담요를 깔고 탔다. 느지막이 온 집안 식구들이 떠났는데, 나는 군수가 빌려 준 공마를 탔다. 중도에 이르러 집사람이 탄 말의 짐짝이 기울어져 사람들이 미처 부축하기도 전에 떨어졌으나 다치지는 않았다.

떠돌다가 임천에 와서 산 지가 벌써 4년이나 되어 이제 비로소 북쪽으로 돌아간다. 출발에 임해 모두 슬픈 생각에 젖었으니, 인정이 어찌 그러하지 않겠는가. 옛사람이 이르기를, "뽕나무 아래에서 3일 동안 자고 난 뒤 어찌 연연함이 없을까?"라고 했으니, 하물며 내가 오랫동안 여기에서 살았음에랴.

집에서 먹인 개가 3마리인데, 제일 큰 놈은 암캐로 이름이 흑순이다. 그다음은 수캐로 이름이 미백이다. 작은놈의 이름은 족백이다. 그런데 흑순이가 도로 돌아가서 쫓아오지 않기에, 10리쯤 가다가 덕노를 예전에 살던 집으로 보내 끌어 오도록 했다. 그런데 덕노가 돌아와서 말하기를, 그 개가 오려고 하지 않기에 목줄을 채워 끌어 보았지만 끝내 따라오지 않아 부득이 소지의 집에 도로 주고 왔다고 한다. 그 개는 성질이 용맹스러워서 쥐도 잡을 줄 알고 때로는 참새도 잡기에 꿩 잡는 데 쓰려고 아침저녁으로 밥을 덜어 주며 길렀다. 이제 버리게 되었으니, 몹시 아깝다.

집안에서 쓰던 그릇 같은 물건은 모두 소지에게 주었다. 밥하는 솥은 2개인데 하나는 크지만 깨졌고 하나는 작지만 깨지지 않았기에, 역시 소지에게 맡겨 두었다. 훗날 도로 찾을 작정이다. 나머지 소용없는 물건은 모두 이웃사람들에게 주었다.

◎ ― 12월 28일

아산현의 이시열의 집은 새로 지은 데다 아직 마감을 하지 않아서 방구들은 비록 따뜻하다지만 사방 벽에 구멍이 많아 찬 기운이 뼈를 엄습해서 자리에 누워도 잘 수가 없다. 안타깝다. 다만 병든 딸은 윗목에 누웠기 때문에 아주 춥지만은 않다.

단아의 증세는 변함이 없다. 두통이 몹시 심할 뿐만 아니라 온몸이 아프지 않은 곳이 없는데, 눈동자가 더욱 아파서 빠질 것만 같다고 한다. 저녁때가 되면 슬피 울기를 그만두지 않다가 한참 뒤에야 그친다. 아주 슬프고 불쌍하다. 호흡도 때때로 가빠져서 가슴이 답답해 참을 수 없다고 한다.

중도에 병세가 이와 같은데, 오도 가도 못하고 양식과 반찬이 모두 떨어졌다. 만일 오래도록 차도가 없으면 비단 우리 집안이 민망하고 절박할 뿐만 아니라 평강에서 온 사람과 말이 오래도록 중도에 지체하고 말 것이다. 그 민망함이 더욱 지극하다. 그저께 쌀 2말과 콩 3말을 분배해서 며칠 동안 나누어 먹도록 했다. 그대로 아산에 머물고 있다.

◎ ─ 12월 29일

내가 객지에서 설을 쇠는 바람에 거느리고 온 하인들 모두에게 한탄하는 마음이 있는 것 같아서, 집사람에게 술 5되를 빚게 하고 또 콩떡 2말을 만들어 노비와 평강에서 온 사람들에게 나누어 주고 위로하도록 했다. 단아의 증세는 비록 조금 덜한 것 같지만 두통은 여전하고 신음 소리가 끊이지 않는다. 처음에는 수원 율전에 있는 생원(오윤해)의 집으로 가서 설을 쇠려고 했는데, 병 때문에 여기에서 해가 바뀌게 되었다. 탄식한들 어찌하겠는가.

전란 시기에도 치러진 혼인과 제사

전쟁 중에도 사람들의 삶은 이어진다. 오희문 또한 마찬가지여서, 그는 일기를 쓴 약 10년 동안 자녀의 혼사를 세 번 치른다.

첫 번째는 갑오년(1594) 8월에 치른 큰딸의 혼사다. 큰딸은 함열 현감 신응구와 혼인했다. 신응구는 큰아들 윤겸의 친구로, 피란 생활 당시 오희문의 가족을 오랫동안 챙겨 왔다. 1594년 2월 23일 일기에서 오희문은, 그가 비록 윤겸의 친한 친구라지만 친속도 아니고 일찍이 알던 사이도 아닌데 지극히 후하게 대하며 한 달에 두세 번 사람을 보내서 부탁해도 전혀 난색을 표하지 않는다며 깊이 감사하는 마음을 적고 있다. 당시 신응구에게는 아내가 있었는데, 그해 3월 초에 세상을 떠났다. 이후 6월경 큰딸과의 혼사 이야기가 오가고 함열 현감의 어머니가 병환으로 오래도록 차도가 없기에 일정을 서둘러 그해 8월에 혼례를 올린다. 아내가 죽은 지 얼마 되지 않았으나 부모의 병환과 후사를 위해 다시 집안의 안주인을 맞이해야 한다는 당대인의 사고방식을 엿볼 수 있다. 아마도 함열 현감이 오희문 가족에게 지극 정성을 보인 것이 큰딸과 인연을 맺는 데에도 영향을 미쳤을 것이다.

두 번째 혼사는 막내아들 윤성(인아)으로, 그는 병신년(1596) 5월에 김백온(김경)의 딸과 혼인하였다. 마지막은 둘째 딸의 혼사로, 임진왜란이 끝난 경자년(1600) 3월에 김덕민과 혼례를 올린다. 김덕민의 이름은 일기 중간중간 등장하는데, 그는 오희문의 오랜 벗인 김가기의 아들이다. 임진왜란 당시 충청도 보은에서 살았는데 정유년(1597) 난리에 산속으로 피란했다가 왜군에게 가족을 모두 잃고 홀로 살아남았다.

피란 중이어서 혼례를 성대하게 치를 수는 없었으나 혼사는 절차에 따라 진행되었다. 혼사를 의논하는 의혼議婚, 신부 집으로 청혼서와 신랑의 사주를 보내는 납채納采, 신부 집으로 서신과 폐물을 보내는 납폐納幣 과정을 오희문은 일기에 꼼꼼하게 기록했다. 막내아들 윤성의 혼례를 예로 살펴보면, 먼저 첫째 사위 신응구가 혼사를 정하자는 제안을 하고(3월 27일), 5월 1일부터 3일까지 함열에서 오희문이 사돈 김백온과 혼사를 의논한다. 이어 납채할 것을 정하고, 채단을 보내는 납폐 의식은 5월 29일에 행한다. 이날 오희문은 신응구와 함께 윤성이를 데리고 장가를 보내러 간다. 특히 "장가를 보내러 간다."라는 표현에 주목할 필요가 있는데, 이는 당시 처가살이의 관행이 지켜지던 사회상이 드러나는 대목이라 하겠다. 다음 날인 5월 30일 신부는 오희문의 집을 방문했다가 저녁에 다시 돌아간다. 혼인 후에 윤성 내외는 오희문의 집과 처가를 옮겨 다니며 거주하였고, 윤성이 집에 왔을 때 오희문은 "인아가 근친을 왔다."라고 표현하고 있다.

전란 중에도 거르지 않은 제사

전란 시기에도 오희문은 꼼꼼히 조상들의 제사를 챙겼다. '봉제사奉祭祀'는 양반의 일 중 제일 중요한 일이기도 했다. 오희문이 챙긴 봉제사의 대상은 아버지(4월 29일), 조부(10월 5일), 증조부(5월 15일), 고조부(3월 12일), 조모(7월 3일), 외조모(2월 29일), 증조모(10월 16일)를 비롯하여, 누이 김매, 윤해의 양조모, 장모, 장인, 죽전 숙부, 딸 단아까지 끝이 없이 이어진다. 이 모든 기일과 기제를 기억하고 챙기는 모습은 감동적이기까지 하다.

1598년 2월 1일 막내딸 단아의 첫 기제사를 지내며 1년 동안 상식上食을 올리다가 이제는 기일과 삭망에만 제사를 올려야 하는 안타까움을 드러내고 있다. 자식을 앞세운 부모의 슬픔과 떠나보내지 못하는 마음이 고스란히 느껴진다.

15세기에 완성된 조선 헌법 『경국대전』에는 "문무관 6품 이상은 3대까지, 7품 이하는 2대까지, 서인은 돌아가신 부모만 제사를 모신다."라고 규정돼 있다. 그러나 16세기 이후에는 주자가례의 영향을 받아 4대 고조의 제사까지 모시는 것이 관례로 자리 잡았고, 『쇄미록』에는 이를 실천하는 모습이 구체적으로 나타나 있다.

제사에는 크게 선조의 기일에 지내는 기제忌祭, 음력 2월, 5월,

8월, 11월에 가묘家廟에 지내는 시제時祭, 묘소에서 제사를 지내는 묘제墓祭, 명절이나 생일에 지내는 차례茶禮가 있다. 이처럼 조선시대 양반은 1년 내내 제사를 지냈다. 지극 정성이 아닌 다음에야 행하기 어려운 것이 봉제사였다. 오희문 또한 기제와 시제, 묘제, 차례 등 수많은 제사를 하나하나 일기에 기록하고 있다.

1596년 추석 무렵 오희문의 일과를 살펴보면, 14일에 경기도 광주 토당(지금의 서울 강남구 역삼동)의 산소에 도착한 오희문은 한 그루의 나무도 없는 묘소 주변 모습에 슬퍼하였고, 옛날부터 묘를 관리했던 78세의 계집종 마금을 보고 감회에 젖는다. 다음 날인 15일, 비가 내리는 가운데 묘제를 지내는데, 먼저 조부와 아버지, 죽전 숙부께 제사를 올렸다. 이후 증조부의 전어머니 권씨와 이씨, 손자 막아 등의 묘에도 다른 사람을 시켜 제사를 올렸다. 마지막으로 물린 제수로는 노비인 마금과 덕노의 아비인 덕수의 묘에도 제사를 올리게 한다. 이 장면은 양반과 노비 관계의 또 다른 면모를 보여 준다.

오희문은 설, 한식, 단오절, 칠석, 추석 등의 명절은 물론이고, 자신의 생일(7월 25일)과 어머니의 생일(5월 25일)에도 상을 차려놓고 제사를 지냈다. 오희문은 생일날 신주에 올린 음식과 함께 아들과 딸이 보내온 선물 내역까지 자세히 기록하고 있는데, 딸의 선물이 아들의 그것보다 많은 것도 흥미롭다.

6
지극한 기쁨 뒤에
비통한 마음이

정유일록 1597

시름을 없애는 데는 술만 한 것이 없다

◎ — 1월 1일

이시열의 어머니가 자릿조반(아침에 일어나자마자 먹는 간단한 식사)으로 떡국을 만들어 우리 일행 모두에게 주었다. 우리 집에서도 온반을 만들어 노비와 평강에서 온 사람들에게 각각 1사발씩 주었다. 또 술 1동이를 주었으니, 오늘은 큰 명절이기 때문이다.

어제 윤종이 모과 7개를 가져다주었는데, 앓는 딸이 맛보고 싶어 한다는 말을 들었기 때문이다. 또 나에게 내일 사람을 보내면 급하게 필요한 물자를 마땅히 구해 줄 것이라고 한다. 생원(오윤해)의 사내종 춘이가 들어왔다. 그대로 아산에 머물고 있다.

◎ — 1월 5일

단아의 증세는 별로 다르지 않고 아프다는 소리만 여전하다. 답답하다. 느지막해진 뒤에 전에 있던 증세가 다시 발작해서 두통이 더욱 심해졌다. 종일 눈을 감고 뜨지 않다가 날이 어두워졌을 때 마침 국수와 떡을 과식하더니 음식이 가슴에 얹혀 호흡까지 막혀 거의 구원하지 못할 지경에 이르렀다. 어찌할 바를 모르고 당황해하다가, 청심환과 소합환을 어린아이 오줌에 개어 서너 차례 먹이고 또 달걀노른자를 먹였다. 그래도 소생하지 못했는데, 손가락을 스스로 제 입에 집어넣고 네댓 차례에 걸쳐 거의 두어 사발을 토한 다음에 조금 덜해졌다. 그러지 않았더라면 위태로울 뻔했다. 그 뒤로는 밤새 곤하게 잤다. 그러나 청심환과 소합환을 다 써서 남은 게 없고 다시 구할 곳도 없다. 걱정스럽다.

오늘은 집사람의 생일이다. 정서방댁이 떡을 만들었고, 이시열은 행과를 갖추어 우리 내외와 윤함을 아랫집으로 청해서 대접했다. 나머지는 노비들에게 내려 주었으니, 깊이 감사하다.

◎ ─ 1월 8일

날이 흐리고 또 바람이 분다. 단아의 증세는 어제와 같다. 비록 음식이 있어도 배가 부풀고 숨이 가빠서 먹지 못하겠다고 한다. 처음에는 모레쯤 조금이라도 다시 낫기를 기다렸다가 떠나려고 했는데, 지금 병세를 보건대 점점 나아진다는 조짐이 전혀 없다. 한갓 스스로 슬피 울 뿐이다.

오철의 아우 오륜이 소고기구이 2곶(꼬치)과 술 한 사발을 보냈다. 마음이 몹시 근심스러워서 아침도 먹지 않았는데, 술 한 잔을 마시자 마음이 조금 가라앉았다. 시름을 없애는 데는 술만 한 것이 없다고 말할 만하다. 깊이 감사하다. 허찬에게 죽력竹瀝(푸른 대쪽을 불에 구워서 받은 진액)을 구하도록 했는데, 불시에 필요하면 앓는 딸아이에게 쓰기 위해서이다.

저녁에 생원(오윤해)이 진위현에서 와서 보았다. 못 본 지 이제 일곱 달이나 되었는데, 오늘 만나니 온 집안 식구들이 모두 기뻐했다. 아산에 머물고 있다.

◎ — 1월 10일

생원(오윤해)이 먼저 진위로 돌아갔다. 향비도 병 때문에 먼저 따라갔다. 단아의 병세는 갑절이나 더하다. 눈알을 쑤시는 듯한 통증이 더욱 심하고 두통도 몹시 심해 스스로 견디기 어려워하면서 슬픈 눈물을 그치지 않는다. 서글퍼서 차마 볼 수가 없으니, 안타까운 일이다. 내일 떠나려고 했지만 병세가 이와 같으니 떠날 수가 없다. 저간의 마음을 말로 다 할 수가 없으니, 한갓 스스로 슬피 울 뿐이다. 또 4명의 계집종이 모두 학질을 앓아 아침저녁 밥 짓기도 제때에 하지 못하니, 더욱 걱정스럽다.

◎ — 1월 12일

새벽부터 바람이 세게 불어 저녁까지 계속되었다. 단아의 증세는 어제와 같고 죽을 마시는 일도 드물다. 정신이 혼미하고 때로 횡설수설한다. 지금 병세를 보건대, 보름 전에는 도저히 떠날 수 없겠다. 저녁에 단아가 불시에 인사불성이 되어 말도 통하지 않는다. 청심환과 소합환에다 죽력을 탄 생강탕을 끓여 두 번 먹였더니 조금 안정되었다. 밤마다 또 이러해서 증세가 날로 더욱 위중해진다. 몹시 걱정스럽다.

◎ ─ 1월 14일

오늘은 단아의 생일인데, 병 때문에 괴로워서 날짜도 모르고 있다. 슬프고 불쌍함을 이길 수 없다. 아산에 머물고 있다.

◎ ─ 1월 16일

단아의 증세는 어제와 같은데, 느지막해진 뒤에 또 인사불성이 되더니 잠시 뒤에 그쳤다. 어떤 사람이 가르쳐 주기를, 병자의 생기복덕일生氣福德日을 가려서 글을 아는 중을 불러 깨끗한 쌀 3되로 밥을 지어 3개의 그릇에 담고 정화수 한 그릇에 백지 한 장으로 깃대 5개를 만들어 늘어놓고 징을 치고 경을 외우며 빌면 자못 효험이 있다고 한다.

비록 이것이 허황된 일인 줄 알지만 걱정스럽고 급박한 가운데 지나칠 수가 없어 사람을 시켜 중을 불러다가 물었더니, 내일이 생기복덕일이라고 한다. 이에 술수에 따라 즉시 준비해서 암자로 보내고 내일 새벽에 빌도록 했다. 물건을 가져가는 갯지 편에 등유 반 종지도 보냈다. 중의 이름은 인천이다. 호남 출신으로, 암자에 와서 살면서 자못 이러한 것을 일삼는다고 한다. 아산에 머물고 있다.

◎ ─ 1월 24일

단아는 기운을 회복하는 듯하더니 도로 편치 않다. 두통이 다시 생겼으나 그다지 심하지는 않다. 밥을 먹고 해가 뜨자 출발했다. 단아는 더 아픈 데가 별로 없지만, 때로 조금 아프고 가슴이 막혀 답답하다고 한다. 물만밥을 조금 먹은 뒤에 다시 떠나서 진위에 이르러 참봉 최경유의 집에서 잤다.

최경유에게 들으니, 적장 가등청정은 지난 13일에 이미 바다를 건너 양산 땅에서 진법을 연습하면서 병세를 자랑하고 있다고 한다. 전날에 들으니, 가등청정이 바다를 건널 때 통제사 이순신이 군사를 거느리고 급습해서 막아 육지에 오르지 못하게 했는데 이번에는 불시에 바다를 건너서 미처 수전水戰을 하지 못하고 이미 시기를 잃었다는 것이다. 이 때문에 이순신을 잡아 가두고 그 대신 원균이 통제사가 되었다고 한다.

◎ ─ 1월 25일

아침 식사 뒤에 출발했다. 진위현 앞을 지나 수원 땅 냇가에 이르러 말에게 먹이를 먹이고 점심을 먹었다. 곧장 떠나 수원부 앞에 이르니, 날이 이미 저물어 간다. 종들이 모두 들어가서 자려고 하는 것을 억지로 더 가게 하여 뒷들에 이르니, 해가 벌써 떨어졌다. 생원(오윤해)의 집까지는 15리나 남았는데 어두워서 길을 분별하지 못해 비탈길로 들어서니, 사람과 말이 모두 피곤했다. 간신히 도착해 집으로 들어가니, 밤이 이경(21~23시)이었다. 오늘은 말도 피곤하고 길이 미끄러운 데다가 또 멀리 왔기에, 이토록 늦은 것이다.

단아의 죽음

◎ — 2월 1일

단아는 지난밤 초경 뒤로 다시 두통이 생겨 아침까지 아프다고 난리이다. 전날에도 이와 같았으므로 대수롭지 않게 여겨 이른 아침을 먹고 수원 부사에게 가 보려고 했는데, 새벽 이후로 병세가 매우 심해졌다. 곧장 들어가 병세를 보니 인사불성이 되어 매우 위태롭고 괴로워한다. 생원(오윤해)이 앉아서 안고 내가 양손을 잡고 있는데, 잠시 뒤에 가래까지 끓어 말도 하지 못한다. 약이 목구멍으로 넘어가지 않고 가래가 끓어서 소리가 나더니 끝내 내려가지 않고 콧구멍으로 도로 나온다. 결국 말 한마디도 못하고 사시(9~11시)에 훌쩍 떠나 버렸다. 붙들고 통곡해 보지만 한없는 슬픔을 어찌하겠는가.

지난해 9월 스무날에 갑자기 이 병에 걸려 여러 달 고생하다가 이제 아주 떠나 버렸다. 마음이 더욱 지극히 애통하여 가슴과 창자가 찢어지는 듯하다. 평소에 용모가 단정하고 성품이 온화하고 바르며 총명함이 남달랐다. 나이는 어려도 사리의 경중과 옳고 그름을 알았으며 문장도 잘 지었다. 부모에게 효도하고 형제들과 우애 있게 지내는 것도 타고났다. 별것 아닌 옷이나 음식이라도 반드시 다른 사람에게 양보하여 입은 옷이 제 손위 형제의 것보다 조금이라도 좋으면 번번이 바꾸어 입었다.

타고난 품성이 이와 같아서 우리 내외가 매우 애지중지하며 항상 내 이불 속에서 재우다가 지난해부터 따로 재우기 시작했다. 내가 나갔다가 돌아오면 문득 먼저 나와서 맞으며 곧바로 띠를 풀고 옷을 벗기곤 했는데, 다시는 그렇게 할 수 없다. 애통해한들 어찌하겠는가. 병세가 지극히 심했다지만 행여 낫기를 기대할 수 있었는데, 도중에 오래 체류하다가 이 지경에 이르러 끝내 살려 내지 못했다. 장수하는 것과 요절은 하늘에 달려 있어서 사람의 힘으로는 어쩔 수 없다. 하지만 가장 통탄스러운 점은 객지로 떠도느라 의술과 약물을 모두 쓰지 못하고 오직 하늘의 명만 믿고 사람이 할 일을 다하지 못한 것이다. 더욱 몹시 애통하다. 마침 수원 율전의 생원 집에 와 있었으니, 이것이 불행 중 한 가지 다행스러운 일이다.

저녁에 몸을 씻기고 염습을 했다. 정처 없이 떠도는 중에 의복도 마련할 수 없어서 다만 평소에 입던 옷 한 벌을 입혔다. 슬프다. 내 딸은 평소 가난한 집에 살면서 남들처럼 잘 입고 잘 먹고 마시지도 못했는데, 죽어서도 좋은 옷 한 벌을 구해 염해 주지 못했다. 죽을 때까지 지극한 한으로 남을 게다.

마침 생원의 사내종 산돌의 집에 내관內棺(외관 안에 넣는 관)이 있었다. 빌려 쓴 다음 나중에 값을 쳐 줄 생각이다. 논동을 시켜 목수를 불러다가 관을 만들게 했다. 또 논금이를 한양으로 보내 셋째 아들 윤함에게 부음을 전했다. 그편에 염하면서 쓸 물건을 가져오게 했다. 전날에 미리 보내 놓았기 때문이다.

염습에 쓸 물건으로 제 형이 흰 모시적삼 1벌, 초록색 치마와 저고리 1벌, 검푸른 색 장옷 1벌, 홑치마 1벌, 유군 1벌, 반쯤 푸른 겹적삼 1벌을 마련했고, 소렴小殮(운명한 다음 날 시신에 수의를 갈아 입히고 이불로 싸는 것)에는 제 어미가 유장의 1벌, 유저고리 2벌을 마련했으며, 제 셋째 오라비가 홑이불 1채를 마련했다.

◎ ─ 2월 3일

율전에 그대로 머물렀다. 아침을 먹기 전에 들어가 시신을 보고 어루만지며 슬퍼했다. 아무리 하루에 세 번 이와 같이 한들 이미 죽은 걸 어찌하겠는가. 슬퍼서 통곡했다. 이른 아침에 수원 부사가 특별히 사람을 보내서 목수와 짚자리 4닢을 보내왔다. 심지어 산성의 역에 딸린 목공까지 뽑아서 보냈고, 또 편지를 써서 안부를 묻기까지 했다. 후의에 매우 감사하다. 이 목수는 솜씨가 좋아서 관 짜는 일에 매우 익숙했다. 분명 흠이 없을 것이다. 기쁘다. 지난밤에 큰 눈이 내려 거의 반 자나 쌓였다. 길이 진창이 되어 매우 걱정스럽다. 저녁때 입관하고 빈소를 만드니 밤이 깊었다.

◎ ― 2월 5일

새벽부터 눈이 내리더니 아침까지도 그치지 않고 바람까지 세차게 불었다. 오늘 묏자리를 파고 떼도 뜨려고 했는데 날씨가 이러니 답답한 노릇이다. 느지막이 비로소 날이 갰다. 사내종들을 데리고 산에 올라가 조부모의 산소 위 산등성이 서쪽 자락 정남향의 자리에 묏자리를 잡았다. 묏자리 터를 다듬고 무덤을 파기 시작하여 거의 절반을 팠다. 하지만 하루 종일 바람이 거세고 때때로 눈발도 날려 사람들이 모두 추위에 떨어 일을 끝내지 못할 지경이라, 일찍 그만두고 돌아와 토당의 산소에 머물렀다. 여기에 묏자리를 잡아 두고 훗날 우리 내외도 들어가야겠다.

◎ ― 2월 6일

새벽에 집사람이 꿈속에서 죽은 딸을 보았는데, 완연히 평소의 모습과 같았다고 한다. 집사람과 서로 마주보며 애통해했다. 오늘이 발인이라 분명 떠도는 넋이 먼저 와서 꿈에 보였나 보다. 슬퍼서 통곡했다. 둘째 딸도 두 번이나 꿈에서 보았다고 한다. 평소에 슬하를 떠나지 않았던 아이를 이제 산골짜기에 묻으니, 외로운 넋이 분명 컴컴한 무덤 속에서 슬피 울고 있겠지. 더욱 지극히 애통하다. 그래도 선산 아래에 장사 지냈으니, 불행 중 다행스러운 일이다.

◎ ― 2월 11일

흰죽으로 자릿조반을 먹고 출발했다. 자못 비가 올 징후가 있으니 걱정스럽다. 연천현 앞 냇가에 이르러 말에게 꼴을 먹이고 아침을 먹었다. 오늘부터 소식素食(죽음을 애통해하여 밥을 먹을 적에 고기반찬을 먹지 않고 채소만 먹는 것)하던 것을 바꾸니, 비통한 마음이 더욱 지극하다. 비록 아침저녁에 먹을 밥으로 죽은 딸에게 제사를 지낸다지만, 조촐한 나그네 길에 미흡한 점이 많다. 형편이 이러하니 어찌하겠는가. 슬프구나, 내 딸이여! 어찌하여 먼저 떠나서 나를 한없이 슬프게 하는가.

평강에서 새로운 삶을 시작하다

◎ ― 2월 13일

평강현에 이르자마자 신주 앞에 차례를 지냈다. 이어서 각각 다과를 내오고 저녁밥도 내왔다. 풍성하고 좋아 먹을 만했다. 비록 탕진되고 쇠잔한 고을이지만, 부유한 사삿집에서 준비하는 음식과는 크게 달랐다.

◎ ― 2월 23일

윤함이 별시에 응시하러 한양에 가겠다며 행장을 차리고, 또 과거 시험에 쓸 종이를 마름질했다.

◎ ─ 2월 24일

윤함은 한양에 가서 과거를 치른 뒤에 그길로 해주로 간다고 한다. 죽은 딸이야 어쩔 수 없지만, 눈앞에 자식이 하나도 없는데 윤함마저도 멀리 떠난다. 분명 소식을 들을 수 없을 것이기에, 이별의 슬픔을 이기지 못해 눈물이 하염없이 흐른다. 사는 것이 몹시 한스럽다.

◎ ─ 2월 26일

지난 밤중에 평강 관아의 계집종이 호랑이에게 물려가서 살려 달라고 호소하는 소리가 몹시 간절했으나, 마을 사람들이 두려워서 나가 보지 않았다. 물고 갈 때 관아 뒤를 지나가서 사람들이 모두 들었는데도 끝내 구하지 못하여 굶주린 호랑이의 뱃속을 채워 주었다. 불쌍하다. 요새 고약한 호랑이가 성행하여 문과 울타리를 부수고 들어오기도 한단다. 몹시 걱정스럽다.

◎ ─ 2월 28일

별시에 입장하는 날이다. 세 아이들이 이미 입장을 했는지 모르겠다. 이렇게 어지러운 세상에 과거가 무슨 소용이겠는가. 하지만 평소에 바라던 일이어서 응시하도록 억지로 권했다. 합격하고 못하고는 하늘에 달렸으니, 상관하지 않을 뿐이다. 변방의 소식이 근래 몹시 급하다고 하는데, 과거는 잘 마쳤는지 멀어서 자세히 알 수가 없다.

◎ — 3월 3일

답청절(음력 삼월 삼짇날)이다. 평강 관아에서 떡과 면, 과일 세 가지, 편육과 노루고기 구이 등의 음식을 마련하여 먼저 신주 앞에 제사를 지내고 다음으로 죽은 딸에게 제사를 지냈다. 애통한 마음이 더욱 지극하다. 제사를 지낸 뒤에 과일과 면과 떡을 소반에 담아 위아래 사람들이 함께 먹었다.

◎ — 3월 8일

인아가 평강에 데리고 온 사내종 돌종이 새벽에 도망갔다. 매우 괘씸하다. 여기 와서 벗어 둔 옷을 챙겨 입고 새로 지은 홑겹 하의까지 입고서 말이다. 오래 머물게 하려고 했건만 현에 들어온 지 며칠 만에 달아나 버렸다. 몹시 통탄스럽다. 오는 도중에 두 계집종이 도망쳤고 사내종 하나가 지금 또 달아났으니, 이제 남은 건 계집종 하나뿐이다.

오늘 진시(7~9시)에 계집종 향춘이 딸을 낳았다. 어제부터 진통이 있었고 밤새 극심한 진통을 겪었는데도 낳지 못하기에, 방이 차고 사람이 많아서 그런가 하여 문밖의 흙집으로 내보내고 방에 따뜻하게 불을 지피게 했더니 곧바로 낳았다. 오늘도 저녁 내 바람이 세차게 불었다.

큰아들 윤겸의 과거 급제

◎ ─ 3월 13일

지난밤 꿈에 평강(오윤겸)이 오는 것을 보았다. 완연히 평소의 모습인데, 다만 갓을 벗은 채 창문 앞에서 절을 했다. 무슨 조짐인지 모르겠다. 분명 과거에 급제해서 갓을 벗고 관모를 쓸 징조일 게다. 그렇지 않다면 오늘내일 사이에 관아에 돌아올 것이다.

시중드는 아이가 진달래꽃을 꺾어 와서 바쳤다. 가지마다 꽃이 만발하니, 예전에 임천군에 살던 때가 생각난다. 죽은 딸아이가 이 꽃가지를 꺾어서 물 담은 병에 꽂아 놓고 좋아했다. 지금 문득 보니 나도 모르게 눈물이 났다. 마음을 가눌 수가 없어서 종일 슬피 울었다. 너는 어찌 이리도 일찍 떠나가서 나로 하여금 사물을 볼 때마다 생각나서 한없이 마음 아프게 하느냐. 슬프고 또 슬프구나.

◎ ─ 3월 15일

관인이 한양에 갔다. 평강(오윤겸)이 돌아오는 것을 맞이하기 위해서이다. 오늘은 전시殿試(임금이 친림하여 시행하는 마지막 단계의 과거 시험)를 치르는 날이다. 평강이 전시가 끝나는 대로 내려올 테니, 열여드렛날에는 관아로 돌아올 것이다.

◎ — 3월 19일

오후에 성균관 사람 5명이 한양에서 달려왔다. 급제 방목을 가지고 나팔을 불며 와서 알리는 말이, 그저께 저녁에 방목이 나왔는데 평강(오윤겸)이 급제했다고 한다. 방목을 보니, 조수인이 장원이고 윤겸은 일곱 번째로 이름을 올렸다. 온 집안의 기쁨을 이루 다 말할 수 있겠는가. 윤해가 낙방하여 안타까울 뿐이다. 하지만 한집에서 한 사람이 급제한 것만으로도 충분하다. 어찌 둘 다 급제하기를 바라겠는가. 이 사람 저 사람 전하기는 하는데 확실한지 모르겠다. 강경講經(과거 시험에서 경서의 특정 구절을 보지 않고 외우고 뜻을 해석하는 것)한 사람이 2백여 명인데, 뽑힌 사람은 19명뿐이라고 한다.

오씨 문중에 우리 5대조 이하로 급제한 사람이 없었는데, 이번에 우리 아들이 처음으로 이루어 냈다. 이제부터 뒤를 이어 나오기를 바랄 수 있을 것이다. 한 가문의 경사를 말로 어떻게 다 표현하겠는가. 더욱 한없이 기쁘다. 하늘에 계신 선친의 영령도 저승에서 분명 기뻐하실 것이다. 아, 슬픈 감회 또한 지극히 일었다.

저녁에 평강이 관아에 돌아왔다. 온 집안 식구들이 방 안에 둘러앉아 이야기를 나누다가 밤이 깊어 잠자리에 들었다. 난리 통에 급제한들 아무도 상관하지 않겠지만, 새벽까지 잠을 이루지 못했다. 이는 분명 지극히 기뻐서일 게다. 다만 급제한 뒤에는 음관蔭官(과거 시험을 치지 않고 조상의 공덕으로 관직을 얻은 벼슬아치)과는 달라서 벼슬길에 오르면 분명 멀리 떨어져 지내야 하는 근심이 있을 것이니, 한없이 걱정이 앞선다. 그러나 한 몸을 이미 나라에 맡겼으면 평안할 때나 험난할 때나 한결같아야 하는 것은 곧 신하된 사람의 본분이니, 이제부터는 내 아들이 아닌 것이다. 아무리 탄식한들 어찌하겠는가.

◎ — 3월 27일

평강(오윤겸)이 오후에 한양에 갔다. 초이튿날이 창방唱榜(과거 급제자 증서 수여식)이기 때문에 기일에 맞추어 가는 것이다. 허찬도 한복을 데리고 함께 갔다. 그의 외조모가 지난 정월에 별세했는데, 이제야 소식을 듣고 올라가는 것이다. 허찬의 외조모는 내 숙부의 후처인 용궁댁이다. 난리 뒤에 동생 첨지 이의를 따라 해미 땅에 임시로 거처했다. 이른 나이에 남편을 잃고 과부로 살면서 실명까지 하고 자녀도 없다. 인간 세상의 고초가 이보다 더할 수는 없다. 문중에 이 숙모만 계실 뿐이었는데 이제 별세했으니, 애통한 마음을 금치 못하겠다.

◎ — 4월 5일

오늘 조보를 보니, 통제사 원균이 왜선 2척을 포획하고 왜적 65명의 수급을 베었다고 한다. 참으로 기쁜 소식이다.

◎ — 4월 7일

요사이 고약한 호랑이가 날뛰어, 어제 아침에는 해가 뜬 뒤에 산 뒤쪽 인가 앞을 지나서 골짜기로 들어갔다가 해가 지지도 않았는데 또 앞 냇물을 지나갔다고 한다. 이뿐만이 아니다. 녹용을 채취하러 산에 다니는 사람이 와서 하는 말이, 매일 호랑이를 보는데 그저께는 한 골짜기에서 4마리가 같이 뛰어다녔다고 한다. 매우 두렵다.

삼일유가, 잔치를 베풀다

◎ — 4월 16일

느지막이 평강(오윤겸)이 왔다. 5리 길 밖에 장막을 치고 옷을 갈아입고서 꽃을 세우고 풍악을 울리며 왔다. 쇠퇴한 가문에 이런 경사가 어디 있겠는가. 우리 문중에서 비로소 어사화를 보았으니, 이제부터는 급제하는 사람이 이어질 수 있을 것이다. 매우 다행한 일이다. 어머니께서는 희비가 교차하는지 눈물이 줄줄 흐르는 줄도 모르신다. 먼저 신주 앞에 차례를 지냈다.

또 들으니, 오극일도 이번 알성 무과에 뽑혔다고 한다. 더욱 기쁘고 다행스럽다. 극일은 제사를 모시는 종손이다. 비록 무과라고는 하지만 묘소 아래에 연이어 영예로운 제사를 지내게 되었으니, 어찌 다행스럽지 않겠는가.

정재인呈才人(춤추고 노래하는 사람)의 이름은 서순학으로 임피에 살고, 광대의 이름은 유복으로 은진에 산다. 곧바로 한바탕 놀게 하여 구경하고, 정포 2필, 흰 모시 중치막 1벌, 흰 무명 반 필, 베 반 필을 주었다. 처음 홍패紅牌(과거 급제자에게 내주던 증서)를 맞이할 때는 으레 이렇게 주기 때문이다.

◎ ― 4월 17일

이른 아침에 평강(오윤겸)이 향교에 가서 공자의 신위에 배알하고 돌아왔다. 오후에 놀이꾼을 시켜 놀게 했다. 구경하는 사람이 담처럼 에워쌌다. 생원(오윤해)의 사내종 춘이가 안변에서 신공을 거두어 돌아왔다.

스무하룻날에 잔치를 열려고 사람을 보내 손님을 초대했다. 손님은 판교 류공진, 회양 부사 민충남, 금성 현령 김니, 철원 부사 윤선정, 은계 찰방 김태좌이다. 다만 초대한 손님이 다 올지는 모르겠다. 평강의 서얼 처남인 이백도 알성시에 뽑혔다고 한다. 이언실의 외아들인데, 적자가 없고 서출만 있을 뿐이다. 비록 무과이지만 지금 다행히 급제했으니, 또한 위로가 된다.

◎ ― 4월 21일

잔치를 베풀었다. 회양 부사 민충남 공이 와서 나도 나가 보았다. 은계 찰방 김태좌도 왔다. 금성 현령 차운로는 암행어사가 경내에 들어와서 못 왔고 류판교도 집에 제사가 있어 못 와서, 회양,

철원, 은계의 세 공만 참석했다. 철원 관아의 계집종 5명과 피리 부는 사람 1명을 불러왔다. 비록 노래하고 북 치는 것을 잘하지는 못했지만, 노래도 하고 북도 치면서 여럿이 피리를 부는 속에서 오히려 즐거움이 생겼다.

놀이꾼들이 각자 온갖 재주를 보여 주었고, 선생들도 새로 급제한 사람을 희롱하여 얼굴에 온통 먹칠을 하기도 했으며, 아름다운 여인을 업게도 하고 땅에서 한 치를 뛰게 하기도 하면서 노래도 하고 춤도 추니 구경꾼들이 구름같이 모였다. 종일 술잔을 나누다 보니 내가 먼저 취했다.

저녁이 되기 전에 철원 부사가 먼저 일어나서 갔다. 나는 다시 민충남, 김태좌 두 사람과 술을 각각 석 잔씩 마시고 저녁이 되어 파하고 헤어졌다. 우리 문중에서 과거 급제 잔치를 이제야 비로소 보니, 기쁘고 다행스러운 마음이 어떻겠는가. 다만 죽은 딸이 여기에 없어서 때때로 생각이 나니, 지극한 기쁨 뒤에 도리어 비통한 마음이 생긴다. 몰래 슬픈 눈물을 닦아 보지만 견디기가 어렵다.

◎ ─ 4월 29일

새벽에 아우와 두 아들, 조카 심열 등과 함께 제사를 지냈는데, 고기반찬을 갖추어 올렸다. 사내종 광노와 놀이꾼들이 오늘에야 비로소 돌아갔다. 내일은 아우와 조카 심열도 한양으로 돌아갈 것이다. 그러므로 행장을 꾸리면서 단옷날 제수도 마련하여 아우가 가는 길에 부치려고 한다.

꿈에서 단아를 만나다

◎ — 5월 5일

단옷날이다. 몇 해 전 이날에는 함열에서 나와 웅포에서 배를 타고 물을 거슬러 올라와 곧바로 남당진에 이르렀고, 좌우로 바라보면 남북 양쪽 언덕의 인가에서 곳곳마다 그네를 높이 매고 어른과 아이들이 모두 모여 놀았다. 지금 이 산골에서는 한 곳에서도 그네를 타지 않으니, 산중 사람들의 풍속이 순박하여 번화한 기상이 없다고 할 만하다.

지난해 단오에 임천군에 있었을 때 죽은 딸이 울타리 안의 복숭아나무 가지에 그네를 매고 아우 언명의 두 아이들과 함께 놀던 일이 갑자기 생각났다. 나도 모르게 슬퍼져 눈물이 옷깃을 적신다. 슬프구나! 너는 어찌하여 먼저 떠나서 나로 하여금 물건을 볼 때마다 생각나게 하고 오래될수록 더욱 마음을 아프게 하느냐.

◎ — 5월 10일

허찬이 남포에서 한양으로 돌아오면서 자방(신응구) 식구들의 편지를 받아 왔다. 편지를 보니, 다들 잘 있고 중아는 날로 점점 씩씩해진다고 한다. 말로 할 수 없을 만큼 위로가 된다. 딸의 편지에 애처로운 말이 많아서 다 읽기도 전에 나도 모르게 눈물이 흘렀다. 자방의 큰딸이 지난 4월 초아흐렛날에 세상을 떠났다고 한다. 그와 나의 마음이 어찌 다르겠는가. 애통함을 견디지 못하겠다.

◎ — 5월 11일

딸이 죽은 지 백 일이다. 집사람이 무당을 불러 이웃집에서 신사神事(신에게 제사 지내는 의식)를 베풀게 하니, 징과 북을 치면서 행했다. 부질없는 일인 줄 잘 알면서도 애통함이 남아 사랑하는 마음이 사무쳐서 그러려니 하고 우선 허락하고 막지 않았다. 집사람도 친히 가서 무당의 말을 듣고 통곡하며 돌아왔다.

◎ — 5월 16일

집사람이 열나흗날부터 소변을 자주 봐서 그 수를 헤아리지 못할 정도이다. 소변을 볼 때는 통증이 매우 심하고, 겨우 두세 숟가락만큼 누고 말며 소변 색도 붉다. 잘 때에도 눕지 못하여 앉아서 아침을 기다린다. 이 증상은 젊었을 때 생긴 것인데, 약을 먹고 효험을 보기는 했다. 그 뒤 때때로 이 증상이 나타났지만 불과 2, 3일 만에 그치곤 했다. 돌이켜 보면 10년 전에 평강(오윤겸)이 이름난 의원에게 물어 팔물원을 지어 먹인 뒤로는 다시 도지지 않았다. 최근에 냉방에서 자고 거처하다 보니, 분명 이로 인해 다시 발병한 게다. 오래되어도 낫지를 않으니 걱정을 이루 말할 수 없다.

◎ ─ 5월 28일

집사람이 지난밤에 꿈에서 죽은 딸을 보았다며 아침에 끊임 없이 애통한 눈물을 흘렸다. 어제 냇가에 갔을 때 여러 아이가 물 장구치며 노는 모습을 보고 홀연 딸이 생각나서 우리 내외가 마 주보며 눈물을 흘렸는데, 분명 어두운 저승에서 서글퍼하여 꿈에 나타난 것이리라. 몹시 애처롭다.

◎ ─ 6월 1일

초복이다. 너무 더워서 앉거나 누울 때 괴로워 견딜 수 없다. 답답하다. 집사람이 떡을 쪄서 죽은 딸의 넋에 제사를 지냈다. 초 하룻날이기 때문이다. 슬퍼한들 어찌하겠는가. 종일 날이 흐리고 때때로 소나기가 세차게 내렸다. 어제 옮겨 심은 오이와 가지 모 종이 모두 생생해진 것 같기에, 계집종 춘금이에게 긴 나뭇가지 를 베어다가 시렁을 얽어 넝쿨이 뻗을 길을 만들어 주게 했다. 만 약 열매를 맺는다면, 오는 가을에 오이를 실컷 먹을 수 있겠다.

◎ ─ 6월 10일

지난밤부터 새벽까지 비가 잠시도 그치지 않았다. 아침에도 여전히 이와 같이 내려 종일 그치지 않았다. 냇물이 전날보다 배 나 불어 높은 언덕이 모두 물에 잠겼으니, 관아 안의 소식을 4, 5 일 안에는 듣지 못할 형편이다.

어제저녁에 새끼 돼지고기를 광주리에 담아서 흐르는 냇물에 담가 차갑게 보관하고 있었는데, 밤사이 큰비가 내려 모래톱이 모두 잠겨서 어디에 있는지 알 수가 없다. 떠내려가지 않았다면 담가 둔 곳에 그대로 있겠지만, 물이 빠지기를 기다려서 건져 내면 분명 썩어서 먹을 수 없을 것이다. 다리 네 쪽만 먹었고, 몸통 전체는 거기에 있다.

◎ ─ 6월 26일

뜻밖에도 어제 낮에 사내종 한복이 왔다. 놋화로를 가지고 곧바로 돌아갔다. 그런데 오늘 새벽에 닭이 횃대에서 세 번 운 뒤에 계집종 강춘을 데리고 도망쳤다. 곧바로 이를 알아채고 덕노, 춘금이, 김담에게 이웃 사람 김억수, 김풍 등과 함께 말발굽 자국을 따라서 쫓게 했는데, 15리 밖 숲속에 숨어 있는 것을 잡아서 돌아왔다. 괘씸하기 짝이 없다.

우리 집의 계집종을 데리고 도망쳤을 뿐만 아니라 허찬의 말도 훔쳐 갔다. 더욱 몹시 괘씸하다. 이에 큰 몽둥이로 발바닥을 70, 80여 대 때리고, 계집종 강춘에게도 50여 대를 때렸다. 한복을 결박해서 덕노와 춘금이 등을 시켜 관아로 보내면서 사또에게 보고하여 법에 따라 형벌로 다스리도록 편지를 써 주었다.

허찬은 사내종을 팔아서 말을 샀는데, 한복과 더불어 흥정하여 말을 팔려고 했다. 나는 일찍이 한복의 불순함을 알았기 때문에 믿을 수 없다고 누차 말하며 분명 말을 훔쳐 달아날 것이라고 했다. 그런데 내 말을 믿지 않더니, 이제 정말로 그렇게 되고 말았다. 이놈은 잡혀 올 때 조금도 뉘우치는 마음이 없이 자신을 잡은 사내종들에게 고약한 말을 수없이 내뱉으며 만약 자신을 놓아주지 않는다면 훗날 크게 그 원수를 갚을 것이라고 했다. 만약 없애지 않으면 후환이 있을까 두렵다. 한복을 쫓아가서 잡는 일 때문에 오늘도 메밀밭에 다 파종하지 못했다. 안타깝다.

◎ ─ 6월 27일

한복이 놈은 성질이 몹시 불순하여 여기에 온 뒤로 대소 하인들 중에 다투지 않은 사람이 없고, 욕설을 하도 많이 지껄여서 사람들이 모두 이를 갈았다. 그래서 지난밤에 단단히 가두고 칼과 차꼬를 단단히 씌워 놓았더니 갑자기 죽었다고 한다. 그놈이 죽은 것은 아까울 것이 없다. 하지만 내 집에 온 지 이제 4년이 되었고 원래 죽을죄도 아닌데 갑자기 죽었으니, 마음이 자못 편치 않다. 마치 더러운 물건을 삼킨 것 같아 밤새 잠을 못 잤다.

◎ ─ 7월 4일

요새 무료해서 계사년과 갑오년 일기를 보니, 그동안 유랑하고 병을 앓으며 굶주림과 추위로 고생한 상황을 이루 다 말할 수가 없다. 그러나 슬하의 칠남매가 모두 탈 없이 살아 있으니, 비록 때로 먹을 것이 부족하여 탄식해도 비통하고 가슴 아픈 일은 없었다. 이 산골로 들어온 뒤로는 양식과 반찬이 떨어지지 않고 맛있는 음식도 얻게 되어 언제나 어머니를 봉양하고 아랫사람들을 기를 수 있으니, 근심이 없다고 하겠다. 그러나 이제 매양 좋은 날에 좋은 음식을 보면 문득 슬픈 눈물을 그칠 수 없으니, 막내딸이 먼저 죽었기 때문이다. 갑오년 봄과 여름에 한창 굶주려 곤궁한 중에도 늘 막내딸과 그네놀이를 하면서 무료한 회포를 달랬는데 지금은 할 수가 없으니, 애통함이 더욱 지극하다. 슬프구나, 내 딸이여! 네가 어찌 나를 버리고 먼저 가서 나를 끝없이 비통하게 한단 말이냐. 참으로 슬프다.

◎ ─ 7월 7일

간밤 꿈에 죽은 딸을 보았다. 깨고 나니 비통한 심정을 이기지 못하겠다. 즉시 일어나 앉아 집사람과 함께 꿈 이야기를 하며 슬퍼서 계속 울었다. 이에 딸이 생전에 놀던 일과 떠도는 중에 추위와 배고픔으로 고초를 겪던 일을 떠올렸고, 큰 병을 앓을 때 아픔을 참지 못하던 모습과 말이 비참했던 일에 이르러서는 얼굴이 생생하게 떠올라 슬픈 눈물을 억제할 수가 없어 가슴이 찢어지는 것 같았다. 집사람이 소리 내어 울면서 닭이 세 번 울 때까지도 그치지 않으니, 더욱 몹시 애통하다. 그 애가 죽은 뒤로 꿈속에서라도 한 번 보기를 원했으나 이루어지지 않더니, 오늘 밤에 내 꿈에 보였다. 그러나 희미하고 분명치 않으니, 영혼이 흩어져 정착하지 않아서 그런 것인가. 슬프고 슬프다.

오늘은 칠석이어서 관청에서 채소의 꽃과 꿩, 닭을 각각 2마리씩 보냈으므로 즉시 탕과 적을 만들었다. 또 이곳에서 메밀로 전병을 만들어 먼저 신주에 올리고 위아래 사람들이 나누어 먹었다.

◎ ― 7월 10일

어제 잃었던 노루고기와 꿩고기를 담은 그릇이 오늘 아침에 깊은 못에서 떠올라서 앞 여울로 흘러 내려갔는데, 건져 보니 다리 하나만 없고 그 나머지는 모두 있었다. 아마 물에 담글 때 끈을 매지 않아서 저절로 깊은 물속으로 흘러 들어갔다가 비로소 떠오른 것 같다. 수달의 짓이라고 여겼는데, 이제 보니 그렇지 않았다.

◎ ― 7월 15일

오늘은 백중이다. 떡, 과일, 구이, 탕을 갖추어 신주 앞에 차례를 지냈고, 또 밀가루로 떡을 만들어 계집종들에게 나누어 주었다. 관청에서 심부름꾼이 왔다. 이때 마침 나는 한잠을 자고 깨어났는데, 앞마루에 달빛이 들어와 대낮처럼 밝아서 집사람과 함께 일어나 앉아 이야기하는 중에 관인이 비로소 왔다. 맹수가 많이 나오고 인적 없는 이러한 골짜기에 관청 사람이 아니면 어찌 감히 때에 맞춰 올 수 있겠는가. 그러나 짐승에게 물릴 염려가 있으니, 이 뒤로는 이런 일을 하지 말라고 일렀다. 전병 1바구니, 꿩 2마리, 수박 2개, 가지 21개를 가져왔다. 꿩을 계속해서 얻어먹으니, 역시 관청의 힘을 알겠다. 노루는 이제 컸기 때문에 잡을 수가 없다고 한다.

◎ ― 7월 25일

오늘은 내 생일이다. 찐 상화병, 탕 두 가지, 꿩구이, 과일 여섯 가지 등을 차려 신주 앞에 제사를 지냈다.

정유재란, 왜적이 다시 쳐들어오다

◎ ― 7월 29일

아우 언명에게서 들으니, 한산도의 여러 장수가 진을 치고 있는 곳에 흉적이 불의에 야습하여 모두 함락되었고 통제사 원균과 충청 수군절도사 등이 모두 죽임을 당했다고 한다. 매우 놀랍고 한탄스럽다. 한산도는 전라도의 울타리로, 적들이 오래도록 침범해 오지 못한 것은 한산도에서 막았기 때문이다. 이제 빼앗겨서 도리어 적이 점령했다고 하니, 만일 이로 인해 곧장 전라도를 침범한다면 누가 막겠는가. 그러나 정확한 소식은 아직 알지 못하겠다.

◎ ― 8월 4일

별감 김린이 보러 왔다. 무를 가져왔기에 추로주 두 잔을 대접했다. 윤겸이 현으로 돌아가 새끼 노루 가죽 16장을 보내면서 가

죽을 무두질(부드럽게 만드는 일)하라고 했다. 이는 모두 올여름에 잡아먹은 노루의 가죽이다. 김언신이 경작한 기장 밭의 수확물이 겨우 3말인데, 전날에 멧돼지가 먹어 버려서 남은 것은 이것뿐이라고 한다. 안타깝다.

평강(오윤겸)이 지난봄에 한양에 있을 때 첩을 얻었는데, 사비私婢로 여러 번 다른 사람을 겪은 여자라고 한다. 지난달 20일 즈음에 데려와 사가에 있게 하고 계집종 하나를 데려다 놓았는데, 두 사람이 먹을 것으로 한 달에 각각 3말씩만 준다고 한다. 그 첩은 바로 이은신 숙부의 첩의 전남편의 딸인데, 이은신이 중매를 했다고 한다. 내가 자는 방은 고래를 파고 솥을 건 뒤로 매우 따뜻하니 기쁘다.

◎ ─ 8월 9일

한밤중이 되기 전에 현 사람이 뜻밖에 다시 왔다. 평강(오윤겸)의 편지를 보니, 적장 가등청정이 이달 3일에 7명의 장수를 거느리고 상륙하여 전라도로 향했고 세 장수는 수군을 거느리고 나주로 향하여 함께 수륙으로 진격한다고 했다. 그래서 오늘 순찰사의 전령이 두 번이나 와서 여러 고을 수령에게 군사를 거느리고 영원성으로 달려가서 막고 지키라고 해서 내일 가야 하므로 형편상 근친覲親(부모를 뵈러 옴)하지 못한다고 했다. 나라에 몸을 맡긴 이상 어찌하겠냐고 했다.

덕노가 목화를 바꾸는 일 때문에 말을 가지고 충청도와 전라도로 내려갔는데 이런 큰 변을 당했으니, 또한 쉽게 돌아오지 못할 것이다. 가져간 말을 전쟁에 나가는 군사들에게 빼앗겼을까 몹시 걱정스럽다. 적이 몰려와 곧장 한양으로 향한다면 이곳에서도 편안히 앉아 있을 수가 없을 터인데, 사내종 하나 말 1필 없으니 더욱 몹시 걱정스럽다. 좋지 못한 때를 만나 6년 동안 전쟁을 겪었는데 하늘이 무심하여 요망스런 기운이 또 일어나니, 내 죽을 곳이 어딘지 모르겠다. 비록 탄식한들 어찌하겠는가.

◎ ─ 8월 15일

아침 식사 전에 인아와 함께 제사를 지낸 뒤 남은 음식으로 살아 있을 때 공이 있었던 노비 중에서 자손이 없어 제사를 받지 못하는 자들의 제사를 지내 주었다.

◎ ─ 8월 21일

저녁에 생원(오윤해)이 현에서 왔다. 오래 못 보다가 지금 만났으니, 온 집안이 기쁘고 위로되는 것을 어찌 다 말하겠는가. 또 들으니, 그 처가 지난 18일에 현에 도착한 지 오래지 않아 무사히 순산해서 아들을 얻었다고 한다. 더욱 몹시 기쁘고 다행스럽다.

◎ ─ 8월 23일

저녁에 내 건너편의 안협 땅에 한양 사람이 와서 머문다는 말을 듣고 민시중과 김언보에게 가서 적의 소식을 물어보게 했더니, 적은 이미 남원성을 함락했고 중전은 근일에 평안도로 피란을 가려 한다고 했다. 사실 여부는 알지 못하겠다. 만일 그렇다면 날은 점점 추워지는데 노모를 모시고 병든 아내를 데리고서 위아래가 모두 속옷도 없이 깊은 산골짜기로 피해 들어가 반드시 얼고 굶주리게 될 터이니, 언제 어떻게 죽을지 모르겠다. 그저 하늘에 명을 맡길 뿐이다. 6년 동안의 전쟁으로 백성이 모두 파리해졌는데도 하늘은 무심하여 흉적이 또 일어나 충청도와 전라도의 남은 백성마저 도탄에 빠지게 하니, 하늘은 백성을 사랑한다는데 어찌 조선의 수많은 백성이 모두 죽어서 살아남는 이가 없는 지경으로 몰아간단 말인가. 못 믿을 것이 하늘이니, 크게 탄식한들 어찌하겠는가.

흉적들의 소식

◎ ― 8월 27일

막내아들 인아의 처가 딸을 낳았는데, 저녁때 해가 아직 높았으니 아마 신시(15~17시)일 것이다. 오늘 일몰은 유시(17~19시) 삼각(45분)이다. 올해 네 아들의 집에 모두 태기가 있었는데, 윤해와 윤함은 모두 아들을 낳았고 윤겸과 윤성(인아)은 딸을 낳았다. 1년 중에 두 손자를 얻었으니, 이만하면 만족스럽다. 어찌 또 손자를 바라겠는가. 다만 아쉬움이 있다면, 윤겸이 장남인데 여러 번 낳았으나 키우지 못했고 또 낳은 딸이 요절한 일이다. 탄식한들 어찌하겠는가. 마침 꿩 3마리를 받아서 산부의 미역국을 끓여 줄 수 있으니 다행이다.

◎ ― 9월 2일

아우 언명에게 들으니, 남원이 함락된 것이 확실하고 성안에 가득했던 명나라와 우리나라 군병들이 모두 도륙을 당했다고 한다. 양총병도 칼에 베이고 탄환을 맞았으나 간신히 몸만 빠져나와 한양으로 실려 갔다고 한다. 이로 인해 전주에서는 성을 지킬 계획을 세우지 않고 부윤이 먼저 그 처자들을 내보내니, 성에 가득한 군사와 백성이 모두 도망갔다고 한다. 바야흐로 성을 빠져나가 달아날 때 명나라 장수가 명나라 군사에게 문을 지키고 나가지 못하게 하자, 우리 군사들이 문을 지키는 명나라 군사를 찔러 죽인 뒤에 다투어 나왔다고 한다. 참으로 애통하다.

적이 전주성을 점령한 뒤에 선봉은 이미 여산 경계에 이르러 분탕질을 하고 혹은 공주까지 왔다가 도로 내려갔다고 한다. 다만 명나라 군선 6백여 척이 바닷길을 거쳐 이미 당진 어구에 정박하고 있다고 하니, 적이 이를 들었다면 아마도 저희 마음대로 곧장 한양으로 오지는 못할 것이다. 이는 조금 위안이 된다.

◎ ― 9월 11일

지난밤에 급보가 평강현에 전해졌는데, 수령에게 먼저 속히 달려오게 하고 유방군留防軍(요충지에 배치되어 방어를 맡았던 군사)이 도착하지 않으면 대장에게 군사를 거느리고 오게 했다. 이 때문에 평강(오윤겸)이 새벽에 떠나갔다고 한다. 다시 만나 보지 못하고 떠나갔다. 매우 슬프고 안타깝다. 현의 아전들이 곳곳에서 군사 징발을 독촉해서 이 마을에서 지난번에 가지 않았던 자들도 모두 떠나갔으니, 아마 흉적들이 가까운 곳까지 몰려왔는가 보다. 매우 근심스럽다.

◎ ─ 9월 16일

저녁에 셋째 누이 남매가 적성에서 왔다. 어머니를 뵙고 동생들도 함께 만나기 위해서이다. 뜻밖에 서로 만나니, 온 집안의 기쁨을 어찌 말로 다 하겠는가. 어머니의 방에 둘러앉아 이야기하다가 밤이 깊어서야 파했다. 요새 적의 소식이 좀 늦추어졌기 때문에 적성에 머물러 있다가 달려온 것이다.

◎ ─ 9월 20일

셋째 누이는 이른 아침에 적성으로 돌아갔다. 떠날 때 어머니와 함께 슬피 울기를 그치지 않았다. 여든 살의 노친을 다시 만날 것을 기약할 수 없으니 인정이 여기에 이르면 어찌 슬퍼하지 않겠는가. 우리 형제는 10리 밖까지 전송하고 돌아왔다. 달리 줄 물건이 없어서 다만 팥 2말, 피목 3말, 닭 1마리, 큰 수박 1개와 하루 양식으로 백미 5되, 전미 5되, 말먹이 콩 1말을 주어 보냈다. 포도

정과 1사발도 주었다. 지난 16일에 여기에 와서 사흘을 머물다가 이제 돌아갔다. 며칠 더 머물도록 만류했으나, 왜적의 소식이 어찌될지 알 수가 없고 또 큰 제사가 임박했기 때문에 부득이 돌아간다고 했다.

작년의 오늘은 죽은 딸이 병에 걸린 날이다. 우연히 생각나서 비통한 마음을 이기지 못하겠다. 그 병으로 인해서 마침내 구원하지 못했으니, 어찌 슬피 울지 않겠는가. 온 집안의 어른과 젊은 이가 모두 모였는데, 너 홀로 먼저 죽어서 나에게는 한없이 애통한 회한만 남았구나. 나도 모르게 더욱 슬픈 눈물이 옷깃을 적신다. 아, 슬프다.

◎ — 9월 24일

어제저녁에 함열 현감에게 시집간 딸이 현에서 왔다. 고대하던 끝에 이제 서로 만나게 되었으니 기쁘고 위로되는 마음을 어찌 말로 다 할 수 있겠는가. 다만 죽은 딸이 자리에 없어서 서로 둘러앉아 슬피 울어 마지않았다. 그편에 들으니, 적이 퇴각했기 때문에 평강(오윤겸)은 모레쯤 관청으로 돌아온다고 한다. 딸이 데리고 온 종과 말이 돌아갈 때 말먹이 콩 5말, 팥 2말, 백미 1말, 닭 1마리를 신벌(사위 신응구의 부친)에게 보냈다. 감장 3사발, 간장 2되도 보냈다. 또 자방(신응구)에게 편지를 보내서 상례(신응구의 아버지 신벌, 상례는 종3품 벼슬직)를 모시고 오게 하여 내일 부석사에 모여서 이야기를 나누기로 약속하고 두부콩 3말을 부석사로 보냈다. 이제 진아(신응구의 아들)가 말을 알아듣고 대답하는 것을 보니 예쁘다.

사부인의 장례식

◎ ― 10월 1일

평강(오윤겸)이 현으로 돌아가고 생원(오윤해)도 따라갔다. 그 길로 율전촌에 가서 가을걷이를 감독할 것이다. 좀 늦게 진아 어미(큰딸)도 돌아갔다. 팥 5말, 피목 5말, 감장, 날꿩 1마리를 주어 보냈다. 겨우 6일을 머물고 부득이한 일로 돌아갔다. 탄식한들 어찌하겠는가. 그러나 그 시어미의 병이 나으면 오는 12일 평강의 생일에 가족이 함께 오라고 당부해 보냈다.

어제 매를 놓아서 꿩 3마리를 잡았다. 평강이 떠나갈 때 매사냥꾼에게 오늘도 여기에 머물면서 매를 놓다가 내일 현으로 오라고 일렀다. 오늘 잡은 것도 3마리인데, 1마리는 최경유(오윤해의 장인)에게 주었다.

소근전에 사는 사람이 보라매를 잡았는데, 평강이 포획하여 내게 보냈다. 크기는 겨우 7촌 5푼이지만, 잘 생겼으니 아마 재주가 좋을 것이다. 즉시 김억수에게 주어서 길들이게 했다.

민시중이 지금 그물을 친 곳에서 한 자 남짓한 산지니(산에서 여러 해를 묵은 매)를 잡았는데, 성질이 몹시 순하여 사람을 보아도 놀라지 않는다. 아마 일찍이 어떤 사람이 몇 년 전부터 사로잡아 소유하고 있다가 올해 산야에 놓은 것일 게다. 역시 억수에게 길들이게 했다.

◎ ― 10월 17일

작은 매가 오늘도 꿩 1마리를 잡았으나, 꿩을 잡다가 물에 빠져 몸이 모두 젖었기 때문에 더 이상 날리지 못하고 품에 안고 돌아왔다. 몸이 얼까 싶어서이다. 관청의 매가 잡은 꿩 1마리는 보냈고, 작은 매가 잡은 꿩은 곧바로 억수에게 도로 주어 매에게 먹이게 했다.

진아 어미(큰딸)에게 구운 꿩 1마리를 싸서 보냈다. 날것이 변하면 먹지 못하기 때문에 구워 보내서 다 먹도록 했다.

◎ ― 10월 27일

때로 눈발이 날리고 바람이 몹시 세게 분다. 아침 식사 전에 김억수가 현에서 돌아왔다. 평강(오윤겸)의 편지를 보니, 잘 있다고 하고 자방(신응구)의 모친의 병세는 좀 덜하다고 한다. 기쁘다. 그러나 들으니, 명나라 군사의 양식이 떨어졌는데 대군이 또한 오래지 않아 올 터라 양식을 공급할 수 없으므로 양경리(양호, 명나라 고위 관료)가 편치 않은 말을 많이 해서 온 조정이 허둥지둥 어찌할 바를 모른다고 한다.

오후에 현에서 사람이 급히 와서 편지를 주었다. 편지를 보니, 자방의 모친이 오늘 새벽에 세상을 떠났다고 한다. 몹시 놀랍고 슬프다. 초상의 모든 일은 평강이 담당할 것이다. 그러나 고을이 쇠잔하고 재력이 없어서 필경 뜻대로 못할 것이고, 우리 집에서도 조금도 주선할 것이 없다. 형편이 이러하니 어찌하겠는가. 그저 통곡할 뿐이다. 자방은 안 그래도 몸이 약한데 여러 달 동안 모친의 병구완을 하느라고 원기가 매우 약해졌다. 이제 큰 변을 당해 몸이 버틸 재간이 없을 것이다. 더욱 몹시 걱정스럽다. 아침에 좀 덜하다고 들었는데 부음이 저녁에 왔으니, 노친의 병은 이처럼 알 수가 없다.

◎ ─ 10월 28일

이른 아침에 인아와 함께 출발하여 도중에 최경유에게 들른 뒤에 달려서 현에 도착했다. 먼저 관아 안에 들어가 딸과 두 손녀를 보았는데, 딸이 나에게 만두와 꿩 다리를 대접했다. 조금 있다가 자방(신응구)이 머물고 있는 집에 가서 신상례(신응구의 아버지 신벌)를 위문하고 또 들어가서 자방과 딸을 보았다. 오늘 이미 소렴을 했다고 한다. 평강(오윤겸)이 초상을 주관했다.

◎ ─ 10월 29일

아침 식사 뒤에 상주의 처소에 가서 일을 보았다. 관을 마련한 뒤에 입관하니 날이 이미 저물었고, 일이 끝나니 밤이 깊었다.

나는 인아와 함께 먼저 돌아왔고, 평강(오윤겸)은 그대로 남아 있다가 빈소를 다 차린 뒤에 따라왔다.

상복을 만들게 했는데, 평강이 준비한 것은 제 누이의 상복을 만들 베 1필과 대·소렴에 쓸 베 2필이고 그 나머지는 상가에서 스스로 준비했다. 우리 집에서도 자방(신응구)이 입을 베옷과 진아 어미(큰딸)의 장옷을 만들어서 저녁 무렵에 서촌에서 심부름 꾼이 가져왔다. 신대홍(신응구의 막내 숙부 신괄)도 연천에서 부음을 듣고 저녁 무렵에 현에 들어왔다. 초상의 모든 일은 평강이 관청에서 준비했으나, 관청의 힘이 쇠잔해져서 뜻대로 할 수 없었다. 탄식한들 어찌하겠는가. 그러나 관청의 힘으로 할 수 있는 일은 힘을 다해서 했다.

◎ — 11월 2일

오후에 또 상가에 가서 상제와 진아 어미(큰딸)를 보고 관아로 돌아왔다. 들으니, 관이 커서 자방(신응구)의 옷과 진아 어미의 옷까지 모두 넣었다고 한다. 저녁에 영변에서 조문을 온 사람이 신상례의 집에 왔는데, 미처 만나 보지 못하여 온 집안이 애통해했다.

충직한 사내종들

◎ — 11월 12일

저녁에 생원(오윤해)이 왔다. 고대하던 끝에 갑자기 오니, 온 집안사람들의 기쁨을 어찌 말로 다 할 수 있겠는가. 다만 덕노가 간 곳을 알 수 없고 춘이도 나타나지 않는데, 전해 들리는 말에 괴산에서 장가를 들어 산다고 한다. 몹시 괘씸하다. 덕노는 만일 죽지 않았다면 아마 아주 달아나 오지 않는 것이리라. 그러나 허찬도 같이 갔으니, 조만간 소식을 들을 길이 있을 것이다.

◎ ─ 11월 26일

허찬과 덕노가 어제저녁에 여기에 왔다. 덕노는 바꾼 물건을 모두 잃었고, 심지어 말도 양지의 농가에서 죽었다고 한다. 비록 매우 애통하지만 어찌하겠는가. 죽었으리라고 생각했는데 죽지 않고 살아서 돌아왔으니, 한편으로는 다행이다. 내일 발인할 때 사람 수가 적기 때문에 덕노에게 산소까지 운구를 모시고 갔다가 돌아오게 했다.

◎ ─ 12월 6일

내게 하혈이 있은 지 지금 보름이나 되었는데도 끊이지 않는다. 걱정스럽다.

◎ ─ 12월 11일

전쟁이 터진 지 6년째인데 왜적이 아직도 변경에 버티고 있다. 명나라 장수가 연이어 원정을 올 때마다 군량을 공급해 주었고 민생도 보존되어 왔다. 그런데 이제 또 대병이 남쪽으로 출정하려고 하고 어가도 원주와 제천 두 고을로 거둥하여 남쪽 군사를 응원하려고 해서 호조를 나누어 홍천에 머물게 했으니, 대궐에 공급하는 물품을 미리 마련하는 것도 이 도에서 감당해야 한다. 그리하여 여러 고을의 백성이 사는 것이 편안하지 않아 떠난 자도 돌아오지 않는데 또 다른 부역에 동원되니, 그 괴로움을 이기지 못할 뿐만 아니라 버틸 수도 없는 형편이다. 곳곳마다 도망쳐 흩어져서 열 집에 아홉 집은 비어 있다.

또 군량을 갖은 수단으로 찾아내니, 겨우 남은 쇠잔한 백성이 흩어져 다른 곳으로 가서 잠시라도 목숨을 부지하려고 하는 것은 당연하다. 들으니, 이천의 한 백성은 하루에 세 가지 부역이 겹쳐 나와서 매우 다급히 독촉하므로 그 처에게 이르기를, "내 한 몸이 아직 살아 있어 관에서 이처럼 역을 지우니 감당할 수가 없네. 내가 죽고 나면 자네는 편안할 것이네."라고 하고, 즉시 그 처에게 술을 가져오게 하여 마시고 크게 취한 뒤에 목을 매어 죽었다고 한다. 이 말을 들으니 슬픔을 견딜 수가 없다. 죽기를 싫어하고 살기를 좋아하는 것이 인지상정이건만 죽음조차 돌아보지 않으니, 백성이 살아가는 괴로움이 이에 더욱 슬프다고 하겠다.

◎ ― 12월 13일

현의 아전이 편지를 가지고 왔기에 보니, 생원(오윤해)의 사내종 춘이가 원주에 와 있는데 병으로 누워 있어서 오지 못하기 때문에 같이 온 사람을 시켜 말 2필에 목화 60여 근을 실어 보냈단

다. 이 때문에 평강(오윤겸)이 현의 아전에게 이리로 가져다주게
한 것이다. 지난 초가을에 춘이가 삼척에 있는 노비의 신공을 거
두기 위해 나갔다가 지금까지 오지 않기에 도망가서 돌아오지
않는다고 생각했는데, 이제 함께 온 사람을 통해 바꾼 물건과 말
2필을 먼저 보냈으니 상전에게 충성한다고 할 만하다. 매우 감탄
스럽다. 춘이는 그 병이 낫기를 기다렸다가 오겠다고 한다.

막내딸에 대한 특별한 애정

『쇄미록』을 읽다 보면 전쟁이라는 혼란스러운 상황에서도 오희문이 가족을 살뜰히 챙기며 애정을 드러내는 모습을 종종 확인할 수 있다. 어머니의 건강을 끊임없이 염려하며 정성껏 봉양하고, 부인의 몸이 상하지 않을까 마음을 많이 쓴다.

특히 딸에 대한 애정이 눈에 띄는데, 전란이 소강상태에 접어든 무렵 가족과 다시 만난 오희문은 종일 집에 있기 몹시 무료한 날에는 막내딸과 바둑을 두거나 추자놀이를 하면서 시간을 보냈다. 어떤 날은 세 딸과 함께 뒷산 봉우리에 올라 한껏 멀리 바라보고 산나물을 뜯기도 하면서 거닐다가 돌아오기도 했다. 엄격한 사대부가의 양반이 아니라 딸들과 유희도 하고 산책도 함께하는 자상한 아버지의 모습이다. 이러한 기록들에서 16세기 중반까지도 남존여비라든가 남아선호가 그리 성하지 않았던 시대 분위기를 읽을 수 있다.

오희문은 자식들 중 누구보다도 막내딸 단아에 대한 애정이 각별했다. 단아는 학질을 오래 앓았는데, 결국 1597년 2월 1일 세상을 뜬다. 차가운 날씨에도 상을 치르고 무덤을 만든 오희문과 아내는 이후 종종 꿈에서 단아를 만나며 눈물을 흘린다. 꼬박꼬박 제사와 차례를 지내며 딸을 추모했으며, 단옷날 그네 뛰는 아이들을 봐도 단아를 먼저 떠올리고 벼루를 깨뜨려 울던 옛일을 추억하는 등 기쁠 때나 슬플 때나 막내딸을 떠올리며 그리워한다. 딸을 잃은 부모의 슬픔이 400년이 넘게 지난 지금까지도 그대로 전해져 마음에 사무친다.

가문의 영광, 과거 급제

양반 사회에서 과거 급제는 입신양명은 물론이고, 양반의 지위를 공고하게 해 주는 그야말로 '가문의 영광'이었다. 오희문은 과거에 급제하지 못하고 음서로 관직에 진출하여 선공감 감역을 지냈다. 자신의 불안한 지위 때문인지 아들의 과거 급제에 집착하는 모습을 보인다.

전쟁 중에도 실시한 과거

조선의 조정은 전란 중에도 과거 시험을 실시하여 관리를 충원하는 시스템을 계속 유지해 나갔다. 1597년 2월 28일 한양에서 별시가 열렸다. 오희문의 세 아들 윤겸, 윤해, 윤함이 과거 응시를 위해 행장을 꾸리는 장면은 2월 23일의 기록부터 나온다. 윤함은 별시에 응시하러 가기 위해 행장을 차리고 과거 시험에 쓸 종이를 마름질한다. 2월 28일 별시가 열리는 날 오희문은 시험에 대해 담담하게 서술하면서도 자식들을 걱정하는 일기를 쓴다. 오늘날의 대학수학능력시험 당일, 시험을 보러 가는 수험생의 뒷모습을 긴장하며 지켜보는 부모의 모습이 연상되는 장면이다.

자식들이 과거에 합격하기를 간절히 바라다 보니 꿈도 그와 관련된 꿈을 꾸게 된다. 3월 13일 오희문은 첫째가 갓을 벗은 채 창문 앞에서 절을 하는 꿈을 꾸고는 무슨 조짐인지 모르겠다고 하면서도 분명 과거에 급제해서 갓을 벗고 관모를 쓸 징조일 것이라 해석하면서 아들의 합격을 확신한다. 그리고 3월 19일 오후, 성균관 사람 다섯 명이 한양에서 달려와 그제 저녁에 합격자 명단(방목)이 발표되었는데, 윤겸이 급제했다는 소식을 전한다. 오윤겸이 전체 중 7등으로 급제한 것을 확인한 오희문은 크게 기뻐하였다. 오씨 문중에 5대조 이래로 급제한 사람이 없었기 때문이다.

과거 시험의 이모저모

조선시대 과거 시험은 3년마다 정기적으로 보는 식년시와 비정기시로 나뉜다. 식년시는 네 분과로 나뉘어 시험이 실시되었는데, 생원과 진사를 뽑는 소과小科, 문과文科, 무과武科와 잡과雜科가 이에 속한다. 반면 비정기시는 증광시增廣試, 알성시謁聖試, 별시別試 등 그 종류가 다양하다. 오희문의 아들들이 본 별시는 비정기시에 속한다. 별시는 보통 나라에 크고 작은 경사가 있을 때 시행하는데 매번 시험의 방법, 과목, 인원 등이 달라진다는 것이 특징이다.

식년시 문과가 초시, 복시, 전시의 3단계를 거치는 반면, 별시는 첫 단계 시험인 초시와 궁 안에서 치르는 마지막 시험인 전시로 이루어진다. 오희문의 일기에도 별시를 본 오윤겸이 초시를 치르고 3월 15일 바로 전시를 치르는 이야기가 나온다.

소과는 생원과와 진사과로 나뉘는데, 그중 생원과는 유교 경전에 대한 이해 정도를, 진사과는 문장력을 시험했다. 오늘날의 논술 시험과 비슷하다. '최진사', '허생원' 등으로 불리는 사람들은 생원과나 진사과에 합격한 사람들이다. 소과에 합격하면 조선의 최고 교육기관인 성균관에 입학할 자격을 얻게 된다. 성균관에 들어가서도 출석 점수인 원점圓點이 300점 이상이 되어야 대과인 문과에 응시할 수 있었다. 이처럼 과거 시험은 성실성도 응시 자격의 주요 기준으로 삼았다.

문과는 초시, 복시, 전시를 거쳐 총 33명의 합격자를 선발했다. 식년시가 3년마다 한 번 열렸으니 3년에 33명의 관리를 뽑는 셈이다. 조선시대에 관리가 되는 것은 그야말로 낙타가 바늘구멍에 들어가는 것만큼 어려웠다. 당시에는 과거를 보러 가는 것을 '영광을 보러 간다'는 뜻으로 '관광觀光'이라고도 했다.

초시에서는 지역별로 인구 대비 인원을 선발하는 할당제를 적용했다. 조선의 헌법인 『경국대전』에는 문과 초시 합격자의 도별 정원을 규정해 놓았는데, 성균관(50명), 한성부(40명), 경기(20명), 충청·전라도(각 25명), 경상도(30명), 강원·함경도(각 10명), 황해·평안도(각 15명) 등이었다. 이렇듯 초시에서는 지역별로 인원을 안배하였는데, 복시에서는 시험 성적에 따라 급제자를 뽑았다.

조선시대 과거 시험은 천인을 제외한 양인 신분이면 누구나 응시할 수 있었다. 제도상으로는 농민 출신이라도 열심히 공부만 하면 시험을 치를 수 있었으나 현실적으로 농사일에 종사하는 농민이 시험에 합격하기란 거의 불가능했다. 따라서 주로 양반의 자손들이 시험에 응시하여 과거에 합격하였다. 조선 사회를 양반 사회라 부르는 것도 이러한 이유에서이다.

과거 응시 자격이 제한되었던 천인이 아니더라도 역모죄를 범한 죄인의 아들이나 뇌물을 받은 관리의 자손, 재가한 여자의 아들과 자손, 서얼은 과거 응시가 불가능하였다. 『홍길동전』의 주인공 홍길동이 과거에 응시하지 못한 것은 바로 이러한 차별 때문이었다.

오윤겸의 급제를 축하하는 잔치

양반가에서 과거 급제는 평생 잊지 못할 대단한 경사였다. 조선시대에는 자신의 일생 중 가장 기념할 만한 장면을 8폭 병풍의 〈평생도〉로 남겼다. 〈평생도〉에는 돌잔치, 혼례식 등과 더불어 과거 급제 후 삼일유가三日遊街하는 모습, 즉 급제 후 사흘 동안 스승과 선배 및 친지들을 찾아 인사를 드리며 휴가를 즐기는 모습을 반드시 담았다.

과거 급제자는 한양에서 사흘 동안 유가한 후, 집에 돌아오면 조상의 사당에서 먼저 홍패紅牌 고사를 지냈다. 홍패는 과거 급제자의 성적, 등급, 성명을 기록한 붉은색의 교지敎旨로, 합격 증서에 해당한다. 먼저 신주 앞에 제사를 지낸 후, 춤추고 노래하는 '정재 인물才人'과 광대들을 불러 한바탕 놀게 하는 행사가 이어졌다. 과거 급제 후 잔치를 베푸는 모습은 오희문의 일기에도 묘사되어 있다.

잔치가 끝날 즈음 오희문은 "지극한 기쁨 뒤에 도리어 비통한 마음이 생긴다. 몰래 슬픈 눈물을 닦아 보지만 견디기 어렵다."라고 소회를 밝힌다. 아들의 과거 급제 잔치에 매우 기쁘면서도, 한편으로는 두 달 전에 사망한 딸 단아에 대한 그리움이 더욱 간절했기 때문일 것이다.

7

흉악한 왜적은
여전히 변경을 차지하고

무술일록 1598

이기고 지는 것은 으레 있는 일

◎ — 1월 1일

날이 밝기 전에 아우와 아들 삼형제와 함께 제사를 지냈다. 먼저 조부모께 지낸 다음 아버지께 지냈으며, 그다음에 죽전 숙부 내외분께 지낸 뒤에는 죽은 딸에게 지냈다. 다만 집에 사람과 말이 없어 묘소 아래에 가서 성묘를 하지 못했으니, 이 점이 안타깝다. 제수로 고깃국 세 가지, 어육 적 네 가지 각각 8, 9꽂(꼬치), 포, 젓갈, 과일 다섯 가지, 떡, 면, 밥, 국을 정갈하게 장만하여 올렸다. 지난해 오늘은 죽은 딸의 병이 깊어져서 아산의 이시열 집에 머물렀다. 이날을 되짚어 생각함에 자녀들이 모두 한방에 모여 놀고 웃으며 이야기하는데 이 딸만 없다. 슬프고 슬프다.

느지막이 이웃 마을 사람들이 찾아왔기에, 각기 술을 대접해 보냈다. 판관 최중운과 참봉 최경유 및 그의 두 아들이 찾아왔다. 술과 밥을 대접하고 종일토록 서로 이야기를 나누다가 저녁 무렵에 각자 흩어졌다. 나는 과음하여 취해서 눕고 토하기까지 했다. 우습다.

◎ ― 1월 13일

김오십동이 날꿩 2마리를 가져왔기에 술을 대접해 보냈다. 그는 곧 업산의 아비이다. 업산이란 자는 지난날 큰 매가 상하게 된 일로 불손한 말을 남발했기 때문에 붙잡아 10일 남짓 가두고 마침내 곤장을 쳤다. 그 아비가 와서 자식이 불손했음을 말하면서 이것을 바치기에 물리칠 수 없어 우선 받아 두기는 했지만 마음이 매우 불편하다. 그렇지만 그 아비가 간절히 애원했기 때문에 어쩔 수 없었다.

◎ ― 1월 16일

남쪽으로 내려간 명나라 장수가 울산포에 있는 가등청정의 진을 함락하자 청정이 겨우 7천여 명의 군사를 데리고 달아나서 산 위에 진을 쳤고 명나라 군대는 그 주위를 에워쌌다고 한다. 포위된 지 12일 만에 왜적의 굶주림과 목마름이 한창 극심했는데, 하늘에서 때마침 눈이 내려서 덕분에 잠시나마 되살아났고 왜적의 구원병이 대규모로 이르렀단다. 명나라 장수는 왜적이 안팎으로 협공할까 두려워 곧 포위를 풀고 군대를 이끌고 경주 등지로 물러나 주둔했는데, 맨 뒤에 있던 명나라 군사 2백여 명이 왜적에게 공격을 받아 죽었다고 한다. 경악을 금치 못하겠다. 그러나 또 들으니, 중원에서 새로 온 명나라 군사의 수를 알 수는 없지만 모두 서둘러 남쪽으로 내려갔다고 한다. 큰 위로가 된다. 병가兵家에서 이기고 지는 것은 으레 있는 일이다. 오늘날 조금 패한 것이 훗날 크게 이길 조짐이 될지 어찌 알겠는가.

◎ ─ 1월 21일

저녁에 함열 현감(신응구)이 왔다. 이곳에 살 만한 곳이 있는지 직접 보러 온 것이다. 만약 살 만한 곳이 없으면 온 집안이 다른 데로 이사를 할 뜻도 있었는데, 지금 와서 보니 마음에 드는 곳이 없다고 한다.

관아의 사내종 갯지가 모시고 왔으니, 저번에 둘째 누이 임매의 생사 여부를 알아보는 일로 갔다가 지금에서야 돌아온 것이다. 정자 임현(둘째 매부 임극신의 조카)의 편지와 민참판(민준)의 편지를 보니, 임경흠(임극신)이 해를 입은 것은 확실하고 그의 딸 경온도 잡혀갔다고 한다. 애통함을 금할 길이 없다. 경온은 이제 겨우 열 살로 어리석고 어려서 제 어미의 품을 떠난 적이 없는데, 지금 붙잡혀 갔다고 하니 분명 죽었을 게다. 더욱 비참하다.

내 누이만 홀로 살아남았더라도 남편이 죽고 딸이 잡혀가서 달리 의지할 곳이 없을 터이니, 형세상 분명 홀로 온전할 수 없을 것이다. 답답하고 걱정스럽다. 길이 멀고 보낼 사람도 없어서 소식도 묻지 못한다. 한탄한들 어찌하겠는가. 애통하다. 셋째 누이 남매의 답장과 매부의 편지도 왔는데, 아무 일 없이 지내고 있단다. 위로가 되고 기쁘다.

◎ ─ 1월 24일

들으니, 명나라 군사가 형세가 불리해져 퇴각했다고 한다. 왜적 가등청정이 도산성에 세 겹의 성을 쌓았는데, 그중 두 성은 공격하여 부수었으나 세 번째 성은 요충지에 지어 매우 견고해서 절대 함락할 수 없는 형세였다. 그래서 사졸이 굶주리고 추위에 떨었고 쓰러져 죽는 말도 하루에 수백 필 남짓인 데다 왜선 1백여 척이 물길을 통해 진격하고 육지의 왜적도 무수히 산 위에 진을 쳤다고 한다.

◎ ─ 1월 25일

최경유가 위아래 일행의 아침을 대접하고 점심도 싸서 보냈다. 또 탁주와 콩떡 1상자를 마련해 하인들을 먹이니, 폐가 적지 않다. 하나같이 미안하다.

아침 식사 뒤에 출발했다. 생원(오윤해)의 집까지는 15리나 남았는데 어두워서 길을 분별하지 못해 비탈길로 들어서니, 사람과 말이 모두 피곤했다. 간신히 도착해 집으로 들어가니, 밤이 이경(21~23시)이었다. 오늘은 말도 피곤하고 길이 미끄러운 데다가 또 멀리 왔기에, 이토록 늦은 것이다.

단아의 소상을 치르며 옛일을 추억하다

◎ — 2월 1일

새벽녘에 인아와 함께 죽은 딸의 소상을 지냈다. 아무리 애통하게 곡한들 어찌하겠는가. 제 어미가 날마다 아침저녁 상식上食으로 밥과 국을 올렸는데, 오늘부터 그만두었다. 마음이야 끝이 없지만 형편상 계속 올릴 수 없어서이다. 이처럼 어지러운 세상에는 부모상도 치르지 못하는 자가 많다. 그래서 제 어미에게 매달 초하루와 보름에만 제사를 지내게 했다. 애달픈 마음이 더욱 지극하다.

◎ — 2월 6일

오늘은 바로 작년에 죽은 딸을 매장한 날이다. 우연히 그때를 추억하니, 슬퍼서 눈물을 금할 수 없다. 애통해한들 어찌하겠는가.

◎ — 2월 13일

무료하던 차에 「계사일록」을 펼쳐 보다가 마침 죽은 딸이 벼루를 깨뜨려 울던 일을 읽고서 나도 모르게 눈물이 흘러 옷깃을 적셨다. 시간이 오래 지나 점차 잊히다가도 때때로 지난 일이 생각나니, 어찌 슬프고 가슴 아프지 않겠는가. 슬프다, 내 딸이여! 가련하고 애석하다.

요새 날마다 저녁때가 되면 문에 기대어 평강(오윤겸)이 오기만을 바라고 있는데 오지 않으니, 바라보는 눈만 부질없이 시리다. 분명 관아의 일이 끝나지 않아 그런 것이겠지. 안타깝다.

◎ — 2월 25일

지난날 현에 있을 때 들으니, 자미(이빈)가 버린 첩이 김화 땅 장언침의 집에 가 있다고 한다. 언침의 장인인 조신창의 첩이 바로 자미의 첩의 동복 언니이기 때문에 자기 언니를 따라 난리를 피했고, 언침이 장련 현감이 되었을 때도 자기 언니와 함께 갔다고 한다. 사람들이 모두 자미의 첩에게 개가하라고 부추겼고 또 첩으로 삼고자 하는 사람도 많았는데 모두 따르지 않았고, 강요하자 목을 매어 죽으려고까지 했단다. 이 말을 듣고서 슬프고 불쌍함을 견딜 수 없었다. 아직 말의 진위 여부는 알 수 없지만, 만일 그렇다면 정절이라고 이를 만하다. 평강(오윤겸)에게 사람을 통해 편지를 보내게 하여 물어봐야겠다. — 훗날의 행실을 보니 정절이 아니었다. 그때 죽었다면 진위 여부를 누가 알았겠는가. 천하에 이러한 일이 많으니, 분명 관 뚜껑을 덮은 뒤에야 알 수 있을 것이다.

◎ — 2월 29일

덕노에게 집에서 기르던 새끼 고양이를 데려다가 부석사에 보내 중 덕보에게 주고 그곳에 두고 기르다가 가을에 돌려보내라고 일러 보냈다. 전에 약속했기 때문이다. 병아리를 기르고 싶은데 고양이를 보내지 않으면 분명 손해 보는 일이 있을 것이기 때문이다. 인아의 처가 또 메주콩을 삶고자 하므로 10말을 주고 계집종을 시켜 삶아 쓰도록 했다.

올해 농사는 느슨히 해서는 안 되고

◎ — 3월 1일

지난해에 우리 집에서 경작해서 수확한 곡식은 도합 46섬 남짓인데, 관가에서 보내 준 양식과 뜻밖에 얻은 곡식은 모두 여기에 포함하지 않았다. 그런데 올봄에는 지못 곤란하고 다급한 근심이 있었으니, 이는 모두 지난가을에 난리를 만나 피란해 온 자들이 많고 식구가 많기 때문이다. 만약 관아의 도움이 없었다면 우리 집은 매우 염려스러웠을 것이다. 올해 농사는 조금도 느슨히 해서는 안 되고 기필코 많이 경작한 뒤에야 잘못되는 근심을 면할 수 있을 텐데, 뜻대로 되지 않는 일이 많다. 더욱 근심스럽다.

◎ — 3월 8일

창평 현령 백유항이 평강(오윤겸)에게 편지를 보내서, 자기 아우 중열 영공의 아들과 우리 집이 혼사를 하기를 원한다고 했다. 일찍이 상의하여 결정하고 궁합을 보았더니 몹시 불길하다고 했기 때문에 혼사를 맺고 싶지 않았다. 그런데 지금 또 전인을 보내

와서 묻기에, 궁합이 좋지 않아 형편상 혼인을 할 수 없다는 내용으로 답장을 써서 보냈다.

채억복에게 벌통을 지워 보내서 곧장 전날에 온 벌통 오른쪽에 앉혔는데, 오후에 양쪽 벌들이 서로 싸워 물려 죽은 벌이 거의 1되 정도 되었다. 아깝다. 아무리 생각해 보아도 싸움을 말릴 방법이 없어서 날이 저물어 각각 벌집으로 들어가기를 기다린 뒤에 먼 곳으로 옮겨 앉혔다. 벌의 종류가 다르면 싸워서 죽이는 것이 이와 같으니 탄식할 일이다.

◎ — 3월 15일

오늘은 바로 보름이다. 죽은 딸의 제사를 지내야 하는데, 집사람이 현에 들어가서 그곳에서 제사를 지낸다고 하므로 여기서는 지내지 않았다.

◎ — 3월 26일

빗줄기가 아침에도 그치지 않더니 느지막이 날이 갰다. 이 때문에 밭을 갈고 심지 못했다. 지난밤 삼경(23~1시) 뒤에 창밖의 잿간(거름으로 쓸 재를 모아 두는 헛간)에서 불이 났는데, 주방 안 시렁 위의 빈 가마니가 타는 바람에 불이 크게 번졌다. 내가 마침 화들짝 놀라 깨어 창을 열고 보니, 불이 번져 거의 지붕 위까지 탈 상황이었다. 그래서 곧바로 손으로 빈 섬을 끌어내려 불이 난 곳의 불길을 잡고 또 물을 뿌려 껐다. 마침 내린 비로 습기가 있었기 때문에 뒷간 울타리 근처까지 불길이 닿았지만 곧바로 타지 않아서 제때에 끌 수 있었다. 만일 그러지 않았다면 거의 구하지 못할 뻔했다. 매우 위태로웠다.

장손을 얻다

◎ ─ 4월 2일

판관 최중운, 참봉 최경유, 나, 내 아우와 둘째 아들 윤해, 주부 김명세, 별감 김린, 경유의 세 아들, 교생 4, 5명과 함께 냇가의 경치 좋은 곳에 모여서 물고기를 낚고 고사리도 뜯어 점심을 지어 먹으며 종일토록 이야기를 나누었다.

마침 큰 기러기가 독수리에게 붙잡혀 날개가 부러진 탓에 날지 못하고 물가에 떨어져 깊은 못에 떠서 첨벙거렸다. 춘금이가 먼저 발견하여 돌멩이를 던져 날개를 맞히고 사람들이 모두 함께 돌을 던져 잡았다. 푹 삶아서 함께 먹으니 그 맛이 매우 좋았다. 다리 1쪽을 가지고 와서 어머니께 드렸다. 오늘 모임은 일찍이 약속을 했던 것인데, 어제는 비가 내렸기 때문에 오늘에서야 간 것이다. 또 다음 모임은 13일에 갖기로 다시 약속했다. 술은 각각 쌀 3되씩 내어 두 곳에서 빚기로 했는데, 이곳에서는 우리 집에서 빚고 소근전에서는 최참봉의 집에서 빚기로 서로 약속하고 헤어졌다.

◎ ─ 4월 3일

목화밭에 거름을 냈다. 내일 갈기 위해서이다. 종일토록 거센 바람이 불었다. 현에서 문안하는 사람이 편지를 가지고 왔다. 청주 6선과 생열목어 5마리를 부쳐 보냈다. 두 계집종은 오늘도 일어나지 못해서 밭에 씨 뿌릴 사람이 없다. 몹시 걱정스럽다. 명나라 군사 10여 명이 황촌 인가에 와서 소란을 피워 남의 재물을 빼앗고 주민들을 마구 때리고는 그길로 원적사에 갔다고 한다. 혹시라도 여기로 올까 두려워서 생원(오윤해)의 온 식구들과 여기에 함께 모여 문을 닫고 굳게 지킬 생각이다. 원적사에서 고개를 넘어 이천 길로 간다면, 그 다행스러움을 이루 다 말할 수 있겠는가.

◎ ─ 4월 6일

들으니, 평강(오윤겸)의 첩을 지난 2일에 도로 그 집에 보냈다고 한다. 이 자는 곧 개인의 노비이므로 속량하기가 몹시 어려워서 어쩔 수 없이 돌려보낸 것이다. 다만 임신하여 만삭이 되었으니, 만약 아들을 낳고 죽지 않는다면 뒷날의 일이 몹시 걱정된다. 제 상전이 이를 기화로 삼아 속량해 주지 않으면 분명 많은 수모를 겪을 게다. 매우 불행한 일이다.

◎ ─ 4월 16일

아침에 백구가 또 병아리를 물어 죽였다. 분통이 터져 참을 수가 없다. 조카 붕아(오희철의 외아들)에게 목줄을 매게 하여 때린 뒤 그대로 매어 놓고 풀어 주지 않았다.

◎ — 4월 21일

아침에 비가 와서 밭을 갈고 파종하지 못했다. 다만 춘금이에
게 북쪽 울타리 너머에 있는 30여 구덩이에 오이를 심게 했다. 이
면의 색장(고을의 잡다한 일을 맡은 아전)이 현에서 왔는데, 푹 삶은
사슴 머리 고기를 보내왔다.

지난밤 꿈에 자미(이빈)와 최경선을 보았는데, 예전과 다름없
는 모습이었다. 깨고 나서 슬프고 한탄스러워 견딜 수 없었다.

◎ — 4월 29일

아버지의 제삿날이다. 아우와 세 아들과 함께 새벽녘에 제사
를 지냈다. 제사를 지내고 남은 음식은 가까운 이웃 남녀를 불러
서 술, 떡과 함께 대접했다. 생원(오윤해)의 처남 최정운이 때마침
왔기에, 큰 잔으로 술 석 잔을 대접해 보냈다.

조보를 보니, 제독 유정이 머지않아 도착하는데 선발군이 도
로에 끊이지 않는다고 한다. 무주에 들어가 점령한 왜적을 우리
군사가 섬멸했다고 한다. 또 현의 아전이 어사를 모시고 삼척에
이르러 보고한 내용이 "경상좌도 병마절도사가 왜적의 형세에
대해 올린 회답을 보니 '울산의 성황당과 도산 소굴의 경우 내성
을 고쳐 쌓고 외성을 흙으로 증축했다. 그 나머지 여러 곳은 예전
처럼 점령하고 있고, 일본에서 온 왜선의 수는 헤아릴 수 없으며,

혹은 경상우도(낙동강의 서쪽 지역)로 향해 양산의 호포에 정박했고, 금정산에 군막을 세우고 날마다 나무를 베어 성채를 만든다.'라고 했다."라고 한다.

◎ ─ 5월 2일

저녁에 셋째 아들 윤함이 현에서 돌아왔다. 이에 평강(오윤겸)의 처가 어제 첫닭이 울 무렵인 축시(1~3시)에 아들을 낳았다는 것을 비로소 알게 되었다. 더할 나위 없이 기쁘다. 이 아이는 곧 집안의 장손으로, 선대의 제사를 잘 받들 것이다. 아이를 낳은 며느리는 다른 큰 탈이 없고 아이의 몸도 튼실하고 온전하다고 한다. 아이의 이름을 승업이라고 지었다. 선대의 유업을 계승하여 대대로 끊이지 않게 하라는 뜻이다.

누에와 벌, 병아리를 키우다

◎ ─ 5월 4일

온 집안의 노비 5명에게 소와 말을 끌고 가서 뽕잎을 따서 가득 싣고 돌아오게 했다. 누에가 매우 번성하여 세 잠에 들지 못한 누에가 안방과 사랑채에 시렁을 매어 만든 층 위아래에 가득 찼다. 날마다 아무리 바리 가득 뽕잎을 실어 와도 다음 날이면 모자라서 누에가 굶을 때가 많으니 뽕잎을 감당할 수가 없을 듯하다.

또 일찍 간 조밭에는 풀이 매우 무성한데도 김을 매지 못할 형편이다. 절기는 늦었는데 아직도 끝내지 못한 일이 많고 쓸데없이들어간 비용도 많아서 양식과 물자가 떨어져 가니, 답답함을 이루 다 말할 수 없다. 신수함의 벌통에서 또 새끼 벌을 낳았다. 서쪽 울타리 밖에 매어 두고 박언방에게 받은 벌통 아래에 두게 했다. 새끼 벌은 3되 남짓 된다.

◎ ─ 5월 5일

절일(단오)이기 때문에 술과 떡을 장만하여 신주 앞에 차려 놓고 제사를 지냈다. 이웃 마을 사람들이 각각 단오떡을 바치고 또와서 본 사람도 있어서 각각 술과 떡을 대접해 보냈다. 단오라는 좋은 명절에 마을에 그네를 매어 놓고 노는 아이가 1명도 없으니, ·소박하다고 할 만하다.

◎ ─ 5월 6일

이른 식사 뒤에 윤함이 비로소 떠나서 황해도로 돌아갔다. 처음에는 여기에서 여름을 날 생각이었는데, 사람과 말이 들어와서 어쩔 수 없이 떠난 것이다. 작별할 때에 서운한 마음을 가누기어려워 문밖에 나가 우두커니 서서 아들이 돌아가는 모습을 멀리 바라보았다. 흰옷이 숲 사이에서 보였다 안 보였다 하더니 산을 넘어간 뒤에는 볼 수 없었다. 한참 동안 우두커니 바라보다가 눈물을 흘리며 방으로 돌아오니, 종일토록 휑하여 마치 잃어버린 것이 있는 것 같았다.

신수함의 벌통에서 또 새끼 벌을 낳았다. 동쪽 울타리 밖의 배
나무에 매어 두고 수이에게 잡게 했다. 그런데 모두 목피갑에 올
라가 무리를 이루더니 도로 뿔뿔이 흩어져서 뒷산 너머 1마장
쯤 되는 숲의 나무 아래에 엉겨 뭉쳐 있으므로, 간신히 도로 잡아
다가 아우 언명의 방 밖 창문 아래에 앉혔다. 거의 잃을 뻔한 벌
을 도로 찾았다. 기쁘다. 수이가 벌을 잡는 방법을 모르고 잘못하
여 피갑 내부를 쓸어서 앉힌 탓에 피갑 안이 미끄러워 발이 미끄
러져 벌이 흩어져 버린 것이다. 이와 같이 하면 오래지 않아 다시
도망갈 것이라고 한다.

◎ ― 5월 10일

소 2마리와 노비 넷을 보내 뽕잎을 따오게 했다. 또한 이웃 사
람 조인손을 빌려 뽕잎을 따오게 보냈다. 그런데 그 이웃에 행실
이 못되고 젊은 한복이라는 자가 조인손이 우리 집의 계집종에게
지시하여 자기가 딸 뽕잎을 따게 했다는 이유로 인손과 서로 싸
우다가 낫으로 얼굴을 찍어 인손이 거의 애꾸가 될 뻔했는데 다
행히 면했다. 그러나 눈썹 주위가 한 치쯤 찢어져서 얼굴 가득 피
가 흘렀다. 분통이 터져 견딜 수가 없다. 잡아서 현의 아전이 돌
아가는 길에 보내려고 했지만 사가에서 결박하여 보낼 수는 없
었다. 그래서 우선 그 생각은 접어 두고 현의 아전을 통해 평강
(오윤겸)에게 알려 붙잡아서 죄를 다스리도록 했다. 온 집안 안팎

에 누에가 가득하여 무릎을 들일 곳이 없다.

◎ ─5월 18일

밤에 누에가 올라간 섶 밑에서 쥐떼가 시끄럽게 싸워서 딸이 등을 밝히고 섶을 들추어 보니 큰 쥐 대여섯 마리가 달아났다. 망가진 누에고치가 산처럼 쌓여 있고, 아직 채 고치가 되지 못한 누에도 모두 씹혀서 썩어 버렸다. 더러운 것이 상 위에 가득하니, 분통함을 견딜 수 없다. 곧장 섶을 다른 곳으로 옮겼다. 그러나 이미 훔쳐다가 씹어 망가뜨린 것이 거의 3분의 1이나 된다. 올해는 농사를 접어 두고 누에치기에 전력했는데, 결국 못된 쥐에게 해를 입어 헛일이 되어 버렸다. 탄식한들 어찌하겠는가. 지난봄에 병아리를 기르려고 키우던 고양이를 부석사로 내보냈더니 쥐들이 거리낄 것이 없어 이처럼 방자한 짓을 하게 되었다. "한 가지 이로운 일이 있으면 한 가지 해로운 것이 숨어 있다."고 할 만하다. 돌아보아도 쥐를 제압하여 잡을 방도가 없으니, 더욱 원통할 뿐이다.

◎ ─5월 20일

덕노와 춘금이 등에게 소 3마리를 끌려 조선소에 보내서 나무 부스러기와 긴 나무를 실어 오게 했다. 고치를 풀 때 쓰기 위해서이다. 오늘 고치를 다 따서 말로 되어 보니, 집사람이 17말, 후임 어미(오윤성의 아내)가 13말, 둘째 딸이 8말로 모두 38말이다. 쥐떼에게 도둑맞은 것이 거의 3분의 1이다. 그렇지 않았다면 50말 남짓 딸 수 있었을 것이다. 밉살스럽다.

◎ ─ 5월 26일

병아리 19마리를 일찍이 둥지에서 내려 닭장에 넣어 두었다. 어제 바빠서 잊어버리고 물과 모이를 주지 않았더니 갈증과 굶주림으로 죽어 버렸다. 겨우 3마리만 살아남았는데, 모두 날개를 늘어뜨리고 죽어 간다. 아깝다.

◎ ─ 6월 4일

쥐덫을 놓아 쥐를 날마다 잡는데, 오늘 밤에는 한꺼번에 2마리가 덫 안에서 죽었다. 통쾌하다. 손해 보고 분통했던 마음이 조금 풀렸다.

◎ ─ 6월 23일

저녁에 영암 임매의 사내종 희진이 편지를 가지고 왔다. 편지를 보니, 참혹해서 차마 볼 수가 없어 다 읽기도 전에 슬픈 눈물이 절로 떨어졌다. 불쌍하다. 둘째 매부 경흠(임극신)이 죽임을 당한 까닭과 경온(임극신의 딸)이 포로로 잡혀간 일에 대해 자세히 들으니 더욱 슬프고 참혹하다. 아직 장사를 지내지 못했는데, 오는 가을에 정자 임현(임극신의 조카)이 내려오기를 기다려 장사를 지낼 것이라고 한다. 또 들으니, 경흠이 죽은 뒤에 업신여기고 함부로 하는 자가 많다고 했다. 분하고 애통함을 이기지 못하겠다. 일가에서 부리던 계집종 4명과 외거 노비 등 도합 12명이 포로로 붙잡혀 갔고, 집안의 재산과 소와 말을 모두 쓸어 갔다고 한다. 누이는 몸에 지니고 있던 칼로 목을 찔러 온몸에 피가 흘렀는데, 이때문에 화를 면할 수 있었다고 한다.

호랑이를 무서워하지 않는 계집종들

◎ ─ 6월 26일

새벽에 계집종 개비가 도망갔다. 몹시 분하여 견딜 수가 없다. 언신에게 찾아오도록 엄하게 일렀다. 잡아오지 못하면 그의 어미와 처를 가두고 엄히 독촉하겠다고 말했다. 평소 언신은 개비와 사이좋게 지냈기 때문에 분명 간 곳을 알 것이고, 알지 못하더라도 본다면 자신의 식솔이 피해를 입을까 두려워 꼭 잡아 올 것이기 때문이다. 이 계집종의 본성은 게으르고 둔한데, 요즘 밭을 맬 것을 독촉하자 분명 싫증나서 도망간 것이리라. 도망간 일이 한두 번이 아니고 이번이 벌써 네 번째이니 더욱 분하다.

◎ ─ 6월 27일

중복이다. 아침에 언신이 개비를 잡아서 데리고 왔다. 어제 뒷산에 올라가서 숲속에 숨어 있었는데, 언신이 찾아내서 데리

고 온 것이다. 심한 매질을 하고 싶지만 당초 언신과 약속하기를,
"만일 스스로 나타난다면 그 죄를 다스리지 않겠다."라고 했기에
믿음을 저버릴 수가 없어 매를 때리지 않았다. 언신이 분명 간 곳
을 알아 엄히 재촉하여 데려온 것일 게다. 그렇지 않았다면 분명
돌아오지 않았을 것이다.

◎ ― 7월 7일

말복이다. 속절이므로 술, 절육, 찐 닭을 준비하여 차례를 지
냈다. 덕노가 비에 발이 묶여 오지 못했기에 양식이 똑 떨어져서
먹지 못하고 겨우 저녁밥만 지어 먹었고, 아랫사람들은 콩죽을
쑤어 먹었다. 안타깝다.

◎ ― 7월 11일

지난밤 동쪽 마을에 사는 채억복 집의 마구간에 큰 호랑이가
들어와서 휘젓고 망아지를 물어 갔는데, 억복이 몽둥이를 들고 횃
불을 밝혀 쫓아가서 도로 빼앗아 가지고 왔다고 한다. 그런데 얼
마 안 되어 호랑이가 다시 와서 햇닭을 물어 갔다고 한다. 매우 두
렵다. 우리 집의 계집종들은 호랑이를 두려워하지 않아 밤마다 문
밖에 횃불을 밝히고 둘러앉아서 길쌈을 한다. 말려도 말을 듣지
않으니, 반드시 후회할 일이 생길 것이다. 밉살스럽다.

◎ ─ 7월 13일

여덟 사람에게 어제 끝내지 못한 밭을 매게 했으니, 바로 엿
새 갈이(소 한 마리가 엿새 동안 갈 만한 넓이)이다. 식사한 뒤에 덕노
를 데리고 말을 타고서 여러 밭을 돌아본 다음 그길로 노비들이
김매는 곳에 갔다. 오전에 김매기를 이미 모두 마치고 겨우 5, 6
이랑을 남겨 둔 채 모두 냇가 나무 그늘 아래에 누워서 자고 있었
다. 그 김맨 곳을 보니 어제도 충분히 끝낼 수 있었던 양인데 매
번 풀이 무성하다고 핑계를 대며 힘을 다하지 않았다. 오늘도 사
람들의 힘을 모두 동원하지 않으면 마칠 수 없을 것이라고 하기
에 품팔이꾼을 빌려 모두 8명을 보낸 것인데, 누워서 쉬면서 김매
지 않았다. 매번 이따위로 하며 내가 가서 살펴보리라고 생각지
않고 이전의 버릇을 답습하여 게으름이 극에 달했다. 분통함을
참지 못하고 곧장 두 계집종의 머리채를 끌어다가 잡고 있던 채
찍으로 종아리를 40여 대씩 때리게 한 뒤에 생원(오윤해) 집의 콩
밭으로 옮겨서 김을 매게 했다.

◎ ─ 7월 22일

저녁에 함열 현감(신응구)의 일가가 왔다. 이곳에는 머물 만한
곳이 없어서 이웃집에서 묵게 하고 진아 어미(큰딸)와 함열 현감
만 와서 묵게 했다. 저녁 식사는 이곳에서 차려 윗전을 대접하고,
노비들은 행차할 때 준비한 양식을 꺼내어 먹었다. 살림이 궁핍
하여 위아래 사람들을 모두 대접하지 못하니 안타깝다.

◎ ─ 7월 24일

이른 아침에 함열 현감의 일가가 돌아갔다. 이별할 때 진아 어미가 한없이 슬퍼했다. 여자가 시집가면 부모 형제와 멀어지는 법이니 어찌하겠는가. 함열 현감 일행은 온 집안 식구들이 굶주리는 탓에 어쩔 수 없이 봉산에 사는 사내종의 집에 가서 먹고 살다가 내년 봄에 돌아오겠다고 했다.

◎ ─ 7월 25일

오늘은 바로 내 생일이다. 평강(오윤겸)이 술과 반찬을 마련해 가지고 왔기에 참봉 최형록(오윤해의 장인)과 판관 최응진 두 사람과 함께 이야기를 나누려고 했는데, 최참봉은 이가 아파 오지 못하고 최판관만 와서 보았다. 최판관과 함께 술자리를 마련하고 관에서 준 개고기를 배불리 먹고 파했다. 이웃 마을에서 찾아온 자들에게 술과 떡을 대접하여 보냈다. 아침 식사 전에 목전에 사는 교생 권호덕이 찾아왔는데, 소주 1병과 어린 닭 1마리를 가지고 왔다. 술과 떡을 대접해 보냈다. 부석사의 중 법희가 오이 50여 개를 바치기에, 그에게도 술과 떡을 대접해 보냈다.

저녁에 들으니, 왜적의 공세가 영천까지 이르렀다고 한다. 놀랍고 한탄스러움을 이기지 못하겠다. 지난해에도 이맘때쯤 전쟁이 일어났는데, 지금이 바로 그때이다. 왜적의 형세가 불길같이 성하니, 막아 내지 못한다면 왜적들이 침입하는 난리가 이곳까지 이를 것이다. 답답하고 걱정스럽다. 그러나 이것이 맞는 소식인지는 알 수 없다.

공정하지 못한 일에 관여하다

◎ — 8월 4일

아침에 가서 보았더니 어살에 걸린 민물고기는 어떤 사람이 한밤중에 모두 훔쳐 가 버리고 1마리도 남겨 두지 않았다. 분명 이웃의 소행일 것이다. 몹시 괘씸하다. 종일 네 사람을 시켜 삼시 세 끼를 주면서 엮게 했고 사람들이 모두 첫날에 많이 잡힐 것이라고 했는데 마침내 도둑맞고 말았으니, 더욱 몹시 분통이 터진다.

◎ — 8월 16일

새벽부터 비가 내렸다. 느지막이 김언신의 어미가 머리를 풀어헤치고 달려와서 울면서 호소하기를, 지난달에 관에 수미(세금으로 내는 곡식)를 바치지 못해서 색장이 엄하게 독촉하며 머리채를 끌고 마구 때리니 그 괴로움을 견딜 수 없다고 했다. 이렇게 된 이유는 지난달에 물에 길이 막히는 바람에 사람이 현에 오갈 수 없어서 이틀 동안 양식이 떨어져 위아래 사람들이 겨우 죽을 쑤어 먹었는데 하루아침에 아침거리가 뚝 떨어져서 어찌할 방도가 없던 차에 때마침 언신의 집에서 수미를 아직 관에 바치지 않았다는 말을 듣고서 부득이 가져다가 먹었기 때문이다.

당시 곧장 윤겸에게 편지를 보냈고, 또 와서 보았을 때 직접 녹봉을 감해 주라고 말하면서 그 이름을 써서 주었다. 그래도 잊어버릴까 걱정되어 그 뒤에 또 윤해에게 그의 이름을 써서 보낸 지가 이제 한 달 남짓 되었는데, 달리 바치라고 독촉하는 명령이 없으므로 이미 감해 주었으리라고 생각했다. 그런데 며칠 전에 언신의 어미가 와서 색장이 수미를 바칠 것을 독촉하니 어떻게 해야 하냐고 말했다. 이에 내가 다시 편지를 보내서 물어보고 이후로 다시 독촉하면 내가 마련하여 바칠 것이니 걱정하지 말라고 했다. 그날 때마침 현에 들어가는 사람이 있어 그편에 이러한 내용으로 편지를 써서 보냈다.

그런데 윤겸이 답장하기를, "말씀하신 대로 감해 주어야 하지만 공정하지 못함에 관계된 듯하여 마음이 매우 편치 않습니다." 라고 했다. 나 또한 마음이 편치 않던 차에 지금 과연 이와 같이 되었으니, 부끄럽고 무안함을 이루 다 말할 수 있겠는가. 만약 그때 안 된다고 말했더라면 현에서 보내 준 양식으로 마련하여 관에 바쳤을 것이다. 그런데 끝내 안 된다는 뜻을 말하지 않은 채 입을 다물고 있은 지 오래되어 결국 이 지경에 이르렀다. 뒤늦게 한탄해 보아야 어찌하겠는가.

내가 이미 그 문제를 알면서도 차마 하루아침의 식량난을 참지 못하고 감해 주어서는 안 될 일을 억지로 시켜서 결국 노파에게 믿음을 잃고 욕을 당한 꼴이 되었으니, 뉘우치고 한탄한들 어찌하겠는가. 이제는 경계할 바를 알았으니, 구차한 일은 하지 않을 것이다. 오늘 계집종 옥춘이 현에 들어가기에, 언신이 바치지 못한 수미 1말 6되를 마련해 보내서 관에 바치게 하여 아예 후환을 끊어 버렸다.

◎ ─ 8월 21일

어살에 걸린 민물고기는 지난밤에 모두 훔쳐 갔다. 이번에는 엮은 발도 망가뜨려서 더 이상 잡지 못하게 만들었다. 분명 나를 미워하는 자의 소행일 것이다. 매우 괘씸하지만 어찌하겠는가.

◎ ─ 9월 6일

부석사의 중이 두부를 만들어 가지고 왔다. 저번에 콩을 보내서 만들어 보내게 했기 때문이다. 모레 장모의 기제사를 우리 집에서 지내야 하는데, 그때 쓰려고 한다.

초여름부터 병아리를 키우기 위해 기르던 고양이를 부석사에 보냈는데, 그 뒤에 집 안에 쥐들이 들끓어서 집에 저장해 둔 것 중에 온전한 물건이 없다. 분통이 터져 참을 수가 없다. 위아래 사람들의 방 안에 쥐덫을 놓자 날마다 4마리 혹은 3마리 혹은 2마리가 덫에 걸렸는데, 이제 그 수를 계산해 보니 56마리이다. 요즘에는 덫에 걸리지 않으니, 분명 모두 죽고 남아 있는 것이 거의 없기 때문일 게다. 민시중이 현에서 돌아왔다. 관아 내에서 게젓과 소고기 포를 보냈다.

◎ ─ 9월 12일

지난밤에 큰 호랑이가 개를 물어 가려고 엿보며 계집종 은개의 방 바깥 문을 밀치기도 하고 물어뜯기도 하자 은개가 호랑이가 온 것을 알아차리고 소리를 질러 쫓아냈는데, 호랑이가 달아나는 소리에 땅이 흔들렸다. 그런데 개들이 모두 집 안에 들어와서 밖에 나가지 않았기 때문에 물어 가지 못했다. 분명 밤마다 와서 엿볼 것이다.

◎ ─ 9월 22일

참서리가 처음 내렸다. 지붕의 기와가 모두 하얗고 도랑물이 얼었으며 찬 기운이 매섭다. 저녁에 현의 사람이 양식을 가지고 왔다. 백미 5말, 기장쌀 5말, 벼 1섬, 봄 고등어 30마리를 실어 왔다. 고등어는 여름을 지낸 물건이라 썩은 냄새가 나고 구더기가 생겼다. 하지만 오랫동안 채식만 한 터라 구워서 먹었더니 좋은 고기처럼 맛있어서 맛이 변한 줄도 몰랐다.

◎ ─ 9월 28일

윤겸의 처가 세 자녀를 데리고 왔다. 승업을 보니 우람하고 살집이 올라 마치 돌 지난 아이 같고 눈을 맞추면 소리 내어 웃는다. 매우 사랑스럽다. 전미 1섬을 가지고 왔다. 양식으로 쓰게 하기 위해서이다.

◎ ─ 10월 6일

바람이 불고 눈이 날리다가 식사한 뒤에 날이 개어 윤겸의 처가 돌아갔다. 인아가 모시고 갔다가 도중에 돌아왔다.

현의 아전이 도망친 군사 전풍을 체포하는 일로 새벽에 와서 전풍의 집을 포위했는데, 그가 미리 알아채고 달아났기 때문에 잡지 못하고 그의 삼촌 전귀실을 잡아갔다고 한다. 한 사람이 도망가서 한집안의 부모와 처자식이 모두 보존되지 못했다. 이처럼 매서운 추위에 타향으로 뿔뿔이 흩어져 수풀에 숨어 엎드리고 있을 것을 생각하니 처지가 몹시 딱하다. 평소 서로 가까이 알고 지내던 사람이라 더욱 안타깝다. 그 아비는 군량을 지고 경상도로 가서 아직 돌아오지 않았다.

◎ ─ 10월 11일

저녁에 평강(오윤겸)이 첩을 데리고 왔다. 평강의 첩을 보니, 그 마음은 어떠한지 모르겠지만 행동거지나 용모와 말씨를 볼 때 분명 어리석거나 용렬하지는 않을 듯하다. 위안이 된다. 백미 3말과 전미 5말을 가지고 왔다. 그의 첩은 큰 문어 1마리, 방어 1마리, 생전복, 전어, 엿 등의 물건을 가지고 왔다.

◎ ─ 10월 16일

증조모의 기일이라 아우가 인아를 데리고 제사를 지냈다. 나는 마침 허리 언저리 세 군데에 작은 종기가 나서 닿으면 쑤시고 아프기 때문에 참석하지 못했다. 안타깝다.

끊이지 않는 전쟁

◎ ― 10월 20일

지난날 억수가 잃어버린 매가 이웃 사람 박금성의 매 그물에 우연히 걸렸다. 그런데 꼬리의 깃이 모두 부러지고 두 날개가 그 물에 상하여 못쓰게 되어 버렸다. 몹시 아깝다. 매의 먹이로 닭 1마리를 잡아서 주었다. 매를 날려 꿩을 잡을 시기는 아직 멀었고 매 2마리의 먹이는 모두 우리 집에 와서 가져가니, 집에서 기르는 닭을 모조리 잡아먹게 생겼다. 안타깝다.

◎ ― 11월 1일

어젯밤에 다리가 하얀 개가 죽어 버렸다. 불쌍하다. 지난 병신 년(1596, 선조 29)에 임천에 있을 때 이웃의 강아지를 데려다가 기른 지 이제 3년이 되었는데, 뜻밖에 갑자기 죽어 버렸다. 다만 허리 아래를 쓰지 못하는 것을 보면 분명 사람에게 맞아서 허리가 부러진 것이다. 매우 분통이 터진다.

요즘 바람이 날로 매우 세찬데, 땔감이 없어서 구들이 차다. 답답하다. 일가의 사내종 3명에게 각자 소와 말을 끌고 가서 띠를 베어 오게 했다. 새로 지은 집의 이엉이 전에 불었던 사나운 바람에 모두 날아갔기 때문에 엮어서 없으려는 것이다.

◎ ― 11월 13일

현에서 문안하는 사람이 왔다. 이달 양식을 실어 보냈는데, 매조미쌀 5말, 전미 10말, 기장쌀 2말 8되, 벼 10말, 날꿩 2마리이다. 다만 관아에 쌓아 둔 물건이 바닥났다고 들었는데 다달이 보내 주는 양식이 이처럼 많으니, 분명 사람들의 말이 나올 것이다. 훗날 오명을 입는다면 분명 우리 집 때문일 것이다. 몹시 걱정스럽다. 하지만 달리 식량을 얻을 길이 없어 매번 이런 상황에 이르게 되니, 항상 미안한 마음이 든다. 한탄한들 어찌하겠는가.

조보를 보니, 조정이 고요하지 않아 풍랑이 또 일어서 서로 공격하고 있다고 한다. 흉악한 왜적은 여전히 변경을 차지하고 있고 명나라 군사가 한창 대치하여 전쟁이 끊이지 않아서 군량을 수송하는 백성의 괴로움이 극에 달했다. 그런데도 조정 안에서 또 고요하지 못한 일이 일어나니, 때가 그런 것인가, 운명이 그런 것인가. 큰 탄식이 끊이지 않는다.

◎ ― 11월 25일

동짓날이라 팥죽, 절육, 생선구이, 막걸리로 차례를 지냈다. 덕노가 제때 왔으면 오늘 시제를 지내려고 했는데, 그러지 못했다. 아쉽다. 덕노에게 어물을 사 가지고 오게 했기 때문이다.

◎ ― 12월 7일

억수가 오늘 저녁에 매를 처음 날렸는데, 성질이 몹시 순하지 않아 잃어버릴 뻔했다가 겨우 도로 붙잡았단다. 이제부터는 홰에 앉혀 살찌기를 기다린 뒤에 파는 것이 상책이라고 하기에, 그에게 마음대로 처리하라고 일러 보냈다. 집안에 매를 길들여 날리는 방도를 아는 사람이 없어 남의 힘을 빌려서 하려니 일이 뜻대로 되지 않는다. 번번이 이와 같으니 진실로 안타깝다.

통제사 이순신의 죽음

◎ ― 12월 16일

생원(오윤해)의 사내종 안손이 현에서 돌아왔다. 조보를 보니, 흉악한 왜적이 모두 바다를 건너갔고 명나라 수군과 우리나라 수군이 뒤쫓아 공격하여 다수의 수급을 베었다고 한다. 그런데 통제사 이순신이 탄환에 맞아 죽었고 전사한 수령 및 첨사, 만호가 10여 명에 이르니, 죽은 군졸도 분명 많을 것이다. 탄식할 일이다. 명나라 장수인 총병 등자룡도 탄환에 맞아 죽었다고 한다. 이순신은 우의정에 추증追贈(나라에 공로가 있는 벼슬아치가 죽은 뒤에 품계를 높여 주는 일)되었다. 이순신은 난리 초기부터 전라도의 보루가 되었는데, 지금 왜적의 탄환에 죽었으니 애석하다. 흉악한 왜적이 와서 소굴을 만든 지 7년 만에 이제야 돌아갔는데, 장수 1명도 베지 못했고 우리네 죽은 장수와 군사는 전후로 몇 명이나 되는지 알 수 없다. 이 분하고 애통함을 이루 다 말할 수 있겠는가.

세자가 원자를 낳았다고 한다. 나라에 이보다 더한 경사가 있겠는가. 또 종묘에 고하고 대사령을 내렸다고 한다.

◎ ─ 12월 24일

이른 아침에 부석사의 중이 국수를 만들어 먼저 내왔다. 느지막이 두부를 만들어 내왔는데, 이번에는 부드럽고 맛이 좋아서 26곶(꼬치)을 먹었다. 중이 또 막걸리를 내왔다. 각각 한 잔씩 마시자 바닥이 났다. 중이 또 탁주와 절인 두부를 내와서 배불리 먹고 취한 뒤에 헤어져서 말을 타고 돌아왔다. 나는 사내종 하나만 데리고 급히 왔더니 날이 저문 뒤였다. 올 때 전에 보냈던 집고양이를 안고 왔다. 집 안에 고양이가 없어서 쥐들이 곡식을 축냈기 때문이다. 지난봄에 닭을 키우기 위해 고양이를 부석사에 보냈다가 이제야 도로 찾아온 것이다.

◎ ─ 12월 30일

집사람의 증세에 더욱 차도가 있어 죽과 미음을 연달아 마셨다. 정신이 혼미하고 팔다리가 노작지근한 증세 역시 덜하다. 그러나 평상시처럼 회복되지는 못했다. 내일이 설날인데 집사람의 병 때문에 위아래가 흥겨운 마음이 없었다. 그런데 지금은 증세가 나아지고 있으니, 온 집안 식구들의 기쁨을 이루 말할 수 없다.

생원(오윤해)의 사내종 춘이가 한양에서 어제 들어왔다. 덕노가 오지 않는 까닭에 대해 물었더니 말하기를, "사내종 광노의 집에서 들으니, 덕노가 처음 한양에 갔을 때 지니고 있었던 은어를 명나라 군사에게 대다수 빼앗긴 데다 한양 시장에서도 팔지 못하여 그길로 곧장 기내 시장으로 내려갔는데 아직 돌아오지 않았다고 했습니다."라고 했다. 덕노의 일이 매번 이와 같으니, 탄식한들 어찌하겠는가. 집안에 부릴 사람이 없어서 이 사내종에게만 의지하니, 이것이 누구의 잘못이겠는가.

◎ ― 잡기雜記

올해 중금 밭의 소출은 기장, 피, 조 모두 합쳐서 전섬으로 2섬 16말 4되, 녹두가 7말 5되, 메밀이 13말 5되, 두(豆)가 평섬으로 1섬 9말 1되, 태太가 평섬으로 6섬 4말 5되이다. 모두 합치면 11섬 11말이다.

우리 집에서는 태太가 평섬으로 17섬 11말, 두豆가 7섬 9말, 메밀이 전섬으로 5섬, 녹두가 8말, 들깨가 18말, 차조가 전섬으로 1섬 16말, 반직半稷이 전섬으로 8섬 8말 5되, 조가 전섬으로 11섬 1말이니, 모두 합치면 52섬 11말 5되이다. 올해 우리 집에서 지은 것과 중금 밭의 소출을 합치면 모두 64섬 2말 5되이다.

이자미(이빈)의 첩에 대해 지난날에 들어 보니, 난리를 만났는데도 절개를 지키며 시집가지 않았다. 그 뒤에 한양에서 와서 들으니 옛 동네 근처에 살고 있다고 하기에, 향비를 보내 안부를 물었다. 그녀 또한 나를 찾아와서 보았는데, 평생 그 뜻이 변치 않을 것이라고 여겼다. 또 그 뒤로 몇 년 전에 사내종 광노에게 잘못 시집을 갔는데 며칠 뒤에 광노가 비로소 깨달았고 우리 집에서도 역시 이 소식을 듣고 광노에게 즉시 내쫓아 버리라고 했다. 그 뒤에 광노가 또 다른 사람에게 장가들었는데 직접 그 집에 찾아가서 질투하고 욕하기를 그치지 않으니, 사람이 부끄러움이 없는 것이 이러한 지경에 이르렀다. 만약 그때 바로 죽었다면 그 끝이 어떠했겠는가. 사람이란 반드시 처음과 끝을 본 뒤에야 그 진위 여부를 알 수 있다. 이후로는 마침내 발길을 끊고 오가지 않았으니, 또 개가하여 어디에 살고 있을는지 모르겠다.

오희문의 생계수단: 선물, 농사, 그리고 부업

임진왜란과 정유재란으로 인해 국토는 황폐해지고 민심은 사나워졌다. 그러나 삶의 기반이 무너진 참혹한 상황에서도 일상은 이어졌다. 오희문은 피란살이를 하며 한동안 관아나 친척에게서 선물이나 교환 형식으로 받는 물품에 크게 의지해 생계를 유지했다. 또 가족이 모여 정착하게 되자 관둔전과 남의 땅을 빌려 농사를 짓고, 양잠, 양계, 양봉 같은 부업을 해 나갔다.

가족과 관청으로부터의 선물

다양한 경로를 통해 받는 선물 형식의 물품은 전란 시기 생계 유지를 위한 필수품이었다. 큰아들의 친구이자 나중에 첫째 사위가 된 함열 현감 신응구는 나중에는 오희문이 "으레 보내온다."라고 할 정도로 정기적으로 많은 물품을 보내왔다. 함열 관아의 물품이 없었다면 오희문 일가의 피란 생활은 훨씬 더 곤궁했을 것이다. 이 밖에도 인연 있는 군수 등이 선물을 보내오는 경우도 많았다. 첫째 아들이 급제한 이후 아들이 현감으로 있는 평강 관아에서도 정기적으로 선물을 보내왔다. 관아에서 다달이 보내 주는 양식이 많을 때 오희문은 자신이 특혜를 받는 것 같고 말이 나올까 부담스러워했다.

당시 주고받은 선물은 기본적인 먹을거리와 제사에 사용할 음식이 주를 이루었다. 벼, 백미, 전미, 중미, 매조미, 찰보리, 겉보리, 좁쌀, 차좁쌀, 기장쌀, 팥, 두(완두, 작두 등)와 태(백태, 서리태 등), 밀가루, 메밀 등의 곡류와 소고기, 개고기, 닭고기, 돼지고기, 노루고기, 꿩고기, 갈비, 참먹, 삼치, 생준치, 조기, 말린 민어, 생민어, 전복, 대구 등 육류와 어류가 다소간이라도 챙겨서 주고받는 주요 물품이었다. 그 밖에 생뱅어, 뱅어젓, 웅어젓, 새우젓, 연어알, 준치식해, 꿀, 간장과 감장(맛이 단 간장), 황각, 소금, 누룩, 메주, 소주, 홍시, 참외, 오이, 앵두 등의 과일, 엿, 말린 밤, 모과, 생강, 약과, 절편, 수단, 죽력 등 젓갈류와 장류, 과일 등 품목이 다양하다. 먹을거리 외에도 땔나무나 돗자리, 종이 같은 생필품도 주고받았다.

노비 노동에 주로 의존한 농사

오희문의 일기는 병신년(1596)과 정유년(1597) 충청도 임천군에 머물 때와 정유년(1597) 2월 이후 신축년(1601) 2월 말 한양으로 돌아가기 전까지 강원도 평강현에 정착해 생활할 때에는 농사에 대한 기록이 주를 이루고 있다. 무술년(1598) 3월 1일 일기에서 오희문은 전년도에 수확한 곡식의 내역을 자세히 적으면서, 전해에는 정유재란이 발발하는 바람에 피란 온 식솔이 많아져 더욱 살기 어려웠으니 올해 농사가 잘되어야 한다는 마음을 피력하고 있다.

오희문은 농사지을 작물에 대해 세심한 관심을 보이는데, 임천에서는 주로 보리와 콩, 녹두 등을 파종했으며, 평강에서는 기장, 조, 차조, 태, 두, 녹두, 메밀, 참깨, 들깨 등이 주를 이루었다. 특히 메밀은 강원도의 거친 땅에서도 잘 자라는 곡물이었다. 밭을 갈고 씨를 뿌리고 수확하는 대부분의 노동은 노비들이 담당했다. 1595년 6월 9일 일기에 꼭두새벽에 송노가 도망을 쳤는데, 농사철에 김도 다 매지 않고 도망친 것에 대해 오희문은 분통을 터뜨린다. 일기 곳곳에는 게으름을 피우며 농사를 제대로 짓지 않거나 도망을 가는 노비에 대해 오희문은 '괘씸하다' '얄밉다' '가증스럽다'며 있는 그대로 감정을 드러내고 있다.

1598년 우여곡절 끝에 농사를 마무리한 후 오희문은 그해 일기 마지막에 잡기를 덧붙여 한 해의 결산을 기록으로 남겼다. 오늘날 가계부를 쓰면서 한 해 수입을 총정리한 것과 유사한 모습이다.

오희문이 뛰어든 부업 전선: 양잠, 양계, 양봉

오희문은 농사 외에도 양잠, 양계 양봉 등을 시도했다. 부업 전선에 나선 그의 분투기는 1598년의 기록에 잘 나타나 있다. 이 해에는 특히 양잠에 집중한다. 누에가 매우 번성해서 안방과 사랑채에 시렁을 매어 놓은 층에 가득했는데, 종들에게 누에에게 먹일 뽕잎을 따서 가득 실어 오게 하지만 날마다 가득 뽕잎을 실어 와도 다음 날이면 모자라서 누에가 굶을 때가 많으니 뽕잎을 감당할 수 없는 지경이었다. 또 하루는 누에가 올라간 섶 위에 난입한 '못된 쥐'로 인해 양잠이 해를 입은 상황을 상세히 기록하고 있다.

병아리를 닭으로 길러 내는 과정도 눈물겹다. 오희문은 병아리를 무사히 기르기 위해 집에서 기르던 새끼 고양이를 부석사로 잠시 보냈다. 그러자 집안에는 쥐가 들끓고, 이번에는 고양이가 아닌 개가 병아리를 물어 죽인다. 분통이 터진 오희문은 동생 오희철의 아들인 붕아에게 목줄을 매게 하여 개를 때린 뒤 그대로 매어 놓고 풀어 주지 않았다.

양봉에 손을 대는 모습도 보인다. 벌통에서 새끼 벌이 번식해 잘 크나 했는데, 벌이 도망가 버려서 잃기도 하고 어떤 날은 다행히 되찾아오기도 하는 등 경험이 없어 많은 고생을 한다. 낯선 타지에서 살면서 먹고사는 문제가 제일 급했던 시기의 그의 일기는 마치 촌부의 농사 일기처럼 읽힌다.

한 잔 술의 즐거움과 무료함을 달래는 놀이문화

팍팍한 피란살이가 늘 힘겹고 고통스럽기만 한 것은 아니었다. 잠깐이나마 놀이를 하며 한가하게 여유를 부리기도 하고 소식이 끊겼던 지인을 만나는 반가운 일도 있었다. 그 가운데 가족과 친지와 나누는 술 한 잔은 삶의 윤활유 같았다.

임진왜란이 일어나기 전 남도 여행길에서 아흐레 동안 술에 취하지 않은 날이 없고, 육지와 바다에서 나는 진귀한 음식을 수시로 맛보았던 것을 보면 오희문 또한 술을 즐겨 마셨음을 알 수 있다. 전쟁이 발발한 다음에는 마음 편히 술을 마실 수 없었지만 그래도 술을 한 잔 들이켜고 나면 쌓여 있던 근심 걱정을 조금이나마 덜 수 있었다. 동짓달의 추위가 너무 심해 방 안에 웅크리고 앉아 있을 때 따뜻하게 데운 술을 사발 가득 따라 마시니 가슴속이 봄바람 속에 있는 것처럼 따뜻해졌다거나, 시름을 없애는 데는 술만 한 것이 없다고 하는 기록이 종종 보인다.

손님이 오면 으레 대접하는 것 중 하나가 술이었으며, 사람이 모이면 응당 마시게 되는 것이 술이었다. 술은 몸을 보신하고 병을 치료하기 위해서도 활용되었다. '약술'이라 칭해지는 것은 이러한 까닭에서이다. 계사년(1593)에 오희문은 학질을 고치기 위해 민간요법에 따라 박 넝쿨을 가져다가 태워서 술에 타서 마신다. 마치 감기에는 고춧가루를 탄 소주가 좋다는 오늘날 떠도는 민간요법과 같은 것이었으리라.

왕실에서 서민까지 누구나 즐긴 술

조선시대 술 가운데 대표적인 것은 막걸리라 불리는 탁주와 청주, 소주였다. 탁주에 '흐릴 탁濁'자를 쓰는 것은 뿌연 색깔 때문이며, 막걸리는 '마구 걸러낸 술'이란 뜻이다. 적당히 반죽된 보릿가루나 밀가루를 둥그렇거나 네모난 모양의 틀에 넣고 발로 꾹꾹 밟아 누룩을 만든 다음 쌀을 고두밥으로 지어 누룩과 섞고 여기에 물을 부어 덮어 두었다가 술이 익으면 청주를 떠내고 체로 걸러 낸 것이 탁주다. 조선시대에도 탁주는 서민의 술이었다. 『태종실록』에는 잔치에서 술 마시는 것을 금하면서도 환영과 전송에 백성들이 탁주를 마시는 것과 술을 팔아서 생활하는 것은 허용한다는 기록이 보인다.

청주는 탁주를 거르기 전에 술독에 용수(싸리나 대오리로 만든 둥글고 긴 통)를 박아서 그 안에 고인 맑은 술을 떠낸 것이다. 맑을 '청淸'자를 쓰는 것은 이러한 이유에서다. 『세종실록』에는 "술을 금지할 적마다 청주를 마신 자로는 죄에 걸린 적이 없고, 탁주를 마시거나, 혹은 사고 판 자는 도리어 죄에 걸리니 사정이 딱하다."라는 글이 나온다. 조선 전기에도 청주가 탁주보다 고급 술이었음을 알 수 있다.

소주는 '가열하여 증류한 술'이라는 뜻인데, 여기서 '소燒'는 우리말로 '고아 내린다'로 풀이할 수 있다. 솥에 청주를 채우고 그 위에 증기류인 '소줏고리'를 얹어 밀봉한 뒤 불을 때서 가열하면 휘발성이 강한 알코올 성분이 수분보다 먼저 증발한다. 이때 소줏고리 윗부분에 올려놓은 자배기에 차가운 물을 채워 넣으면 뜨거운 수증기와 온도 차가 생기면서 자배기 밑면에 수증기가 닿아 액화된다. 이슬처럼 맺힌 이 액체를 받아 낸 것이 소주이다. 소주를 칭하는 '추로'나 '노주'에 이슬 '로露'자가 들어가는 것은 소주의 특성을 잘 표현한 것이다. 오희문의 일기에는 청주와 소주가 선물 목록에 자주 등장한다.

조선의 왕 중에서는 태조, 세조, 성종, 정조 등이 술을 좋아한 반면, 영조는 술 때문에 곡식이 소모되는 것을 염려하여 자주 금주령을 내렸다. 금주령 기간에도 왕실에 올리는 술, 사신 접대용, 제사용, 혼례용, 약용으로 쓰이는 술에 대해서는 예외가 적용되었다. 조선 후기의 실학자 이익은 『성호사설』의 「만물문」에서 "술이라는 음식이 단 한 가지라도 유익한 점을 알지 못하겠다."라며 부정적인 입장을 취하고 있다. 그는 자신도 젊어서는 술을 많이 마셨다고 고백하면서 자식과 손자에게 자신의 제사에 술은 쓰지 말라고 당부하였다. 오희문과는 사뭇 다른 모습이다.

여가 생활과 놀이문화

『쇄미록』에는 옛집으로 돌아가지 못하고 떠도는 와중에 즐기는 여가 생활에 대한 기록도 종종 보인다. 마을의 젊은이와 어른이 모여서 바둑과 종정도 놀이를 하거나 장기를 두고 쌍륙을 하면서 즐겁게 놀며 긴 날을 보냈다. 오희문 또한 무료한 날에 막내딸과 바둑을 두거나 추자놀이를 하며 적적한 회포를 달랬다.

종정도는 주사위를 가지고 하는 놀이로, 넓고 큰 종이 위에 정1품에서 종9품까지 관직 이름을 써 놓고 주사위를 굴려 나온 숫자에 따라 관직을 이동하는 놀이다. 누가 높은 벼슬에 먼저 올라가는지 내기를 하며 노는데, 승경도 놀이라고도 한다. 이는 높은 벼슬에 오르고 싶어 하는 당시 사람들의 마음을 놀이로 표현한 것으로, 서당에 다니는 아이들 사이에서 상당히 유행하였다. 오늘날의 '뱀주사위 놀이' 같은 주사위를 활용한 놀이는 대부분 이 종정도 놀이를 계승한 것이다.

쌍륙은 두 개의 주사위를 던져서 나오는 수만큼 말을 써서 먼저 궁에 들여보내는 놀이로, 대개 두 편으로 나뉘어 15개의 말과 2개의 주사위를 사용한다. 다른 나라에도 비슷한 놀이가 있는데, 한국에서는 문헌상 백제시대부터 기록이 보이며, 조선시대에 성행하였다.

조선시대 백성들의 놀이는 다 함께 집단적으로 어울리는 대

동놀이의 성격이 강했다. 풍물, 탈춤, 지신밟기, 별신굿 등 신바람 나는 장단에 맞춰 춤을 추거나 몸을 움직여 피로를 풀고 스트레스를 해소했다. 조선시대의 놀이문화는 남녀 구분이 유별났는데, 남자들이 즐긴 놀이로는 고싸움, 농기싸움, 편싸움, 횃불싸움 등 주로 싸움 형식의 힘겨루기가 많았다. 이는 고대부터 외적을 방어하기 위한 싸움에서 유래한 것으로, 놀이를 통해 체력을 증진하고 협동심과 책임감을 키워 나갔다.

여성들의 놀이로는 강강수월래, 놋다리밟기, 길쌈놀이, 다듬이놀이 등이 있었다. 강강수월래는 마을 여성들 여럿이 어울려서 손을 잡고 원을 그리며 춤을 추는 놀이로, 임진왜란 때 이순신 장군이 왜적에게 우리 군사가 많은 듯 위장하기 위해 이 춤을 추게 한 것으로 유명하다. 길쌈놀이와 다듬이놀이는 여성들의 일과 관련된 놀이였다. 고단하고 지루한 노동을 좀 더 재미있게 하기 위해 내기를 하고, 이를 통해 일의 능률을 높였다.

8

예순 나이에도
늘 배고픔 속에 사니

기해일록 1599

환갑의 해

◎ — 1월 1일

날이 밝을 무렵에 차례를 지냈다. 다만 집사람이 간밤에 다시 전날의 증상을 앓아 새벽까지 신음했는데, 전보다 배로 혼미하여 눈을 뜨지 못하고 미음도 마시지 못했다. 몹시 안타깝다. 앞서 며칠은 점차 차도가 있어서 가족들이 기뻐했는데, 오늘은 또 이와 같다. 더욱 걱정스럽다. 이 때문에 이웃에서 보러 온 사람들을 밖에서 돌려보내고 술과 음식을 대접하지 못했다.

금년 간지는 기해己亥, 나의 환갑이다. 인생이 얼마나 되는가. 남은 생이 많지 않으니, 매우 슬프고 한탄스럽다. 하물며 또 집사람의 병세가 위태로워서 생사를 기약할 수 없다. 40여 년을 해로한 부부가 하루아침에 이렇게 되었다. 더욱 슬프고 한탄스럽다.

◎ — 1월 5일

오늘은 집사람의 생일이다. 병을 앓고 있기 때문에 평강(오윤겸)에게 음식을 준비해 오지 말라고 했다. 병세에는 별로 변화가 없으나 구역질이 사라지지 않아 음식을 싫어한다. 걱정스럽다.

◎ — 1월 9일

집사람이 병을 앓은 뒤로 오래도록 머리를 빗지 못해서 이가 많아 몹시 가려워했다. 이 때문에 사람을 보내 수은을 사 오게 했다. 밤에 머리에다 수은을 발랐더니 이가 모두 빠져나와 죽었다. 갔다 오는 데 겨우 5일이 걸렸으니, 잘 걷는 사람이라고 하겠다.

◎ — 1월 11일

어제 마침 날이 따뜻하여 벌통에서 벌 떼가 나와서 놀았는데, 한 통에서는 벌이 전혀 들락거리지 않았다. 통을 열어 보니 이미 다 굶어 죽어서 통 안에 쌓여 있었다. 지난가을에 꿀을 딸 때 통 속의 다리나무가 떨어져서 벌집도 모두 떨어져 내렸는데, 이 때문에 먹을 것을 다 먹고 굶어 죽은 것이다. 애석하다. 밀랍을 따 보니 5냥 5돈이다. 벌통 5개 중에 1통의 벌이 다 죽어 4개만 남았다.

◎ — 1월 28일

윤함이 절에 올라갔다. 원적사의 중이 두부를 만들어 가지고 왔다. 전에 콩 3말을 보냈는데, 절반은 그때 두부를 만들어 가져왔고 또 절반은 남겨 두었다가 오늘 두부를 만들어 가져오게 한 것이다. 모레 죽은 딸의 대상에 쓰기 위해서이다.

저녁에 현에서 문안하는 사람이 왔다. 편지를 보니, 임시 파견 관원은 이미 바꾸었다고 한다. 다만 순찰사가 평강(오윤겸)이 직무에 부지런하지 않다고 하면서 관계없는 일을 가지고 하리下吏(관아의 말단 행정 실무자)를 세 번이나 잡아다가 심하게 매질을 하여 거의 죽게 되었다고 한다. 아마 평소에 속으로 불쾌하게 여겼고 또 들은 것이 있어서일 게다. 훗날 틀림없이 욕을 당할 근심이 있기에 기미를 보고 움직이려고 다시 사직서를 올려서 반드시 받아들여지기를 기약해 보지만, 다만 우리 온 집안이 낭패를 당할까 걱정스럽다고 한다. 탄식한들 어찌하겠는가. 그러나 집안을 걱정할 것 없이 나중에 후회하지 않기 위해 거취를 속히 결정하라고 답장을 보냈다.

사내종과 말이 없어 가지 못하고

◎ — 2월 1일

오늘은 죽은 딸 단아의 대상이다. 날이 밝을 무렵에 인아와 함께 제사를 지냈다. 세월이 훌쩍 흘러 어느새 대상이 되었다. 애통한 마음이 더욱 심하다. 생전의 일과 병들어 누워 있던 때와 임종 때의 말을 돌이켜 생각하면서 집사람과 마주하여 크게 통곡했다.

우리 부부가 살아 있는 동안은 매양 이날이면 비록 먹던 밥을 가지고라도 제사를 지내겠지만, 죽은 뒤에는 부탁할 곳이 없으리라. 이렇게 생각하니 비통함이 더욱 지극해진다. 슬프다.

들으니, 평강(오윤겸)이 재차 사직서를 올렸다고 한다.

◎ ― 2월 18일

들으니, 생원(오윤해)이 아우와 함께 어제 한양으로 떠났다가 철원 땅에 이르러 정시를 물려서 시행한다는 소식을 듣고는 즉시 돌아와 오늘 부석사에 도착하여 그곳에 머물면서 공부한다고 한다. 평강(오윤겸)은 오늘 낮에 한양으로 출발했다고 한다. 평산정이 매를 간절히 얻고자 했기 때문에 관가에 2마리뿐인데도 어쩔 수 없이 1마리를 주어 보냈다. 그도 매를 얻은 것을 기뻐했고, 나도 그의 소망을 들어주게 되어 매우 기뻤다.

◎ ― 2월 23일

아우 언명의 사내종 춘희가 영암에서 찾아와 전혀 뜻밖에 임매의 편지를 전해 주어 받아 보니, 종이 가득 모두 비통한 내용이었다. 슬퍼하고 탄식한들 어찌하겠는가. 또 들으니, 전날에 왜적에게 잡혀간 계집종 수비가 지난해 섣달에 돌아와서 하는 말이 경온이 지난해 4월에 병을 얻어 적진에서 죽었다고 했단다. 더욱 몹시 애통하다. 그러나 살아서 일본에 들어가 몸을 더럽히기보다는 차라리 우리나라 땅에서 죽은 것이 한편으로는 다행이다.

◎ — 3월 1일

집에서 기르는 암고양이가 봄이 된 뒤로 수컷을 부르면서 밤낮으로 사방 이웃으로 분주히 다니는데, 사방 이웃에도 수컷이 없어서 이 때문에 며칠 동안 부르기를 그치지 않았다. 그저께부터는 어디로 갔는지 알 수 없다. 아마 호랑이에게 물려간 듯하다. 아깝다. 이 고양이가 돌아온 뒤로 집 안의 쥐 떼가 잠잠해져서 날뛰는 걱정이 없었는데, 이제는 고양이가 없으니 아마 쥐 떼가 서로 기뻐하면서 곡식을 축낼 것이다.

◎ — 3월 3일

평강(오윤겸)의 편지를 보니 지난 25일에 쓴 것인데, 명나라 군사가 성에 가득하여 온갖 포악질을 일삼아서 가진 물건을 다 빼앗겼고 아랫사람들은 많이 맞아 상했으며 평강도 욕을 당할까 두려워 숨어 지내며 나가지 않는다고 한다. 필경 어찌될지 알 수 없다. 걱정스럽기 그지없다.

◎ — 3월 8일

간밤 꿈에 죽은 딸을 보았다. 내가 마침 누구 집인지 모르는 곳에 있었는데, 손에 약과를 들고 여러 아이들에게 나누어 주고 있을 때 죽은 딸이 행랑 아래 서 있었다. 기름을 바른 머리를 빗질해 땋고 분을 바르지는 않았으며 자색 저고리와 반청 치마를 입고서 얼굴을 들고 손을 내밀어 먹을 것을 달라고 했다. 내가 말하기를, "너도 여기에 있었느냐?"라고 하고 즉시 대계(밀가루에 꿀을 넣어 반죽해 얇게 직사각형으로 잘라 기름에 지진 유밀과) 1닢을 주었더니, 바로 받아서 산적 곳(꼬치)에 꿰어 먹는 것이었다. 갑자기 꿈에서 깨어났다. 말소리와 용모가 흡사 생전 모습과 같았고 얼굴과 눈동자가 또렷이 떠올라 절로 눈물이 흘러 옷깃을 적셨다. 내가 꿈에서 본 일을 말해 주고 집사람과 마주 보면서 하염없이 눈물을 흘렸다.

죽은 지 지금 2년이 되도록 한 번도 꿈에 나타나지 않기에 꿈에서라도 한번 보고 싶어도 보지 못했는데, 오늘 밤 내 꿈에 나타나 옛날에 놀던 일을 생각나게 하는구나. 창자가 끊어질 듯이 괴롭고 슬프기 그지없다. 대상 전에 한번 그 무덤에 가 보려고 했으나 사내종과 말이 없어서 가지 못했는데, 떠돌던 혼령이 꿈속에서 나를 찾아왔단 말인가. 아, 슬프고 슬프다.

◎ ─ 3월 11일

한식절이다. 첫닭이 울 때 제사를 지냈다. 먼저 조부모께 지내고 다음으로 선친께 지냈으며 다음으로 죽전 숙부모 두 분께 지내고 그 뒤에 죽은 딸에게 지냈다. 그런 뒤에 제사 도구를 거두어 가지고 동쪽 집에 가서 제사를 지냈다. 다만 찬이 없어서 면, 떡, 밥, 국, 과일 세 가지, 고기탕 두 가지, 채소탕 한 가지, 어육적 세 가지, 나물적 한 가지, 쟁반에 올린 나물로 제사를 지냈다. 내일은 고조부의 기일이어서 우리 형제가 제사를 지내야 하기 때문에 술과 고기를 먹지 않았다.

평강(오윤겸)은 어제 무사히 현에 도착해서 사람을 보내 안부를 물어 왔다. 편지를 보니, 덕노는 실제로 말을 둘러댄 것은 아니었다. 처음에 말을 빼앗기고 평산까지 따라갔다가 밤을 틈타 훔쳐 가지고 나왔으나 도로 잡혀서 몹시 구타를 당하여 거의 죽다 살아났다고 한다. 그가 즉시 돌아오지 않고 이처럼 지체하다가 끝내 이러한 환난을 겪었으니, 누구를 탓하겠는가. 다만 다시 말을 사는 것이 매우 어려우니, 우리 집의 일이 걱정이지만 어찌하겠는가.

◎ ─ 3월 21일

지금 정시의 방(합격자 명부)을 보니 뽑힌 자가 10명인데, 생원(오윤해)은 거기에 들어 있지 않았다. 때가 오지 않았는가, 운명이 기구한 것인가. 한탄한들 어찌하겠는가. 윤함은 탈 말도 없이 갔으니 어떻게 온단 말인가. 몹시 걱정스럽다.

◎ ─ 3월 26일

생원에게 들으니, 한양에 들어온 명나라 군사들이 방자하고 거리낌이 없어 조금이라도 마음에 들지 않으면 양반, 상인을 가릴 것 없이 마구 때리고 욕을 하며 재산을 약탈해서 사람들이 살 수 없다고 한다. 한탄스럽다.

◎ ― 4월 8일

날이 밝을 무렵에 생원(오윤해)과 윤함이 딸의 담제사(대상을 지낸 2개월 뒤에 소복을 벗고 평상복을 입을 때 지내는 제사)를 지냈다. 죽은 지 3년이 지났고 담제사도 마쳤으니, 이 뒤로는 초하루와 보름의 제사도 그치게 되었다. 이것을 생각하니 더욱 몹시 비통하여 나도 모르게 눈물이 흘러 옷깃을 적신다. 슬프다. 간밤에 어살에 걸린 민물고기를 새벽에 누군가가 모두 훔쳐 갔다. 아마 이웃사람의 짓이리라. 몹시 밉지만 어찌하겠는가.

◎ ― 4월 18일

신수함의 벌통에서 또 새끼 벌이 태어나서 전에 붙었던 배나무 위에 붙어 있는 것을 김업산에게 받게 했다. 절반이 들어가다가 도로 흩어져서 또다시 나무에 붙었다. 받아서 생원(오윤해)의 집에 주고 기르게 했다.

◎ ― 4월 20일

집사람은 아픈 팔이 아직도 낫지 않아 간밤에는 새벽까지 끙끙 앓았다. 식사량도 완전히 줄었고 누워만 있고 일어나지 못한다. 걱정스러운 마음을 어찌 말로 다 하겠는가. 소가 발을 절어서 우의牛醫를 불러 치료했는데, 곰 기름과 송진, 밀랍을 섞어서 호미 자루로 상처 난 곳을 지졌다.

둘째 누이 임매의 부음

◎ — 4월 21일

셋째 누이 남매의 편지를 보니, 잘 있다고 한다. 그러나 영암 임매의 부음을 듣게 되어 놀라움과 슬픔을 이기지 못하겠다. 지난달에 아우 언명의 사내종 춘희가 왔을 때 누이의 편지를 보았는데, 그때 상기증(기침이 멈추지 않는 호흡기 질환)을 앓아 밤에는 새벽까지 잠을 자지 못하고 숨이 가빠 얼른 나았으면 좋겠다고 했다. 나는 변을 당한 뒤에 마음의 걱정이 많아서 병이 생긴 것이라고 생각했다. 그러니 두어 달도 지나지 않아 갑자기 이리 될 줄 어찌 알았겠는가. 길이 너무 멀고 집에는 말 1필 사내종 1명도 없어서 달려가 곡할 형편이 못 된다. 애통해한들 어찌하겠는가. 그곳에도 동생이나 친척이 없어 비복들만 곁에서 모실 텐데, 누가 염습해서 빈소를 차리겠는가. 더욱 몹시 애통한 일이다.

우리 7남매 중에 바로 밑의 아우와 첫째 누이 심매는 모두 나이 서른도 되기 전에 일찍 죽었고, 넷째 누이 김매는 난리 뒤인 갑오년(1594)에 병으로 죽었으며, 이제 둘째 누이 임매가 또 천리 밖에서 죽었다. 우리 형제와 셋째 누이만 남았다. 늙은 어머니께서 살아 계신데 먼저 죽은 자식이 반이 넘고 더구나 내가 장남으로서 나이가 이미 예순이 넘어 남은 생이 많지 않으니, 이 세상을 보고 사는 것이 앞으로 몇 해나 되겠는가. 매번 늙으신 어머니 때문에 걱정이다. 어머니께서 만일 임매의 죽음을 들으시면 반드시 애통한 나머지 식음을 전폐하시어 몸이 상할 것이다. 그래서 숨기고 말씀드리지 않았다.

◎ ─ 4월 25일

신수함의 벌통에서 또 새끼 벌이 태어나 배나무 위에 붙었기에 받아서 앉혔다. 네 번째로 태어난 벌로, 분량은 3되이다.

◎ ─ 4월 27일

이웃 사람 박언방이 한양에 갔다가 돌아왔다. 셋째 누이 남매의 편지를 보니 잘 있다고 한다. 명나라 장수는 이미 다 돌아가고 만세덕만 진에 머물러 있으며 여러 군사도 모두 해산하고 돌아가 한양에 머물러 있는 자는 매우 드물다고 한다.

임현(임극신의 조카)의 편지를 보니, 영암의 둘째 누이 임매는 이달 초닷새에 병으로 세상을 떠났는데 장례를 치를 사람이 없어서 자기가 그믐께 내려갈 것이라고 한다. 우리 형제 중에 한 사람이라도 예의상 장례에 가야 하지만, 집에 말이 1필도 없으니 반달이나 걸리는 길을 갈 형편이 못 된다. 이곳의 비통한 심정을 말로 다 할 수가 없다. 처음 들었을 때는 초이레에 세상을 떠났다고 했는데, 이제 임현의 편지를 보니 초닷새이다. 먼저 들은 것은 잘못된 소식이었다.

◎ ─ 윤4월 10일

어제 오후부터 비가 오락가락하며 밤새 그치지 않더니, 오늘 아침에 이르러서는 때로 세차게 내리다가 오후에 비로소 그쳤다. 비록 흡족하지는 못하지만 오랜 가뭄 끝에 이 한 보지락(비가 내린 양을 헤아리는 단위로, 보습이 들어갈 만큼 빗물이 스며든 정도)의 비를 얻었으니, 아마도 밭의 곡식이 소생할 수 있을 것이다.

사내종 셋과 계집종 둘을 보내서 뽕잎 1바리를 따왔다. 비로 인해 많이 따지 못했다. 안타깝다. 집사람이 친 누에는 이제 다 섶에 올랐다.

현에서 문안하는 사람이 왔다. 평강(오윤겸)의 편지를 보니, 어제 무사히 관아에 돌아왔단다. 통천에서 여러 고을을 순행하다가 강릉에 도착해서 지나는 길목의 경치 좋은 곳을 둘러보았고, 돌아올 때는 내금강과 외금강에 들어가서 구경했다고 한다. 강릉에 있을 때 조카 심열을 만났기 때문에, 조카도 편지와 대구 3마리, 생전복 40개를 보내왔다. 평강도 구해 온 대구 15마리, 생전복 1백 개, 미역 3동, 소조곽 3동, 고등어 20마리, 절인 황어 10마리, 송어 3마리, 말린 문어 3마리, 방어 반 짝, 말린 홍어 1마리, 중미 5말, 전미 5말, 소금 1말을 실어 보냈다. 오랫동안 먹지 못했으므로 온 집안사람이 다 함께 저녁 식사 때 구워 먹었다.

◎ ─ 윤4월 19일

올해 누에를 쳐서 딴 고치가 동서의 두 집과 온 집안이 합쳐

60말이다. 여염집에서 늦게 기른 누에는 이제 한창 많이 먹는데, 뽕잎이 없어서 많이 따지 못하기 때문에 자못 굶주려 버려진 것도 있다고 한다. 뽕나무가 들불로 인해 모두 탔기 때문이다. 우리 집은 매우 다행스럽다.

◎ ─ 윤4월 28일

셋째 누이 남매의 사내종 덕룡이 현에서 돌아왔다. 평강(오윤겸)의 편지를 보니, 근래에 도움을 청하는 친구들의 편지가 구름처럼 모여들지만 들어줄 수가 없어 모두 빈손으로 돌려보냈으니, 분명 서운해하는 사람이 많을 것이기에 몹시 걱정스럽다고 했다. 또 나라의 말 3필을 잃어버렸으니, 백성의 말을 징발해 보내기는 했지만 관례에 따라 분명 파면당할 것이기에 앉아서 파면을 기다린다고 했다. 만일 벼슬이 갈리게 되면 우리 집 식구가 반드시 굶주리게 되어 얼마 못 가 쓰러질 것이다. 걱정한들 어찌하겠는가. 그러나 관청에 비축한 물품이 바닥나서 아무런 방책이 없으니, 마음을 졸이기보다는 차라리 한 번 파직당하여 걱정이 없는 편이 낫겠다.

내일 한양에 가야 해서 행장을 꾸리는데, 발을 저는 소가 중도에 자빠질 것 같아 걱정스럽다. 메주콩 30말을 소 2마리에 나누어 싣고 가서 된장을 담갔다가 올가을에 한양에 올라갈 때 쓸 계획이다. 무명 16필도 가지고 가는데, 이것으로 말을 살 생각이다.

◎ ─ 5월 5일

아침 식사 전에 묘소로 나가 먼저 조부모께 제사를 지내고, 다음으로 아버지, 죽전 숙부 내외분, 죽은 아우에게 차례로 제사를 지냈으며, 그 뒤에 죽은 딸의 제사를 지냈다.

날이 저물어 출발하여 도로 한강을 건너 셋째 누이 남매의 집에 들어갔다. 명나라 사람 20여 명이 여기에 모여서 술을 마시고 유희를 벌이니, 특별한 구경거리였다. 이 집이 좋기 때문에 이처럼 와서 모임을 여는 자들이 없는 날이 없다고 한다. 누이의 집에서 내게 저녁밥을 주었다. 저녁 무렵에 광노의 집으로 돌아왔다. 내일은 춘금이를 평강에 보내야 하겠기에 등불을 밝히고 편지를 썼다. 여기에 와서 들으니, 함열(신응구)이 이곳에 들렀는데 마침 내가 미처 오지 않았기 때문에 만나 보지 못했다고 한다. 아쉽다. 또 들으니, 발을 저는 소를 어제 팔아서 은 7냥을 받았다고 한다.

◎ ─ 5월 9일

평강(오윤겸)이 버린 첩 진옥이 딸을 안고 와서 인사했다. 그 아이를 보니 이미 걷고 말도 하며 생김새가 단아하여 몹시 사랑스러웠다. 소주와 안주를 가져와서 바쳤다. 들으니, 진옥은 지아비를 바꾸었다고 하는데, 사실인지는 모르겠다. 그러나 홀로 살 수는 없다고 말을 했다. 처음 생각에는 그 딸만 보고 진옥은 만나지 않으려고 했는데 지금 딸을 안고 와서 보고 하염없이 우니, 그 마음의 진위는 비록 알 수 없지만 인정상 또한 측은한 마음이 들었다. 어둑할 때 세만을 시켜 말에 태워서 보냈다.

근래에 조정이 조용하지 않아 영상 이원익이 의논이 맞지 않는다고 하여 열네 차례나 사표를 올려 말하기를, "시류와 대립해서 그대로 수상의 자리에 있을 수 없습니다."라고 했다고 한다. 이 때문에 옥당玉堂(홍문관)에서 간략한 상소문을 올려 이원익과 류성룡이 서로 비호한다고 심하게 헐뜯었는데, 언관들은 이리저리 눈치를 보며 침묵한 채 말을 하지 않아서 이 때문에 양사兩司(사헌부와 사간원)가 바야흐로 서로 피하고 있으며 갈린 뒤에는 먼저 류성룡에게 죄를 가하고 그다음으로 이원익에게 죄를 가할 것이라고 한다. 좌상 이항복도 류성룡과 일을 같이한 것과 다름이 없어서 사직하는 상소문을 올렸다고 한다. 삼공三公이 이와 같으니 나랏일을 알 만하다. 한탄한들 어찌하겠는가.

우계 성혼의 집을 방문하다

◎ ― 5월 12일

파주를 지나다가 우계(성혼)의 집을 지나게 되어 그의 맏아들 성진사를 찾았다. 만난 적은 없지만 들은 지는 오래여서 서로 만나 보니 옛 친구 같았다. 들른 김에 우계의 신위 앞에 빈손으로 절했다. 평생 흠모하면서도 한번 만나 뵙지 못하고 이렇게 되었으니, 오늘 방문한 자리에서 서글픔을 이길 수 없었다. 성 공이 유숙하라고 강권했으나 해가 아직 높았기 때문에 작별하고 와서 적성현 앞 사노 막금의 집에 이르렀다. 종일 비가 내리고 바람이 불었는데, 세만의 찢어진 도롱이를 입었더니 비가 새서 다 젖었다. 안타깝다. 간밤에 주인집의 굶주린 벼룩에게 뜯겨 밤새도록 긁느라 편안히 자지 못했다.

◎ ― 5월 22일

셋째 아들 윤함이 해주로 돌아갔다. 비로 인해 함께 온 사내종과 말이 오래 머물다가 이제 비로소 떠나갔다. 마침 어제부터 비가 그쳤기 때문이다. 이번에 이별하면 다시 만나게 될 때는 겨울이나 내년 봄이 될 것이다. 자별에 인해 몹시 슬펐다. 그러나 형편이 그러한 것을 어찌하겠는가. 우리 집이 궁핍해서 그 처자를 데리고 같이 살 수가 없다. 안타깝다.

◎ ― 6월 1일

지난번에 내가 한양에서 돌아올 때 머리빗을 깜빡하고 평산정의 집에 놓아두었는데, 평산정이 직접 발견하지 않고 아랫것들이 가져갔으면 영영 잃어버린 것이다. 여러 해 동안 주머니 속에 간직하고 아침저녁으로 머리를 빗던 물건을 하루아침에 잃어버렸다. 몹시 아깝다. 마침 한양에 가는 사람이 있기에 바로 광노에게 사 보내라고 했더니, 나무빗 하나를 사 보내기는 했는데 명나라 빗이다. 좀 커서 마음에 들지 않는다. 어찌하겠는가.

◎ —6월 7일

요즘 배고픔이 몹시 심하여 때때로 두 눈이 어지러워 눈을 감고 한참 있어야 안정된다. 양식을 계속 마련할 방법이 없어서 점심을 먹지 못하기 때문이다. 콩을 삶아서 허기를 달래려고 했으나 콩 1되를 삶으면 식구가 많아 금세 다 없어져서 날마다 삶아 먹을 수도 없다. 콩도 다 떨어져 가서 매일 저녁마다 가루로 만들어 죽을 쑤어서 위아래가 나누어 먹는데, 이마저도 계속하기가 어렵다. 이 또한 걱정스럽다.

예순의 나이에 앞날이 얼마나 남았겠는가. 그런데 늘 배고픔 속에 사니, 이 인생이 참으로 애석하다. 그저께 이웃 사람이 마침 새끼 노루를 붙잡아서 뒷다리와 내장을 가져왔기에 며칠 동안 탕을 끓여서 어머니께 드렸다. 저녁부터는 드릴 음식이 없다. 집 안에 아무것도 없고 채소조차 구할 수 없는 형편이니, 하물며 고기를 바라겠는가. 소금과 간장도 떨어졌다. 더욱 걱정스럽다.

말 값이 너무 비싸 병든 말을 사다

◎ —6월 16일

고성 셋째 누이 남매의 편지를 보니 잘 있다고 한다. 다만 광노가 암말을 사서 보냈는데 걸음이 더디고 둔할 뿐만 아니라 허리 밑으로 병이 들어 산에 오르고 내릴 때 허리가 끌려서 가므로 짐을 싣지 못한다고 한다. 이처럼 병든 말을 왜 사서 보낸단 말인가. 아마 값이 쌌기 때문일 것이다. 남매 집의 말 값으로 은 4냥 3돈 반을 주었다고 한다. 후일에 되물릴 생각이다. 말 값이 너무 비싸서, 비록 병든 말이라도 이와 같다고 한다. 무명으로 계산하면 13필이다.

◎ — 6월 19일, 20일
평강(오윤겸)의 편지를 보니, 사내종 세만과 그 첩의 집 계집종 둘이 모두 사내종 갯지의 죽은 말고기를 먹고는 중독되어 몹시 고통스러워하는데 살릴 수 없다고 한다. 불쌍하다. 비록 그 독이 있는 것을 눈으로 보면서도 한때의 욕심을 참지 못하여 문득 먹고는 중독되어 죽는 경우가 자주 있으니, 사람의 욕심을 이처럼 막기 어렵다.

◎ — 6월 23일
며칠 전에 언신의 의붓아들이 밤에 집 안에서 자다가 호랑이에게 물려 오른쪽 다리가 심하게 부었으나 죽지는 않았다고 한다. 마침 사람이 일찍 발견해서 큰소리로 외쳐서 쫓았기 때문에 버리고 갔다고 한다. 두려운 일이다.

◎ — 6월 28일
억수의 고양이가 병아리를 물어 갔다. 분하다. 오후에 아우와 함께 걸어서 울방연 가에 가 보았더니, 올조(제철보다 일찍 여무는 조)가 이미 누렇게 익어 가는데 새떼가 절반이나 쪼아 먹어 버렸다. 분통해한들 어찌하겠는가. 뒷마루 밑에서 큰 뱀이 나와 달아나는 것을 창밖에 앉아서 거의 놓칠 뻔하다가 겨우 때려죽였다.

◎ ─ 7월 3일

조모의 제삿날이다. 새벽에 아우와 두 아이에게 제사를 지내게 했다. 나는 마침 감기가 들어 밤새 머리가 아픈 데다가 윗입술도 부어서 증세가 심해질까 싶어 제사에 참석하지 못했다. 무밭을 갈고 씨를 뿌렸다.

◎ ─ 7월 4일

생원(오윤해)이 현에 들어갔다가 그길로 한양에 가서 별시를 보려고 한다. 계집종 옥춘도 함께 갔다. 전날에 광노가 사 보낸 말은 처음에는 짐을 싣지 못하겠다 싶어 값을 되물리려고 했는데, 근래에 잘 먹어서 처음 올 때보다 조금 나아졌다. 오늘 아침에 흙 8말을 담아서 싣고 고개를 오르내리고 또 돌이 깔린 냇물을 건넜는데, 별로 넘어질 걱정이 없었다고 한다. 아우와 인아도 타고 고개를 넘어 보니 발을 헛디디는 적이 없었다고 한다. 비록 힘 센 말은 아니어서 많이 싣지는 못하지만 7, 8말쯤은 그래도 실을 수가 있다고 한다. 시일이 이미 오래되어 도로 물릴 수도 없는 노릇이니, 우선 머물러 두었다가 살이 찌기를 기다려 내달쯤 올려 보내서 도로 팔 생각이다.

어리석은 계집종의 무심한 꿈

◎ — 7월 10일

아우 언명의 계집종 개금이 간밤 꿈에 생원(오윤해)이 책을 들고 동쪽 집에서 여기로 오는데 도중에 썼던 갓이 바람에 날려 하늘로 올라가 잡으려고 해도 그러지 못했다고 한다. 이는 갓을 버리고 관모를 쓸 징조이니, 이번에는 반드시 급제할 것이다. 축하할 일이다. 정유년 봄에 그 형이 한양에 가서 과거를 볼 때 내가 꿈에서 그가 갓을 벗고 와서 뵙는 것을 보았는데, 마침내 꿈이 영험하게 맞았다. 이번에는 어리석은 계집종의 무심한 꿈이 이와 같으니, 반드시 효험이 있을 것이다. 기쁘다. 이뿐만이 아니라 사람마다 모두 길몽을 꾸었다고 하고 또 열심히 공부했으니 아마 헛되지는 않을 것이다. 모레가 초시 날이다. 셋째 아들 윤함도 아마 한양에 왔을 것이다.

◎ — 7월 17일

주부 김명세와 김린, 허충, 권호고 등이 각각 술과 과일을 가지고 집 앞 송정 아래에서 기다리고 있다가 맞아 주었다. 한참 이야기를 나누다가 해가 기울어서야 돌아왔다. 관아에 있을 때 들으니, 윤겸의 처와 첩에게 모두 태기가 있다고 한다.

◎ ― 7월 24일

들으니, 왜적이 우리나라 사람 10여 명을 돌려보내면서 하는 말이 전날에 보낸 강화사講和使가 지금까지 오지 않았으니 너의 나라에서 만일 즉시 보내지 않으면 내년 2월에 군사를 일으켜 다시 오겠다고 했단다. 돌아온 사람에게 들으니, 풍신수길은 이미 죽었고 그 아들이 자리를 계승했는데 겨우 8세여서 풍신수길과 성이 같은 자가 섭정을 한다고 한다. 그 위엄과 권세가 나라 안에 진동하여 가등청정 이하가 모두 복종하여 명령을 듣는다고 한다. 그 군사는 비록 바다를 건너갔으나 아직 해산하지 않고 날마다 연습하고 있으니, 내년 2월에 대거 침입할 계획에 의심할 것이 없다고 한다. 몹시 걱정스럽다.

◎ ― 8월 3일

아침 식사 전에 어제 보내온 돼지머리를 썰어서 온 집안사람들이 모두 모여 나누어 먹었다. 저녁에 현의 아전이 또 왔다. 편지를 보니, 집사람이 요 며칠 몸이 불편해서 다시 며칠 조리한 뒤 6일에 돌아오겠다고 한다. 삶은 돼지고기를 또 보냈고, 햅쌀 1말도 보내왔다. 다만 어머니께서는 본래 집돼지고기를 드시지 않고 반찬이 떨어진 지 오래여서 늘 채소만을 드리니, 늙으신 어머니의 입에 어찌 맞겠는가. 이 때문에 어머니의 식사량이 크게 적어졌다. 매우 걱정스럽다.

◎ ─ 8월 12일

날이 밝기 전에 어머니께 자릿조반으로 흰죽을 쑤어 드리고 출발하여 장수원 앞 냇가에 이르러 아침밥을 먹었다. 간밤에 자던 주인집의 방에서 벼룩들에게 뜯겨 편안히 자지 못하고 계속 긁어 댔다. 아침밥을 먹는 곳에서 이불을 펴놓고 이불 속에 있는 벼룩을 털어 버렸다.

처음에는 어머니를 모시고 셋째 매부 남고성(남상문)의 집에 가서 머물까 했는데, 셋째 누이가 아침 먹는 곳에다 사람을 보내 알리기를 어머니께서 쓰실 방을 수리해 놓았더니 명나라 군사가 빼앗아 들어와 있다고 했다. 이 때문에 할 수 없이 토당으로 바로 가려고 했는데, 누이가 또 토문 밖으로 사람을 보내서 도성 안으로 들어와서 자고 내일 가라고 하므로 한양으로 들어가 누이의 집에서 잤다. 김지남(죽은 넷째 누이의 남편)이 어머니께서 한양에 오셨다는 말을 듣고 저녁에 찾아왔기에 조용히 이야기를 나누었다. 소주 두 잔을 마시고 밤이 깊어서 돌아갔다. 우리 형제는 행랑방에서 잤다.

◎ ─ 8월 15일

새벽부터 비바람이 세차게 일어 묘소에 제사를 지낼 형편이 못되었는데, 늦은 아침 뒤에 비로소 날이 개어 묘소에 올라가 제사를 지냈다. 먼저 조부모에게 지내고 다음으로 선친께, 그다음으로 죽전 숙부 내외분께, 그다음은 죽은 아우에게 지낸 뒤에, 또 죽은 딸에게 지냈다. 그런 뒤에 또 향매, 영손, 지질에게 지내고 나니 해가 이미 기울었다. 묘 앞에 둘러앉아 음복을 했다.

◎ ─ 8월 20일

날이 밝기 전에 떠나서 삭녕 동면의 이름도 모르는 백성의 집에 이르러 아침 식사를 한 뒤에 출발했다. 험한 고개를 세 번 넘고 큰 내를 두 번 건넜는데, 산길이 험해서 파리한 말이 자주 자빠졌다. 겨우 평강에 도착하니 날이 이미 저물었다. 마침 자방(신응구)의 사내종 춘억이 봉산에서 왔기에, 자방의 편지와 딸의 편지를 보았다. 지난번에 자방은 감기를 앓고 진아(신응구의 아들)는 이질을 앓았는데, 이제 겨우 차도가 있어서 오는 9월 그믐 전에 온 집안이 한양으로 돌아가기로 정했다고 한다. 다만 그 집은 올해 농사를 짓지 않아서 곤궁할까 자못 걱정된다고 한다. 몹시 걱정스럽다.

◎ ─ 9월 4일

덕노가 휴가를 받아 한양으로 올라갔다. 자기 물건을 바꾸기 위해서이다. 어머니께 편지를 써서 보내고 꿩 1마리, 메밀 1말도 보냈다. 셋째 누이 남매에게는 포도정과 1항아리를 담가서 보내어 어머니께 나누어 보내게 했다. 꿀 2되가 들어갔다.

며느리가 데리고 갔던 사내종 세만이 현으로 왔다. 위아래 일행이 모두 무사히 집에 도착했다고 한다. 세만이 올 때 어머니가 계신 토당에 들러 편지를 받아 와서 전해 주었다. 편지를 보니, 모두 무탈하다고 한다. 몹시 기쁜 마음을 어찌 다 말할 수 있겠는가. 다만 집 짓는 일을 아직 정하지 못해서 자근복의 집에서 겨울을 지낸 뒤에 내년 봄에 해가 길 때 지으려 한다고 한다. 이는 모두 양식이 떨어져서 인부들을 먹일 수 없기 때문이다. 어머니의 양식과 반찬도 떨어졌다고 한다. 걱정이 그치지 않는다.

여우와 살쾡이의 만행

◎ ─ 9월 12일

간밤에 여우와 살쾡이가 매 그물에 매어 놓은 닭을 다 먹어 버렸다. 안타깝다. 최판관은 큰 매를 잡았다고 하는데, 나는 계속해서 매어 놓은 닭만 잃고 겨우 토끼 1마리를 잡은 것 외에는 거의 20여 일이나 지났는데도 매를 잡지 못했다. 비록 일하는 사람이 부지런하지 않은 탓이라고는 하지만, 나의 생각이 주도면밀하지 못한 까닭이다. 사람들이 모두 하는 말이 술과 떡을 정갈하게 갖추어서 산신에게 제사를 지내면 잡는다고 하기에, 내일 춘금이 등에게 제사를 지내게 해야겠다.

◎ —9월 19일

저녁에 현에서 문안하는 사람이 왔다. 편지를 보니, 북촌에서 곰을 잡아 곰 발바닥 3개를 푹 삶아서 청주 5선과 함께 보냈다. 그러나 나는 콩을 타작할 때 가 보다가 발을 잘못 디뎌 오른쪽 발등을 크게 다쳐 몹시 부은 탓에 걸을 수가 없다. 간신히 집에 돌아왔는데, 금방 나을 것 같지가 않다. 몹시 걱정스럽다.

◎ —9월 23일

간밤에 땀을 냈더니 몸에 좀 차도가 있는 듯하나 아직 쾌차하지는 않았다. 다친 발도 점차 나아 간다. 인아가 김언보의 밭을 빌려서 팥을 심었는데, 거두어 타작해 보니 16말이 나왔다. 오후에 비가 내렸으니, 아마 이 비로 인해 얼고 춥게 될 것이다. 위아래 식솔들의 옷이 얇으니 매우 걱정스럽다.

저녁에 평강(오윤겸)이 첩을 데리고 빗속을 뚫고 왔다. 도중에 비를 만났는데 우비가 없어서 옷이 모두 젖었다. 방 안에 둘러앉아서 함께 이야기를 나누다 보니 이미 한밤중이 지났다.

◎ —9월 29일

평강(오윤겸)이 첩을 데리고 현으로 돌아갔다. 여기에서 5일 동안 머물렀다. 매 그물에 묶어 둔 닭을 또 여우와 살쾡이가 물어 갔다. 애석하지만 어찌하겠는가. 관청의 매가 잡은 꿩 2마리를 가져왔기에, 모두 3마리를 말렸다.

◎ ─ 10월 1일

어떤 양반이 와서 이곳의 매를 사겠다며 목화 55근을 갖다 주었다. 충청도 공주에 산다고 한다. 즉시 막내아들 인아의 처에게 21근을 주었다.

◎ ─ 10월 12일

평강(오윤겸)이 아침 식사 전에 왔다. 닭이 울 때 횃불을 밝히고 출발했다고 한다. 백미 15말, 삶은 집돼지 1마리, 꿩 2마리를 가지고 왔다. 즉시 온 집안이 고기를 썰어 먹으니 그 맛이 매우 좋았다. 따로 길렀기 때문이다. 가는 국수도 가져왔고, 떡은 밖에서 만들어서 가져왔다. 신주 앞에 차례를 지낸 뒤에 온 집안의 위아래 식솔들과 함께 먹었다. 가까운 이웃에서 찾아온 사람들에게도 모두 술과 떡을 대접했다.

◎ ─ 10월 24일

새벽부터 눈이 내렸다. 답장을 써서 관인이 돌아가는 편에 보냈다. 집사람은 어제부터 차도가 있어 음식을 조금 더 먹는다. 그러나 증세가 일정치 않으니, 아주 나을 것이라고 장담할 수 없다.

간밤 꿈에 이자미(이빈), 홍응권, 최경선을 보았는데 완연히 생시 같았다. 깨고 나니 슬픔을 견딜 수 없었다. 장인도 꿈에 보였다. 무슨 징조인가. 간밤에 아우 언명이 닭 2마리를 잃었다. 아마 살쾡이나 족제비가 물어 갔을 것이다. 아깝다.

◎ — 11월 6일

동지이다. 신주 앞에 차례를 지내고 또 팥죽을 쑤어서 위아래
가 함께 먹었다. 토당에는 아마 팥이 없어서 어머니께 죽을 쑤어
드리지 못할 것이다. 매우 안타깝다.

덕노 등이 간 뒤로 큰 눈이 계속 내려 고갯길이 완전히 막혀서
사람들이 통행하지 못한다고 하니, 이달 안으로는 돌아오지 못할
것이다. 나도 10일 즈음에 어머니를 뵈러 갈 계획이지만 집에 부
릴 사람이 없다. 걱정스러운 일이 많아서 먹고 자기를 편히 하지
못하겠다. 더욱 한스럽다.

◎ — 11월 15일

일찍 출발했다. 그러나 종일 센 바람이 불고 큰 눈이 내리면서
때로는 비도 내렸다. 바람과 눈이 옷 속으로 들어와 그 괴로움을
견딜 수가 없었다. 의정부 장석교 가에 이르러 말을 먹였다. 다만
눈이 내리는데 앉을 곳이 없어서 다리 밑에 들어가 잠시 쉬면서
쭈그리고 앉아 점심을 두어 숟가락 들었다. 물이 없어 마실 수가
없고 목이 막혀 넘어가지 않았다.

눈을 맞으며 또 떠나서 날이 어두울 무렵에 동대문에 들어갔
다. 나는 먼저 셋째 누이 남매에게 가 보았다. 뜻밖에 만나니 기쁘
고 위로되는 마음을 어찌 말로 다 하겠는가. 남매가 내게 저녁밥
을 주었다. 한참 동안 이야기를 나누다가 밤이 깊어 광노의 집으
로 돌아와 잤다.

◎ ― 11월 20일

아침 식사 뒤에 어머니와 작별하고 아우의 집 식구와 헤어져서 출발했다. 마침 남풍이 밤새 불고 그치지 않더니 날이 봄처럼 따뜻하여 길의 얼음이 다 녹았다. 얼어 있는 한강을 건너 성안으로 들어가 남매에게 들러 보았다.

◎ ― 11월 24일

아침에 일어나 보니 눈이 거의 반 자나 내렸다. 이 때문에 일찍 떠나지 못하고 늦게 식사를 한 뒤에 출발했다. 길을 반 정도 가다가 말을 먹였다. 비록 점심을 싸 주기는 했으나 눈길에 그릇이 없어 따뜻한 물을 마련할 수 없어서 먹지 않고 출발했다. 전날에 잤던 연천현의 집에 이르렀는데, 현감의 자제들이 피해 와서 머문다고 했기 때문에 할 수 없이 다른 집으로 가서 잤다.

또 전날에 한양에 갈 때 목덜미가 흰 개가 이곳에서 달아나 버렸기에 아주 잃었다고 생각했는데, 이제 와서 들으니 그 개가 오히려 묵었던 주인집에 있다고 한다. 집주인이 끌고 가라고 하므로 사내종 춘희에게 잡아 오게 했으나 붙잡지 못하여 그대로 놓아두고 왔다. 모르는 사람이기 때문에 놀라서 달아난 것이다. 집주인이 명나라 바늘을 주었다.

관찰사가 윤겸의 파면을 청하는 장계

◎ ─ 11월 27일

집에 와서 들으니, 전날에 평강(오윤겸)이 백미 10말, 전미 10말, 꿀 3되를 실어 보냈다고 한다. 머지않아 사직하고 돌아가려고 하기 때문에 이것으로 한 해를 마칠 때까지 쓰라는 것이다. 평강이 사직 단자를 올린 것이 지금까지 네 번인데, 체직(벼슬이 갈림)되지가 않아 또 사직 단자를 보냈다. 관가의 모든 일과 중기重記(전임 관리가 신임 관리에게 인수인계할 때 전해 주는 관아의 장부)를 다 정리해 놓았으므로 회보回報(돌아오는 보고)가 오기를 기다려서 즉시 떠날 생각이라고 한다.

◎ ─ 12월 5일

평강(오윤겸)이 어제 백미 2말, 참깨 2말을 가지고 왔다. 매 2마리가 잡은 꿩 6마리를 가져왔기에 4마리를 구워서 온 식구가 함께 먹었다. 평강이 체직된 뒤에는 얻어먹을 수 없기 때문에 모두 한집에 모여서 각각 다리 2개씩 먹었다.

◎ ─ 12월 6일

평강은 그대로 머물렀다. 최판관이 찾아왔기에 수제비를 대접했다. 평강을 보러 온 것이다. 근처 사람들이 모두 와서 소지所志(청원이 있을 때에 관아에 내는 서면)를 바치며 무언가를 바라는 자가 많았지만, 평강은 체직될 것이라 공무를 처리할 수 없다고 말하여 돌려보냈다.

◎ — 12월 7일

이른 아침에 평강(오윤겸)이 떠나서 현으로 돌아갔다. 모레 철원으로 가서 첩은 거기에 머물게 하고 저는 결성으로 간다고 한다. 작별할 때 심사가 망연하여 밤새 잠을 이루지 못했다. 이 뒤로는 현의 물건을 받아 쓰는 일이 아주 끊어진다. 몹시 슬프고 한탄스럽다.

수지니(사람의 손으로 길들인 매)는 여기에 남겨 두고 김업산에게 길들여 날리게 해서 꿩을 나누어 쓸 생각이다. 산지니는 평강이 가져갔다.

◎ — 12월 10일

집사람은 조금 차도가 있다. 춘금이가 오늘 오지 않으니 까닭을 모르겠다. 들으니, 평강(오윤겸)은 어제 이미 떠났고 그 첩은 오늘 떠났다고 한다.

쥐들이 메밀 1섬을 다 먹어서 남은 것을 다시 되어 보니 8말뿐이고 12말이 없어졌다. 몹시 밉지만 어찌하겠는가. 이는 고양이가 없기 때문이다. 즉시 앉아 있는 마루 오른쪽에 옮겨 두었다. 매우 간절히 고양이를 구해 보지만 이곳에는 고양이를 기르는 집이 드물어 비록 새끼 고양이가 있어도 반드시 포목을 받으려고 하고 그렇지 않으면 주지 않는다고 한다.

◎ — 12월 14일

현의 아전이 와서 보고 말하기를, 평강(오윤겸)은 지난 11일에 철원으로 갔는데 장계는 5일에 이미 올렸다고 한다. 12일에 철원 부사가 현에 와서 봉고封庫(수령이 파면된 후 물품 출납을 못하도록 창고를 봉하여 잠그는 일)했고, 평강의 첩은 어제 떠나갔다고 한다. 장계의 내용은 어떠한 것이었는지 자세히 모르겠다.

◎ — 12월 19일, 20일

민시중이 현에서 돌아와 방백(관찰사)이 올린 장계의 내용을 베껴서 보여 주었다. 그 대략적인 내용은 다음과 같다. "평강 현감은 담증을 심하게 앓아 오래 직무를 버려두어 적체된 일이 많기에 속히 파면하도록 재삼 장계를 올렸거늘, 우연한 병이니 조리해서 공무를 행하라고 써 보내셨습니다. 현감이 또 올린 소장에 '병세가 날로 심해져서 담덩이가 뭉쳐 이것이 종기가 되어 쑤시고 아파서 몹시 괴롭고 몸이 추웠다 더웠다 자주 변하니 역시 종기 증세 같습니다. 증세가 몹시 위급하여 요 며칠은 전혀 일을 보지 못하고 밤새 아파서 등불을 밝히고 밤을 새우고 있으니, 공무가 긴급하고 민역이 번다한 이런 시기에 오래도록 하리에게 맡겨 두면 폐단을 야기하는 것이 적지 않습니다. 공사公私를 참작하시어 속히 파직하기를 바랍니다.'라고 했습니다. 그 전후의 실상을 보고 들은 바를 참고하면 과연 실제 병인 것 같습니다. 오늘같이 일이 많은 때에 오래도록 관청의 일을 비워 두는 것은 몹시 허술하오니, 현감을 속히 파면하고 자상하고 부지런한 사람을 특별히 골라서 임명하시옵소서. 2, 3일 사이에 급히 보내 주시도록 장계를 올립니다."

◎ ― 12월 30일

평강(오윤겸)의 편지를 보니, 한양에 도착해서 돌아오는 사람 편에 보낸 것이다. 편지의 내용을 보니, 지난 18일에 한양에 도착하여 19일에 토당으로 가서 어머니를 뵌 뒤에 떠나갔다고 한다.

내일은 설날이다. 한노가 제수를 지고 무사히 한양에 도착했는지 모르겠다. 이곳에는 반찬이 없어서 다만 사소한 것으로 차례를 지낼 작정이다.

집안의 위아래 식구들이 매우 많기 때문에, 경작해서 난 것이 거의 90섬이나 되고 또 생각지 않게 얻은 물건이 있었는데도 오히려 넉넉지 못함을 걱정했다. 윤겸이 체직된 뒤로는 앞으로 농사가 필시 여의치 못할 터이고 얻는 양식도 없을 터이니, 버티기 어려울 것이다. 우리 집의 상황이 이루 말할 수 없는 지경이다.

전염병처럼 무서웠던 호환

오늘날 호랑이는 옛이야기나 동물원에서나 볼 수 있는 동물로, 생활 공간에서 마주칠 일이 없어서 그런지 오히려 친근감을 느끼게 된다. 그런데 조선시대까지만 해도 호랑이는 그야말로 공포의 대상이었다. 호랑이에게 죽임을 당하거나 가옥과 가축을 잃는 등 피해가 많아 호랑이로 인한 재앙을 '호환虎患'이라고 부를 정도였다.

이와 관련된 기록은 삼국시대와 고려시대 문헌에도 남아 있다. 고려시대 문신 최루백은 열다섯 살 되던 해에 호랑이에게 아버지를 잃자 호랑이를 추적해 결국 도끼로 죽이고 배를 갈라 아버지의 뼈와 살을 꺼내 그릇에 담아 묻고 장사를 지냈다고 한다. 조선시대에는 궁궐뿐 아니라 왕릉에도 호랑이가 출몰하여 조정의 근심을 더했다. 『쇄미록』에도 호랑이가 마을로 내려온 일에 대한 기록들이 여러 차례 나온다.

정유년(1597)에는 밤중에 관아의 계집종이 호랑이에게 물려 가서 살려 달라고 호소하는 소리가 몹시 간절했는데 아무도 도와 주지 못했다는 소문을 전하고 있으며, 무술년(1598)에는 인근 마을의 어느 집에 호랑이가 출몰했는데, 집안의 계집종들이 호랑이를 무서워하지 않고 밤마다 문밖에 횃불을 밝히고 둘러앉아 길쌈하는 모습이 밉살스럽다고 하는 등 일상적으로 호랑이를 맞닥뜨리며 공포감을 느끼는 생활을 생생하게 들려준다.

호랑이로 인한 피해가 커서 조선 조정에서는 호랑이 포획을 위한 기계나 함정 설치를 독려하고, 호랑이를 잡는 특수 부대인 착호갑사捉虎甲士를 둘 정도였다. 『경국대전』에는 활과 창에 능한 착호갑사 440명을 편성했다는 기록이 있다. 호랑이 두 마리를 잡은 경력이 있는 사람은 일부 무과 시험을 면제해 주기도 했다.

한편 호랑이는 친근함과 경외심의 대상이기도 했다. '까치와 호랑이' 같은 민화나 전래 동화, 각종 장신구, 관복 등에 호랑이가 자주 등장한 것은 이러한 이유에서다. 또한 호랑이는 잡귀나 액운을 물리치는 영물로 인식되었다. 정초가 되면 국왕은 신하들에게 세화歲畵라 일컫는 그림을 내려 주었는데, 그 세화에는 호랑이 그림이 많았다. 민가에서는 호랑이 그림을 출입문에 붙여 놓고 잡귀나 사나운 짐승이 발을 들여놓지 못하게 하였다. 백성들이 자주 찾는 산신당에도 으레 잘생긴 큰 호랑이를 거느리고 있는 산신의 그림을 모셔 놓았다.

9

쇠한 가문을 창성하게 떨치기를

경자일록 1600

계집종 향비의 질투를 엄히 다스리다

◎ ─ 1월 1일

새벽에 신주에 알현하고 차례를 지냈다. 찾아온 이웃 사람들에게 모두 술을 대접해 보냈다. 아침에 향비가 춘이의 처를 질투하기에 잡아다가 매질을 했다. 향비는 일찍이 춘이에게 시집갔다가 서로 떨어져 산 지 오래이다. 춘이의 처와 향비가 매번 서로 다툴 때마다 춘이는 제 처를 몹시 감싸 주었다. 우스운 일이어서 매번 예사롭게 내버려 두었는데, 오늘은 향비가 먼저 질투를 하기 시작했고 너무 지나치게 굴었으므로 엄히 다스려 경계했다.

◎ ─ 1월 12일

업산의 매가 잡은 꿩 1마리를 그 아비 오십동이 갖다 바치기에, 큰 잔으로 술 두 잔을 먹여 보냈다.

저녁에 민시중이 현에서 돌아와 새 현감의 첫 정사를 말해 주었다. 매사를 모두 예전대로 해서 아직은 아전이나 백성의 근심 거리가 별로 없고, 관아에서 지공支供(음식이나 물품을 제공하여 받드는 것)할 곳은 다만 두 군데로 하며, 상처한 뒤에 비첩만을 데리고 있고, 노비는 각각 5명이라고 한다. 충아(오윤해의 아들)는 제 아비가 한양에 간 뒤에 비로소 와서 『사략』둘째 권을 배운다.

◎ ─ 1월 15일

대보름이어서 약밥을 만들어 차례를 지냈다. 꿩 2마리로 탕과 적을 만들고, 집에 찹쌀과 과일이 없어서 겨우 조금 구해서 다만 신주에 올렸을 뿐이다. 또 차조밥을 지어 온 집안의 계집종들에게 나누어 먹였다. 생원(오윤해)의 여정을 따져 보니, 어제 한양에 도착했을 것 같다.

◎ ─ 1월 16일

저녁에 전업이 현에서 돌아와서 이은신의 답장을 보았다. 현의 예방(관아에서 의례에 대한 일을 맡아 보던 하급 관리)도 편지를 전했는데, 금년의 과거 날짜를 보내왔다. 그것을 보니, 생원·진사 초시는 2월 9일이고, 문·무과 초시는 3월 6일이며, 생원·진사 복시는 8월 8일이고, 방방放榜(급제자에게 홍패 또는 백패를 주는 수여식)은 같은 달 24일이다. 문·무과 복시는 9월 10일이고, 전시는 같은 달 25일이며, 방방은 10월 3일이다. 이 도의 소과 초시의 경우, 문과는 양구, 무과는 춘천, 감시監試(생원과 진사를 뽑는 과거 시험)는 양양에서 한다고 한다. 감시 날짜가 이미 임박했는데, 윤함이 좋은 종이를 구했는지 모르겠다. 어떻게 구할까?이 때문에 매우 걱정스럽다.

◎ — 2월 1일

죽은 딸의 기일이다. 새벽에 인아에게 제사를 지내게 했다. 모습을 떠올려 보니 얼굴이 눈에 선하여 우리 내외가 서로 마주보고 하염없이 슬피 울었다. 이는 3년이 지난 뒤의 첫 번째 제사이다. 슬프다.

전라도에는 토적이 몹시 기승한다고 하니, 이루 형용할 수 없는 지경이다.

◎ — 2월 17일

내일 한양에 가려고 하기 때문에 행장을 꾸렸다. 그러나 집에 한 가지 물건이 없고 매가 병이 나서 날리지 못한 지 이미 오래되어서 꿩도 구해 가지 못하니, 한양에 가서 형편에 따라 사서 쓸 예정이다. 짐을 싣고 타고 가기에 가는 동안 먹을 양식만 겨우 준비해 가고, 태두太豆가 있는데도 실어 가지 못한다. 달리 팔 물건도 없다. 걱정스럽다.

◎ — 2월 23일

덕노를 부평에 있는 인아의 처갓집 종에게 보냈다. 받은 소를 끌어오는 일 때문이다. 신자방(신응구)을 찾아가 보려고 했으나 말이 마침 발을 절어서 가지 못하고 다만 편지를 써서 사람을 보내 안부를 물었다. 운산령이 보러 왔다. 물만밥을 대접해 보냈다.

어제 제사를 지낼 때 묘지기 사내종들이 모두 명나라 장수가 남쪽으로 내려갈 때 따라가고 없어서 부릴 사람이 부족했다. 안타깝지만 어찌하겠는가. 토당에 머물렀다.

둘째 딸의 혼례식

◎ ─ 3월 4일

저녁에 윤겸이 결성에서 한양에 왔다가 하루 머물고 오늘 저녁에 비로소 여기에 왔다. 뜻밖에 만나니 몹시 기쁘고 위로가 된다. 둘째 딸의 혼사를 이미 정했다고 한다. 죽은 이산 현감 김가기의 아들 덕민이다. 김 공은 충청도 보은 땅에 살았는데, 지난 정유년 난리에 산속으로 피란했다가 온 가족이 왜적에게 죽고 덕민 홀로 목숨을 보전했다. 일찍이 김이산과는 교분이 두터웠고 덕민은 또 우리 아이들과 가장 친하게 사귀는 터여서 피차의 인품을 물을 것도 없이 이미 그 실상을 알기 때문에 가부만을 묻고 이달 22일로 날짜를 정했다고 한다. 다만 날짜가 임박했는데 혼례에 필요한 물품을 준비할 길이 없으니 몹시 걱정스럽다.

◎ ─ 3월 17일

사람과 말을 철원과 이천에 보냈다. 혼례에 쓸 물자를 구해 오기 위해서이다. 철원 부사는 일찍이 물건을 내주고 가져가게 했다.

이 현의 현감이 사람을 보내서 안부를 묻고, 또 백미 5말, 밀가루 2말, 콩 5말, 꿀 4되, 개암과 잣 각 5되, 호두 4되, 석이 3말, 메밀 2말을 보냈다. 우리 집에 혼사가 있다는 소식을 들었기 때문에 보낸 것이다. 현감이 부임한 지 지금 석 달이 되었는데도 한 번도 안부를 묻지 않고 윤겸이 여기에 온 지 반달이 지났는데도 안부를 묻지 않다가 오늘 비로소 물건을 보내고 사람을 보내 안부를 물었다. 이는 아마 그의 맏아들 이상(이덕형)이 안부를 묻도록 권한 것이리라.

◎ ─ 3월 18일

생원(오윤해)의 편지를 보니, 어머니께서는 아직 한양에 오시지 않았다고 한다. 혼례에 쓸 물건을 사 왔는데, 자색 비단 머리 덮개는 은 5돈, 홋이불감 포 1필은 은 4돈, 놋그릇은 은 4돈 반, 씨 뺀 목화 2근은 은 2돈, 수저는 은 1돈, 사기그릇 6개는 은 4푼이어서 도합 은 1냥 6돈 9푼이 들었다.

세만도 이천에서 왔는데, 전날에 받은 환곡 8말과 집돼지 1마리를 잡아 털을 제거하고 실어 왔다.

윤함의 편지가 해주에서 광노의 집으로 전해졌는데, 생원(오윤해)이 가져왔다. 편지를 보니, 그 집은 비록 무탈하지만 하나밖에 없는 사내종 논금이가 병으로 죽고 그 아내의 집에서 기르던 소 2마리와 말 1마리는 뜻밖에 도둑을 맞았으며 부역이 너무 번거롭고 집안 살림은 거덜이 나서 수습할 길이 없어 떠돌아다니게 될 근심이 있을 것이란다. 지금 별시가 임박했건만 집에 사람과 말이 없어 올라오지 못했다고 한다. 참으로 개탄스럽다.

◎ ― 3월 22일

모든 도구를 겨우 거두어 모아 혼례장에 펼쳐 놓았다. 납채를 진 사람이 먼저 왔으므로 과일 세 가지를 차린 상에 술을 대접해 보냈다. 철원 부사와 신랑은 저녁 무렵에 박문재의 집에 이르러 옷을 갈아입었다. 또 이 마을 사람 등 7명이 말을 타고서 횃불을 들고 앞에서 인도했는데, 철원 부사의 일이기 때문에 받들어 맞이하는 사람들이 뿔로 만든 나발을 불면서 와서 모두 무사히 예를 행했다. 나와 윤겸은 나가서 철원 부사를 기다렸다. 어제 최판관을 불렀더니 마침 기일이어서 오지 못했다. 다만 주인과 객 세 사람이 술자리를 마련했으나 철원 부사는 술을 마시지 못하기 때문에 각자 예를 행하고 파했다. 오후에 자못 비가 내릴 기미가 있어서 매우 걱정했는데, 혼례를 행하기 전에는 다행히 비가 내리지 않았다. 다행이다. 어두워진 뒤에 비가 내리더니 밤새 그치지 않았다.

지금 철원 부사를 보니, 얼굴이 모나고 이마가 넓으며 진실로 훌륭한 사람이어서 훗날 반드시 나라의 그릇이 될 것이다. 탄복해 마지않았다. 당초 혼례를 정했을 때에는 모든 일이 아득하여 준비할 계책이 없었다. 그러나 여러 곳에서 빌리고 사람들도 도와준 덕분에 비록 성대하게 거행하지는 못했으나 끝내 문제없이 치렀다. 다행이라고 할 만하다.

이웃 마을의 어른과 아이 30여 명이 모두 옷을 갈아입는 곳에 모여서 맞이하여 에워싸고 왔다. 이들에게 모두 술과 국수, 두 가지 탕, 썬 고기, 과일을 대접했다. 다만 술이 적어서 겨우 3동이를 내어다가 먹었다. 아쉽다.

김랑(김덕민)은 일찍부터 자세히 아는 사람이어서 더 말할 필요가 없지만, 그 말하는 투를 보니 제 처를 보고 몹시 기뻐하는 뜻이 있었다. 그러나 들으니, 처를 데리고 바로 남쪽으로 가려 한다고 하기에 우리 내외가 밤새 슬피 울었다. 비록 우리가 강하게 막고 허락하지 않더라도 그가 고집한다면 막을 수 없는 일이다. 슬프고 안타깝다.

◎ ─ 3월 27일

김랑이 제 처를 데리고 떠나는데, 온 집안의 위아래 식솔들이 모두 모여서 비통해하고 집사람은 소리 내어 통곡했다. 사람 마음이 어찌 그렇지 않겠는가. 늘 슬하에 있어서 특별히 몹시 사랑하고 귀여워했는데 하루아침에 빼앗겨 멀리 천 리 밖으로 작별하여 피차가 소식조차 듣기 어렵게 되었으니, 이 심정을 어찌 말로 다 하겠는가. 이뿐만이 아니라 집사람이 늘 병중에 있었기에 온 집안일을 모두 맡겨서 눈과 귀가 되고 손과 발이 되었는데 이제 멀리 이별하니, 이 때문에 더욱 몹시 고민스럽다.

덕노가 말을 끌고 모시고 가고, 계집종 향춘과 눌개도 데리고 갔다. 눌개는 아주 데리고 사환으로 쓰고, 향춘은 올가을에 돌려 보내게 했다. 가는 동안 먹을 양식은 백미 2말 5되, 말먹이 콩 8말, 간 두豆 4말이고, 노비들의 양식은 철원에서 받은 환곡에서 여정을 따져 가지고 가게 했다. 나도 말을 빌려 타고 길의 절반 거리인 점심 먹는 곳까지 따라갔다가 돌아왔다. 작별할 때 마주보며 슬피 울어 눈물이 두 소매를 적셨다.

딸이 먼저 말을 타고 떠났고, 나는 한참 동안 우두커니 서서 바라보다가 행차가 언덕 너머로 사라져 보이지 않은 뒤에야 말머리를 돌려 돌아왔다.

◎ ― 3월 30일

새벽부터 비가 내리더니 종일 그리고 밤새도록 그치지 않는다. 딸의 행차는 오늘 어디까지 가서 머무는 것일까? 매우 걱정스럽다. 딸이 떠난 뒤로 집사람은 딸의 물건만 보면 딸 생각이 나는지 종일 눈물을 흘리면서 울고 밤에도 잠만 깨면 반드시 운다. 이 때문에 먹는 것이 전보다 크게 줄었다. 병이 날까 몹시 걱정스럽다.

둘째 딸은 성질이 유순해서 비록 슬하에 오래 있었어도 조금도 노여워하거나 거역하는 낯빛이 없었다. 막내딸이 죽은 뒤로는 특별히 매우 사랑하여 집안일을 오로지 저에게 맡겼는데 하루아침에 갑자기 빼앗겨 버렸으니, 그사이의 심정은 말하지 않아도 짐작할 만하리라. 다만 감정이 너무 지나치니, 걱정을 이루 말할 수 없다.

◎ ─ 4월 9일

둘째 딸의 생일이다. 가는 길을 따져 보면 5일에 한양을 떠났으니 오늘은 시댁에 도착했을 것이다. 그러나 종일 비가 오니 도착했는지 모르겠다. 매우 걱정스럽다. 비가 내려서 밭을 갈지 못했다.

◎ ─ 4월 13일

업산이 와서 매의 먹이를 요구하기에, 할 수 없이 흑태 1말을 주어 보내 꿩을 사 먹이게 했다. 지난달에는 집에서 기르던 큰 개를 잡아 주었는데, 이제 또 받아 갔다. 만일 이처럼 계속된다면 감당하지 못하겠다. 꿩을 잡았을 때는 잡은 것의 백에 하나만을 주었고, 심지어 과도하게 날려서 이 때문에 콧병이 나서 홰에 앉혀 놓은 뒤에도 매번 와서 먹이를 요구했다. 괘씸하다. 가만히 들으니, 철원 땅에 가서 몰래 날려서 첫날 9마리를 잡고 이튿날 12마리를 잡아 이틀 동안에 21마리를 잡았으며 매일 잡은 것이 적어도 5, 6마리 이상인데도 이곳에 갖다 바치는 것은 혹 이틀에 1마리, 3, 4일에 1, 2마리이다. 이 매는 재주가 매우 뛰어나기 때문에 길들이게 했지만, 그 먹이를 감당할 수가 없다. 그러나 콧병이 아직도 완전히 낫지 않았다고 하니, 그 생사를 반드시 기약할 수가 없다. 생원(오윤해)의 집에서 세 번째 태어난 벌이 오늘 낮에 도망가 버렸다. 아깝다.

네 며느리의 임신과 출산

◎ ─ 4월 20일

종일 비가 내려서 밭을 갈지 못했다. 저녁에 생원(오윤해)이 한양에서 비를 맞고 왔다. 들으니, 강경에는 무사히 합격했고 지난 17일에 전시에 들어가 본 뒤에 방이 나오는 것을 기다리지 않고 돌아왔다고 한다. 전시에는 책문이 출제되었는데, 겨우 지었다고 한다. 다만 천운을 기다릴 뿐이다. 그러나 온 집안에 좋은 꿈을 꾼 사람이 하나도 없었다. 걱정스럽다.

평강(오윤겸)의 편지를 결성에서 사내종 갯지가 가지고 한양으로 가서 생원이 올 때 보내왔다. 편지를 보니, 역시 무사히 집에 들어갔고 그 처는 지난 3월 7일 묘시(5~7시)에 아들을 낳았는데 몸집이 크고 단정하다고 한다. 몹시 기쁘다. 계속해서 두 아들을 얻었으니, 한 집의 경사가 어찌 이보다 더할 수 있겠는가. 기쁨을 가눌 수가 없다. 그 아이의 이름을 홍업弘業이라고 지었다고 한다. 매우 합당하다. 다만 쌓아 놓은 곡식이 없어서 장차 굶주릴 일이 있겠다고 하니, 이것이 걱정스럽다.

◎ ― 5월 2일

후임 어미(오윤성의 아내)가 어제 아침부터 배가 조금 아프다고 하더니 밤이 되자 몹시 통증을 느끼며 새벽까지 앓았다. 찬바람을 맞아서 아픈 것이라고 생각하고 모든 일을 미리 준비하지 않았는데, 날이 밝아 올 무렵에 아들을 낳았다. 자리를 깔기도 전에 무사히 해산했고 또 잘생긴 아들을 얻었으니 기쁨을 가눌 수 없다. 해가 뜨는 시간이 인시의 한가운데 삼각(45분)인데, 날이 밝을 무렵에 낳았으니 아마 인시 초일 것이다. 우리 네 며느리가 모두 임신을 하여 윤함의 처가 지난해에 먼저 아들을 낳았고, 금년 3월에는 윤겸의 처가 또 아들을 낳았으며, 금년 5월에는 막내 윤성이 또 아들을 낳았다. 윤해의 처만 아직 해산하지 않았는데, 역시 이달 안에 낳을 것이다.

◎ ― 5월 4일

오늘은 아이가 태어난 지 사흘째이다. 몸을 씻기고 비로소 새옷을 입혔다. 이름을 창업이라고 지었다. 윤겸의 두 아들의 이름을 이어서 지었는데, 그 선업을 창성하게 만들기를 바란다는 뜻이다. 우리 문중이 쇠약해져서 선세先世로부터 동성同姓의 피붙이가 많지 않았다. 우리 형제 중에 내가 네 아들을 두어 모두 각각 아들을 낳아서 그 수가 여덟 남매에 이르렀는데, 또 그들 내외가 모두 젊으니 반드시 여기에 그치지 않을 것이다. 수가 많은 중에 어찌 한 자식이라도 쇠약해진 가문을 창대하게 만들 자가 없겠는가. 길이 축원한다. 아우 희철에게는 두 아들이 있으나, 모두 어리다.

족도를 베끼다

◎ ― 5월 5일

단오이다. 집에 반찬이 없어서 다만 절육과 민물고기로 탕과 적을 만들어 차례를 지냈다. 산소에 잔을 올리는 일은 전에 제수를 보내 아우에게 행하게 했다. 그러나 아우의 집이 몹시 곤궁하니 어떻게 제사를 지내는지 모르겠다. 매우 걱정스럽다.

처음에 내가 어리고 아무것도 모를 때 아버지께서 일찍 돌아가시고 여러 숙부도 역시 모두 일찍 돌아가셔서 조종의 세계를 아득히 들어 알 수가 없었고, 또한 물어볼 곳도 없어서 항상 한스러워 했다. 그러나 중년에 들으니, 선세의 족도族圖(혈통 관계를 그림으로 그린 기록)가 동성인 오안국 공의 집에 있다고 했다. 그래서 몸소 찾아갔더니 과연 있기는 했으나 안국 씨는 노병 때문에 나와 보지 않고 그 아들 빈이 나와 응접했다. 도본圖本(그림)을 내보이기를 청했더니, 한 장지(방과 방 사이에 칸을 막아 끼우는 문)가 있는데 크기가 한 칸 벽만 했다.

　비로소 선세의 내려온 파를 알게 되었기에 빌려다가 베끼기를 간절히 원했으나 안국 씨는 잃을까 걱정하여 허락하지 않았다. 일찍이 남에게 빌려 주었다가 여러 번 잃고 간신히 찾았기 때문이다.

　이에 부득이 직파直派(한 조상으로부터 직계로 내려온 갈래)만 베끼고 그 나머지 내외 지손은 미처 기록하지 못했다. 그래서 아우와 함께 책 하나를 가지고 다시 가서 베끼려고 생각했는데, 얼마 뒤에 안국 씨가 세상을 떠나고 인사에 일이 많아서 미루어 두고 행하지 못했다. 드디어 임진의 변을 당하여 온 나라가 시끄럽고 도성이 불타서 잿더미가 된 뒤에 남은 것이 없어졌으니, 이 그림이 필경 보존되지 못했을 것이라고 생각하여 그때에 베끼지 못한 것을 평생의 큰 한스러운 일로 여겼다.

　지난가을에 아우 희철이 토당 선영 밑에 와 있다가 다행히 안국 씨의 아우 헌국 씨의 아들로 수원에 사는 박을 만나서 그 족도의 유무를 물어보니, 당초에 땅에 묻어서 온전하게 보존하여 꺼내서 집에 간직하고 있다고 했다. 나는 그 말을 듣고 얻어 볼 길이 있어서 기쁨을 스스로 이기지 못했다.

　올봄 이른 때에 둘째 아들 윤해가 마침 일이 있어서 광주 농촌에 갔는데 수원과의 거리가 멀지 않기 때문에 가서 보고 베껴 오라고 했더니, 과연 사람을 시켜 족도를 가져다가 일일이 원본대로 베껴 기록했다. 그러나 오랫동안 땅에 묻었기 때문에 자못 썩고 망가져서 알아보기 어려운 곳이 있어서 간신히 판별해서 썼다고 한다. 이에 다시 윤해로 하여금 널리 고조 진사 이하 자손의 지파와 내외 세계를 구하여 빠뜨리지 않고 일일이 기재하게 하여 하나의 책을 만들었다. 또 널리 전파하지 못할 것을 두려워하여 나의 네 아들로 하여금 각각 한 책씩을 쓰게 하여 자손된 자들이 영구히 전해 보도록 했다.

우리 조부 주부(오옥정)께서 다섯 아들을 낳으셨는데, 세 분은 모두 후사가 없고 둘째 아드님 현감 휘 경순이 네 아들을 낳았으나 역시 많이 번성하지 못했다. 우리 종가의 제사는 그 손자 극일에게 전해졌는데, 난리로 인해 떠돌아 해주 땅에 와 있다가 지난 정유년 알성 무과로 출신했다.

우리 아버지께서 역시 세 아들을 낳으시어, 내가 맏이이고 다음 아우는 일찍 죽어 후사가 없고 끝의 아우 희철은 두 아들을 낳았는데 모두 어리다. 나는 네 아들을 낳았는데, 맏아들 윤겸은 일찍이 비변사의 천거로 평강 현감으로 나갔다가 지난 정유년 봄에 늦게 문과에 급제했으며, 그 아래 세 아들은 모두 학문에 뜻을 두었으나 아직 벼슬에 나가지는 못했다. 그러나 각각 아들을 낳아 그 수가 이미 8명에 이르며 또 나이가 젊어서 아마 이보다 더 낳을 듯하니, 쇠한 가문을 창성하게 떨치기를 내 손자에게 깊이 바라는 바이다. 그 나머지 지파는 모두 족보에 실려 있으므로 다시 기록하지 않는다.

◎ ― 5월 29일

날이 밝을 무렵에 인아와 함께 제사를 지냈다. 비가 여전히 그
치지 않아 두 밭은 아직 초벌매기도 못해서 장차 묵게 생겼다. 안
타깝다. 늦은 아침에 생원(오윤해)의 처가 무사히 해산하여 또 아
들을 낳았다. 몹시 기쁘다. 일출이 인정 삼각이니, 진시(7~9시) 초
에 태어난 것이다.

◎ ― 6월 15일

오늘은 유두절이다. 수단을 만들어 신주 앞에 차례를 지냈다.
집에 찹쌀이 없어서 겨우 3되를 구해 만들었다. 생원(오윤해)의
식구도 다 모여서 함께 먹었다. 전날에 밭에 쌓아 두었던 보리를
오늘 실어 와서 타작했더니 5말이 나왔다. 절반은 썩어서 먹을 수
가 없다. 그렇지 않았다면 10여 말은 나왔을 것이다.

◎ ― 6월 27일

덕노 등이 한양에서 돌아왔다. 어머니와 아우, 누이의 편지를
보니, 모두 평안하다고 한다. 몹시 위로가 되고 기쁘다. 다만 아우
의 편지를 보니, 그 아들 귀아가 지난 5월 8일에 고기를 먹고 중
독되어 죽었다고 한다. 몹시 비통하다. 죽은 딸의 무덤 왼쪽에 묻
었다고 한다.

◎ — 7월 1일

어제 벤 올기장을 실어 와서 타작하니 겨우 8말이 나왔다. 이틀 갈이 밭인데, 인력은 배가 들고 소출은 이것뿐이다. 탄식한들 어찌하겠는가. 저녁에 김언신이 한양에서 돌아왔는데, 지난달 27일에 중전이 승하했다고 한다. 전에 병이 위중하다는 말을 듣지 못했는데 갑자기 이렇게 되었으니, 무슨 까닭인지 모르겠다. 매우 놀랍고 애통하다.

◎ — 7월 16일

생원(오윤해)의 사내종 춘이가 율전의 사람과 말을 거느리고 왔다. 생원 장모의 병세가 몹시 위중하다고 전에 들었는데, 생전에 모녀가 서로 보고자 하므로 온 집안이 오는 19일에 출발한다고 한다. 다만 올 때 한양의 집에서 잤으면서 들어가 어머니의 안부를 물어보지 않고 왔다. 몹시 괘씸하다.

생원의 행차가 이미 임박했는데 가는 동안 먹을 양식을 준비하지 못해서 무명을 가지고 여러 곳에서 쌀로 바꾸게 했으나 미처 마련하지 못했다. 우리 집에도 요새 양식이 떨어져서 늘 죽을 먹거나 메밀가루로 칼제비를 만들어 날을 보내기 때문에 쌀 1되 보태 주지 못한다. 한탄한들 어찌하겠는가. 그편에 들으니, 국상으로 인해 경기도의 백성이 부역으로 몹시 괴로워서 견딜 수 없다고 한다. 안타깝다. 산릉(임금이나 왕비의 무덤) 자리를 아직 정하지 못했다고 한다. 연안에 사는 진아 어미(큰딸)의 편지도 광노의 집에서 전해 왔다. 편지를 보니, 온 집안이 모두 무사하다고 한다. 기쁘다.

◎ — 7월 25일

내 생일이다. 겨우 사탕수수가루 5되로 떡을 만들고 술과 과일로 차례를 지냈을 뿐이다. 집에 차릴 물건이 없었다. 안타깝다.

아침에 박문재가 두부와 참외, 가지를 가지고 와서 바치기에 소주 두 잔을 대접해 보냈다. 내 생일이라고 들었기 때문이다. 김언보도 와서 보기에 술과 떡을 대접해 보냈다. 언보의 어린 아들이 지난 정유년 오늘 그 아비를 따라 내 생일 잔치에 오다가 앞내에 빠져 죽었기 때문에 문재와 언보가 오늘이 내 생일인 줄 안다. 문재는 언보의 장인이다.

호환을 물리치는 굿

◎ — 8월 1일

업산이 와서 매의 먹이를 요구하기에 은개가 먹이는 개를 잡아 주었다. 종전에 준 개까지 도합 6마리이다. 충아(오윤해의 아들)는 또 엉덩이에 종기가 나서 밤낮으로 쑤시고 아파하더니, 오늘 비로소 흰 고름을 짜내고서 나아 간다. 전에 영 낫지 않고 계속 크게 번져 이로 인해 다시 생겼다. 후아는 기침이 이제 더욱 심해져서 심지어 대소변도 참지 못하고 음식도 전혀 못 먹는다. 날로 파리해져 가고 얼굴이 누렇게 떠 있다. 몹시 걱정스럽다. 제 어미가 무당을 불러다가 기도를 하고 있는데, 한편으로는 가소롭다. 창아(윤성의 아들 창업)도 이 증상을 앓는다. 더욱 가엾다.

주부 김명세가 소주 1병, 수박과 참외 1개씩을 가지고 찾아왔다. 들으니, 최판관의 계집종이 호랑이에게 물려 간신히 죽음을 면했다고 한다. 전날에 말지 고개 아래에 사는 사람의 집에 호랑이가 개를 쫓아 들어와서 내외가 상처를 입어 거의 죽을 뻔했고, 소근전에 사는 별감 김린의 집에도 들어가서 송아지를 물어 갔으며, 개를 물어 간 일은 집집마다 있었다. 유독 이 마을만 없었지만, 앞으로 어찌 꼭 없으리라고 보장할 수 있겠는가. 두려운 일이다.

◎ ─ 8월 6일

마을 사람들이 술과 안주를 모아서 냇가에 모여 무당을 불러다가 북을 치면서 신에게 제사를 지냈다. 호환을 물리치기 위해서란다. 노래하고 춤추면서 놀고 종일 유희를 즐겼다. 우리 집의 계집종들도 가서 참여했다. 술 1동이와 떡 1바구니를 갖다 바치기에, 온 집안 식구가 함께 먹었다. 이는 해마다 초가을이면 한 번씩 통상적으로 하는 일인데, 혹 하는 말이 밭 갈고 김매는 일이 끝났으므로 호미를 씻는 것이라고 한다.

◎ ─ 8월 8일

간밤 꿈에 윤함이 보였다. 근친을 하려는데 사내종과 말이 없어서 오지 못하는 것인가? 이미 사내종과 말을 얻어서 오고 있는 것인가? 여기를 떠나서 간 지 1년이 되었으니, 서로 생각하는 바가 간절해서 내 꿈에 보인 것이리라. 슬픔과 탄식이 그치지 않는다. 모레 한양에 갈 계획이지만 필요한 물품들을 아직 수습하지 못했다. 답답하다.

◎ ― 8월 19일

저녁에 달려서 동대문으로 들어가 먼저 셋째 누이 남매의 집으로 가서 어머니를 뵈었다. 비록 별다른 병환은 없지만 안색이 파리하여 예전과 전혀 다르니 몹시 걱정되는 마음을 이길 수가 없다. 아우도 마침 와서 서로 만났다. 매우 기쁘고 위로가 된다. 고성(남상문)은 눈이 어둡고 귀가 먹어 건강했던 지난날의 모습이 아니었다. 누이의 집에서 내게 저녁밥을 주었다. 밤이 깊은 뒤에 광노의 집에 와서 잤다.

◎ ― 8월 20일

사내종 춘이 등이 율전으로 떠나가기에 편지를 써서 생원(오윤해)에게 부쳤다. 신자방(신응구)에게 사람을 보냈더니 그가 즉시 달려와 보았고, 아우도 와서 함께 한참 동안 이야기를 나누었다. 자방은 그저께 형조정랑에서 한성 서윤으로 옮겨 제수되었다고 한다.

◎ — 8월 29일

오늘 오는 길에 들으니, 지난 23, 24일 사이에 우박이 왔는데 토산과 안협에서 철원 땅을 향하여 센 바람을 따라 지나갔다고 한다. 큰 것은 주먹만 하고 작은 것은 계란이나 탄환만 하여, 지붕의 기와가 모두 깨지고 기러기, 오리, 까마귀, 까치 같은 새들이 맞아 죽었으며 우박이 지나간 곳에는 곡식도 다 떨어지고 남은 것이 없다고 한다. 이와 같은 천재지변은 근래에 없던 일이다.

손으로 길들인 매를 팔다

◎ — 9월 12일

산릉의 부역에 갔던 이 고을 사람들이 모두 돌아와서 하는 말이, 새 능이 좋지 않기 때문에 다른 곳에 터를 다시 잡아야 하므로 공사를 정지하고 돌려보냈다고 한다. 공사가 거의 끝나 가는데 다른 산으로 옮겨 터를 잡는다면 먼저 들인 공력을 모두 버리게 된다. 백성의 고초가 더욱 걱정스럽다.

◎ — 9월 22일

김업산이 준 매(수지니)가 돌아온 날부터 먹이를 좋아하지 않더니 저녁에 이르러서는 먹이를 전혀 거들떠보지도 않았다. 산닭을 잡아서 주었으나 역시 먹으려고 하지 않는다. 그 까닭을 모르겠다. 매를 잘 아는 사람에게 물어봐도 모두 모른다고 한다.

다만 업산이란 자는 본성이 미련하고 사나우며 불순해서 전에도 불공스런 말이 많았고, 그 아들도 아비를 닮아 표독스럽다. 제 딴에는 금년에도 매를 길들여 날려서 이익을 보려고 했을 텐데 하루아침에 빼앗아 왔으니, 고의로 매에게 해코지를 했을까 걱정스럽다. 그러나 사람의 성품이 어찌 이 지경에야 이르렀겠는가. 이 매는 본래 먹이를 탐했는데, 이번에 와서는 탐하지 않을 뿐만 아니라 닭 다리를 시렁에다 매어 놓아도 끝내 거들떠보지 않는다. 병이 들지 않았으면 어찌 이러하겠는가. 우선 며칠 동안 지켜보다가 진짜로 병이 들었으면 즉시 업산에게 돌려보낼 작정이다. 또 들으니, 업산이 마을 사람들에게 떠들기를 누구든지 이 매를 훈련시켜 날릴 수 있다면 저가 중죄인이 되어서 모욕을 받겠다고 했다고 한다. 이것으로 인해 그가 매에게 해코지를 했다고 의심하는 것이다.

◎ ─ 10월 2일

보은의 둘째 딸이 광노의 집을 통해 편지를 전해 왔기에 보니, 몸은 비록 잘 있으나 올 농사가 잘되지 않아 수확이 많지 않아서 살림이 크게 무너져 끝내 수습되지 않는다고 한다. 또 김랑(김덕민)은 참변을 겪은 뒤로 심기가 크게 상하여 감정이 들쭉날쭉한데, 더구나 내 딸은 성격이 지나치게 화순하고 느긋해서 남편과는 성격이 상반되니 자못 서로 맞지 않는 뜻이 있을 것이다. 지금 딸의 편지를 보니, 비록 드러내 말하지는 않았지만 슬프고 상심하는 뜻이 말의 이면에 넘쳐난다. 나도 모르게 눈물이 흘렀다. 우리 내외는 밤새 잠을 못 이루고 계속 서글퍼 탄식했다. 이 또한 운명이니 어찌하겠는가. 충아 어미(오윤해의 아내)가 젓갈을 사서 보냈다. 오래 먹지 못하던 차에 이것으로 식사를 할 수 있겠다.

◎ ─ 10월 9일

매(수지니)가 이제 숙련되어 오늘 날리려고 했는데, 안협에 사는 진수가 매 값을 가지고 찾아와서 간절히 팔라고 했다. 처음에는 허락하지 않으려고 했으나, 다시 생각해 보니 비록 길들여서 날릴 만하다고 한들 집에 매를 아는 사람이 없다. 매번 다른 사람의 힘을 빌려 날려서 잡은 꿩을 나눈다면 얻는 것이 많지 않을 게다. 더구나 이 매는 일찍이 콧병을 앓았으니, 만일 날렸다가 지난번의 병이 재발하는 날에는 더 이상 고칠 수 없을 것이고 만일 잃기라도 한다면 도리어 그 본전도 찾지 못할 것이다. 사람들도 다들 팔기를 권했기 때문에, 그가 원하는 대로 팔았다. 값으로 무명 6필과 안팎 새것으로 된 백목 바지와 두루마기 1벌을 받고 정목 2필 값을 쳐서 주어 보냈다. 또 후일에 꿩 10마리를 잡아다 바치기로 약속했다.

이 매는 지금 이미 두 번째로 기른 것인데, 올해는 몹시 잘 길러서 앞뒤로 옛 털이 하나도 없고 그 빛깔이 은과 같아서 사람들이 누구나 사고 싶어 했으나 값이 비싼 것을 꺼려했다. 진수는 그

재주가 좋은 것을 알기 때문에 사 간 것이다. 인아가 10여 일 동안 밤낮으로 잠도 자지 않고 직접 길들여서 오늘 억수에게 날리도록 약속했다. 그런데 꿩 하나도 잡아 보지 못하고 주어 보냈으니, 마치 보물을 잃은 것 같았다. 한탄한들 어찌하겠는가.

들으니, 광노의 집에 큰 역병이 들어서 그 계집종이 한창 누워 앓는다고 한다. 우리 일가가 올라간다고 해도 의지할 곳이 없다. 걱정스럽고 안타깝다. 여기에 그대로 머물러 있다가 겨울을 넘긴 뒤에 올라가려고 해도 이곳에는 두어 달 먹을 양식도 없고 식량을 구할 방법도 없다. 저기나 여기나 형편이 이와 같아서 진퇴유곡이니, 밤새 잠을 못 이룬 채 오만 생각이 가슴을 메워 검은 머리털이 하룻밤 사이에 모두 셀 지경이다. 인생이 얼마나 되는가. 그저 크게 탄식할 뿐이다.

소고기를 먹지 못한 지 오래

◎ ─ 10월 17일

이은신의 아들 득남이 얼마 전에 예산에 있다가 평강(오윤겸)이 화재를 당했다는 소식을 듣고 결성에 가 보았는데, 평강이 그편에 편지를 써서 보냈다. 득남이 그 아비에게 전했기 때문에 그 아비가 덕노가 오는 편에 보내 주었다. 이제 비로소 받아 보니, 지난달 29일에 쓴 편지이다.

불이 난 원인은 계집종 막종이 사사로이 관솔을 마련하여 밤마다 일을 했는데, 마침 잠이 들어 짚자리에 불이 붙어서 타기 시작했다. 그곳이 상전이 자는 방과 매우 가까웠으므로 불이 먼저 번졌다는 것이다. 그날 밤에 마침 바람이 세게 불어서 불길은 드세고 바람은 사나웠으므로, 그 처자들이 각각 어린애를 안고 맨몸으로 불길을 뚫고 나와서 한 가지 물건도 가지고 나오지 못했다고 한다. 그 노비 등 여섯 집이 일시에 초토화되었다고 한다. 불쌍하다. 그러나 위아래 사람들이 모두 화상을 면했으며 가을 곡식은 아직 거두어들이지 않았다고 하니, 이는 다행스러운 일이다. 이 때문에 아직 올라오지 못하고 우선 세만을 보냈다고 한다. 가까운 시일에 반드시 올 것이다. 옷이 다 타 버렸으니 어떻게 해 입으려는가. 우리 집에도 입은 옷 이외에는 여분의 옷이 없어서 보내지 못했다. 더욱 안타깝다. 불이 난 날은 지난 8월 20일인데, 이웃에서 서로 도와주어 간신히 지냈다고 한다.

◎ — 10월 30일

근래에 추위가 몹시 심하더니 오늘은 더욱 혹독하다. 또 곡식 자루가 다 바닥나서 매일 아침밥 저녁 죽에 반찬도 없이 늘 장만 지지고 무를 담가서 조밥에 섞어 밥을 넘긴다. 겨우 허기를 달랠 뿐이니, 감히 배부르기를 바라겠는가. 이곳의 고초를 이루 말할 수 없다.

◎ ─ 11월 16일

평강(오윤겸)이 한양으로 떠났다. 6일 동안 머물고 돌아갔다. 슬프지만 어찌하겠는가. 떠나간 뒤에 뒤 봉우리에 올라서 가는 길을 바라보다가 보이지 않은 뒤에야 돌아왔다.

오늘은 동지이다. 차례 음식을 마련하여 신주 앞에 제사를 지냈다. 마침 평강이 와서 사람들이 꿩을 10여 마리 바쳤으므로 그것으로 음식을 만들어 지냈다.

◎ ─ 11월 18일

집사람 병의 큰 증세는 모두 나았으나 일어나 앉지 못하고 식사량도 줄었다. 걱정스럽다.

어제 아침에 한양의 상인 정란이 평강(오윤겸)을 알현하러 왔는데 이미 떠났으므로 가지고 온 큰 소고기 1덩어리를 바쳤다. 밥을 대접해 보냈다. 소고기를 먹지 못한 지가 오래였기에 집사람도 이것으로 식사를 계속했다. 기쁘다.

◎ ─ 12월 12일

일찍 식사를 하고 생원(오윤해)이 떠나갔다. 겨우 7일을 머물다가 갔다. 종이가 없어서 어머니께만 편지를 쓰고 다른 곳엔 하지 못했다. 또 어제 언신이 가져온 떡을 어머니께 보냈다. 23조각이다. 요새 날이 몹시 찬데 생원이 어떻게 갈지 몹시 걱정스럽다. 그러나 오는 19일인 그 양조모의 기일에 맞추어 가고자 하므로 만류하지 못했다.

우리 선조의 기제사와 묘제는 난리가 난 뒤로 우리 집에서 홀로 차려서 지내 왔는데, 이제는 시국이 좀 안정되었기 때문에 지내야 할 자손들이 돌아가면서 지내도록 생원에게 윤차기輪次記(자손들이 돌아가면서 제사를 맡아 지내도록 순서를 적은 문서)를 쓰게 하여 오극일과 오충일 등에게 보내서 설날부터 시작하여 돌아가면서 지내도록 했다. 다만 지내야 할 자손이 모두 외지에 있으므로 분명 한양에 와서 지내려고 하지 않을 것이다. 걱정스럽다.

◎ ─ 12월 15일

사내종 막정이 죽은 날이다. 밥을 차려 제사를 지냈다. 평시에 우리 집에 공로가 있었기 때문이다.

윤겸이 세자시강원 문학에 제수되다

◎ ─ 12월 21일

현의 아전 무손이 와서 보았다. 그편에 들으니, 윤겸이 재차 지평持平(사헌부에 속한 정5품직)의 물망에 올랐으나 임명되지 않았고 이제 문학文學(세자시강원에 속하여 세자에게 글을 가르치던 정5품직)에 제수되었다고 한다. 경방자가 그저께 한양에서 내려와 말해 주었다고 한다. 분명 헛말은 아닐 것이다.

◎ — 12월 25일

새벽에 출발하려는데 덕노가 끙끙 앓으며 일어나지 못했다. 핑계가 아니라 실제로 병에 걸린 것이다. 할 수 없이 도로 중지했다. 몹시 걱정스럽다. 만일 며칠 이내에 차도가 없으면 설 전에 맞추어 가지 못할 뿐만 아니라, 설날 제사 물품을 모두 여기에서 준비해 가니 만일 맞추어 가지 못한다면 제사를 지낼 수 없다. 더욱 걱정스럽다.

◎ — 12월 27일

나는 새벽부터 몸이 매우 편치 않았다. 분명 한기를 쏘였기 때문이리라. 이 때문에 한양에 갈 수 없는 형편이고 인아가 대신 가고자 하기에, 나의 행장을 모두 주어 보냈다.

오전에 이웃 사람 조인손이 능군으로 한양에 갔다가 이제 비로소 돌아와서 윤겸의 편지와 이천과 보은의 두 딸의 편지, 해주 윤함의 편지 등 4통의 편지를 전해 주었다. 편지를 보니, 모두 잘 있다고 한다. 몹시 기쁘다. 김랑(김덕민)의 편지도 왔는데, 우리 집이 이미 올라갔으리라고 생각하여 문안하러 사내종을 보냈다고 한다. 이천의 진아(신응구의 아들)는 큰 역질을 잘 치르고 지금은 걸어 다닌다고 한다. 더욱 기쁨을 금치 못하겠다.

이제 문학(오윤겸)의 편지를 보니, 지난 21일에 중전의 재궁(왕, 왕대비, 왕비, 왕세자 등의 시신을 넣던 관)을 발인하여 능소에 이르렀는데 한밤중에 시녀의 방에 난 불을 즉시 끄지 못하여 마침

내 영악전이 불에 타 겨우 재궁을 다른 곳으로 옮겨 모셨다고 한다. 이 말을 들으니 놀라움을 이기지 못하겠다. 다만 의식에 필요한 물건들은 모두 구해 냈고 이튿날 앞서 정한 시각에 따라 하관하여 모든 일을 끝내서 흠이 없었다고 한다. 이는 불행 중 다행한 일이다. 바야흐로 불이 나서 허둥지둥할 즈음에 동궁은 내관 몇 사람만 데리고 영악전 건너편으로 피해서 불을 바라보면서 지팡이를 짚고 서서 곡하므로 관료들도 모두 따라갔다고 한다. 이 밤의 놀랍고 참혹한 광경을 다 쓸 수가 없다.

또 윤함의 편지를 보니, 성아를 데리고 절에 올라가서 글을 읽는데 성아는 『천자문』을 다 읽고 지금은 사판(글씨 연습을 위해 모래를 깔아서 만든 기구)에 글씨를 쓴다고 한다.

◎ ― 12월 30일

간밤에 큰 눈이 내려 거의 반 자 넘게 쌓였다. 땔나무는 떨어지고 날은 이처럼 추운데 덕노는 아직도 일어나지 못한다. 몹시 걱정스럽다. 매번 이웃 사람을 빌려서 마초를 잘랐는데, 아직 자르지 못하고 있다. 더욱 걱정이다.

창아는 어제처럼 아픈데 얼굴 위에 돋은 것이 보이니 아마 역질인 듯하다. 그러나 아직 확실히는 모르겠다. 이 때문에 비록 설날이라고 해도 반찬 만드는 일을 모두 버려두고 하지 않았다. 떡을 만들려고 가루를 빻았으나 그것도 만들지 않고 차례를 지내는 기물도 준비하지 않았다.

올해 지은 농사의 소출은 기장, 피, 조를 합해서 전섬으로 7섬 18말, 두豆는 평섬으로 12섬 11말, 태太는 평섬으로 8섬 11말, 녹두 7말 7되로, 이상 모두 29섬 12말 7되이다. 농사지은 것이 너무 적어서 소출이 이와 같으니, 금년의 어려운 상황을 이루 말할 수가 없다.

꿈과 점에 나타난 개인의 욕망 또는 희망사항

조선시대 양반은 대체로 유교적 합리주의의 원칙을 지키는 이들로 여겨지지만 이들 역시 꿈이나 점복의 예언적인 기능에 상당히 집착했다. 꿈은 수면 중에 가상의 현실 세계를 체험하는 정신 현상이지만, 대체적으로 일상생활과 밀접히 연관되어 있다. 특히 과학과 문명의 혜택이 적었던 조선시대에는 꿈에 대한 인식과 해석이 일상생활에 오늘날보다 더 큰 영향을 미쳤다. 오늘날 꿈은 주로 욕망과 소망, 무의식의 재현으로 해석된다. 그러나 예전에는 개인적 욕망의 발현보다는 길흉에 관한 일종의 예언이나 계시라고 생각하는 측면이 강했다. 따라서 꿈의 내용은 자신이 처한 상황을 되비춰 줄 뿐 아니라 앞으로의 바람 또는 희망사항을 보여 주는 주요한 지표였다.

오희문의 『쇄미록』과 비슷한 시기에 집필된 유희춘의 『미암일기』와 이순신의 『난중일기』에도 꿈 이야기가 다양하게 기록이 되어 있다. 그렇다면 오희문은 어떤 꿈을 기록으로 남겼을까?

초기 피란 생활 당시 그는 아내와 가족 꿈을 자주 꾸었다. 멀리 떨어져 생사를 알 수 없어 속을 태우던 상황이 꿈으로 나타난 것이다. 오희문은 가족들의 꿈을 꾸고 나면 무슨 징조일지 그 의미를 헤아리며 노심초사하면서도 '꿈은 현실과 반대'라는 속설을 상기하며 마음을 다잡았다.

갑오년(1594) 3월 12일에는 꿈에서 궁궐에 들어 주상을 만나 대화를 나누는 꿈을 꾸는데, 오희문은 잠에서 깨어 꿈 이야기를 아내에게 들려준 다음 "꿈속의 징조가 하도 이상하여 아침에 일어나서 대략 써 두었다. 훗날에 징조와 맞는지 보고 싶어서이다." 라고 쓰고 있다. 아마도 왕을 만난 것을 길한 일로 여긴 것 같다.

일기에는 점복에 관한 기록이 여럿 보이는데, 자식들의 혼사 문제를 결정하거나 안전한 출산을 기원하거나 태아의 성별이 궁금할 때, 여행길 안전과 과거 합격 여부를 알아보기 위해 점을 쳤다. 요즈음 사람들이 점복을 보는 내용과 비슷하다. 또한 오희문은 과거 시험이나 혼인 같은 집안의 대소사가 있을 때마다 관상감 관직에 있던 이복령을 찾아가 길흉을 점치고 길한 날을 받아왔다.

예상하지 못한 천재지변에 대해 근심하는 모습도 역력했다. 특히 지진과 천둥, 우박 등 천재지변을 상서롭지 못한 징조로 여기고 상세히 기록하고 있다. 이렇듯 오희문은 자신의 꿈과 천재지변이 길흉의 징조라고 믿었다.

10
한양에 도착해
그만 쓰기로 하다

신축일록 1601

호환과 역병이 찾아오다

◎ ― 1월 1일

　창아가 새벽부터 울음을 그치지 않고 아침까지도 계속 울더니 저물녘 이후에야 비로소 그쳤다. 어제 생겨난 발진이 별로 커지지는 않았으나 얼굴에서 온몸으로 번지면서 붉은 좁쌀같이 돋아나니, 필시 돌림병이 아니고 홍역인가 보다. 이 때문에 오늘이 큰 명절날인데도 신주에 차례조차 올리지 못하고 온 집안사람들 역시 찬도 갖추어 먹지 못했으며 만두를 만들려던 메밀가루로 칼제비만 만들어 먹었다. 이웃 마을 사람들이 이러한 정황을 알고 각각 술과 떡을 가져와서 떡이 고리 하나에 가득 차 있고 술도 몇 병이나 되었다. 그러나 방문한 이웃 마을 사람들에게 모두 술을 대접하지 못하고 역병이 들었다고 말로만 전송하니, 탄식한들 어찌하겠는가.

◎ ― 1월 4일

어젯밤에 우리 집의 꼬리가 흰 개를 호랑이가 물어갔다. 예전에 임천에 있을 때인 병신년(1596) 봄에 강아지를 얻어다가 이리로 데려온 지 6년이 되었다. 그동안 여러 번 호랑이에게 쫓겨도 간신히 살아남았는데 지금 호랑이에게 물려 가고 말았으니, 무척이나 안타깝다. 이 개는 노루도 잘 쫓아가서 잡았고 또 성질까지 유순해서 훔쳐 먹질 않았다. 아침저녁 밥을 조금 남겨 놓았다가 매번 내가 직접 줄 정도로 몹시 아꼈다. 지금 몹쓸 짐승에게 잡아먹혔으니, 속상하기 그지없다.

◎ ― 1월 5일

오늘은 집사람의 생일이다. 그러나 집안에 역병이 들어 쓸쓸히 그냥 보내자니 안타깝다. 창아의 몸에 두루 퍼졌던 발진이 이미 없어졌다. 창아는 아픈 기색이 없이 평상시와 같이 놀고 웃는다. 기쁘다. 다만 제 어미가 어제부터 감기에 걸려서 계속 차도가 없다. 걱정스럽다.

호랑이가 우리 집 개를 물어간 뒤 밤마다 문밖을 지나다니고 혹 문 앞에 웅크리고 앉은 흔적이 있으니, 필시 외양간에 있는 소를 엿본 것이다. 문을 굳게 닫았지만 매우 두렵다.

◎ ― 1월 15일

오늘은 속절(정월 대보름)이어서 차례를 지내려고 했으나, 집사람이 역병에 걸려서 아직 송신하지 못해 차례를 지내기 어렵다는 이유를 들어 약밥만을 천신했을 뿐이다. 안타깝다. 수찬(오윤겸)은 그저께 경상도로 출발했는지 알 수가 없다. 슬픔과 탄식을 가눌 수 없다.

◎ ─ 2월 1일

오늘은 바로 죽은 딸 단아의 기일이다. 그러나 집안에 역병이 들어 아직 송신하지 못했다. 그래서 전날 수찬(오윤겸)에게 편지를 보내 계집종 옥춘에게 묘소 아래에 가서 제사상을 마련하게 했다. 마침 수찬이 바로 경상도로 떠나서 다시 지내지 못할까 걱정되어, 얼마 전에 이천 관아의 사내종이 돌아갈 때 또다시 진아어미(큰딸)에게 제사를 지내도록 간곡히 말해 보냈으니, 두 곳에서 필시 그냥 넘기지는 않을 것이다. 그러나 우리 집에서 제사를 지내지 못하여 종일토록 생각만 하고 있자니, 슬픈 심정을 금할 수가 없다.

◎ ─ 2월 6일

내일 덕노 등이 먼저 짐을 싣고 한양에 올라가기 때문에 오늘 짐을 묶었다. 덕노의 말에는 두 계집종의 두太 8말, 언세의 두 1말 6되, 메주 8말, 계집종 옥춘의 두 2말 5되를 모두 짐바리 하나로 만들어 실었다. 소에는 여러 가지 생활용품을 모두 짐바리 하나로 만들어 실었는데, 언세가 끌고 갔다. 윤함의 말에는 그 집의 두

22말을 짐바리 하나로 만들어 한노가 끌고 갔다. 위아래가 쓸 꿀 7되들이 각籬과 화로 1개, 뚜껑 없는 솥 1개, 뚜껑 1개, 키 2개, 노루가죽 3장, 다리가 달린 나무상 1개, 호미 3자루, 도끼 1개와 그 나머지 소소한 물건들은 싸서 보냈다.

◎ — 2월 7일

아침 식사 뒤에 덕노 등이 떠났다. 인아는 자기 말이 절뚝거려서 할 수 없이 암소에 짐을 덜어 실어 보냈는데, 두 4말을 덜어 냈다. 말과 소 3마리와 사내종 3명의 양식, 말먹이 콩을 모두 지급했다. 갈 때 4일, 한양에 머무는 1일, 오는 데 3일, 도합 8일로 따져 계산했다.

◎ — 2월 13일

이천 딸(둘째 딸)의 편지를 보니, 지난 1일 제 동생 단아의 기일에 제사를 지냈다고 한다. 기쁘다.

◎ — 2월 16일

인아의 말이 앞발을 잠시 절뚝거렸다. 한양에 갈 때 더 심해져서 걷지 못할까 걱정되었기 때문에 삭녕 사람 정광신의 말과 바꾸고 지난해에 낳은 암송아지를 더 주었다. 이 말의 나이는 12, 13세로, 힘이 있다는 것을 예전부터 알았기에 바꾼 것이다.

날이 저물자 덕노가 돌아왔다. 싣고 간 물건은 무사히 한양에 도착했고, 어머니께서도 역시 평안하다고 하니 몹시 기쁘다. 다만 박교리가 한양에 없었기 때문에 편지를 받아 오지 못했고, 철원에 사는 부인의 편지만을 받아 왔다. 신상례(신응구의 아버지 신벌)도 역시 답장을 보냈고, 또 대구 1마리도 보내왔다.

수찬(오윤겸)의 편지를 송노가 받아 가지고 왔다. 편지의 내용을 보니, 경상도 지역을 순찰하다가 함창에 이르러 썼는데 무사하다고 한다. 송노는 수찬이 문경현에 있을 때 잡아다가 즉시 올라가게 했기 때문에 온 것이다. 이 사내종은 지난 병신년(1596) 가을에 임천에 있을 때 도망가서 문경 가은현 내에 있는 분개 어미의 집에 숨어 있다가, 수찬이 칭념한다는 말을 들었기 때문에 모습을 드러낸 것이다. 무명베 1필, 곶감 8곶(꼬치), 찹쌀 5되를 가져왔다. 6년 동안 도망가서 신공을 바치지 않다가 이제 아주 적은 물품을 가져왔다. 매우 괘씸하지만 참고 용서해 주고 우선 그냥 두었다. 마침 한양에 갈 때 데리고 갈 사람이 없었기 때문에 한편으로는 기쁜 일이다. 그에게 들으니, 분개와 막정이 낳은 두 딸은 모두 죽었고, 자기는 분개에게 장가들어 두 아들을 낳았다고 한다.

◎ ─ 2월 17일

아우의 편지를 보니, 황해도와 충청도의 올해 감시監試(생원과 진사를 뽑는 과거 시험)에서 유생들이 서로 공격하고 난리를 부려서 방문榜文(합격자 명단)을 내지 못했다고 한다. 모두 아들과 사위가 시험을 본 곳인데, 만일 그렇다면 10년 동안 바라던 것이 모두 헛일이 될 게다. 안타깝다. 그러나 아직 확실하지는 않다.

평강을 떠나 한양으로

◎ — 2월 22일

느지막이 비로소 출발했는데, 평소 친하게 지내던 이웃 마을 사람들이 모두 모여서 송별했다. 소근전의 향도인郷徒人과 이 마을 향도인 중에서 젊고 건장한 사람 10여 명을 뽑아서 교자를 메게 하고 말지 고개를 넘었다. 이 고개의 길이 좁기 때문에 일찍이 두 마을 향도의 행수에게 인원을 요청했다. 집사람이 병으로 험한 길에 말을 탈 수가 없기 때문이다. 고개를 넘어 고막근의 집에 도착하여 점심을 먹고 말을 먹였다. 막근이 밥을 지어 점심을 제공했다. 또 이웃 마을의 소를 빌려서 혹 타기도 하고 혹 짐을 실어 오기도 했다. 김언신은 자기 소에 짐을 싣고 3일 동안 모시고 가겠다고 했다. 그곳에서 데려온 사람들은 모두 작별하고 돌아갔다.

◎ — 2월 26일

아침 식사 뒤에 출발하여 누원(노원)에 도착해서 말을 먹이고 점심을 먹었다. 생원(오윤해)이 마중을 나왔는데, 그편에 들으니 이번 동당시(문과 시험)에 책문으로 차상 점수를 받아 합격했다고

한다. 몹시 기쁘다. 또 그곳에서 출발하여 한양에 들어오니 이미
저녁 무렵이 되었다. 집사람은 사내종 광노의 집으로 가고, 나는
이웃집에서 잤다. 아우 희철도 역시 한양으로 와서 마중하고 나와
같이 잤다.

◎ ─ 2월 27일

셋째 누이 남매가 집사람에게 와서 보았다. 마침 남이상(남상
문의 서출 아들)이 황해도에서 한양으로 돌아왔는데 올 때 윤함의
편지를 받아 전달해 주기에 보니, 윤함은 현재 무사하다고 한다.
집안에 역병이 들었지만 4명의 남녀가 모두 잘 치렀고 또 윤함
의 처가 지난 14일 사시(9~11시)에 아기를 낳았단다. 게다가 사
내아이로 7일 안에 큰 역병까지 잘 치렀다고 한다. 몹시 기쁘다.
이후로는 종이도 다 되어 그만 쓰기로 했다. 또 한양에 도착해
서 이리저리 떠돌아다니지 않았기 때문이다.

오희문의 난중일기, 『쇄미록』의 여정

— 서윤희(국립진주박물관 학예연구사)

1591년 11월 27일 한양에서 출발하면서 시작된 오희문의 일기는 1601년 2월 27일을 마지막으로 끝난다. 총 9년 3개월(총 3,368일)의 여정이다. 그동안 오희문은 53세에서 63세의 노구가되었다. 강산이 한 번 변할 10년의 세월, 임진왜란은 조선에 커다란 시련을 안겼을 뿐 아니라 오희문 개인의 삶에도 말할 수 없는 고통을 안겨 주었다. 전쟁이 일어나지 않았다면 오희문은 양반으로서 안정된 삶을 누렸을 것이다. 전쟁은 오희문의 모든 것을 완전히 바꿔 놓았다. 그러나 전쟁 중에도 삶은 계속되었고, 끝나지 않을 것 같던 고통과 슬픔이 지나갔다. 전쟁이 끝난 후 오희문은 자신이 쓴 일기를 '보잘것없이 떠도는 자의 기록'이란 의미로 '쇄미록瑣尾錄'이라 이름하고 이를 7권의 책으로 엮었다.

종손에서 종손으로 계속 이어 내려온 필사본

1613년 오희문이 75세의 나이로 세상을 떠난 뒤『쇄미록』은 종손에게 계속 전해졌다. 오희문은 평범한 양반이었으나 그의 큰 아들 오윤겸이 1628년 영의정에 오르는 등 영달하면서 오희문도 사후 영의정으로 추증되었으며, 오윤겸의 호인 추탄楸灘을 딴 해주 오씨 추탄공파가 성립되었다. 그 뒤 1823년 1월 27일 오희문의 7대손 오태로吳泰魯가『쇄미록』권3「갑오일록」맨 앞의 원본 두 장을 찢어 간 뒤에 자신이 베껴 쓴 종이를 끼워 넣고 그 자리에 메모를 해 두었다. 오태로는 원본을 간직하고 싶은데 책을 통째로 가져갈 수 없어 대신 두 장만을 찢어 가져간 것으로 보이지만 왜 꼭 그 두 장을 갖고 간 것인지는 알 수 없다. 그 두 장은 1594년 1월 1일부터 1월 8일 일기의 첫 줄까지이다. 그 시기는 충남 임천에서 거주하던 오희문이 영암에 계시는 어머니를 뵈러 갔을 때이다. 현존본「갑오일록」의 처음 두 장은 오태로의 메모와 베껴 쓴 글씨로 시작한다.

1908년 해주 오씨 집안에서는『쇄미록』을 간행하고자 했지만 나라가 망할 위기에 처해 있어 그 뜻을 이루지 못했는데, 다음해 황해도 해주 상림동에 거주하는 문중 사람들이 중심이 되어 표지를 바꾸고 손상된 부분은 일부 배접하여 지금의 형태로 만들었다. 이때의『쇄미록』필사본은 해주 오씨 추탄공파 종손 오화영에서 아들 오정근, 손자 오문환에게 전해졌으며, 1991년 9월 보물 제1096호로 지정되었다. 1998년 해주 오씨 추탄공파 종중에서는 임진왜란 특성화 박물관으로 재개관한 국립진주박물관에 『쇄미록』을 대여했으며, 이후 지금까지 『쇄미록』은 국립진주박물관 '임진왜란실'에서 관람객을 맞이하고 있다. 이러한 과정을 거쳐 오늘날 남아 있는 『쇄미록』 필사본은 총 7책, 1,670쪽, 51만 9,973자이다.

한글본으로 다시 태어나다

『쇄미록』 필사본은 초서로 되어 있어 연구자들조차 접근하기 쉽지 않았다. 국사편찬위원회에서는 한국사의 중요 사료의 멸실을 막고 일반인들도 손쉽게 이용할 수 있게 하고자 이를 탈초하여 1962년 〈한국사료총서〉 제14집으로 『쇄미록』(상·하)을 발간하였다. 그 뒤 국립진주박물관은 2002년 〈임진왜란사료총서〉 역사편 5~6권으로 『쇄미록』 탈초본을 다시 발간하였다. 일반인도 손쉽게 읽을 수 있도록 한글 번역 작업도 추진하여 1990년 추탄공파 종중에서는 이민수 번역의 『쇄미록』(상·하)을 간행하였다. 이 책은 『쇄미록』을 한글로 처음 번역하였다는 데 의미가 컸다.

국립진주박물관은 '임진왜란자료 국역사업'의 첫 번째 사업으로 2017년부터 『쇄미록』 재번역 사업을 시작하였다. 처음 한글판이 나온 지 30년이 지난 시점에 탈초 작업부터 재검토하고 역주를 추가하여 『쇄미록』에 대한 이해를 높이고자 했다. 아울러 세로쓰기로 간행된 첫 번역서의 편집 체제를 오늘날 가로 읽기에 익숙한 독자들이 좀 더 편하게 읽을 수 있도록 개정하고자 하였다. 이런 점들을 보완하며 전주대학교 한국고전학연구소에서 2년에 걸쳐 번역을 진행하여, 마침내 2018년 12월 19일 국립진주박물관에서는『쇄미록』1~8권을 간행하였다. 1~6권은 한글 번역본을, 7~8권은 표점한 원문을 실었다. 각주를 추가하여 새롭게 번역한 한글 번역본의 글자 수는 총 179만 5,368자에 이른다. 이후 국립진주박물관에서는 특별전 '오희문의 난중일기,『쇄미록』─그래도 삶은 계속된다'를 개최하는 등 일반인에게 오희문의『쇄미록』을 알리는 작업을 지속해 나가고 있다.

오희문이 전쟁을 겪으며 살아 낸 9년 3개월 동안의 삶 속에 고통과 슬픔만 있었던 것은 아니다. 슬픔이 지나고 나면 기쁜 일도 있었다. 전쟁으로 터전을 잃고 떠도는 삶이었지만 농사를 짓고, 벌을 키우며, 누에를 치고, 아이들에게 글을 가르쳤다. 아들딸이 혼인하고, 장남이 과거에 급제했으며, 손자손녀가 태어났고, 막내딸 단아를 잃는 슬픈 일도 겪었다. 지금 우리의 삶도 400여 년 전 오희문의 삶과 크게 다르지 않다. 이동 수단이 달라지고 편의 시설과 물자가 늘어났지만 삶의 의미는 별 차이가 없다. 그렇게 삶은 어제도, 지금도, 내일도 흘러간다.『쇄미록』은 '그 안에 우리가 잠시 머무르다 갈 뿐'이라고 조용히 속삭인다.

부록

『쇄미록』의 주요 등장인물
오희문의 주요 이동 경로
임진왜란 연표

『쇄미록』의 주요 등장인물

오희문 일기를 쓴 사람. 왜란 이전까지 한양의 처가에 거주하였다. 노비의
　　신공을 걷으러 장흥과 성주로 가는 길에 장수에서 왜란 소식을 들었으
　　며, 이후 가족과 상봉하여 부여의 임천과 강원도 평강 등지에서 함께 피
　　란 생활을 하였다.

오희문의 어머니 고성 남씨 왜란 당시 한양에 거주하다가 일가족과 함께
　　남쪽으로 피란하였다.

오희문의 아내 연안 이씨 이정수의 딸이다.

오윤겸 오희문의 장남. 성혼의 제자. 왜란 당시 광릉 참봉에 재직 중이었으
　　며, 왜란이 일어나자 일가족과 함께 남행하여 오희문과 함께 피란 생활
　　을 하였다. 왜란 중 평강 현감에 임명되었고 정유년(1597) 3월 별시문
　　과에 급제하였다.

오윤해 오희문의 차남. 후사가 없이 죽은 오희문의 첫째 아우 오희인의 양
　　아들로 들어갔다. 왜란 당시 경기도 수원 율전에 거주하다가 피란하여
　　오희문과 합류하였다.

오윤함 오희문의 삼남. 왜란 당시 황해도 해주에 거주하고 있었다.

오윤성 오희문의 사남. 인아라고 불렸으며, 병신년(1596) 5월에 김경의 딸
　　과 혼인하였다.

큰딸 일가와 함께 피란 생활을 하다 갑오년(1594) 8월에 함열 현감 신응구
　　와 혼인하였다. 함열 딸, 진아 어미로도 불렸다.

둘째 딸 일가와 함께 피란 생활을 하였으며, 왜란 이후 경자년(1600) 3월에
　　김덕민과 혼인하였다.

단아 오희문의 막내딸 숙단. 피란 기간 동안 내내 학질 등에 시달리다 정유

년(1597) 2월에 병으로 사망하였다.

임아 어미 큰아들 오윤겸의 아내.

충아 어미 둘째 아들 오윤해의 아내.

후임 어미 막내아들 오윤성의 아내.

충아 오윤해의 아들.

몽아 오윤해의 딸.

의아 오윤해의 딸.

진아 큰딸의 장남.

창아 오윤성의 아들.

오희철 오희문의 둘째 아우. 자는 언명. 오희문과 함께 어머니를 모시고 피란 생활을 하였다.

심매 오희문의 첫째 여동생으로 심수원의 아내. 왜란 이전에 사망했다.

임매 오희문의 둘째 여동생. 임극신의 아내. 왜란 당시 영암 구림촌에 거주하고 있었다. 기해년(1599) 4월경에 병으로 사망하였다.

남매 오희문의 셋째 여동생. 남상문의 아내. 왜란 당시 남편과 함께 강원도에 거주하고 있었으며, 주로 강원도와 황해도에서 피란 생활을 하였다.

김매 오희문의 넷째 여동생. 김지남의 아내. 왜란 당시 예산에 거주하고 있었다. 갑오년(1594) 4월경 돌림병에 걸려 사망하였다.

심수원 오희문의 첫째 매부. 선조 때의 무신. 중종 때 우참찬을 지낸 심언광의 손자이며, 심열의 아버지이다.

임극신 오희문의 둘째 매부. 자는 경흠. 영암에 거주하던 중 왜란을 겪었으며, 정유년(1597) 겨울을 전후하여 전라도로 침입한 왜군에게 피살된 것으로 추정된다.

남상문 오희문의 셋째 매부. 자는 중소. 왜란 당시 고성 군수였다.

김지남 오희문의 넷째 매부. 자는 자정. 왜란 당시 예문관 검열에 재직 중이었다. 왜란이 일어나자 의병에 가담하여 활동했으며, 갑오년(1594) 1월

한림에 임명되었다.

신응구 오희문의 큰사위. 자는 자방. 왜란 당시 함열 현감으로 오희문의 피
란 생활에 물심양면으로 많은 도움을 주었다.

김덕민 오희문의 둘째 사위. 왜란 당시 충청도 보은에 거주하였으나, 정유
년에 피란 중 왜군에게 가족을 모두 잃고 홀로 살아남았다. 이후 오희문
의 차녀와 혼인하였다.

이빈 오희문의 처남이며, 자는 자미. 왜란 당시 장수 현감이었다. 왜란 이전
부터 오희문과 친교가 깊었으나 임진년(1592) 11월에 사망하였다.

이지 오희문의 처남으로 이빈의 아우. 자는 경여. 갑오년(1594) 4월에 병
으로 사망하였다.

이귀 오희문의 처사촌. 계사년(1593) 5월 장성 현감에 임명되었으며, 오희
문과 왕래하며 일가를 경제적으로 지원하였다.

임면 오희문의 동서로 이정수의 막내사위. 자는 면부. 참봉을 지냈으며, 갑
오년(1594) 1월에 병으로 사망하였다.

심열 오희문의 매부 심수원의 아들. 오희문 일가와 자주 왕래하였다.

신벌 큰사위 신응구의 아버지. 통례원에서 제사 등을 책임지는 상례(종3품
직)에 재직했다.

김가기 둘째 사위 김덕민의 아버지. 오희문의 오랜 벗으로 왜란 당시 금정
찰방에 재직 중이었다가 갑오년(1594) 이산 현감으로 옮겼으나 정유재
란 때 가족과 함께 왜군에게 피살되었다.

최형록 자는 경유. 오희문의 둘째 아들 윤해의 장인이다.

김경 자는 백온. 오희문의 막내아들 윤성의 장인이다.

소지 임천에서 오희문의 거처를 마련해 주고 집안일을 거들어 준 인물이다.

허찬 오희문의 서얼 사촌누이가 낳은 조카. 피란 중에 아내에게 버림받아
떠돌다 오희문에게 도움을 받았으며, 이후 오희문의 집안일을 거들며
지냈다.

오희문의 주요 이동 경로

◎ **1591년(신묘년)** 11월 27일 한양 출발 → 용인에 있는 처남 이경여(이지) 서당 → 양산(양지) 시골집 → 직산의 작고한 친구 변중진 농장 → 목천(수령 조영연은 인척) → 연기(현감 임소열은 오희문의 동서) → 은진 → 여산(익산) → 완산(전주) → 12월 10일 중대사 → 장수(처남 이빈이 현감으로 재직)

◎ **1592년(임진년)** 2월 10일 장계 관내 → 무주 → 영동 외삼촌 댁 → 황간 남백원(외사촌 형) 집 → 무주 → 장천 → 3월 18일 용성부(남원) → 곡성 → 조계산 송광사 → 보성 → 장흥 → 영암. 여동생 임매 집에서 9일간 머물며 죽도 여행 → 광산 → 창평 → 용성 → 4월 13일, 다시 장수 도착(이후 6개월간 이곳에서 머물며 피란 생활을 시작함)

4월 16일 임진왜란 발발 소식을 들음 → 6월 26일 석천암으로 피신 → 7월 2일 산속으로 피신 → 8월 18일 석천암으로 돌아옴 → 9월 22일 장수 관아로 돌아옴 → 9월 27일 처자식이 무사하다는 편지를 받음 → 10월 8일 예산에 머물고 있는 처자식을 만나러 가기 위해 장수를 떠남 → 처용정 → 진안 → 전주 → 여산 → 은진 → 부여 → 10월 13일 처자식과 상봉 → 10월 18일 홍주(홍성)에 새로 지은 거처로 이사. 막내 여동생 김매와 상봉 → 12월 13일 홍주로 찾아온 동생과 상봉 → 12월 16일 태안에서 노모와 상봉 → 12월 24일 홍주 계당 거처로 노모를 모시고 돌아옴.

12월 24일~ 홍주(홍성) 계당 도착: 충남 청양군 금정역

◎ **1593년(계사년)** 6월 21일 충청도 임천 소지의 빈 집으로 이사

7월 13일~9월 9일 영암에 계신 어머니를 뵈러 다녀옴(어머니는 오희문의 질병으로 인해 지난 2월 17일에 영암으로 피해 있었음. 함께 추석을 보냄)

10월 2일 임천 고을 5리 밖 서쪽의 검암리 백성 덕림의 집으로 이사

12월 6일~1594년 1월 15일 영암에 계신 어머니를 뵈러 다녀옴

◎ **1594년(갑오년)** 2월 7일~2월 13일 어머니를 모시고 영암에서 출발하여 태인에 도착

2월 14일~2월 16일 태인에서 어머니와 이별하고 처자식이 있는 임천으로 이동

4월 24일~5월 1일 어머니를 만나 뵙기 위해 임천에서 태인으로 이동

5월 2일~5월 4일 어머니와 이별하고 임천으로 돌아옴.

6월 3일~6월 11일 이산 현감 김가기를 만나기 위해 이산 방문

7월 29일~8월 6일 딸과 함열 현감 신응구의 혼사 문제로 함열에 갔다 그길로 태인으로 가서 어머니를 뵙고 옴

9월 17일~10월 3일 어머니를 모셔 오기 위해 태인으로 갔다가 임천으로 돌아옴

◎ **1595년(을미년)** 충청도 임천군 계속 거주

◎ **1596년(병신년)** 9월 18일 아우 오희철이 어머니를 모시고 먼저 임천에서 한양으로 출발

12월 20일 부인과 단아 등 식솔을 거느리고 임천에서 한양으로 출발

12월 25일 아산현의 이시열 집에 도착

◎ **1597년(정유년)** 1월 24일 진위의 최형록(둘째 아들 윤해의 장인) 집에

도착

1월 25일 수원 율전의 윤해 집 도착

2월 1일~2월 8일 율전에서 단아의 상을 치른 후 경기도 광주의 토당에
매장하고, 한양에서 어머니를 뵘

2월 9일~2월 13일 어머니를 모시고 강원도 평강으로 이동

◎ **1598년(무술년)** 강원도 평강현에 거주

◎ **1599년(기해년)** 윤4월 29일~5월 14일 토당 선영에 성묘 후 평강으로
돌아옴

8월 9일~20일 어머니를 토당에 모셔 드리고 평강으로 돌아옴

11월 12일~26일 한양으로 어머니를 뵈러 다녀옴

◎ **1600년(경자년)** 2월 18일~3월 3일 한양으로 어머니 뵈러 다녀옴

8월 15일~29일 한양으로 어머니 뵈러 다녀옴

◎ **1601년(신축년)** 2월 22일~26일   식솔을 거느리고 평강에서 한양으로
이사.

임진왜란 연표

1592 임진

1592. 4. 13
일본군, 부산에 상륙

1592. 5. 2
수도 한양 함락

1593 계사

1593. 1
명군, 평양성 전투·행주산성 전투 승리.
벽제관 전투 패배 후 일본군과
강화협상 추진

1593. 4
한양 탈환

1593. 6
일본, 7개 조목의 강화조건 제시

1596 병신

1596. 7
이몽학의 난

1596. 9
명의 책봉사절단, 일본에
입국하였으나 협상 결렬

1597 정유

1597. 7
조선 수군 칠천량해전 패배

1597. 1. 15
일본군, 조선 재침(정유재란)

1597. 8
일본군, 남원성·황석산성·전주성 함락

1597. 9
일본군, 직산 전투와 명량해전
패전 이후 남해안으로 후퇴

1597.12
조명연합군, 가토 기요마사의
울산왜성 공격

1598 무술

1598.8
도요토미 히데요시 사망.
이후 일본군 철수 준비

1598.9
조명연합군, 4로 병진책으로
울산왜성·사천왜성·순천왜성
동시 공격

1598.11
조명연합수군, 노량에서
일본 수군에게 승리했으나
이순신 전사. 일본군의 완전 철수

한 권으로 읽는
쇄미록
또 하나의 임진왜란 기록, 오희문의 난중일기

2020년 11월 6일 초판 1쇄 펴냄
2024년 4월 30일 초판 4쇄 펴냄

지은이 오희문
해설 신병주
옮긴이 전주대학교 한국고전학연구소
펴낸이 윤철호
기획 국립진주박물관 · (주)사회평론아카데미
책임편집 최세정
본문 디자인 김진운
본문 조판 토비트
마케팅 김현주
펴낸곳 (주)사회평론아카데미
등록번호 2013-000247(2013년 8월 23일)
전화 02-326-1545
팩스 02-326-1626
주소 03993 서울특별시 마포구 월드컵북로6길 56
이메일 academy@sapyoung.com
홈페이지 www.sapyoung.com

ISBN 979-11-89946-84-5 03810